U0452489

鲁年

安昌河 —— 著

四川人民出版社

图书在版编目（CIP）数据

千日旱 / 安昌河著. —成都：四川人民出版社，2024.4
ISBN 978-7-220-13561-3

Ⅰ. ①千… Ⅱ. ①安… Ⅲ. ①长篇小说-中国-当代 Ⅳ. ①I247.5

中国国家版本馆 CIP 数据核字（2024）第 008982 号

QIAN RI HAN
千日旱
安昌河 著

责任编辑	王其进
封面设计	蒋宏工作室
责任印制	祝 健
出版发行	四川人民出版社（成都市三色路 238 号）
网 址	http://www.scpph.com
E-mail	scrmcbs@sina.com
新浪微博	@四川人民出版社
微信公众号	四川人民出版社
发行部业务电话	(028) 86361653 86361656
防盗版举报电话	(028) 86361653
照 排	四川胜翔数码印务设计有限公司
印 刷	成都东江印务有限公司
成品尺寸	140mm×210mm
印 张	14
字 数	290 千
版 次	2024 年 4 月第 1 版
印 次	2024 年 4 月第 1 次印刷
书 号	ISBN 978-7-220-13561-3
定 价	78.00 元

■版权所有·侵权必究

本书若出现印装质量问题，请与我社发行部联系调换
电话：(028) 86259453

献给我的祖母万良英

万良英,女,四川江油人。生于一九二三年正月二十四;卒于一九九五年正月初三;享年72岁。笃信佛教,养育三子。

目录

第一章　旱前 12 年　/001

第二章　旱前 6 年　/054

第三章　旱前 3 年　/091

第四章　旱前 1 年　/126

第五章　旱元年（上）　/155

第六章　旱元年（下）　/183

第七章　旱 2 年（上）　/220

第八章　旱 2 年（中）　/257

第九章　旱 2 年（下）　/298

第十章　旱 3 年（上）　/336

第十一章　旱 3 年（下）　/376

第十二章　旱 4 年　/412

第一章 旱前12年

1

安子谦五十六岁这年，收完秋粮，接连好天气，晒干扬净，就一担担地挑进何家药铺，给何陆侯过佃租。乡亲们都来看，抓起粮食，啧啧称赞，说除了安子谦，谁也不可能给主人家拿出来这么干净、干燥和饱满的籽实。

从安子谦爷爷那一辈起，他们家就一直给何陆侯家帮佃。安子谦的爷爷、父亲和他，精于稼穑，这在方圆几十里都是出名的。都说没有安子谦家祖孙三代，何家药铺的长板凳就摆不下去。

当然，对于安子谦这个特殊的佃户，何陆侯也拿出了一般主人家拿不出的厚待。他亲自沏茶，安子谦每送过来一担，就要迎上去请他一番，子谦，喝喝茶嘛，不急这一时嘛。而且，他是拒绝看秤计数的。有病患不知轻重，提醒说，陆侯爷，你咋不去看秤呢？亲兄弟明算账，相信人莫过于相信秤。这叫何陆侯动了气，呵斥道，你怎敢在这里讲出这样的话？普天之下，如果连子谦都信不过，试问还可以相信谁？

入夜，宝儿娘早做好了饭菜，温好了烧酒。和往年一样，从半下午起，宝儿娘就开始三番两次往安子谦家里去，请若兰娘和若兰晚上过来宵夜。若兰娘是要推脱的。秦村的规矩，三请四催，重的是礼节。若兰娘和若兰终于请到，门一关，就是一家人。若兰娘和若兰没了矜持，给宝儿娘打起了下手，说说笑笑，若兰逗惹宝儿，若兰娘动手再添个拿手的汤菜。

安子谦被何陆侯坚持要请上首席，他不从，说我一个庄稼汉，你是大名鼎鼎的陆侯先生、何家药铺掌柜，在你面前，我哪里配坐上首。何陆侯说，门都关了，你我就莫要讲这些了。安子谦说，我是真不能坐的。何陆侯不耐烦了，说，往年你咋个坐的？安子谦说，往年可以坐，今年不能坐。

何陆侯晓得，安子谦今天晚上要兴新规矩了。酒杯还没端上手，有些话还不便细问，不然，这酒宴到时候就不好进行了。于是就说，好嘛，我跟你同坐一根板凳，这总行了嘛。安子谦说，这也是个大规矩啊！

何陆侯先请三杯酒，又三杯，他要单敬安子谦。第一杯，多年兄弟，承蒙不弃；第二杯，一年好粮，劳心劳神；第三杯，薄田几亩，还望操烦……

头两杯酒安子谦接了，第三杯酒，安子谦推了杯，说，陆侯先生，这杯酒，我再接下就不合适了，来年的田土，我就不再种了。何陆侯搁下酒杯，说，你不种，我找哪个呢？安子谦说，这么早跟你讲，就是便于你找人出佃嘛。何陆侯说，你是不是嫌佃租高了？可以减点下来嘛，减四六你看咋样？安子谦叹气，说你就那么点亩口，还四六，你吃啥？何陆侯说既然这样，你为啥不帮忙呢？

安子谦叹口气，扫了一眼若兰，端起酒杯跟何陆侯碰了一下，先干了，照照杯，叹口气，说，陆侯先生啊，若兰也大了，我还是想趁着能动弹，多赚几个，不然，等我老了，以后的日子又咋整呢？

若兰娘和若兰都局促起来，觉得对不住这盛情，有些坐不住了，看着宝儿娘，都讪讪地笑着，手上的筷子，拿着也不是，搁下也不是。宝儿娘给她们夹着菜，热情地招呼，说，我们吃我们的，他们讲他们的。

这事情来得有些突然，何陆侯有些回不过神。

老兄啊，实在对不住啊。安子谦说，如果我家若兰是个男娃儿，我肯定像当年我家老人一样，啥事情不管，挑子担不动了，就随手一撂，总有个人可以接得住……但是呢，安子谦摊摊手，苦笑一声，摆摆脑壳。

若兰一听这话，眼圈一红，低下头。

何陆侯打了个哈哈，拍拍安子谦的肩膀，端起酒杯，子谦啊，你我兄弟，啥话也不消讲了，来，干了这杯！一连干了几杯，何陆侯酒量浅，上了酒兴，话语也多了起来，见若兰小口小口地扒拉着饭粒，也不吃菜，宝儿娘夹菜也不肯接，闷闷不乐，就说，若兰啊，这秦村上下老小八百来口子，你爹是我最欣赏的人，他也是最对得起我的人！那年——

若兰晓得陆侯爷又要讲什么了。每年过完佃租的这顿酒饭，一旦他喝多点，就会兴致勃勃地讲起那件陈年往事。

那年，安子谦十五岁，他爹突然觉得很惆怅，老子帮佃，儿子还是帮佃，倒不如丢掉扁担和锄头，重新寻个行头。他要安子谦去学匠人。那会儿安子谦很能识文认字，一番琢磨后，给了两个选择——木匠和碑匠。安子谦拿不住，去找何陆侯。何陆侯认真做了一番分析，让他选碑匠，说里头学问大，搞头自然大，随便一套花碑，简简单单的滚龙抱柱和二十四孝图，没几十担谷子，那是别想做出来的！只要安子谦肯下功夫，十年师成，就是一代匠师！可是没两年，何陆侯就去找他了，因为安子谦的父亲害病，他们家的田土无人耕种。安子谦二话没说，丢下錾子和锤子，扛起锄头就进了他们家的田地……

其实，若兰很小就知道，还有一套说法。大家时常拿这套说法来取笑安子谦。也就这件被大家当成笑话的事，叫若兰对她父亲，心生了一种特别的敬意。说，安子谦学师在爱城，师傅是方圆百里有名的碑匠，挣钱就像拣笋壳叶一样简单，光是妾就娶了三房。给师傅师娘洗脚，是徒弟娃必须尽的孝道。每天晚上，最受宠的幺房师娘，总要安子谦给她洗脚。别的徒弟娃给师娘洗脚，总是偷偷挠师娘的脚板心。安子谦洗了几个晚上，都是规规矩矩，三房师娘骂他木头，主动去挠他的手板心。安子谦羞臊得不行，这叫幺房师娘更喜欢他了。幺房师娘许愿，说你要听话，五间大瓦房我回头就给你盖，但是安子谦第二天扛着行李就回了家。

何陆侯说，若兰啊，你爹十七岁扛着锄头进了我家的田土，迄今四十年啊！人家那话可真没讲错，如果不是你爹，我这药铺门口的长板凳，只怕早劈成块子柴烧了火啰！来，子谦，我的老兄，我再敬你三杯！

2

过了两天,何陆侯才晓得,安子谦接下了耒正万的田土,裤裆地。

秋收没几天,耒正万娘子带着女儿回娘家,去吃喜酒。耒正万本来是同行的,只是贪图日头好,要晒粮食,就请人带信,从土镇要了两乘滑竿。刚过遇仙桥,抬脚师傅就嫌路太远,嫌耒正万娘子富泰,要求添钱,耒正万娘子不肯,抬脚师傅就说崴了脚。母女俩只好落地步行,没走多远,就被拉了肥猪。

妈哟,这啥子抬脚师傅哟,吐出的口水子,喊他舔回去!消息传回来,大家都骂。当我秦村的人炟火好欺么?何福田也气得火冒,专程去了土镇,将四个抬脚师傅叫到茶馆,四个抬脚师傅在茶馆里磕头作揖,他们的妻儿老小在茶馆外跪了一坪,哭声翻天,求乞可怜,哀告饶命。

女人赎金少,女儿赎金高。耒正万先把女人赎回来,约定第三天再赎女儿。耒正万找到何福田,要把裤裆地卖给他。

何福田说,这个时候买你的地,给多高的价钱都像是趁火打劫,我借钱给你吧。

棒老二头子惭愧地跟耒正万说,对不住了,手下两个兄弟酒喝多了,坏了规矩。一具棺材抬到耒正万跟前。小小的棺材,没上漆,白森森的,女儿躺在里头,像一支揉碎的花。

棒老二头子说,贞洁坏了,一死就干净了,我帮你动的手,没咋受罪。棒老二头子又丢出两颗人头,那是他的两个兄弟。棒老二头子说，干我们这行，重规矩、讲信义，规矩坏了、信义坏了，我这买卖也做到头了。说着，他掏出刀子，切了两根指头，丢进棺材里。

中间人跟耒正万说，头儿能做到这样，也是仁至义尽了。

耒正万娘子听说女儿死了，也寻死觅活。耒正万万念俱灰地跟劝的人说，由她去吧，早走早干净。

都以为耒正万会随妻女死去，或者出家，结果他什么也没干。在家呆呆傻傻地坐了两天，先找到何福田，问还可不可以借钱给他，他拿房屋和裤裆地做抵押。何福田说那就立个字据吧。接着耒正万又找到安子谦，说我祖上几代，没有一个不是苦累死的，我亲眼看见我爹累死在犁沟里……我要替他们好好享一盘福，但是田土不能闲着。他们辛苦攒下的土地里，要是能生出好苗价，有个好收成，他们看着也高兴，你看你愿不愿意把我的裤裆田租佃了。

从小到大，家里长辈都拿耒正万家的人当例子，要他们向人家学习。说耒正万的祖上，来到秦村的时候，上无片瓦、下无寸土，硬生生地靠着一双手和一副硬脊梁，不仅在秦村生根发芽，还修了那么大一院房屋，置办了那么多好田好地，尤其是那裤裆地，纯粹是几代人一抔土一抔土捧出来的……

因为没少听耒正万家的故事，安子谦对耒正万从来都很尊重，如今，当这个悲惨的男人站到自己跟前，喑哑着嗓门问他愿不愿意去耕种那片神奇的土地的时候，安子谦想都没想就答应了。

耒正万问，佃租你看几成合适？安子谦说你也是个实诚人，规矩你晓得，你说吧。耒正万说，分成租嘛，四六你看咋样？安子谦愣了一下，说，陆侯先生的几亩田，也是分成租，历年来都是五五，你我也不沾亲带故，这便宜太大，我受不起啊。耒正万笑笑说，因为你庄稼种得好啊，种得好，就收得多啊，我是划算的。

3

耒正万并不怎么在秦村住，他搬到土镇去了，他在土镇当老爷。他找了两个窑姐儿，一胖一瘦。还请了个厨倌师专门照料他的吃喝，顿顿都是大鱼大肉。他还耍钱，吃大烟，没事就泡茶馆点书听，去戏楼捧角子，吆喝一声好，撒一把碎钱。

都说耒正万并不像个有钱大爷，因为没过过富人的日子，所以再怎么撑，也顶多像个败家子。

唯独安子谦理解他。每当听到有人说他的消息，他都忍不住哀叹，说，你们哪里晓得他的苦哇，三皇五帝，秦汉唐宋……祖祖辈辈，世世代代，经历了多少危难，受了多少罪孽，才把一根血脉，像狂风中的蛛丝，拉扯到现在。如今，他是硬生生地要把这人在自己手上做绝种啊！

旁人恍然大悟。

耒正万也时常回秦村，怀里抱着花大价钱买的连发子，坐着滑竿，吱吱呀呀，颤颤悠悠，先来到他的裤裆地边，在那块大白碑上坐下，请安子谦过来，吃上一袋水烟。有时候，他还会带上点好酒和下酒菜，请安子谦边吃水烟，边吃酒。

那块白碑很大，耒正万和安子谦盘腿分坐头尾，当中还空出好大一片，平平整整，正好当桌面，摆上酒菜，两人躬身探手，酒杯和水烟袋往来传递，口中虽讲的都是闲话，但是各自心头却是感慨万千。

子谦老哥，你年长些，跟陆侯爷走得又近，可听他讲过这石碑的来历？禾正万拍拍屁股底下的白碑。

这还真没听他讲过。安子谦说，我晓得的，也尽是老人言，你也是听说过的。说，有个神仙去给西王母过生，也不晓得送什么，就请人写了一首祝寿诗文，用金子镶在银子做的碑上。在驮着前往西天的时候，路过秦村，秦村人看见那银碑金字漂亮，就借招待的机会，使劲灌酒。把神仙灌醉了，想要把碑偷走藏起来，可是碑太重、太大，无处可藏。但是大家又都不甘心，就把那些金字给偷了。等到神仙酒醒，发现人不见了，碑上的字也不见了，气得哭笑不得。而此时西天鼓乐声声，西王母的寿宴开始了，神仙急得不行。西王母说，这有啥嘛，人到情到，你的心意，我心领了。神仙说，那这银碑金字呢？西王母说，留在那里吧，秦村人啥时候把金字还到碑上去，就啥时准他们出功名吧。从那时候起，秦村虽有无数读书人，却无一个登榜。而那块银碑，也就变成了石碑，因为雪白，人称白碑。据说因为这事，秦村流传起了一首儿谣——

白碑落，鬼出窝。地生烟，井冒火。猪不死，羽不落。

都说儿谣预世，俗话警人，但是这儿谣究竟有什么预兆，秦村不少聪明人逐字逐句研读过，却始终无解无答。

禾正万笑笑，这些话，你老哥子也信？安子谦也笑笑，完全相信倒不至于，不过，哄娃娃长记性还是有趣的，教人莫要贪图嘛；不然，何至于几百年来，竟然连个秀才都没出一个呢？耒正万说，那儿谣里头，究竟有无玄机、有无预兆，恐怕还要拿时间来印证。时候到了，大家就会猛然醒悟，原来警告一直摆在那里几百年，只怪蒙昧无知，后悔也来不及了，就像我。耒正万讲起来，说妻女去土镇的前夜，他就做了个梦，他正忙着晒粮食，金灿灿的粮食和金灿灿的阳光，刺得眼睛都睁不开。他听见个人说，忙啥子呢，有粮无口。他问啥意思。那人叹气一声，扬长而去。第二天，就出了那样的事情。

还有，耒正万说，我女人嫁给我，好几年都不开怀，想方设法，又是问医，又是求神。听说龙隐寺的菩萨灵验，捐了十个银圆求乞。晚上住在庙里，女人还真梦见菩萨来了，说，见你求得辛苦，又这般急切，我这里有一个，只是命相不好，如果你们不愿意等呢，这里就拿去。如果愿意等呢，三年后再来。我们哪里还肯等三年呢，女人就伸出手去。结果，还真灵验，回去就怀上了。只是从小到大，一想起那个梦，就心头不安。渐渐娃儿大了，乖巧听话，模样俊秀，那个梦也早被我们忘在脑后了，成天想的是招赘个好女婿，再置办点田地，好日子，比蜜甜。哪里想到这一遭呢，家破人亡，烟消云散。

安子谦正要开口劝慰，耒正万却是自嘲般一笑，说，老哥，来，来，先请烟，再请酒。安子谦忙着接了烟，又接了酒。耒正万突然说，老哥子啊，还是你好啊，满天神佛都眷顾着你啊！

我哪里好呢？安子谦苦笑一声，觉得在耒正万面前，自己是不该有怨言的，就抬头看看天，说时候不早了，活路不能摆到明天，道谢了烟酒，拍拍屁股，进了土地，但是心头却是五味杂陈。虽然从未有人拿他和耒正万比较，但他总是觉得自己和耒正万命运相似，他们两个的娃儿都带得晚，都只养了个独女，而且两个女儿年龄相仿。所以，当目睹耒正万这凄惨命运的时候，安子谦总会想到自己，既觉得自己是幸运的，又觉得心有不甘。

耒正万会在白碑上坐很长时间，一边吃烟喝酒，一边看土地在安子谦手上，怎么深耕，怎么耙平，怎么挖窝，怎么下种，怎么出苗，怎么间苗，怎么苗壮成长，怎么成为绿莹莹的一片，怎么成为黄澄澄的收获。

每次耒正万都会很高兴，老哥子，你晓得么，我昨夜梦见我爹了，他站在地边，像我这样看着庄稼，不停夸赞，说也只有咱们家裤裆地，才生得出这么好的苗子。安子谦说，是的呢，肯出苗、肯出粮，这真是块好地哇。耒正万说，可我怎么看它，都觉得它是一片大坟场啊，里头白骨森森呢，埋着我老祖、我祖父、我爹……也不晓得它还会埋多少人，它就是个不折不扣的血盆大口，吃人不吐骨头。

没想到耒正万竟然说出这样的话，安子谦愕然说，它出了那么多粮食，养了你们家那么多人啊！

人呢？耒正万哼哼冷笑，说，你说养了我们家那么多人，可是人呢？人到哪里去了？安子谦不是回答不上来，事实摆在那里，惨剧是人造成的，怎么能去怪土地呢？地生万物，只要你对它勤快一点，多流点汗水，它就会特别慷慨，你种什么，它给你生长什么，春种一粒粟，秋收万颗子。

从白碑上起身，耒正万跌跌撞撞找何福田去了。他穿过田野，来到何家药铺跟前，在门口的长板凳上坐上一屁股，跟何陆侯讨上一杯清热润肺的药茶，慢慢喝了，进了铁门槛，大声武气地吆喝，福田老爷，我又来跟你借钱啰！

耒正万是绝对不会在秦村过夜的，无论多黑多晚，都要回土镇。黑夜里，两个抬脚师傅抬着滑竿，另外两个一前一后打着火把，耒正万坐在上头，不时抽出连发子，对着夜空开一枪，伴随着清脆的枪声，是他那长声夭夭的呼喊，棒老二呢，来嘛，来打抢老子嘛！

这一年裤裆地的夏粮和秋粮，照耒正万的说法，是从来没有过的好收成。安子谦要过佃租，耒正万说不急，等来年再说。这一年，光是夏粮，就装满了安子谦家所有的柜子和囤包。入秋的时候，他新修了粮仓。秋收新粮仓堆满了新粮食，安子谦也迎来了从未有过的富足。

来年，眼看夏粮就要熟了，耒正万却突然就死了，吊喉死的。据他的那个老厨倌师说，他是计划好的。他拿出两件花衫子，问两个窑姐儿，晓不晓得这是哪个的。窑姐儿咋个晓得呢，乱说，说他的相好的。耒正万很生气，说这是他的妻女的。他要那两个窑姐儿把衫子撕了，搓揉成绳子。开始搓了一根，说不柔软，拆了重新搓。然后，他把窑姐儿打发了，就挨个到酒馆、戏楼子和烧腊摊去清账。我问他，我是不是也该走了。他说你不急，你可能还要忙几天，秦村的人还没吃过你做的饭菜呢，也得叫他们有个口福呀。

老厨倌师赶着牛车，牛车上躺着耒正万的尸体，一旁的锅碗瓢盆，磕磕碰碰，哗啦乱响。

响声突然停了,老厨倌师问,安子谦在哪里?

老厨倌师转达了耒正万留给安子谦的话,他算了一账,房屋和裤裆地的抵押款,再加上安子谦该付他的地租,正好抵消跟何福田的借款。这多出的一季夏粮再有些时日就该熟了,从他前阵子看的苗价,收成应该不错,抵得上棺材板和丧伙饭。既是耒家佃户,丧事自然由安子谦来操办了。

安子谦本来是将耒正万的丧事托付给土镇一个专门代办红白喜事的行会,让他们先帮忙估算估算费用。谁承想行会报出的一口松木薄棺的价码,竟然高过九层大漆柏木棺材。

行会的人说,这办丧事本来就晦气,要不想多落几个,谁干这呀?安子谦说,找你们是因为我不懂咋个给外人办丧,既然这样,我就当自家的丧事,把它办得光光生生的、热热闹闹的!

4

安子谦杀了一口猪,棺材是柏木的,虽然没有九层大漆,但是厚实。还请了三个道师,请了一帮哭丧的孝子贤孙,吹吹打打,哭哭闹闹,搞了三天。刨去花销,应该有点小亏。安子谦说,如果按五五算,哪里亏呢?谁家的便宜都占得,他耒正万家的便宜,我不沾染。安子谦将多出来的一点钱送到了土镇一家庙子里,给耒正万一家三口念了三天往生经咒,捐了三块往生牌子。

都说安子谦仁义。

主人家死了,裤裆地归了何福田,安子谦无地可佃,等到夏粮收完,该找下家了。那些天里,安子谦心情很不好,虽然好些家子都来找他打商量,但不是佃租不合适,就是觉得土地太远,耕种不方便。

天气沤热,安子谦晓得,一场暴雨等着呢。

暴雨到来那天早上,铁门槛的管家公突然登门,说主家子请他过去一趟。安子谦说老哥子你喊人传个话就是了,哪能劳驾你亲自跑一趟呢?管家公说,主家子看重你,怕人把话传轻了,我就只好跑一趟啰。

刚要出门就落雨了,砸在地上起灰包,到处都是一片砰砰声。安子谦心头一阵惊悸,以为是雹子,忙冲出去。是雨。松了口气。披上蓑衣,戴上斗笠,安子谦和管家公颤颤巍巍地走进大雨里,两人都想说点什么,只是雨点太大,话一出口就被打散了,满耳朵都是暴雨声。

何家药铺曾经是个大院子,里头住着何姓几十户人家,四周是三合泥的高墙,四方有八个碉楼,龙门口两侧的最为高大,上面架着铁炮,老远都可以看见黑洞洞的炮口。

方圆百十里,何家药铺一直是个神秘境地。这不仅是因为何家药铺存在了两百多年,有数不清的疑难杂症和起死回生的故事,还有那齐梁高的装满百草的大药橱,使得人们只要一说起何家药铺,口鼻跟前就会飘起一股从久远的岁月弥漫过来的药味儿和陈腐味儿。其实,占据大院三分之二的何姓当家人府邸铁门槛,才是真正的神秘所在。

何姓当家人府邸,与何家药铺隔着一个院坝,一堵三人高的三合泥墙挡住了所有好奇的目光。进入当家人府邸有三个路径——大门、耳门和后门。大门的门槛使厚厚的黑铁包裹，所以大家也将何姓当家人的府邸称之为铁门槛。通常这道大门是不打开的，除非有贵客到来，或者何姓当家人进出。耳门是平常人进出的通道，很窄，门道很深。后门是柴门，专门走柴火和粪水。牛车经过的时候，很考驾车人手艺，缰绳稍微一抖，车厢就要撞墙。所以，墙壁上尽是深深的槽印。

　　传说，在这铁门槛里头，有一个大粮仓，地下一半，地上一半，储存着够整个秦村人吃整整三年的粮食。而在地下还埋有个大钱柜，存放的金银够买下三个秦村。在整个铁门槛里头，有大小天井九个，房屋一百多间，泉水井九眼。最显眼的建筑并不是大柱高檐的大堂屋，而是靠近晒坝的那幢高得有些突兀的塔楼，它的名字叫折桂楼，高有三层，据说是早年间何姓当家人为了教子弟苦读而修建的。过了正月初七，子弟们便被关进楼房里苦读，吃喝拉撒都在里头，到了腊月二十三，才准下楼。后来因为何姓人家的娃儿都不大喜欢读书，加上世道变了，断了功名路，这书楼就不再关人了。

　　以前的何姓人家当家人，都喜欢在祠堂处理事务。要身在祠堂，就必须走出铁门槛。偏偏这何福田，却又是个喜欢清静的人，于是就喜欢上了折桂楼。因此，这铁门槛少了何姓当家人的进出，一年四季，大门都是紧闭的，门口的地上生满了浅绿的青苔。

　　安子谦从小就在何家药铺跑，念书，躲猫猫，拣药……每一次和小玩伴畏畏缩缩地想要接近这铁门槛，都会被大门背后的呵斥声吓退了。

　　安子谦以为会被带着从耳门进去，管家公说，走大门吧，主家子专门叮嘱了，说难得你这个仁义人。

5

飘风雨淋湿了铁门槛，门槛铮亮，泛着黑光。安子谦把脚高高抬起，还是不够，差点被绊倒。管家公眼疾手快，抓了他一把。安子谦讪笑说，硬是高门大户呢。管家公没答话，带他进了一旁耳房，过来两个仆人，照顾他们脱了斗笠蓑衣，递了干帕子过来抹身上的雨水。安子谦还是第一回用这么干净的帕子抹身上，恨不得脱个胴胴，浑身上下，里里外外抹一遍。

仆人跟管家公说，主家子在折桂楼。

咋个在那里见客呢？管家公嘀咕了声，带安子谦顺着廊檐，前往折桂楼。一边走，管家公一边讲着自己的意外。说咋个会在折桂楼见客呢，从未有过的事呀。不过主家子办事，再小的事情，都是有大道理的。

安子谦以为会爬多高，何福田从上头下来了，手上拿着一卷书。安子谦躬身问了福田爷的安，何福田点点头，把书丢在一边。安子谦见那书皮上印着《花田错》，原来是戏本。

看过？何福田指着书问。

安子谦说，戏看过，戏文没看过。

何福田说，我是要先看了戏文，才进园子的。

安子谦说，福田爷讲究。

何福田一笑，说，穷讲究。

安子谦正要找话来对答，却听见何福田轻轻咳嗽一声，说，裤裆地，还是你拿着合适。

安子谦心头一喜，随即一凉。他是清楚何福田这人的，救穷不救富，遇到鳏寡孤老，他是慷慨的，送米送油，送医送药，悉心关照，遇到死了，还送火匣子板板。但是，对于他们这些稍微过得起日子的人户，虽不至于刻薄，却是谁也别想占他点便宜。也不晓得他在这一单转手买卖上，要增加多少佣金。

何福田叫账房先生拿了契约来，念给安子谦听。安子谦不敢相信自己的耳朵，竟然是原价出让，利息和佣金，一文不取。这太不像何福田做的事了。

何福田说，耒正万为啥找你租佃裤裆地，他可能没跟你讲过吧？安子谦说没有呢。何福田说，他跟我讲过。他说，一来，你们有些相仿；二来，他觉得裤裆地给你，不亏那样一块好地。既然是耒正万打定主意想让你耕种，你就世代把它耕种下去吧，所谓宝剑赠英雄嘛！

何福田打了个哈哈。

他那个地，也不是那么好种的，土脚还是浅了点，不经旱。安子谦说。

何福田正打量着屋檐口上倾盆的雨瀑，也没回头，问道，那么你说，这个地、这个价，究竟值当不值当呢？

值当，当然值当了。安子谦犯难地说，只是，恐怕我把老底端完，也只付得起六成啊。

当佃这么多年，给别家流的汗水，应该早流够了吧。何福田扭身，面对着安子谦，你是该有块自己的田土的时候了。说着，指了账房先生一指头，你把契约改一下，地价减两成。

账房先生没听清楚，侧耳看着何福田。

安子谦可是一字不漏地都装进了耳朵，而且那些话瞬间就变成了石块，砸得他一颗心怦怦乱跳。

6

安子谦的爷爷曾经有段堪称传奇的经历，他很满意自己在里头的表现，所以，一直被他用来教育子孙，三番五次地讲。说，那会儿他还很年轻，到土镇相亲。人家没看中他，说人虽然生得不错，但终归是个扛佃的，不可能有大出息。爷爷看着眼前几个茶盏，汤色都是翠绿的，他开的茶钱，当然觉得可惜。爷爷将几个茶盏收拢到跟前，一盏一盏轮流喝。终于喝清汤了，尿泡胀得难受，正要起身离开，脚底板子突然被一硌，低头一看，是个储觳子。储觳子鼓鼓囊囊，看来有不少货色。爷爷刚要弯腰捡拾，觉得不对，这玩意儿上了手，失主寻来，说短了什么东西，咋个好？于是就用脚紧紧踏住，站在茶桌前，等失主归来认领。

等了老半天，也不见有人来寻。爷爷被尿胀得两个膝盖打战，坠着身子，实在忍不住了，正要吆喝，旁边过来个汉子，一把将他摁回到椅子里，抓起储觳子，丢在爷爷跟前，里头滚出几个银圆和石子儿来。这个汉子，是土镇有名的滚刀肉，专门吃诈钱的。如果爷爷拣了那个储觳子，不出土镇场口，必然会被捉住，一顿暴揍是免不了的，家里的两亩薄田，肯定也保不住。

等爷爷撒完尿，一身轻松地站在大街上，正要起步回家去，滚刀肉冲过来一把拽住他，往酒馆里拖，说要交定他这个朋友。爷爷不肯，见滚刀肉毛了，才勉为其难地喝了三杯酒。滚刀肉热切地问他家住哪里，有没有婚配，又叫了女儿来见他，说要收他当女婿。那姑娘确是漂亮，羞羞答答，高高大大，一眼就相中了爷爷这个实诚人。但是爷爷却没告诉滚刀肉自己的实情，而且一连三年，不往土镇去。三年后，爷爷一进土镇，就看见了门楼子上吊着的那颗人头咋个这么面熟，一问才晓得，那是滚刀肉，通匪，前一天才挨的刀。

爷爷归结的人生经验是，烂账莫收，便宜莫捡，是自己的，永远都是自己的；不是自己的，银子到手也会变成炭。

裤裆地到手后，好长一阵子，安子谦都觉得恍惚。每当恍惚，安子谦都会穿上蓑衣，戴上斗笠，扛了锄头，前往裤裆地。雨一直下，从早到晚，不见停歇。整个秦村河流轰鸣，溪水涓涓，低洼处一片汪洋。雨水太久，泥沙澄底，水凼子清清澈澈，映着安子谦一脸的忧虑。

苞谷没来得及掰下来，挂在苞谷杆上，有些已经生芽。稻谷杆儿被雨水泡瓢了，大片倒伏，沉甸甸的谷穗开始倒线，再不收割，谷粒就脱落了，只要一沾地，已经醒了芽口的谷粒马上就会生苗。好多人家就担心这点，冒雨将苞谷和稻谷收回家去，可是又咋晾晒呢？堂屋的地上都生了绿苔，桌椅腿上长满了白醭。总不能眼睁睁看着归家的粮食发芽霉烂吧，于是，就用火炕、用锅炒。可是这又得耗费柴火。雨下久了，烧什么都冒青烟，除非像铁门槛何福田那样的大户人家，谁家也不可能备多少柴火。而何福田那样的大户人家，又怎么在乎粮食是不是烂在田里呢？说不准，他正坐在高高的折桂楼，吃着猪头肉，喝着烧酒赏雨景呢！

听从外头回来的人讲，不止秦村是这么大雨，土镇、爱城……所有讲得出地名的地方，都是这么大的雨，有的地方更大。讲的人还说了个笑话，雨下太久，庙里的和尚煮不熟饭，被发现劈了菩萨当柴烧。

和尚咋都干出了这样的事啊！安子谦叹着气。他站在地边，看着已经完全断青的稻谷，稻谷杆儿都软了，谷穗耷拉着，许多都断线了。就算明天烈日高照，马上收割，再怎么轻拿轻放，也难保证谷粒不掉落。安子谦粗略算了一下，七天之内收割，损失可能会有两成。超过半月，会达到五成。如果半月后天还不放晴的话，将颗粒无收。

老天有眼，它怎么忍心叫人一季白忙活呢？

安子谦弯下腰，薅起一把谷穗。谷粒可真饱满啊，沉甸甸的，刺得手心痒痒的。就算这雨再下半月又咋样呢？两成地价，可以换回几季粮食了。再说，就算今年瞎了，明年还会瞎么？种庄稼就是如此，丰一季，寡一季，就像昼夜交替，哪可能年年丰收，又咋可能倒霉透顶呢？安子谦轻轻放下谷穗，抓起一把被雨水浸泡得软烂的泥土，凑鼻子跟前嗅嗅，淡淡的腥味儿，像才被屠夫割出肚皮的猪肝。安子谦照顾这片土地也没几个年头，不过他自己觉得已经把它的脾性摸透了，知道该怎么让它舒坦，怎么叫它张开大嘴巴往外喷那白花花的稻米……

雨终于停了。久违了半个多月的太阳，金光灿烂地照耀在大地上。

尽管所有人的脸上都洒满了金色阳光，但是所有人的脸上都毫无表情，死板板，冷冰冰，像经手过多的铜币。他们在忧愁，在悲伤。忧愁和悲伤久了，就泅进了皮肉，沉到了心底。

一半的谷子都发了芽，一半的苞谷都生了霉。

安子谦家也一样。若兰娘也像那些女人一样，哭哭啼啼。安子谦好几次都想吼两声，还是忍住了。

若兰十三岁，却是个人精。她问安子谦，爹啊，咋不见你伤心呢？安子谦说我咋没伤心呀，霉烂了这么多粮食，今年你过年的新衣裳还不晓得在哪里呢，咋不伤心呀。若兰说，爹不伤心，我听见爹在茅坑里唱小曲呢，爹脸皮上紧绷绷的，但是肉在下面笑呢。安子谦眼睛一瞪，说，你这娃讲啥呢？看被人家听见。若兰装作被吓住的样子，慌忙捂住小嘴。安子谦见自己吓住了娃娃，拉她到跟前，捋捋额头前几根乱发，四处瞧瞧，说，我的兰娃儿啊，你放心，今年过年，有你的新衣裳穿，过几天爹就上土镇买布。若兰说，爹，我想换个袄了，现今这件是娘的，她个矮，我比她高一头了。换换换，安子谦说，一件长袄、一件短袄，缎面的，我的兰娃儿，你看咋样？若兰说，爹有钱么？

爹有钱。安子谦压低声音，但是自己都听见声音在打战。他说，爹拣大便宜了。

7

进入腊月，安子谦办的第一件事，就是去土镇打了一把七斤半的锄头。为什么是七斤半，为了纪念早夭的儿子。儿子出生七斤半，胖乎乎的，叫喜儿。喜儿三岁的时候，出麻疹，麻子入内，没医过来，时至今日，何陆侯还为此感到歉疚，说自己学艺不精。

安子谦用这把被他私底下叫着喜儿的又宽又深的大锄头，将裤裆地进行了深耕。他早上天不亮出门，晚上都半夜了，还听见那柄大锄头吃进泥土的噗噗声。而他的女人安子谦娘子和他的女儿若兰，则在每天早上做完家务后，就上山去铲火灰。

大河两岸的庄户人家，都有铲火灰的传统。大都是在自家祖坟山和祖林里进行，砍掉坟苑里的荆棘芭茅，再将林木的枝条修修，然后铲除林间的草皮。铲火灰是个技术活儿，劲道大了锄头钻土，力气小了，锄头飘草面儿飞，稍不注意就伤了腿脚。得事先磨锄，口子务必锋利，下锄讲究稳准狠，斩草齐根再稍带点儿薄土。铲除工作完毕，砍上几根竹梢，扎一柄大扫帚，连草带土，使撮箕收拢起来。选一透风亮堂地儿，底下预先堆上点儿干草干柴，再将荆棘芭茅码上，然后点火。一阵青烟，火势迅速起来。等着火焰正旺，就得赶紧将收归拢的草土担过来，薄薄的，一层覆一层撒上去，这更讲究，因为既要将火焰刚好压住，还得保证不至于完全熄灭，让火捂在里头慢慢地焙。这叫"沤火灰"。等到火完全熄灭，这堆土也就成了黑褐色，"火灰"也就沤成了。火灰虽不起眼，可是大肥的东西，带着一股浓重的烟火味儿，来年种豆种玉米撒上一小把，管保茎秆苗壮，籽粒饱满。

安子谦的祖坟山没多宽，祖林也就屁股大一片。他找到铁门槛的管家公，说了想租一季何福田家的林地来铲火灰，因为裤裆地根脚太浅，土质也不是很好，不好好改善改善，两三年下来就板结了,就不出啥粮食了。管家公很快回了话,说主家子同意了,能铲多宽铲多宽,只是别伤了树,别烧了山,至于租金,他看着随便给几个就是了。

何福田家的祖林也不晓得有多少年没铲火灰了,草很厚,走进去绊脚,荆棘丛生,刺架棚子就像半间屋那么大。若兰娘是个也能使粗笨的女人,一手叉子,一手砍刀,几下就把刺架棚子放倒了。若兰看起来文文弱弱,却会使巧劲,铲锄子像飘飞的鲫鱼。安子谦去看了,说土镇剃头匠的手艺也没我兰娃儿好。他抓起一把土皮,啧啧赞叹,我的兰娃儿啊,你咋这么能干啊?又捏了若兰的手,看见上面道道龟裂的口子,心疼地说,人家的女娃儿这个时候都在家里烤烘笼烫胡豆,我的娃儿呢,还在这里卖苦命呢。

若兰娘说,累点苦点又有啥呢,办下来的家物,还不都是她的。

烧完火灰,也就到了年边上了,腊祭庭扫,收拾收拾,准备过年了。若兰娘逮了两只大红鸡公,要安子谦送给何福田。女人也终于回过神来,晓得裤裆地的交易,他们家赚了多大的便宜。她说,何福田是对得起我们的,我们要依靠住这棵大树。大树底下好乘凉,他只消稍微带一带我们,我们就会成为秦村第二好过的人户。若兰娘一边照顾丈夫换衣换鞋,一边继续着她幸福的展望,说有了这块田土,有了何福田这个靠山,多长出息的男娃儿也会来当倒插门的。安子谦哼哼说,没有这块田土,就没有好男娃儿来上门么?若兰娘说,当然有啰,上回带若兰去土镇买布,半边街的男娃儿都在巴望她哪。安子谦叮嘱说,若兰大了,以后带她上街,就不要坐滑竿了，租个小轿，回把回的钱，我还是给得起的。安子谦叹息道，世道不稳，我们家是吃得起补药，吃不起泻药的，要落到耒家的光景，我才不赖活着呢，也一绳子勒了脖子算了。

拎着两只鸡公，安子谦踩着一路呱呱哒哒的叫声，前往铁门槛，拜见何福田。

8

何家药铺龙门口，何陆侯正出诊归来。病家先将马系在拴马桩上，再执着马镫，搀扶何陆侯下来，奉上谢礼，一口袋粮食和几个鸡蛋，躬身道了谢，这才牵着马离去。

何陆侯站在暮色中，看着安子谦两手叫唤的红鸡公。安子谦正要跟他打招呼，何陆侯先出了声，哦，这礼不小哪。安子谦讪笑两声，问陆侯先生去哪里看病了？何陆侯没头没脑讲了句，脑壳要清醒哟。说完，丢下安子谦，转身进了龙门口。

安子谦愣了愣，想着何陆侯的那句话究竟什么意思。进了龙门口，他并没立即去铁门槛，而是来到药铺堂前。

何家药铺设在何家祠堂里。祠堂正堂三间，正中那间，是供奉祖宗牌位的，被称为大堂屋。右侧那间，左右两墙是齐梁高的药柜，正墙位置供奉着药王菩萨。祠堂左侧，是何姓人家的私塾。里头摆着书案，挂着圣人像和一些劝学勉学的对联条幅。在门口的院坝里，摆着一条长木，上面是一排碗窝。每天午饭的时候，念书的娃儿们就蹲在这根长木跟前，由煮饭婆子端了饭盆，挨个碗窝舀饭。吃完了，把长木翻过来，倒扣着。等到下一顿，再反过来就是了。

虽然何家是靠看病抓药起的家，但是后辈子弟却对此并不热衷。每一代的子弟从小就长声夭夭地背诵汤头，从声音都可以听出来，他们不肯用心，懒心懒肠，权当应付。所以，终究能学成的，有资格坐堂开方抓药的，那是少之又少。大都是硬撑着上马，靠着现翻医书抓药。那时候，有关何家药铺医生的笑话可真不少。到何陆侯这辈，情况终于发生了变化。

何陆侯念书很厉害，先生不空的时候，就由他带着大家念书。让人觉得惊奇的是，他小小年纪，那么厚一摞汤头口诀，竟然可以随便背，只要你随口说个病症，他立即就可以开出药方来。一时间，何陆侯竟然被传说成了远近有名的神童，是扁鹊再世，药王菩萨下凡，好多病人不要他爹问诊，点名他来开方抓药。

因为安子谦家佃了何陆侯家土地，两家子往来多了，安子谦的爹提了个要求，希望安子谦可以进何家药铺去"捉"几个字回家，说将来签字画押的时候，也不用只晓得画圈圈。何陆侯的爹说，这好办，明天喊他早点过来，我让何陆侯带他一起念，不会的，何陆侯也可以教他。安子谦的爹说，娃儿还没书名呢。何陆侯的爹说，这好办。唤出了何陆侯，叫他帮忙。何陆侯问，他这一辈的班辈字是什么。安子谦的爹想了半天，说原来好像是有的，不过早就忘记了，我爷爷的名字都是乱起的。何陆侯说，做人处事要紧的就是不卑不亢，大方得体，有如谦谦君子，就叫他子谦吧。

安子谦的表现，却完全对不起何陆侯给他起的这个名字。他不喜欢念书，喜欢下河抓黄鳝逮泥鳅，喜欢上树捉鸟，喜欢在课堂上放响屁逗乐大家。先生实在受不了，要何陆侯带几个娃儿把他撵出去。

何陆侯没有撵他，只跟他讲，你来，到龙门口，我跟你讲几句话。何陆侯说，安子谦，你不喜欢念书没啥的，也不是啥坏事。这个世间，有一些人念书厉害，有一些人干别的厉害，比如杀猪骟牛、比如耕田种地……花开百种，只有那种好看的，香的，人家才会喜欢，它才是有用的！你懂我的意思么？

安子谦说我懂了。

何陆侯说，你既然懂了，那就出龙门口，回家去吧，割草、放羊、锄地……选一样喜欢的吧。

安子谦看看天空，说好大太阳哦，我还是想回课堂，阴凉。

何陆侯说，课堂是念书的地方啊。

安子谦说，我不捣乱还不行么？我打瞌睡，逗蚂蚁耍。

何陆侯说，不行，一颗耗子屎坏一锅汤，你会影响到大家的。见安子谦抓耳挠腮很为难，何陆侯说，其实认字也不是那么无趣，好玩着呢，你就把字当成一颗颗好看的小石子儿吧，拣到你的心里头，到时候三颗两颗拿出来，拼在一起，你会觉得比什么都好玩！

从此后，安子谦就像换了个人。他喜欢上了"拣字"，越是难写、难认的字，他越是喜欢。但是他不可能像何陆侯那样一直待在屋檐底下，就像他爹讲的那样，那里虽然阴凉，可是不长庄稼。字装一肚皮，可是不顶饿。

尽管何陆侯只比安子谦大几岁，但是安子谦却当他是自己的长辈，从他坐堂那一刻起，就一直尊称他为陆侯先生。何陆侯对他也是如此，人前人后，总是高看他一眼。

但是近来安子谦却发现，何陆侯瞧他的眼神越来越不对，讲话的语气，也硬邦邦、冷冰冰的。安子谦知道原因，一是没有佃租他的田地了，二是他多半是嫌弃自己和何福田走得太近了。

从辈分上讲，何陆侯是何福田的老辈子。但他却从来都瞧不起这个侄子，认为他早晚有一天会把祖宗传下的家业败光，会给秦村带来灭顶的灾祸……不管他是痛心疾首还是悲愤难当地讲的这些，安子谦从没认真地往心里去。他觉得何陆侯还是心理不平衡，他确然是有本事的，医术高明，医德高尚。可是何福田也很有本事啊，自他当家秦村以来，还从没发生过兵匪滋扰呢，大家平平安安，和和睦睦。

9

何福田正在大堂屋里接待一拨远客。安子谦被管家公带到耳房，给他上了茶水。管家公指着茶盏说，主家子专门吩咐了，用的是他待贵客的好茶。安子谦说哪里用得着这么客气，我这样的庄稼人，一碗白开水就好了。管家公说，你莫这么讲，主家子最器重你了，说你是秦村难得的实诚人，种庄稼的好手，值得交际呢，还要我把事情办得差不多了，代他敬你喝两杯呢。安子谦说，你这么讲，我就真是太感谢了。

不过，你也忙，我哪能还在这里添乱呢？先道谢了。说着就要起身离开。

管家公一把拽住他，你要走了就该后悔了。安子谦看着管家公，见他笑眯眯的，像是有啥好事情，被他藏掖在身后，舍不得拿出来告诉自己。管家公说，有好酒！远处来的，等等，我去拿半瓶来，咱老哥俩好好吃一杯。

正说着话，出来个人，一身板正的黑衣裳，操着下江人的口音，叫管家公多给他们的马匹添些精料。管家公说晓得了，每匹马都添了一碗胡豆和玉米。下江人说他们的马匹喜欢吃干饭，蒸点干饭吧。说着摸出一摞银圆，要管家公给下面的人买酒喝。管家公不肯接，说家里酒肉多的是，不花钱。下江人瞥了安子谦一眼，随手将银圆抛进他的怀里。安子谦吓了一跳，兜着银圆，不晓得该咋个办。管家公说，张同勋副官赏你的，你就赶紧道谢吧。

掌灯的过来问，今天晚上的灯咋个点。管家公说，来了客人，就都点上吧。掌灯的说还要补油，换灯草，他一个人忙不过来。管家公说补油换灯草的事情，你平常都该办了，咋个现在说忙不过来呢？算了，你叫两个人搭手吧。掌灯的说他使唤不动人。管家公就站在门口，随手抓了两个路过的人塞给掌灯的。

安子谦出了耳房，站在檐口下，看掌灯。

掌灯是何家药铺的一个奇景，也是一个传统。每到节庆日，或者来了远客，何家药铺都会在檐口、在碉楼、在廊道，挂满灯笼。灯笼有多少？大如箩筐的九十九，小似西瓜的九十九。当所有灯笼点燃，整个何家药铺近看如白昼，远看一片光灿灿。有人盘算过，说何家药铺点一夜灯，菜油够一家人吃十年。

安子谦正观着灯，管家公在他身后轻轻一拍，说，远客要见你。

安子谦被带进大堂屋。他还是第一次看见这么大的圆桌，四周坐了十好几个人。眼珠子转了一圈，他才看见何福田。何福田捏着纸烟，站起来正要跟大家介绍，一个粗壮的汉子离开席，走到安子谦跟前，把他扭向何福田的身子拨过来，面对自己——

听说你很会种庄稼？

安子谦定定神，忙回话，我种了几十年了。

你都会种什么呢？粗壮汉子问。

安子谦不知道该怎么回答，嗫嚅说，庄稼嘛，有的都种啰……

这是什么话？粗壮汉子瞪大了眼珠子，粗声大气。

何福田过来了，呵呵一笑，跟粗壮汉子说，云长将军啊，你这是要交朋友呢，还是审犯人呢？这个人啊，他拍拍安子谦的肩膀，是我这个地方最能干的庄稼人，无论洋芋还是红苕，也不管小麦还是胡豆，更不用说稻米和苞谷了，只要他出手，田地里生出的就一定是好庄稼！夏秋都是好收成！

真的？那叫云长将军的故作惊愕，这么厉害？

带兵打仗，你是一把好手。何福田再拍拍安子谦的肩膀，论种庄稼么，他是一把好手！

来！云长将军将安子谦拽进席桌，端起一杯酒，让我这个一把手，敬你这个一把手！

10

  这个年，安子谦备下了之前从未有过的丰富的年货，几家子平常不怎么走动的亲戚也都上门拜年、朝贺，讲的那些恭维话也都是他之前从未听过的。若兰娘笑容满面，言谈举止也之前从未出现过的大方得体，她正在努力学习有钱人家娘子的处事方法，她显然已经听进去了那些恭维话，将这个家庭当成了秦村第二——除了何福田家，就是他们。若兰娘一会儿要若兰换上缎面的长袄，一会儿又要她换上绸面的短袄，还要她穿那件缎面羊毛领袖的背心。若兰终于不耐烦了，说太薄，那分明是春秋和初冬穿的嘛。

  来年正月初二，正是安子谦五十九。做九不做十，又是花甲年，若兰娘一直叫嚷着要给安子谦做大寿，还都放出话去了。安子谦不让。若兰娘想不通，说送了那么多礼出去，怎么也要收回来。安子谦跺脚说，你还嫌不够招风惹眼是不是？你若想过好日子，就要先学会闷声发大财！

  这一年，安子谦对若兰也是最好的，有什么心里话，都愿意跟她讲，有什么重要的事情，也肯拿出来跟她商量，她喜欢买那些画本看，也都由她，不再阻拦。若兰也总是爱腻歪在他身边，给他温酒，给他捶背，给他洗脚，给他讲画本里的故事，咯咯的笑声，银铃一样洒满了三间茅屋，到处都是光灿灿一片。

  安子谦的这个年，自然也是开心的，快乐的。他已经习惯了坦然地享受这一切。但是，这种开心和快乐却不是尽兴的、完整的，他隐隐约约总觉得缺了点什么，心头始终有种怅然，像是丢了什么重要的东西，可是搜遍了衣包口袋，东西都还在，丢了什么呢？他想不起来。他咂摸咂摸嘴巴，只觉得索然无味。

索然无味、怅然若失的感觉，是那次大醉之后生长出来的，是被那种叫罂蜜酒的东西浇灌出来的。

云长将军说，来来来，给他满上。

管家公在身后说，这玩意儿可金贵着呢，就这一小杯，值半条大牯牛。安子谦当然不能轻信。云长将军说，你先尝尝，你要尝不出味儿来，就不值得跟你讲了。安子谦尝了一口，说有点蜂蜜味儿。这他妈的就对了！云长将军一拍巴掌，说，这他妈的就是蜂蜜酒嘛！何福田说，什么来头，云长将军讲讲，也让我等长点见识。云长将军说，我他妈哪里晓得啊，都是那娃在当家。他指着张同勋。

这确然不是一般的蜂蜜酒啊。张同勋站起来，端着杯子，说，在黑水上头，每年罂粟花结花骨朵的时候，就得把蜂箱安置进去。在所有的花朵中，蜜蜂是最贪恋罂粟花粉的，有些花粉吃多了，就掉下来死掉了。还有些醉醺醺的找不着巢，迷了路。更有一些倒霉的，一个劲地飞，翅膀断了，或者气力耗尽了，一个筋斗栽下来，掉尘埃里，被蚂蚁捡了大便宜……

扯那么多蜂子的事情干什么？云长将军鼓着眼珠子，指头戳着张同勋，扯着嗓子吼道，说这酒，他妈的你说这酒！云长将军已经有些喝多了，粗壮的身子在桌沿上撞来撞去，整张桌子的酒菜都跟着摇晃。安子谦紧紧扶住，担心地看着云长将军,真担心他会一不小心,把桌子推翻在地上。他那香肠般粗短的指头抖动着,在张同勋眼门前戳来戳去,他妈的你说这酒金贵在什么地方,咋个搞出来的!

张同勋笑笑,说,咋个搞出来的呢?先把这罂粟花蜜收起来,采用甘泉水稀释,加入老酒母,发酵七七四十九天,然后上锅蒸,一蒸二蒸三蒸,出的这酒哇,有蜂蜜的清香,却无蜂蜜的腻甜,滋阴壮阳,延年益寿!说着,张同勋端起酒杯,举向云长将军,来,我以这杯美酒,敬我们伟大的、英勇的云长将军!

他妈的,你搞错了,你咋敬我了?云长将军指着安子谦,吹胡子瞪眼地跟张同勋说,你要敬的是他,他是他妈的种庄稼的一把手,厉害角色,哎,我他妈还真喜欢上这个庄稼汉了!

也不晓得喝了多少,喝了多久。安子谦是被一泡尿和一阵马蹄声吵醒的。他艰难地翻身下床,跌跌撞撞寻找尿桶。屋子里没有尿桶,只有去外头茅厕。他看见何福田和管家公站在门口,正拱手送云长将军一行人离去。他也跟在后头。马蹄敲击着石板路,哒哒哒声响远去。他没走几步就跌倒了,怎么也爬不起来,索性往身上拢了几把枯草落叶,沉沉地睡了过去。

后来,安子谦不止一次地跟管家公谈起那天晚上的罂蜜酒,说喝那玩意儿是不是也跟吃大烟一样,会上瘾,因为他自喝了那酒之后就惦念上了,吃啥都没味儿。管家公说,别说你惦念,我也惦念啊,谁不惦念呢?那样的好酒!安子谦纳闷,说咋会醉成那样呢?好几天就跟一摊死肉样。管家公说你积点口德吧,你晓得你喝了多少?你起码喝了三十头大牯牛在肚皮里!

11

正月初二,安子谦起了个大早,敬了财神,就担着高撮箕往裤裆地里挑火灰。虽然没有张扬,若兰娘还是给他准备了一桌好酒菜,若兰还行了跪拜祝寿大礼,学着书本里的样子,念了一番赞词。

人日这天,安子谦刚把一担火灰挑进地里,就见何福田过来了。他身后跟着管家公、两个跟班和三个护院,他们扛着椅子,背着火枪,捧着茶壶。

何福田戴着墨镜,手持文明棍。到了地边,安子谦忙迎上去。跟班赶紧将椅子摆在白碑上,说平整。何福田却叫挪个地方,说那是古物,哪敢这样对待。

跟班伺候何福田在白碑一旁坐下,接过他手中的文明棍,递上茶壶,等他抿一口,再递上水烟,却被他轻轻挡开。

何福田跷起二郎腿,亮出长衫底下亮锃锃的皮鞋。他从怀里摸出一盒烟,欠欠身,请安子谦吃烟。安子谦说不会。何福田叼起一支,管家公上前喂燃火。何福田吸一口,呼出一股青烟,问安子谦是不是该做六十大寿了。安子谦说初二的事,早过了。何福田很惊讶,说我咋个都没听见火炮响呢?他看着管家公,我没听见,你也没听见么?一村人哪个啥时候生亲满月,你还是应该晓得的啊!

见管家公被责怪,安子谦忙打躬作揖,福田爷啊,这怪不得管家公的,我们没放炮,也没做酒,一家人就在一起吃了顿熬锅肉。

何福田觉得遗憾,人到花甲了,无论如何还是应该做一场的。不过,你也看不出来六十了,看看你的头发,都黑着呢,腰板也硬,担得动那么大一挑火灰。安子谦说担不动也得担啊,病老婆子割茼蒿,一天不死要柴烧啊!

何福田起身走到田边,小心地迈进去一只脚,看那被深挖的一大锹一大锹的泥土,又叫管家公拿起那把七斤半的大锄头,啧啧称赞,说我虽然不咋懂稼穑之事,却也晓得深耕出好粮的道理,而且也没看见有哪个庄户家子,这么使火灰,都是一窝庄稼抓一撮,你这,你这是厚厚地覆了一层呀!

安子谦先向何福田道谢,说没有他的帮衬,他把自家祖坟山和老祖林翻个底朝天,也烧不出这么多火灰啊。然后讲了这火灰对于庄稼的好处,改善土质是其一,其二特别抗涝抗旱,其三是利于走根和壮苗……

何福田又是一阵啧啧赞叹。说自己每回到田坝里查看庄稼,不管绕多远的道儿都会到他的地边看看,因为看见他耕种的田块,田块里生长的庄稼,心头就欢喜。你可真是咱们秦村种庄稼的一把好手哇,讲起你,我都感到荣耀,简直比得上咱们秦村出了个状元!

这可不是恭维话,别说秦村,整个土镇,你安子谦种庄稼,可都是有名的!管家公搭话,说他时常外头办事,好多人前来跟他打听呢。

安子谦不好意思地嘿嘿笑,不知道该讲什么了,两只大手搓着。在秦村,在耕种方面,安子谦确然是享有崇高的威望,每到耕种季节,好多人都到地边来,递上叶子烟,恭恭敬敬地向他求教:种什么、怎么种、何时晒田、几时保水……

何福田看了管家公一眼。管家公从怀里摸出一个小油纸包,打开递到安子谦跟前,问他认得那是什么东西么。安子谦一眼就瞧出来了,说这东西嘛,是叶子烟米米嘛。说着安子谦接过叶子烟种子,凑鼻子底下闻闻,接着说,这玩意儿好种,命贱,沾土就活,只是肥料有点难拿捏,肥少了,蔫细;肥多了,疯长,串苗,三天两头就得打尖。最难的是制烟,得晾、杀青、堆沤,为了叫烟劲大点儿,还得用上老陈尿,牛尿也行,人尿最好。

管家公又拿出个油纸包来,递给安子谦,说你看看,看看这个东西。

小如芥子,样子和叶子烟种子差不多,只是稍微黑点。安子谦心头一凛,这不是罂粟籽么?

咱们秦村的土地,种得出来这东西么?何福田问。

土生万物嘛,是种子,沾土就能出苗。安子谦说。

12

坏事情只要开个头,不管多小,总会一直烂下去,直到不可收拾。然后,它就会好起来,就像重新开始。其实世间万物,概莫如此。这话是何陆侯说的,说给安子谦听的。

头年秋天大涨水,旱了一个冬,以为又是春旱。没想到刚过惊蛰这天竟然下了一场透雨。安子谦喜出望外,赶紧爬犁,要把裤裆地翻耕一遍,把火灰和匀。没想到刚下地,脚丫子踩在烂软冰冷的泥土里，浑身一阵酥麻，紧接着，就是一股钻心的痛。

扎住他脚板心的是一块透明的东西，刃口锋利，闪烁着寒光，像藏在土坷垃里的霖冰渣子。

哪里钻出来这样好的玻璃？何陆侯说，秦村的土地咋个会有这种东西呢？安子谦摊开手心，接过那块玻璃，油灯下晶亮。何陆侯掌过油灯，移向安子谦的伤口。为了叫何陆侯看明白，安子谦起了身，半跪在椅子上，亮出脚板。脚板上，那个原本只玉米粒儿大的伤口，现今肿出了鸡蛋大个包。凸着，被灯光映得又红又亮。而他的整个左脚，也肿大了一圈，一摁一个窝。

何陆侯用长指甲戳了戳那枚鸡蛋，安子谦疼得一咧嘴，嘶嘶吸凉气。若兰在一旁，背过脸去不敢看，听见爹疼得出了声，忙上前搀扶住，口中喊着，爹，爹……声气里满是惊恐和惜疼。女儿的样子叫安子谦既心痛又高兴，他拍拍女儿纤细的小手，说，莫得事的，莫得事的。

还不到时候，得让它熟透，才好动刀。何陆侯又用那长长的玉管样的指甲戳了戳那个红亮亮的鸡蛋。说，后天再来吧，明天都还熟不透。

咋会这样啊？就那么个小口子。安子谦说。

于是，何陆侯就讲了前头那番话。

这都第六天了啊，我还有那么多活路啊！安子谦呻唤道，一点小口口，咋个会搞成这样呢。

伤了后，安子谦并没把这点小口子当回事，像平常那样，喝酒的时候喷一口。没想到第二天就踮着脚走路了。第三天上头，就要拄拐了……

若兰说，陆侯爷，要是我爹早点来看，会不会好点呢？

好不了。何陆侯把灯摆回灯台，坐下，拿手帕抹了抹两手，一捋胡须，说，你以前一点小伤小口，一点汤药不吃，几天就好了，那是因为你还壮年。所谓年青气正，身上自带三昧真火。现在情况不对了，你上了年纪，肌体正在变弱，蚊子咬一口，搞不好就可能丢了性命。

我爹这个严重么？若兰很担心。

何陆侯说，伤还是小伤，只是你爹这身子，原本就有邪气作祟，最近更是邪气蒙蔽了心窍，所以现在才会这般遭罪。正所谓积重难返，病久难除啊！

安子谦听出来了，何陆侯这是话里有话。若兰咋个懂得起。那咋办呢？看着老爹困难地挣起身子，抓过墙边的竹杖，她又是一阵心疼，问陆侯爷有没有啥止痛的药呢？

我这里没有，你爹要的话，他晓得去哪里拿。说完，何陆侯起身去了后堂，连句客套话也没有。

若兰觉得陆侯爷这样子有点奇怪，也没去多想，十几岁的娃儿，心思本来就简单。而此刻，老爹的疼痛让她感到自己不敢有半点分心，紧紧搀住安子谦，细条条的身子，恨不得背了他走。安子谦不想把沉重的身子倚在女儿身上，怕一不小心跌倒，压坏了她。但是脚底板上沉甸甸的疼痛，让他整个身子失去了重心。他扶住墙，龇牙咧嘴，让坠在脚板心的疼痛，慢慢退回到小腿肚，顺着大腿缩回到身子里，搅稀和了，轻淡了，这才挪步。

回到家中，若兰和娘摆闲条，说陆侯爷咋个那样对爹呢？

他不是跟爹要好么？看来他今年端午不会送雄黄酒给我们了。

三天后，何陆侯才切开安子谦的那个大肿囊，为了挤出脓头子，何陆侯专门喊了几个人摁住他。安子谦发出杀猪般的惨叫，疼得浑身打战，衣衫被冷汗湿透了。挤完脓，脚底板一个大黑洞。尽管何陆侯想尽了办法，又是拔毒膏，又是生肌散，等到安子谦丢开拐杖，双腿行走的时候，已经是三年后了。

13

这三年时间，安子谦家的土地，全部佃给了人家。他起先是要求土地里只能种粮，佃租四六分成。但是没人愿意，三七都不肯接手。若兰娘急得要跟他寻死觅活，安子谦叹气，说，那就随佃户吧，只一条，定亩定产，以粮收账。若兰娘做主，佃租竟然高到一九分成——佃户落一，他们家落九，而且是干吃净落。这要搁在平常年，那是匪夷所思的事情。可现今不是平常年，更因为土地里种的是奇物——罂粟。

何福田开出了大价钱，要大家只管种，他包收。他在何家药铺龙门口摆了几箩筐银圆，愿意种的，就去报亩口，领种子，领银圆。还没下种，就得了一笔比种粮食多得多的钱，而且管账先生说，这还只是前款。于是，整个秦村的人，都忙着下种，整个秦村的土地，也就很快生出了那种苦麻菜样的嫩苗。

这三年，真是罕见的好年头，无旱无涝，风调雨顺。这玩意儿也远比庄稼好伺候多了，轻贱得出奇，什么土地它都肯生长,一把种子下去,很快就是绿莹莹一大片,转眼就是花团锦簇,转眼就结果子了。走在鲜花盛开的烟田里,大家都说,这辈子哪还见过我们这样的双手抄在怀里的庄稼人呢?

也有忙得脚不沾地的时候,那就是出浆的季节。来了几个割烟师傅,教大家怎么割烟,怎么刮浆。才一个上午,男女老幼就都学会了,手脚比那几个割烟师傅还要麻溜。

白天割烟收浆,晚上熬烟。

何福田原来想把熬烟的炉灶摆在祠堂门口的大院坝里,遭到了何陆侯的强烈反对。何陆侯抱了一堆卵石在门口,指着何福田的鼻子骂,说你试一下嘛,垒在这里嘛,你看我敢不敢给你锅里下石头嘛!这样伤天害理的事情,你还敢在祠堂门口做?于是,熬烟的炉灶就垒进了铁门槛。

掌灯人点亮了何家药铺所有的灯笼灯盏,熬烟的炉火熊熊燃烧,秦村如同白昼。铁门槛伙房的几个煮饭婆子围着灶台彻夜忙碌,干饭、炒菜,还有烧酒,叫那些辛苦的熬烟人始终都有气力。

三年来,整个秦村,除了安子谦和何陆侯,所有人都参与了种烟、割烟、收浆和熬烟。若兰是秦村割烟最快的,她每天收的浆抵得上三个人,所以,她也是所有割烟人中挣钱最多的。她每天晚上回到家中的第一件事,就是掏出口袋里叮当响的银圆,搁在安子谦的床头。

这三年里,除了刮风下雨,安子谦每天雷打不动的事就是拄着拐杖,一点一点把自己挪到何家药铺,挪到何陆侯跟前。看着那些在铁门槛进进出出的人,何陆侯指指安子谦的鼻子,又指指自己的胸口,说,这村里,你和我,就剩下这么两个干净人了。安子谦提着那只伤痛的脚，换了个稍微舒服点儿的坐姿。他叹口气，说，还是你一个人干净去吧。你要是今天能让我这脚好起来，明天我就下地，种烟，种出最好的烟，烟果子西瓜大，一个果子就能收一碗浆。

何陆侯叹着气，神情沮丧。

要往好的方面看。安子谦说，一车一车烟膏运出去，一车一车的金钱和粮食运进来，好多人家的茅草房都换了青瓦房，家家户户的米缸子，钱匣子，都装得满满当当的。好多户人家一年还宰两头年猪……你啥时候见过秦村这么富足过啊？

庄稼汉买粮吃你觉得好？土里不生庄稼，尽长烟果子，你觉得好？李银泉也开始烧烟了你觉得好？娃娃一肚子疼，就拿烟泡子泡水镇痛，你觉得好？村头村尾几十杆枪把守着你觉得好？何福田跟几个土匪起家的军阀打得火热你觉得好？秦村是富足了，有钱、有粮，烟膏堆得像小山样，家家户户都肥得流油了，咳！何陆侯拍着大腿，跺着脚，这是招灾啊，秦村就要大祸临头了，大祸临头了你晓得不晓得？

安子谦见何陆侯捶胸顿足，红头涨脸，生怕他急出啥事情来，也不敢答话了，闷头坐着，等他心平气和。

等了许久，何陆侯的气劲才过去，起身去给安子谦沏茶。喝着茶，相对枯坐着，都觉得无趣。安子谦从口袋里掏出一把石子，搁在桌上。何陆侯不晓得他这是干什么。安子谦说，还记得小时候咱们一起玩过的和尚棋么？你拿张纸，画个棋盘，咱们来两把。

何陆侯笑了，拿了张包药的牛皮纸，几笔就画好了格子，然后两个就在柜台上下起来。小时候安子谦不管是当兵,还是当和尚,都走不过何陆侯。现在则调了个头,输家换成了何陆侯。

你心操多了,脑壳不中用了!安子谦说。

何陆侯拍拍脑袋,我不是心操多了,我是脑壳被熏坏了。何陆侯说,自从这里开始熬烟,我的脑壳就痛,半夜半夜的痛。他抖抖身子,发气地说,你看,我都瘦成啥子鬼样子了!

14

安子谦下地的第一件事,就是把佃出去的土地都收了回来,全部种上了粮食。这事轰动了整个村子。何福田差管家公来问他咋回事,咋个不种烟。安子谦说,已经连种三年了,再种的话,这地就只认烟苗子不肯出粮食了。管家公说,主家子可是待你不薄,最器重你的了啊!我要是你的话,马上就换种,节气还跟得上!安子谦说,你回头跟福田老爷说一声,我就换一茬,下一季,肯定是烟苗子,我要种出他们种不出来的大烟果子来,拳头大,一个保管出一碗浆!

管家公一眼就瞧出来了,安子谦这不过是耍嘴皮子。他也懒得理会,冷笑一声就忙去了。

那阵子铁门槛可是忙成了一团糨糊。何福田买了一批枪炮回来,把村里的青壮汉子都组织起来,成立了枪队和炮队,一时间到处砰砰乱响,时不时地就发生一起走火和误伤。何家药铺前头,总不缺血淋淋的人,一边挨着何陆侯的训斥,一边哼哼唧唧地呻唤。

而且，何福田还在后院修建了个漱玉阁。说是阁，却是个大院子，所有的石材木材，竟是从秦村之外运送过来的，光是车脚钱，就是令人咋舌的一大笔。还莫说那从天津请来的营造师傅，人家吃鸡，都是要撕皮的。据说这个漱玉阁，是给他的一个叫什么玉的妾准备的，只是人家迟迟不肯进山，贪恋大城市的繁华……

这年的春天，安子谦终于办成了件大事，给若兰定了亲。早一两年，就不断地有人上门提亲，秦村的、北县的，远远近近，杂七杂八，没个中意的。直到开春。小伙姓苏名永昌，土镇的，父母早亡，跟着哥哥嫂嫂过日子，比若兰大五岁，使牛耙田样样在行，还会点篾匠活，会打席子，能编筐子，虽然手脚慢点，但是活路实在。苏永昌在安子谦家住了半月，一时也不见闲着，这样刚下手，那样又拿起来，少言寡语，也不会喝酒，不会吃烟，时刻一张笑脸。

安子谦专门带苏永昌去何家药铺，请何陆侯帮忙相了相面。何陆侯说，不管看举止，还是看眉眼，都是个老实人，在性情上，也和你有一比……真应了那句话，不是一家人，不进一家门啊！

何陆侯这话叫安子谦非常高兴，专程去了趟土镇，许了苏永昌哥哥嫂嫂一份厚礼，顺带找八字先生合了八字，看了期，定在九月十八，高头大马，招赘上门。

自定下婚期后，若兰就像变了个人，不爱笑了，也不爱说话了，总是一副心事重重的样子，做起事情来也不像过去那般细致麻溜了，丢三落四，笨手笨脚，像个什么事情都没往心头去的傻姑娘。安子谦让女人跟她讲讲话、探探问，心头是不是有啥事。若兰娘说,姑娘家家的,长大了嘛,总会东想西想的嘛。安子谦说,就是喊你去跟她讲讲,想的啥呀。若兰娘气呼呼去找女儿了,结果母女俩没讲几句话,就吵闹起来,若兰说她不想嫁人,不想结婚,她还小,还没耍够。

安子谦推门进去,若兰一见他,扭脸埋进被子里,抽抽搭搭地哭,越哭越伤心。安子谦使眼神让女人劝劝,女人噘着嘴,气咻咻地出去了。安子谦在床前坐下,等她抽搭不厉害了,这才开腔。

安子谦说他脚痛这几年,亏得了若兰的辛苦,家境比之以前,非但没有败落,反而更加富足了。他也晓得若兰还小,但是作为女人,早晚是要成家的。况且他遭此一场病痛后,明显感觉气力劲儿大不如以前了。所以,他才想到要找个人,顶起全家的撑竿。

安子谦还许诺,说已经看好了木头,也找好了木匠,要给若兰做一套漂亮的嫁奁,雕花的婚床,漆金的衣柜。衣裳被褥,他去土镇的时候,已经去布店看好了布匹,就等啥时候带她去选布色了……

我啥都不要,啥都不要!若兰的哭声又大起来,手扑脚蹬,像个不给糖吃就耍赖的碎鬼蛋子。

安子谦悻悻地出门去。女人不理会他。安子谦去了何家药铺,见骡马大车,人来人往,搬着箱子,在药铺门口的坝子里搭着台子。

这是干啥?安子谦问何陆侯,这是要唱大戏么?

说对了的!何陆侯说,要唱大戏了,托的是那个云长将军的福,成都府的大班子,叫天运班。这下子秦村的人有眼福了,锣鼓一响,烟灯一亮,只怕老坟苑里的死人也受不了这个诱惑,往外爬呢。

安子谦说,你跟我就没必要这么阴阳怪气地讲话嘛,我找你有事情。他将若兰的情况细细讲了一遍,担忧地问,她莫不是不喜欢那个娃儿?何陆侯说,你这担心就有点多了,这年纪的女娃儿嘛,是要要耍性子嘛。再说,那娃儿哪点差了?秦村找得出来一个么?李银泉倒是稀罕你家若兰的,家底子也不薄,又是一个村。只是,那个钰字娃儿你看得上眼?原来身上只是多点富家子弟的坏习惯,现在呢,一手火枪,一手烟枪,完了,完了!

听了何陆侯这一番话,安子谦心头坦然了许多,正想着回家是不是要再劝劝若兰,却不想半道上就遇见了她。她和村里几个姑娘,嘻嘻哈哈往何家药铺去看热闹,说戏班子的人下午就会到,开场戏办在晚上,会点起"瓦斯灯",会把秦村照得比熬烟的时候还亮,跟白天一般无二。

15

和天运班一起来的,还有云长将军和他的四个姨太太,三个姨太太跟在他身边,还有一个姨太太在戏台上。在戏台上的这个姨太太,是四个姨太太中最年轻漂亮的,名叫玉观音。

大戏唱了半个月,唱戏的时间通常是晚上,有时候也是下午,这得看云长将军的心情。

相比看戏,云长将军最喜欢的还是打猎。他有两匹高大的西洋马，轮番着骑，这匹累了，换那匹。别看他身材矮壮，上马可顺溜着呢，抓住马鬃，一蹿就上去了。到秦村的第二天一大早，云长将军就策马蹿上了对面的高山，到傍晚才兴冲冲回来，说从来没打着小野猪，今天抓了一窝，正好饱口福。看戏的人都拥去看小野猪。野猪还都活着，嗷嗷乱叫。管家公来问怎么做。云长将军说你把两头的厨倌师都叫来，我问问他们怎么做。

此番前来秦村，云长将军除了带个戏班子，还带了一个卫队和一帮厨倌师，厨倌师里头，还分做中餐的和做西餐的。

铁门槛的厨倌师说，当然是红烧啰，放血，剁块，葱、姜、蒜、花椒、大料、豆瓣酱……

云长将军的厨倌师讲出来的做法那就别致多了，先给小猪崽灌红酒，等红酒走进皮肉，再拿烧酒活烧。小猪崽肉嫩，过完这一通酒火，虽然熟了三成，但却留着三分活命。此时以极快的速度开膛破肚，下锅煎炒，用上等黄油，撒上胡椒，淋上姜、葱、蚝油汁，配以红酒……

云长将军手一挥，那就按照你这方法来做吧！说着，他侧脸看看何福田，问，你觉得呢？何福田笑而不语。云长将军再一挥手，赶紧做吧，吃了看戏。

小猪崽当然是后堂伙房过的火，但是听戏的人们，似乎还是听见了小猪崽们一片嗷嗷声。

站在药铺门口的何陆侯唉声叹气，说这是啥季节啊，春天呢。一旁的人说，春天咋啦？刚在那长板凳上落下屁股的安子谦，用那川剧的二黄腔调，唱念道，劝君莫食三月鲫，万千鱼籽在腹中；劝君莫打三春鸟，子在巢中待母归。何陆侯觉得安子谦这是在嘲弄他，手往袖筒一抄，甩脸进了里屋。

不打猎的时候，云长将军他们中午会喝酒，而且多半会喝醉，下午大都在睡觉。云长将军晚上的精神头最好，特别喜欢说笑，跟谁都打招呼。他和他的姨太太们的位置摆在前头，由何福田亲自陪着，跟前的桌子上摆着从爱城来的水果和糕点。只要听得高兴，云长将军就大声叫好，还招呼周围的人一起叫好，然后叫人端了银圆来，一把一把地往戏台子上撒。底下看戏的也有胆大的，说，云长将军，你也打赏打赏我们啊，我们陪你看戏呢，陪你叫好呢。云长将军叫道，好！赏！抓了银圆，一把一把地撒向看客们。人群哄闹着，撅着屁股，抢着银圆。何福田唉声叹气，云长将军问他怎么了，何福田苦笑说，你看嘛，这些刁民，这些没见过世面的，一点规矩不懂。

16

瓦斯灯可真亮，嘶嘶响，射着雪白的灼眼的光，叫人不敢对视。点灯者是个高高挑挑的小伙子，一身龙套打扮，他既要管灯，往里打气压，还要时不时上台去翻筋斗，从台子这头翻到台子那头。

这天晚上，瓦斯灯的光亮突然弱了，眼见就要灭。云长将军说还演啥子呢？人都看不清楚了。大家到处找那个管灯的。找不着，说可能喝醉了，躲哪里睡瞌睡去了。因为都不懂咋个处理这个瓦斯灯，但是戏还得继续演。何福田发话，叫了掌灯人赶紧来把戏台子搞亮堂。

片刻中断后，戏接着往下演。

这天晚上的戏叫《青陵台》，说是玉观音的拿手好戏。之所以把这出好戏留到今晚，是因为这是最后一场了，天亮就要拆台走人。所以，戏班子的人都很卖力，要出了通盘的绝活儿，又是吐火，又是变脸，那个演何氏的玉观音，把个水袖要得漫天飞卷，真像是腾云驾雾，魂魄出天。

秦村的人哪个见过这场面？好多人连叫好声都不会了，眼睛都不敢眨地看着台子上，张大嘴巴，只会呵呵地惊呼。

云长将军一反常态，他在这天晚上，从开戏到现在，从来没有叫过一声好。他的神情凝重，眉头紧皱，矮壮的身子在椅子里动来动去，像是吃了什么坏东西，肠胃难受。他身边的何福田坐得笔直，目不转睛地盯着戏台——

见丈夫韩凭死了，何氏悲恸欲绝，活着没办法杀宋康王，就跳楼自杀，化作厉鬼，尖牙利齿，追杀宋康王。宋康王四处躲避……

而就在这个时候，突然一片乌云过来，遮住了月亮，撒起了小豆子雨。宋康王终究没能逃脱厉鬼的追杀，被索了命。而此时已经狂风大作，暴雨像使了瓢泼。

玉观音和一群演员们掩着脑袋就要往场下跑，一眼瞥见云长将军还坐在那儿呢，又都慌忙收住脚步。

一场戏不能结尾，那还叫什么戏。再说，正看到过筋过脉的关键地方呢。云长将军坐在椅子里，几把雨伞遮住他，要他进屋躲雨，他不肯挪屁股，唤了班头来，戳着他的鼻子，大声武气，说这点雨算啥，又不是下刀子，就是他妈的下刀子也得给我演！

何福田劝,说雨把灯都浇灭了,就算要演,也等雨停了嘛。云长将军说,你是心疼何氏呢还是心疼玉观音?她现在是何氏,还不是玉观音!规矩要讲,天大地大,不如戏大!看戏的都没走,唱戏的咋个能跑!

其实看戏的都跑了。院坝里,就剩了一片板凳椅子。都跑到屋檐底下,看屋檐水拉得笔直,冲得阴沟轰轰响。

看见了吗?这就是擅自改戏的下场,老天爷都看不顺眼啦!云长将军抓过班头,双手叉腰,喝问道,刚才演的那是《青陵台》吗?那是天运班唱的《青陵台》吗?马上给我重新演,演你们天运班的《青陵台》!

说着掏出抢来,冲着天空啪啪就是一梭子,将戏班子的人全部赶到了台子上。班头跪在云长将军跟前,请他饶命,说马上演,马上演。可是那么大的风雨,灯笼被浇灭了,乌漆麻黑的戏台上,一帮戏子们哭得像死了爹娘,还咋个演啊。班头爬上台子,拿了面锣,哐哐敲了几声,扑通跪下,先拜云长将军,求乞宽限片刻,然后拜四方天地鬼神,如有得罪,求乞原谅,请祖师爷灵官马元帅、华光天王、马天君保佑他们把这场大戏演完,一定跪拜大庙跟前,鸡酒祷头,高香大蜡,三天大戏,鬼戏神戏随人点演!

又是一阵锣响鼓响,出来两个人跳加官。雨点越来越小,风住了。掌灯人带着几个人,七手八脚点灯烧烛,戏台上渐渐明亮起来。令人惊异的事情就这么发生了,雨住了。丝弦鼓乐响起,戏接着开始往下唱起来。

舞台滑溜,宋康王脚下不稳,摔了个仰面八叉,金冠被扔了老远。恰巧这宋康王又是个胖子,半天爬不起来。大家刚聚过来，就被惹得哄堂大笑。几个兵将，一身重甲被雨湿透了，不堪重负，生怕也像宋康王那样摔了，步履小心翼翼，金甲银铠光亮闪耀，更加承托得他们狼狈不堪。倒是那个玉观音，一身白衣衫紧紧包裹着修长的身子，跪在舞台上，水蛇一样游来摆去，向宋康王哭诉着跟韩凭的恩爱，哀求宋康王不要拆散他们。她的唱词悲凄，声调拖着哭腔，婉转悱恻，台子底下一片哭声。

和刚才唱的那出不一样的是，何氏不是自杀的，而是留下遗书给宋康王，请他将尸骨赐给韩凭，两人合葬。

宋康王发怒，将他们东西分葬，遥遥相望。但是却从两座坟墓的端头长出两棵大树来，树干弯曲，互相靠近。又有一雌一雄两只鸳鸯，栖息树上，交颈悲鸣。最后，因为感动上苍，何氏和韩凭化为凤凰，身着漂亮的羽衣翩翩起舞，飞升上天……

17

戏文唱得很清楚，只是大家却看得云山雾罩。一出戏，咋个是两种唱法呢？台上那个玉观音不是云长将军的姨太太么？他何至于对她那么凶狠，还都耍起了枪。还有，云长将军跟何福田叫嚷的那话啥意思呢？什么"是心疼何氏呢还是心疼玉观音？"云长将军这唱的什么戏？何福田又在唱什么戏？如果这戏台子不是摆在铁门槛外头，他们把大门一关，只怕大家还不知道他们的锣声已经对不上鼓声了呢。所有人的心头，都聚起了一团阴云、一团疑云……

走在半路上，安子谦突然想起，这一个晚上，咋个不见若兰呢？念头刚一上心，就听见了阵阵惨叫声和吆喝声，接着是一阵枪响。安子谦以为是来土匪了，或者那个云长将军又在耍威风。可是，叫声和枪声并不是从何家药铺来的，而是秦河对岸的山边上。只见那头灯火晃动，枪声密集，喊叫声一片，乱成了一团。

好像是说出现了啥子东西。若兰娘耳朵尖，听出来了动静，啥子东西把人伤了？该不会是降了啥子妖魔吧？

这一晚上太邪乎了，就算是妖魔鬼怪也不稀奇呢。同路的人晃了晃火把，要照清楚脚底下的路。

若兰娘紧张起来，抓住了安子谦的胳膊。

就在此时，有人听得前头传来阵阵响动，似乎有什么东西奔跑过来。啥子东西？同路人探出火把。只见一道黑影，带着呼哧呼哧的喘息，猛地出现在火光中，亮出两颗长长的大獠牙和一对被火光映照得血红的眼珠子。那个人叫唤了声"妈呀"，就被撂飞了出去，手中的火把在天上画了个圈儿，弹出点点火星，然后稳稳当当地插在旁边的水田里。

如果不是若兰娘扯住胳膊，脚下不稳一起摔倒在水田里，安子谦觉得自己也肯定会被那道黑影撞飞。两口子从水田里爬起来，听见那个同路人趴在地上呻唤，就上前把他搀扶起。

安子谦一手薅起那个火把，一手拽起他的胳膊。若兰娘也搭手，扯住了根带子，拖了一下，怎么有些长，还有点滑溜溜的，温温热。若兰娘说你把火把拿过来，这是啥东西。火把凑近一看，若兰娘吓得尖叫起来。

是肠子。

18

死了两个人,一个被啃去了半边脸,一个被豁开了肚皮。伤了一个人,张家湾的张云龙,屁股墩子被啃去了半块。张云龙趴在门板上,亮着鲜血淋漓的屁股,"哎哟哎哟"地呻唤,间歇着讲两句他的遭遇。张云龙说,他当时在撒尿,听见背后有呼哧呼哧,像哪个在出粗气,还以为是哪个要整他的冤枉,刚要转身,就糟了,被啥东西一口啃住屁股……

还好啃的是后头,要是前头,我这辈子就完了……

张云龙,你哼个锤子,看清楚没有,啃你屁股的究竟是个啥东西?

不晓得是啥东西,突然下的口……张云龙说,反正不是凡间的东西。

那究竟是个啥东西?

说妖魔鬼怪的多。安子谦说那根本不可能是啥妖魔鬼怪,是野猪,他看见獠牙了,还有那被火光映得通红的小眼珠子。

根据安子谦的描述,野猪很大,像头小牛犊。从那一串一串的蹄印来看,那确然是猪。它是从哪里来的呢?何福田派了枪队,云长将军也叫了人跟着一起去,他们一队人马顺着脚印的来路往回找,一队人马顺着脚印的去处往前找。

秦村的地势地貌有些奇特。整个村庄看起来,很像一片狭长的柳叶。秦河蜿蜒,从村子当中穿过,就是那道叶脉。秦河两边,是两片狭长的水田,然后是旱地,是逐渐抬高的丘陵,是矮山,是高山,崇山峻岭。

那些寻找脚印的人回来了。他们说，脚印到了山边上，突然就不见了，一点踪影没有。安子谦和若兰娘围上去，问他们有没有看到若兰。若兰娘哭哭啼啼，她早已经认定，若兰肯定已经被那头野猪咬死了。安子谦脸青面黑，努力要让自己镇定沉稳，可是怎么可能，他手脚哆嗦，声音打战。

你女儿么？没看见，可能是被野猪精掳到山洞里去了吧！那些人说。

到傍晚的时候，整个村子都在讲，若兰被野猪精掳山洞里去了。还说，这一切都是云长将军惹的祸事，他抓的那些小猪崽，是野猪精的崽儿，野猪精这是来报仇的。而且这野猪精本事大得很，会幻变成人形，会呼风唤雨……

戏班子先行离开，大早走的，走得很狼狈，沿途丢弃了很多东西。有碎鬼蛋子在路边的水渠里拣了面铜锣，敲得咚咚乱响，听得人心烦意乱。

半上午的时候，云长将军也走了。云长将军黑沉着脸，也不跟大家打招呼，下巴颏向天。

以往，何福田一定会送云长将军出村口，但是这回他连龙门口都没出，就站在铁门槛外头，拱拱手，后会有期。云长将军也没有像之前，出了龙门口才上马，而是在铁门槛就上了马，等在马上坐稳了，才扭脸冲何福田一拱手，不光没开一句腔，连正眼也没瞧他一下，就催动了他的西洋大马。在他身前身后，脚步整齐地跑着他的卫队，后面紧跟着姨太太们的轿子。轿子少了一乘，大家你看看我、我看看你，心知肚明似的，认定少的那一乘肯定是那个叫玉观音的。因为戏班子走的时候，大家瞧得很仔细，她就不在里头。而来的时候，她的轿子可是走在最前的。那么她现在哪里呢？肯定是留在铁门槛了。想到何福田修的那个漱玉阁，再一转念，她不叫玉观音么？似乎好多疑问，一下子就找到了答案。

等到铁门槛关上大门，大家也就开始了议论纷纷。有人说别看福田爷和云长将军面上一团和气，其实两个在种烟的第一年就结下了矛盾，因为烟那么好，而云长将军一直在压价。去年，秦村的烟只卖给了云长将军三成，剩下的，一部分囤在土镇，一部分囤在铁门槛。

至于玉观音这事儿，大家就只能瞎琢磨了。有的说多半是福田爷在云长将军府邸做客，看上了玉观音。也有人说肯定是福田爷先看上玉观音，被云长将军横刀夺了爱，因为福田爷不肯卖烟给他，所以，就将玉观音送上门来……

就在大家三个一群、五个一伙凑在一起瞎琢磨的时候，安子谦失魂落魄地来到何家药铺，找何陆侯帮他拿主意。

何陆侯眼睛上火了，又肿又红，成了一条线，布满了眼眵。他扒拉开眼皮，看着安子谦，怒气冲冲地说，子谦啊，你啥子脑壳？你也相信那是啥野猪精？你不是看清楚了的么？那就是一头野猪嘛！

安子谦说，哪里钻出来那么大的野猪啊……

何陆侯叹气说，你不是看得清清楚楚的么，咋个连长自己头上的眼睛都不相信了呢？哪年山边上的庄稼不遭野猪啃？以前山边上有玉米，有南瓜，野猪不贪，啃几口也就此止步了。这些年，到处种烟，好多人家山边上的地不够种，还上山去开荒。野猪又不吃烟，它要吃粮食，找不到吃的了，自然要到坝子当中来嘛！

安子谦想想，觉得也是。

何陆侯两根指头撑开眼皮，子谦，莫听那些鬼话，你家若兰肯定还好好地活着的！

她在哪里呢？她咋不回来呢？她妈都急死了。安子谦眼巴巴地看着何陆侯。

何陆侯长叹口气，松了撑眼皮的手，一屁股坐下，宝儿娘捧了小细瓷碗过来，说是才在廖家幺女那里讨的奶水，趁新鲜，先点了眼睛。说着就欺上身去动手。何陆侯慌忙摆手，说里屋去点，里屋去点。宝儿娘说，里屋黑漆漆的。何陆侯说，点个灯盏嘛。屋里灯盏就一根灯草，这里亮堂，赶紧点，点完了我还要去哄宝儿睡瞌睡。宝儿娘并没进里屋，而是搁下那半细瓷碗人奶，转身跟安子谦讲，子谦爷，你还守在这里干啥呢？要找，你就赶紧去找！

安子谦就要哭了，摊摊两手，毫无抓拿的样子，去哪里找嘛？

哪里去找，钱罐子里去找嘛！何陆侯压低了嗓门，呻唤似的叫道，你咋个这么笨哟，你回去看看，你家的钱罐子是不是空了嘛！

若兰娘心急火燎地跑来，一路跟跟跄跄，像片摇摆的风筝。老远她就叫唤起来，安子谦呢，咋个得了哟，家里的钱也遭偷了，一百多个银圆哪！

去找那个点灯者。宝儿娘扯住就要走的安子谦，说，那天，我见他看了若兰一眼，若兰就像个灯盏一样，一下就亮了。

第二章　旱前6年

1

安子谦出发去寻若兰。他起得很早，原本是想趁着天麻麻亮就出门的，不想叫人看见他的远行。结果若兰娘的话太多，叮嘱这头吩咐那头，哭哭啼啼，一把眼泪一把鼻涕，好似此番分别就再也不相见似的。结果呢，走出院坝门已是大天光。他的担心是多余的，没人跟他打招呼，都在忙碌，忙着平整苗圃，忙着堆窖青肥，忙着再把大田细耙一遍，忙着往田边地头担火灰和尿窖灰。

马上就该是春分了，按照这几年的惯常，春分一到，就该育烟种了。这可是个细活儿，烟种得用温水浸泡，然后盖上薄纱，搁在温锅里醒芽。醒芽后，得撒进苗圃里，盖上薄薄的一层谷草或者松毛催芽。如果出芽不齐，还得赶紧补种。等到过了清明，就该移苗到大田了。第一年种烟，大家都手忙脚乱，现在有了经验，各自都晓得怎么回事了。

在经过大田坝的时候，安子谦听见白果井那头两个担水的惊乍乍吆喝，起红了，起红了……

安子谦正要走过，被人喊叫，子谦爷，快来看看，看看咋回事。安子谦只好过去，看见井水红彤彤的，抽抽鼻子，似乎还有股子血腥味儿，心头紧了下，觉得这是自己此番远行的凶兆。见大家都看着他，咧嘴笑笑，说，哪里是起红呢，可能是要涨春水了嘛。大家见他背着包袱，眼皮浮肿，眼珠子血红，也不好讲什么，问什么，只说，子谦爷路上慢点啊。

安子谦点点头，快步上了路。

在爱城，安子谦追上了天运班。

班头没有违背誓愿，他在爱城灵官庙前摆下了戏台。开锣前，先赤裸上身，二话不讲，拿鞭子将自己一顿猛抽，鲜血淋漓，皮开肉绽。这一下就惊动了四周。这叫"耍五辇"，搞这样动作的人，必定是受了多大的冤屈，或者是干了多么对不起天地的事，以此喊冤叫屈或者赎罪请饶。

接下来，班头向东西南北一顿响头，戏台子被磕得砰砰响，几下头皮就破了，鲜血挂了一脸。

班头开了讲。讲了祖师灵官天王的恩典。说如果不是神灵保佑，他们根本活不出来。而遭受那般差点灭顶的灾难，多半是因为他平日对神灵天地不恭不周，所以，先请饶恕一番，这才敢张口开言。

班头说，为了报答天地恩典，为了向神灵还愿，他们要在此地唱三天大戏。三天戏，鬼戏神戏随人点演！为表虔诚，不收分文。如果有好心人实在要赏赐，他们也不会拒绝，会把善举当成神灵恩赐，会更加卖力，更加用心地唱好戏文……

其实，还在搭戏台的时候，他们在秦村的奇异遭遇，就已经传遍了大半个爱城,而且越传越神——

说天运班到了秦村,压根儿没想到这个村子会有那么邪门。因为他们事先并不知情,如果事先知情,他们一定不会演《青陵台》这样的神鬼戏;如果事先知情,给他们一百个胆子,也不敢贸然进村。

他们就像在其他地方演出一样,在开锣之前,是敬了鬼神的,只是态度敷衍,不够虔诚。结果,戏演到一半,就发觉不对劲了。首先发现不对劲的是鼓师。鼓师五十多岁,打了半辈子的小鼓,无论多大的戏、多复杂的剧情,只要顺着他的鼓点走,绝对顺顺畅畅,一唱成名。这样一个不缺经见,从无数大场面走出来的鼓师,还是被当时的情形吓坏了。

班头听出了鼓点有些乱,凑过去问咋回事。鼓师说,台上多了不少角色,几个是邪魔,两个是土地和山神。土地和山神正在规劝那些邪魔,要他们从哪里来、到那里去,不必把事情搞大。那几个邪魔嘻嘻哈哈,说唱戏嘛,就是热闹热闹,不必当真。

鼓师说,台下也多了不少看戏的。这些多出来的,却不是人,而是野鬼和孤魂。

鬼神同台,就算不唱戏文也是好看的。由此惊动了妖怪和山精。土地和山神哪里是这些鬼怪的对手,几下就被挤下了台。鬼怪占了上风,一时间秦村风云突变,雷电交加,狂风暴雨。妖魔鬼怪趁风雨起乱,当场就掳走了三个貌美如花的姑娘,还吃掉了十多个人。

班头眼见这般惨烈恐怖情景,晓得再不想法,这个秦村,包括他们天运班,在这样一个菩萨闭眼、神灵打盹的夜晚,将在劫难逃，死无葬身之地。于是请鼓师敲响天鼓，他跪行戏台，向天神祷告，愿以自己这条贱命，换取大家的平安。天鼓惊醒了菩萨和神灵。只见那扮演何氏的，虽然还一身丧服打扮，但其实已经是观世音菩萨上身……

趁着鼓乐喧天，大戏登场，安子谦找到班头。班头躺在后台，正在烧烟泡。安子谦说，人呢？班头脑壳也没抬，问，哪个人？安子谦说那个掌灯的。班头说不晓得。安子谦说，你要再说不晓得，我马上跑台子上吆喝，说你刚才讲那些，都是鬼扯！

班头这才把脑壳从烟雾中钻出来，看着安子谦。安子谦说，你看清楚，我就是秦村的，我女儿若兰，被你们那个点灯的拐走了，你跟我讲，他在哪里？

班头摆着脑壳，我不晓得。

安子谦说你要再说不晓得，我就喊我秦村的人来，请你们再回去唱大戏！

班头冷笑一声，我又不是没唱过！

安子谦愣了一下，见唬不住他，只好换了口气，哀求说，我女儿不见了，被你们那个点灯的拐走了，我除了找你，还能找哪个啊！

班头嗳口气，丢了烟枪，乜斜着面前这个一脸愁怨的老头，说，你找我，我去找哪个呢？我的玉观音被留在了铁门槛，我的变脸师傅被打得缺胳膊断腿，我的鼓师也被你们的流弹打死了，我又去找哪个呢？你讲，找哪个？

2

班头说,在成都府,有多少茶楼子,就有多少戏班子。在多如牛毛的戏班子里头,起初他们天虹班和绝大多数戏班一样,日子过得非常艰难。他们的行头最旧,伙食最差,个把月见不到油荤不说,好多时候还会断顿。

日子都过成这样了,为啥还要苦苦支撑呢?因为戏班子在,大家怎么样也都还有个栖身之所,垮了的话,就真的是无家可归了,多半会混成讨口叫花的,会沦为摸哥、撬哥儿,暗娼、流莺、窑姐儿。只是,有时候确实混不下去了,为了不至于饿死冻死病死,他们也顺带做一些昧良心的事,比方容留流莺暗娼,帮忙拉皮条,赚取点床铺钱。有时候他们也搞些卖儿鬻女的中介,当当人贩子,吆点高脚骡子,至于贩烟啥的,那更是手边常做的事情了。其实,也并非他们天虹班是这个样子,几乎所有的戏班,上至班头,下到斯斯文文的琴师鼓师,没几个正经人。

班头说,几乎所有的戏班,都在挖空心思改变戏班的苦难境况。其实路径也就三条:一是有几出好戏,二是有几个好角儿,三是贵人相助。贵人相助不会凭空而来,一般是有了好戏好角儿,才会引得人家来看、来捧,一高兴了,大把打赏。

班头手头有一出好戏,为了这出好戏,他都酝酿好几十年了,也先后排了好些场,就是不敢轻易拿出来,他在等最佳机会,等一个角儿。

这个角儿就是玉观音。

十年前,班头在街头看见个顶草标的小女儿,三两岁光景,虽然面黄肌瘦,眉目却格外有神。班头怕看走眼了,又叫了琴师和鼓师来。小女儿被领回戏班后,大家就算饿着肚皮,也管她三餐肚皮囫囵圆。小女儿七岁的时候,生得白白净净,那双眼睛,顾盼之间,既有神,又传情。大家一番商议,给她起了个通常没人敢用的艺名,玉观音。

三年前,玉观音虽然尚未正式登台,却意外地为天虹班引来了位贵人,他就是秦村铁门槛的当家人何福田。

何福田受云长将军之邀,到成都府游玩。云长将军那时候驻军灌口、茂汶和北县等地,势力正在快速西进。他在成都购买了一大片地皮,修建了一处阔大的公馆,每日里都有戏班子和流水席。没玩两天,何福田就腻味儿了,尤其是那些俏花旦们,就像热油糕一样,想方设法往他身上贴,淫言秽语,实在恶俗,令人难以忍受。这天午后,何福田吃了两杯酒,听见锣鼓声响,晓得戏又要开演了,就悄悄溜出将军公馆,四处闲逛。

不知不觉间,何福田溜达到了一家戏棚子跟前,听见里头丝弦和锣鼓声甚是悦耳,摸了两个铜钱,被热情地迎进了场子。还没站定,就见一女子捧了烟泡子过来,请问何福田要不要来一泡,或者到戏台前,有躺椅,可以一边吃烟,一边吃茶,还有各色水果点心。

这女子就是玉观音。一身戏装,拎着烟筐,卖一圈烟,就要上台去跑一圈龙套,接着继续下来叫卖。玉观音怯怯脆脆的声音和那曼妙的身姿,令何福田眼前一亮,冷眼问道,你究竟是卖烟的还是唱戏的？玉观音更加胆怯了，不敢应声。班头慌忙过来，跟何福田说，她是唱戏的。何福田说，唱戏的，咋个还卖烟呢？班头一声叹息。这一声叹息里头，一半是无奈，一半是艰辛。何福田听出来了，问，她会唱什么？班头说，眼下她还只是跑跑龙套，没正式登台，登台就唱《青陵台》。何福田惊讶，她唱得了《青陵台》？班头说，她唱得了，也唱得好。何福田说，那咋还不登台？班头说，正在筹钱办行头把式，戏本也还有点问题，怕一炮打不响。

在何福田跟前，班头实话实讲，完完全全就像个老实人。他还格外讲了玉观音的身世。何福田说，玉观音？这艺名起得有点大啊。班头说，她顶得住这名号，你如果真真正正透透彻彻地见识了她，你就晓得了。

等到散场，何福田专门留下来，他要帮忙看看戏文，再看看玉观音怎么演绎何氏。何福田爱看戏，对戏文也很有研究。《青陵台》是个老戏，因为既不好唱，也不好演，所以少有戏班排演。

何福田对这出戏是有研究的。他讲了这戏文的起始。青陵台是两千多年前建于下邳的一座高台，台高三丈，建台的人就是战国时期臭名昭著的昏君宋康王。宋康王穷兵黩武，更是荒淫残暴，人称"桀宋"。宋康王建"青陵台"的目的，是为了他能每天站在台上观看附近桑园中的采桑女。

一个阳光明媚、暖风徐徐的春天，宋康王无意之间看见一个采桑女容貌俊秀、清纯脱俗，堪称绝代佳人，立即派人去打听这是谁家的女子。差官来到桑女之家韩丘村，得知这一女子是宋王舍人韩凭之妻何氏。差官威逼韩凭要他把妻室献给大王。韩凭无奈与妻商量,何氏知道内情后,坚决不同意。宋康王一听何氏不从,立即派人把她抢来,禁于台上,宋康王向何氏提出成亲,何氏作《乌鹊歌》拒绝:"南山有乌,北山张罗,乌自高飞,罗当奈何。"

为了逼迫何氏,宋康王将韩凭囚禁起来,参与修建青陵台。韩凭暗地里托人给妻子带了封信,信中说:"久雨不止,河大水深,太阳照见我的心。"不久宋康王得到这封信,有人解出了这封信的意思:"久雨而不止,是说心中愁思不止;河大水深,是指长期两人不得往来;太阳照见心,是内心已经确定死的志向。"不久韩凭果然自杀了。

宋康王把何氏带到刚刚修好的青陵台上,以荣华富贵利诱想让其顺从,并告知她的丈夫韩凭已死。何氏听后悲痛欲绝,哭道:"乌鹊双飞,不乐凤凰,妾是庶人,不乐宋王。"以此拒绝成亲。宋康王一听大怒,说:"我乃一国之君有生杀之权,可叫你荣华富贵,也可把你杀掉,不要敬酒不吃吃罚酒。"何氏含泪对宋康王说:"让我先祭亡夫,后随大王吧。"宋康王一听大喜,便应允何氏的要求。宋康王想不到的是,何氏拜祭过丈夫的亡魂后却从高台上跳了下去。

何氏留下遗书说:"王以我生为好,我以死去为好,希望把我的尸骨赐给韩凭,让我们两人合葬。"

宋康王发怒,将他们东西分葬,遥遥相望。宋康王说:"你们夫妇相爱不止,假如能使坟墓合起来,那我就不再阻挡你们。"很短时间内,就有两棵大梓树分别从两座坟墓的端头长出来,十天之内就长得有一抱粗。两棵树树干弯曲,互相靠近,根在地下相交,树枝在上面交错。又有一雌一雄两只鸳鸯，长时在树上栖息，早晚都不离开，交颈悲鸣，凄惨的声音感动众人……

"古来得意不相负，只今惟见青陵台……"何福田吟唱着，被那千古爱恨往事触动了心思，一声悠长叹息，捋起长衫，在椅子上坐下来，等着台上开演。

3

何福田在天虹班长住了一个月，他重新编写了《青陵台》的戏本子，为玉观音重新设计了唱腔。他在进行这一切的时候，班头带着一帮人也没闲着，他们拿着何福田给的钱，购置了全新的行头把式，买下了一家戏园子，在门口挂上了牌匾——天运大戏楼，自然，天虹班也由此改为天运班。

《青陵台》终于首演了。

演出大获成功。尤其是最后的高潮部分，当玉观音和饰演韩凭的演员穿戴着羽衣，在台子上一边翩跹起舞，一边进行着他们的爱情绝唱……而空中，飘洒起了漫天的白色花瓣，那场景，震撼了所有的看客。

当夜，班头带领一班人，向何福田行了三叩九拜大礼。礼毕，玉观音还不肯起来，膝行着来到何福田脚下，泣泪说她学艺十载，不及福田老爷一席指点。何福田要她起来，玉观音不肯，说除非何福田答应她一件事，以后让她侍奉。

何福田终于真真正正透透彻彻知道玉观音为啥叫这名字了。

天运班声名大噪，每天都有不少艺人前来天运大戏楼投班。班头也慷慨，只要肯来，就算用不上，也会给几天饱饭。

何福田回了趟秦村，等他再到成都府，天运班的戏台上，已经不见玉观音了。而在那戏台上演的《青陵台》，也不是他编写的那个本子——

韩凭不是自杀死的，而是报仇，手执利刃，刺杀宋康王，宋康王受了重伤，一怒之下，将韩凭砍了头。见丈夫死了，何氏悲恸欲绝，说她晓得自己活着没办法杀宋康王，只有死了变成厉鬼，有了尖牙利齿，才能对付宋康王的刀枪。于是，何氏自杀，然后化为厉鬼，满舞台地追杀宋康王。

——改戏之人，就是云长将军。

玉观音离开天运班的戏台，住进了云长将军的府邸。关于这个事情，云长将军跟何福田做了特别交代。他说，他并非不晓得何福田和玉观音的那份情意。既然是老兄心爱之人，他虽万般迷恋，也不敢夺人所爱。只是，他晓得何福田对玉观音是真情，那么玉观音对他何福田呢？于是就安排人去天运班，为玉观音保媒，说有个人很爱慕她，愿意纳她为妾。起初玉观音不为所动，当听到保媒的人开出的条件，一处公馆，十五万银圆，轿车两辆，还有十多个下人供她差遣，她坐不住了，提出愿意见见那位爱慕她的人。

云长将军问玉观音，福田爷那么喜欢你，你为啥不嫁给他呢？玉观音说，福田爷觉得我留在戏台上更为合适。云长将军问，你的意思呢？玉观音说，我从未喜欢过戏台。云长将军说，既然话都讲到这份上了，我就带你离开戏台吧。

何福田一张脸很难看。

至于改戏，老兄，我也是受你启发嘛。云长将军说，有人写戏,就有人改戏,这就像一个道理,你说一番是你的道理,我说一番是我的道理,你要看不顺眼,咱们就一起改回来嘛。

何福田说,没这个必要了。

云长将军的改动并没立即结束,他还为这出戏引进了西洋乐器,长号、小提琴……戏班子的乐师学不会,他干脆将一帮子西洋乐师叫上台子。一时间,这天运大戏楼就成了西洋景。而那些刚刚混出点名堂的艺人们,找了各种理由,离开戏楼,另投他班。

缺人的事情还不好解决吗?云长将军亲自招人,全都是年轻俊美的男娃女娃,一时间,天运班除了几个年纪大点儿的鼓师琴师,几乎所有的生旦净末丑,都是十几岁的娃娃,个个生得白白嫩嫩,眉眼清秀,别说演戏,就是往台子上一站,都说好看。

4

还在年前,云长将军就开始筹划要到秦村过年,但是被何福田婉拒了。不过,前往秦村,一直在云长将军的安排中。他让玉观音又回到了戏台上,说还是福田爷讲得对,她最该待的地方,还是戏台。

过完新年,有一阵子春闲时光,云长将军再次提出要到秦村,带着天运班,犒劳即将开始春耕忙碌的乡亲们。

得知要到福田爷家乡去演戏,大家都很高兴。这两年来,天运班总是跟在云长将军身后,四处去演出,每到一个地方,总会有一两个演员离开戏班——他们被云长将军当作礼物，馈赠给了那些个头面人物。

而这一回，云长将军问班头，你可晓得我为啥叫玉观音重新回到戏台？班头晓得也不敢乱开腔。他又问玉观音。玉观音默不作声。云长将军说，看你这两年也并不开心，所以才叫你回戏台上的。这回到秦村演完戏，你就留在那里吧，他可是专门为你盖了个阁楼呢，漱玉阁。玉观音眼泪水一下子就下来了，福田爷曾经夸奖过她，说她的声音好听，"如泉流漱石，声若击玉"……这句话就在耳边响起，仿佛昨日之声。

好啦，你就要回到福田爷身边了，回到你们过去的快活时光了，高兴点儿吧！云长将军说。

回到福田爷身边容易，福田爷不可能拒绝云长将军的美意。但是，要回到过去的时光，那是何其困难啊。玉观音早已经不是原来那个玉观音了。在福田爷手里，她是珍宝，她是观音，她被福田爷捧在手心，搁在心头，被珍爱，被敬奉。那些日子，无疑是玉观音最幸福快乐的时光，他们讨论剧情，研究唱词，月下小酌，松下听琴。玉观音不止一次地垂泪，吟唱那首唐代坛罐窑师傅们流传下来的有名的里巷歌谣，"君生我未生，我生君已老。君恨我生迟，我恨君生早……"而现在，她的身心布满了被云长将军过度耗损的印痕，像一件在无知粗鄙的玩家们手上传来抛去、肮脏破损的玉器。她不可能再回到光洁温润的样子了，那些脏已经"沁"到骨骸和肌理里了，自己都感觉到自己的腥和臭。

唯一能回到过去的，只有《青陵台》。班头从箱子里翻出羽衣,好在它们还是那么鲜亮,洁白如雪。

只是这出《青陵台》该怎么演呢?是演福田爷的版本,还是演云长将军的版本呢?这叫班头大伤脑筋。班头请示云长将军,云长将军说你带戏班子这么多年,不晓得到了哪个山头唱哪出戏么?班头额头冒着冷汗。云长将军咻笑说,你长个眼睛出气的啊?看不出来形势?

班头狠下心肠,丢掉了不少云长将军塞进来的东西,比如那些西洋乐器,但把那瓦斯灯摆在了最紧要位置。瓦斯灯亮堂,乡村人没见过,肯定稀罕。

那个点灯者,班头对他是很清楚的。点灯者有个好听的名字,叫江上粮。江上粮的爹是云长将军府上的司机。有一年过年,江上粮的爹送云长将军赴酒宴,半路上遇到打黑枪的,他爹救了云长将军一命。为了报恩,云长将军送江上粮留了洋,回来后,云长将军将他安排在了外国的领事馆。结果他不争气,跟着一伙人闹革命,炸死了人,如果不是云长将军花钱,他的骨头早敲得鼓响了。

云长将军跟他讲,一命抵一命,我欠你爹的,现今还你身上了,以后,你娃和我各行各道,各不相关了!

好在他会摆弄些新鲜玩意儿,比如喇叭,还有瓦斯灯。所以,当他局促两腿,不晓得该往哪个方向的时候,负责行头把式的伙计指着瓦斯灯,问,认得上头的洋码文么?会换灯泡么?

瓦斯灯的灯泡贵,稍不留意就坏掉。自从江上粮接手后,很少换灯泡,而且瓦斯灯也比以前亮堂多了。

这样一个招人喜欢的娃儿,咋个会是差点被炮打了脑壳的共产党呢？

上次死牢经历，让江上粮记住了教训。他少言寡语，很少和外头的人来往，干完活儿就跟一群戏班的人耍钱。有时候戏班耍，有时候外头耍。他耍钱的本事不高，但是胆量不小，而且不耍赖，把把清、盘盘净，难得的耿直。

班头要安子谦莫要担忧，说江上粮这个人虽然抓吃骗拿赊什么也都干点，不过人在江湖走，只能那样，不然就不合拍了，混不下去。他要安子谦赶紧动身，莫要耽搁，尽快找到江上粮和若兰，带他们回家——

我担心他跟那帮子人并没中断，他这个娃到底还是老实了些，很容易被那些革命党人当枪使。

安子谦在爱城意外地看见了李家钰字娃儿，背着一把像个大巴掌一样在屁股上一拍一搭的连发子。问他干啥子，他说在给何福田办差事，说何福田也在爱城，刚才还说起若兰失踪的事情呢，问安子谦要不要去见见。

安子谦想了想，觉得还是应该去见见。

在一家客栈，安子谦先见到管家公。门口有好几辆马车，每一辆上头都挤满了人，扛着枪炮，像是就要出发。还有一些不肯上车，执意要骑上他们的马，管家公正大费口舌地劝他们，说不用骑马，也跑不开。

安子谦没有见到何福田，何福田不在客栈里，说正在某个地方跟一个重要人物谈要紧的事。安子谦见管家公神情紧张，问是不是秦村发生了啥可怕的事。管家公说，你家若兰都不见了，这事还不可怕么？咋个？找到了？安子谦晓得，自己再咋个问，管家公也不会说。他已经看出来了，马车上的那些人都是枪手，他们一定是何福田雇用的，要开拔秦村。秦村咋个需要这么多枪手相帮呢？管家公没工夫搭理他，因为又来了一队人马，领头的老远就在吆喝，带路的呢？走嘛，两个三下打完，我还要回家给老娘办大寿呢！

李家钰字娃儿过来悄悄跟安子谦讲，秦村可能要打一仗大的，从土镇到秦村，何福田沿线设置了很多枪炮阵地，在村口，更是摆下了十几门重炮。李家钰字娃儿双手比了个圈，说炮口就有那么大。

安子谦问他究竟发生了什么事。李家钰字娃儿说，你又不是不知道，铁门槛里的事情，门一关，我们晓得啥呢？

安子谦叫李家钰字娃儿回去帮忙给若兰娘带句话，要她千万别担心，说有若兰的消息了，过几天就带回来。

5

安子谦在前往成都府的路上，一直在想一个问题，该咋个给苏永昌讲呢？这回颜面是丢光了，已经顾不上了。唯独叫他感到歉疚的是苏永昌，多好的女婿娃呀，该咋个跟人家讲呢？多赔点礼信？当干儿子收养了？咳。苏永昌倒是好说话，一看就是个忠厚人。只是他的那个嫂嫂洋辣子，嘴巴零碎，对她的这个弟弟从来都刻薄，也不晓得现在咋个糟践人家呢。若兰呀，你这个死女子呀，你咋这么不长脑壳呢？这等丑事你咋个干得出来呢？是被鬼迷了心窍么？

安子谦满以为到了成都府，马上就可以找到江上粮和若兰。他设想过那个场面，当他突然出现在他们跟前，他们该是多么慌张和羞愧难当。自己必然是要愤怒地甩若兰两耳光的。至于江上粮又咋个办？打他？打得过么？革命他都敢闹，那还是好对付的人？他就这么带若兰回秦村，算咋个回事呢？若兰的名节已经毁了，苏永昌还愿意当这个女婿么？还愿意倒插这个门么？应该是不大可能的了。稍微有点出息的年轻人，谁咽得下这口恶气、受得了这个屈？

在外人的言语眼光中，若兰是不光彩的了，是脏的了，谁要跟她说句话，都会沾染上晦气的了。可是在他安子谦的眼中，若兰还是自己女儿呀，还是心肝宝贝肺叶子尖尖上的肉呀！既然这个浑蛋坏了女儿的名节，又怎么能轻易就饶了他呢？如果他还有点血性，有点男人的气概，就该为自己办的蠢事承担起责任来。照秦村的那句老话讲，背背承不住，脑壳也要顶住呀！

如果他江上粮是个男人，有胆量、有气魄，是真正喜欢若兰，那就好好地在自己的调教下，在自己的带领下，干出一个大家业来！如果他真的如班头所言，有那般好的学识，好文墨，干一番事业出来其实也不难的。

如果村里人说三道四又该咋个办呢？没办法的，不管啥事情，你敢做就不要怕人家说！不然天生一张嘴干什么？好事受赞美，坏事就该挨指责！好在时间是个好东西，再硬的铁棒，多锋利明亮的刀子，都会被时间这双看不见的手揉成一把随风吹散的细沙。而且人这玩意儿忘性也大，你要在他跟前衣衫鲜亮，风风光光，谁还记得你当年的尿床？

再说了，这江上粮可是留过洋！秦村，别说秦村，就算是土镇，又有谁留过洋呢？还认得洋码文，会点瓦斯灯？

安子谦早上到的成都，一直到正午时分，才找到那条叫布壳街的街道。一进街口，就晓得为啥叫布壳街了。街道很窄，两边街沿上和门脸前，以及街廊上头，甚至那树皂角的枝丫上，晾晒的全是一片一片的各色布壳子。

街沿还有不少女人，正拎着糨糊桶，卷了破布，往门板上刷一层糨糊，糊一层破布。糊好的布壳，连同门板往阳光底下搬。等到稍微晒透点儿，轻轻揭下来，卷成一卷，就可以摆在那里，等买家上门开钱了。

安子谦东张西望的样子，都以为他是买布壳的贩子，这主要是他一身衣衫难得没有补丁，比布壳街上的人要抻抖多了。大家都跟他打招呼，问他看起了哪样？还说多厚的布壳子都有，绝对都是好布，表里如一，价格嘛，量大可以优惠。

安子谦说他找江上粮。

有人指着不远处，说那就是江上粮的娘，说着伸长脖子，要帮忙吆喝一嗓子。安子谦忙挡住。他心想，万一被那两个小浑蛋发现了，一害怕，一惊慌，一趟子跑了又咋办？

江上粮的娘也在糊布壳，手脚哆嗦，半天也理不抻展一片布，那先糊上去的糨糊眼看都干了，安子谦一旁看得都有些着急。江上粮的娘察觉出了身后的动静，说，买壳子的么？安子谦说不是，我找人。江上粮的娘说，是不是江上粮这砍脑壳的耍钱又输了？这短命的娃娃哟，咋个还不消停呢。你莫急，千万莫要打他，欠账不赖账，看上哪卷布壳子？先拿去顺口气。

安子谦说，他没跟我耍钱，他也不欠我钱，我找他有点别的事情。

江上粮的娘压低了声音,你是不是以前带他搞那些事情的?你莫害他了,他差点把命都丢了,你把他给我留下嘛,我就这么一根独苗苗。江上粮的娘抹着眼泪,要给安子谦下跪。安子谦慌忙扶住她,连说不是来害他的。搞明白了,江上粮的娘终于放了心,专致地糊起了布壳子。

安子谦站了一阵,肚子咕咕叫,饿得前胸贴后背,肠胃痉挛,浑身冒起了虚汗。安子谦想想,自己已经一天一夜没吃东西了。

街口有家面馆。安子谦叫了三两水叶子面。坐在街头,阳光暖洋洋的,身上也暖烘烘的,安子谦突然感到百味陈杂,一言难尽似的想哭。一不做二不休似的,他索性叫了半碗烧酒。先让半碗面下肚,这才啜饮那甘美的烧酒。

吃了面,饮了酒,喝干净碗中的面汤,安子谦只觉得疲惫和烦恼烟消云散,就想着一件事,把身子放平,好好睡上一觉。不过,就算是真躺下去了,恐怕也睡不着啊!满脑壳的事情,就像春雨后的尖笋。若兰娘其实也是把打布壳子的好手。他仔细看了这条街上的人,打布壳子的方法和手段和秦村一样,就连糨糊的稀稠都差不多。不过秦村都是酷暑的七八月才打布壳,太阳大,人也闲。拆了破布,洗净晾干,搅了糨糊,取下块门板,一层糨糊一层破布。晾干了一卷,冬闲的时候正好纳鞋底。安子谦心头多了个设想,若兰娘手脚麻利,以后打了布壳,完全可以拿到这里出卖嘛。还可以四乡八邻收买破布,搅它一锅糨糊,请几个雇工,开个布壳厂也是可以的呀。这行当也不需要多高的技术,糊弄平整就是了,也不要多少本钱,就点破布和面汤嘛。

安子谦回到布壳街，远远地看见江上粮的娘还在那里糊布壳。而街沿上其他人家户除了几个翻晾的，大都歇了手，喝茶吃饭，聊天吹牛。独独江上粮的娘，这个眼力不好的女人，弓着身子，哆嗦两手，还在瞎忙。

安子谦说，你还没吃饭吧。江上粮的娘说，吃啥子饭哦，不饿的。安子谦说，你几时吃过的？江上粮的娘啜嚅嘴唇，说，昨晚呢。哎，不用吃啥的，人老了，吃东西不消化，就不容易觉得饿。

安子谦去街口买了三两面，双手捧着，送到江上粮的娘面前。江上粮的娘颤抖着满是糨糊的两手，筷子都拿不稳。她狼吞虎咽的样子，叫安子谦觉得哪里是昨晚才吃了的呢，起码也饿两三天了。这狗日的江上粮，再不回来，他妈就饿死了！

一碗面下肚，可怜的瞎眼老太对面前这个黑影绰绰的人，多了许多热情和感激。她一再邀请安子谦进屋里坐，说要给他烧碗开水喝。安子谦也不推辞，他早想进屋去看看了，看看这个破门板隔挡着的是个什么样子的家，女儿将如何栖身。

在秦村，少有人羡慕那些住街的人，说别看他们表面光鲜，早晨茶铺子，晚黑戏园子，要是饥馑年月来了，他们是最先饿死的。这么说是有道理的。住在乡间，只要舍得勤快，伸手就可以薅几把柴火，而那山泉水和地泉水是绝不要钱的。要是没有粮食了，田边地坎扯几把野菜，车前草、蒲公英、水芹菜……拿水烫烫，就可以填个半饱。要是肯再下一步功夫，下河摸个鱼，逮个虾，就有了荤腥。可是这城里人呢？尤其是在这大得吓人的成都府，吃啥都得拿钱买，买菜、买米、买油、买柴，甚至是喝水，也得花钱。

江上粮的娘从瓦罐里往锅中掺水，说这水是玉泉寺的涌泉水，拿布壳子换的。安子谦见那入锅的水里，有红色线虫在蠕动，问她这是几时的水。说半个月前，这些时日下雨，她喝的都是屋檐水。

6

安子谦在布壳街住了一个月。

这一个月里，安子谦帮瞎老太婆收拾了房屋，做了个清洁扫除，还买了米、买了菜，割了两回肉，买了三回酒。

安子谦已经跟江上粮这个睁眼瞎的娘讲了他来此的目的。之所以讲，是想让这瞎老太帮忙分析一下，江上粮究竟跑啥地方去了，还会不会回来。当然，之所以讲，更是因为安子谦实在忍不住这满肚子的憋屈。

瞎老太听说了安子谦的来头，高兴得很，一口一个亲家公。对于这个亲家公的喊法，安子谦之前还排斥，听起来刺耳，心头难受，不肯应声。她老这么叫，也给安子谦一种既成事实的感觉，叹口气，就应声了。不过他没有喊瞎老太亲家母，而是叫她老大姐。瞎老太说，论生庚，你比我长，你应该喊我妹子的。再说，事情都成了，虽然惹你不高兴，毕竟是娃娃，到底是不懂事的，事情虽然做得鲁莽了些，到底还是自己亲生的嘛。不当爹娘不晓得爹娘的艰辛，等他们当了爹娘，就晓得麻线有多难缠，娃儿有多难养了。瞎老太又说，都进了一家门，早成一家人，你也莫要嫌弃，心头顺畅点，往好的方面去想，你们这些眼睛好的，就更应该往前头看。亲家公，你莫要喊我老大姐了，你喊我亲家母，顺嘴，也顺理！

安子谦竟然在一个稀里糊涂的夜晚，脱口而出喊了瞎老太，亲家母……

不几天时间，街坊邻居就都晓得安子谦是谁了，一直待在这里是咋回事了。他们咋呼起来，万一给你拐卖到窑子里去了咋个办？你咋还这样心平气和不当回事呢？还守在这里干啥呢？咋个不去报官？官兵一追，各个关隘口岸一拦，谅他插翅也难飞呀！

江上粮的瞎子娘着急了，在一边哭诉起来，说你们都是看着娃儿长大的呀，他啥时候是你们口中讲的那样的人呢？上回把他往死牢里送，你们也是这样添盐搭醋，你们咋个这样心狠，这样恨他呢？

街坊都讪笑说，大娘呢，你咋个这样讲呢？哪个唯愿他死呢？哪个又在恨他呢？只是觉得这事儿不可思议嘛。江上粮这娃儿啊，可是我们这些街坊邻居看着长大的呀，有礼貌，守规矩，爱看书，会洋文，是个顶好的青年。说着说着，又都怀疑起安子谦来，问他消息是不是准确，会不会是诬赖？所谓捉贼捉赃，抓奸抓双，跑这里来信口胡说，那是不得行呀！这可是成都府呢，比不得乡坝头，想咋个乱讲就咋个乱讲，鸡鸭同圈，人狗同房，都不是啥稀罕事。这里是成都府，成都府讲规矩，论法制，你要胡说八道，坏了人家好青年的名声，这可是干涉一辈子的事啊！吃不了，那是要兜着走的！

讲的人多，而且都大声武气，搞得安子谦像个被捉了赃的盗贼。我不是诬赖，是确有其事的，再说，江上粮一回来，事情不就都清楚了么？安子谦怎么讲，他们都不肯听，有人竟然吆喝动手，要把安子谦捆绑起来送官府去，叫官家查一查，不就啥都清楚了么？

还有人真去拿绳索了。瞎老太跺着脚，又哭又喊，抓了安子谦的手，不让大家碰他。她说，你们这些人是咋个的呢？也都跟我一样睁眼瞎么？这些天我的吃喝，可是都亏了人家呀！不是一家人，不进一家门，他是我家的亲戚，是我娃儿江上粮的老丈人！

你又不认得他，万一是骗子呢？有人还不甘心。

骗子？他跑布壳街来骗啥？骗了你家的布壳子么？跑我家来骗啥？骗吃骗喝？我有么？骗钱骗色？我有么？瞎老太狠狠唾口黏痰。

大家都说，你莫急呀大娘，我们也都是为了你好呀！

我晓得，劳问叔伯婶娘了，劳问大哥大嫂了！瞎老太转头跟安子谦说，你也莫怕，亲家公，都是好心人呐！等江上粮那个短命娃娃回来，先甩他几耳矢！然后跪拜你，等你饶了他的罪，就办亲事！讲到这里，瞎老太用那双已经褪去神光的眼睛看着街坊邻居们，说，到时候啊，爷爷婆婆，叔伯大娘，哥哥嫂嫂，可都要早些来吃酒呀！

人家是一家人了，你我还在这里扛啥干幺六呢？大家打着哈哈，各自回家了。布壳街上，一团和气。

进了屋，瞎老太关了房门，端正了神色，跟安子谦讲，亲家公呀，这城里的人，可比不得乡村的人纯善呀，他们天天吆三喝四，吹火星子上房，抱膀子不嫌注大，挖空心思地就想搞点事情出来热闹一番，再没有比看别人挨刀更叫他们舒坦的事情了。还有哇，亲家公，你今后莫要去买肉了，也莫要买酒了，他们见不得的！像我们这样的人家，在他们眼中，就是该倒大霉，过这样穷困日子的！

安子谦叹息，说哪里见过这样的城里人呀！

瞎老太要安子谦静下心来，再等几天。还说江上粮可能已经回来了，带着若兰，就躲藏在某处。一是躲那些他欠下的赌债，二是怕出来见他这个老丈人。说这个娃儿胆量本来就小，心地纯善，一时犯下的糊涂，拿不准他这个老丈人守在这里，心里究竟打的啥子态度。

安子谦苦笑说，我能打啥态度呢？瞎老太说，万一你捉了江上粮去送官呢？万一你逮了若兰回家呢？安子谦叹着气，说你一口一个亲家公，喊一声我应一声，这些天，我给你清理打扫，还买米买肉，把你当成了老亲，你还说我有啥子态度呢？瞎老太幽幽地说，就是这样，我才担心的呀。

此后几天里，布壳街的街坊邻居将瞎老太的家当成了茶铺子，有事无事都要过来瞅瞅，坐上一阵，和安子谦闲扯两句，摆一阵闲条，听他讲秦村的各种逸闻逸事。既然是闲扯，摆龙门阵，那就不用规规矩矩啥都讲事实、讲真相。在秦村，安子谦也不是个少言寡语的人，他喜欢说话，尤其喜欢跟何陆侯说话。何陆侯是个很会讲话的人，有条有理有顺序，懂轻重缓急，晓得真真假假虚虚实实才可能叫人摸不着底细，由此更感兴趣。安子谦自然是受了何陆侯的影响，包括说话的眼神和语气。

除了秦村种烟的事没讲，其他的安子谦觉得也没啥隐瞒。

他讲了几百年的何家药铺,讲了河塔镇河妖,特别讲了他的裤裆地。他说,耒姓人家的先祖逃难到秦村,连姓氏都没一个,被何姓人家当家人赐名为耒姓,取的是农具的意思。耒姓人家穷尽三代人的气力,硬生生地将一片烂石滩,一抔土一抔土地堆垒成了肥沃的土地,因为形状像一条肥胖的大裤衩,就起名裤裆地,这名字其实也有深意,取的是繁衍生养,生生不息的暗喻。只可惜耒姓人家遭了那样的灾殃,裤裆地还在,春耕秋收,而他们家已经断子绝孙。听的人当然感慨万千。

安子谦自然要讲何福田和云长将军的交往。——就在这件事情上,有人表示质疑,不相信何福田一个偏僻小地方的乡绅,咋个可能和云长将军那么大来头的人交道深厚。云长将军是谁?在这成都府里头,跺跺脚,地皮都要抖三抖!

我可不觉得他有啥了不起!安子谦说,我第一次在何家药铺见他的时候,他可是硬把我灌醉了呢。罂蜜酒,一杯酒值半头牛,我被他一口气灌了十多头牛进了喉咙管呢!

有人惊诧得合不拢嘴,也有人嘟嘟哝哝表示不相信,说安子谦在吹壳子。有个瘦得像只草猴子的家伙故意扯了嗓子叫唤道,哎哟,刚才我可是在九眼桥看到个稀罕事情呢。草猴子惊惶火扯的样子,自然把落在安子谦身上的注意力都吸引到了他的身上。草猴子接着故作神秘地讲,你们不晓得哈?我给你们讲嘛。就在刚才,我在九眼桥看到个牛贩子在哭,哭得好伤心哟。都问他哭啥子。他说牛跑了。问跑哪里去了。牛贩子指着天上,说,你们看嘛,有个龟儿子吹牛麻批,一口气就把牛吹天上去了,飘起在呢!

大家哄笑起来，都晓得草猴子这是故意编排讥讽安子谦。

安子谦怄气了。就算在秦村，就算有人打几多恶意的趣，耍尽口舌编排人，也不会说出如此难听的话语。更何况他安子谦也算是老年人了，对于一个老者，起码的尊重也是应该给的嘛。于是先"嗨"一声，吸引了大家的注意，然后大声武气地责问那个编排人的草猴子，且问你，你晓得云长将军为啥要敬我几十杯罂蜜酒？你晓得云长将军为啥几年前都还只是驻防灌江和北县、手下枪炮连一千都不够数，为啥现今统管三州两府十八县？

不光草猴子被问住了，其他人也都愣住了。他们咋个可能晓得呢？

活该要出事情的。安子谦缓了口气，讲了那夜的《青陵台》，莫名其妙的狂风暴雨，不晓得从哪里钻出来的大野猪，突然发现若兰的失踪……

一个个听得大眼瞪小眼。

坏事情只要开个头，不管多小，总会一直烂下去，直到不可收拾。然后，它就会好起来，就像重新开始。其实世间万物，概莫能外。安子谦将何陆侯讲给自己的这番话，重新讲了一遍，语气和神态，也都是何陆侯当时讲这话的样子。讲毕，他长叹口气，不再有话。

有人想找话来宽慰安子谦，安子谦摆摆手，不想再听他们讲任何话。

7

第二十九天的晚上,安子谦躺在床上辗转反侧,怎么都睡不着。

这些天里,成都府接连发生了好几桩大事,有谋财害命的,有枪杀仇敌的……最大一桩,是暑袜街的一处烟仓被人纵了火。大火烧了三天三夜,整个成都府都笼罩在一片烟云里,大家抽动鼻子,叫嚷着,好安逸,可是过足瘾了。有人说,烟仓是云长将军的,纵火的是共产党。那些天里到处都是军警,连抱奶娃儿的月母子、耍莲花落的乞丐,都要拦在路上严加盘查,要是敢跑,抬枪就射。

这些天里,有关江上粮,安子谦可没少听关于他的事情。大致可以肯定的是,这娃本质还是不错的,从瞎老太递给他的一本牛皮相册,他第一次见到了那么多的相片。他不仅如此近距离地看见了江上粮,也看见了江上粮的爹和他跟前这位瞎老太年轻时候的样子。

这个相册里装的大都是江上粮的相片,而这些相片中,不少都是他留洋时候照的。通过照片,安子谦第一次见到那么高的洋楼、那么宽阔的马路、那么巨大的轮船和那么宽阔的海洋。

安子谦的指肚轻轻摩挲着相片。这娃笑起来很好看的,样子也抻展。安子谦努力回忆在秦村的那个点灯者,实在是没有什么印象。这也很好,这样就不必要将他们两个联系起来。安子谦的心头,不仅早原谅了这娃的莽撞,甚至还喜欢上了他。他的样子，比苏永昌确实洋气多了，白净，不似苏永昌那般粗壮，一看就晓得是个使粗笨的下苦力的。到底是个文墨人啊，还留过洋，如果落户到秦村的话，他多半是干不了驭牛耙田那样的活儿的。不过，他可以当教书先生呀。去土镇新学堂当先生，专门教娃娃们洋码文嘛！至于他欠下的那些债，会有多少呢？安子谦想好了出路，变卖裤裆地！应该够还了吧！然后呢，如果他不喜欢秦村，不喜欢土镇，全家搬到成都府来也是可以的呀！路也不远，水路三天半，陆路虽然贵点，可是快啊，顶多三天！到了成都府，可以办个布壳厂，这里人多，干啥都饿不死人！只要若兰高兴，只要她日子过得舒坦……舒舒坦坦当个布壳厂的老板娘，当个教书先生娘子，阔阔气气走在这大街上，身后跟着三俩小娃儿，手里拿着糖葫芦，老远见他就喊外公……

想来想去，安子谦的心头不光好受多了，而且竟然莫名其妙地感到庆幸和高兴起来。至于江上粮和若兰为啥到现在还没回来，安子谦也想到了因由，多半还在路上耍呢。江上粮卷了那么些钱在身上，若兰又是第一回出远门，他再怎么也要带若兰沿途去看看稀奇，吃点好吃的呀！

安子谦已经打定了主意，明日就出发。他到底还是有些担心家里头，打起来没有？真打起来了，若兰娘该晓得躲吧？千万莫要打，一切都安安稳稳、妥妥帖帖。回到家中，先把这些情况跟女人讲清楚，然后再去找保媒人，多封点礼信，求乞人家出面把土镇苏永昌的那门亲事趁早给退掉！

终于想透了一些事，安子谦开始觉得眼皮沉重了，接连一串哈欠，终于要睡着了。可是刚眯上眼就被一阵响动惊醒了。安子谦以为是老鼠，动静分明有些大。接着他就听到了脚步声，是小偷？自己这些天买米买肉，显宝露财了，有人觊觎了？安子谦瞪大了眼睛。透过墙缝里过来的一点微光，安子谦看到了一道影。他低声吼道，哪个？只见那道影子先是愣了一下，随即像炸了似的要跑，接着就听见了撞击声，呻唤声，蠕动声。

安子谦擒住了小偷，吆喝亲家母，快打灯来。

油灯点燃，安子谦看见了一张惊惶的脸，相片上的脸，依稀在秦村戏台前晃动的脸。这不就是那个点灯者，自己苦心等候的江上粮么？

江上粮接连喊了几声妈，等他娘颤声应答了，这才放眼扫视眼前这个死死把自己擒住的老汉，这个被打整收拾得规规整整、干干净净的家。半夜里，他刚摸到家门口就察觉到不对头，分明绕开了那把破椅子怎么就又撞上了呢？伸手摸一摸，似乎摆设都被移动了位置，这个家被重新规划了？换了新主人？江上粮搞不清楚究竟发生了什么事情，只能加倍小心了。

现在，江上粮看着眼前这个陌生的老汉，似乎明白过来这究竟是咋回事情了。

安子谦丢了江上粮，四处看，还拉开门跑外头看了几眼。回头又抓住江上粮，问，人呢？若兰呢？

江上粮说，她没跟我在一起。

她在哪里？你把她弄哪里去了？安子谦一着急，手上的力气就大了，江上粮叫唤起来，哎哟，疼！

你倒是说呀！她跟哪个在一起？那一百个银圆呢？

江上粮龇牙咧嘴叫唤，钱装在她口袋里，腿长在她身上，我哪里晓得呀！

安子谦脑壳"嗡"的一声，眼前一黑，就要栽倒。江上粮想要抽身而出，见他在往地上瘫，回身一把扶住他。安子谦挣开他，两眼圆睁，冒出了愤怒的火焰。江上粮怯怯地看着他，并不躲闪，似乎无论安子谦给他什么，拳头，耳矢，发射一顿炮火，他都会接受下来。安子谦看着他，要用目光杀死他似的，不肯挪眼。良久，安子谦觉得眼泪涌出来了，眨巴一下，想继续愤怒地仇视着他，但是不可能，不断涌出的老泪，浑浊了他的两眼，眼前一切变得模糊，看不清楚了。安子谦拼尽了气力，将憋闷在心底这么多日的愤怒，像戳破的猪尿脬一样炸裂开了——

我日你屋祖宗八代哟！

8

当黎明到来，金色的阳光穿过墙缝和瓦隙，斑斑驳驳地洒在这个破落的散发着霉烂潮湿气味的房屋时，安子谦已经迫使自己平静下来多时了。

他们三个坐在那张破香樟木桌子跟前，开始心平气和地谈论起了一些事。自然，好些事情刚一开头，总会叫安子谦很激动，他会拍打桌子，会叫嚷，或者破口大骂。而作为主要讲述者的江上粮，则会马上住嘴，等风雨过去，这才又继续开始。江上粮的瞎子老娘坐在安子谦和江上粮之间，在讲述者和倾听者之间起着平衡作用。每当安子谦动怒发气的时候，她总是用哀求的声调长声夭夭地呼唤，亲家公呢、亲家公呢，而江上粮但凡稍有不敬或者不逊，她的巴掌立即就会准确地落在他的身上。

安子谦嚷闹一阵、叫骂一阵，也觉得无趣了，都这样了，还能咋样呢？他垂下脑壳，逼迫自己忍受江上粮带来的这一切。

江上粮说，其实他开始并没有想过要带若兰离开秦村，是若兰坚持的，若兰说，只要能离开秦村，去哪里都可以。

这话犹如鞭子，在安子谦的老脊梁骨上抽出声声炸响。

呃，她说，她原话是说，只要跟着我，只要离开秦村这个鬼地方，去哪里都可以……

安子谦再也忍不住了，又拍了桌子，又吼叫起来，她说秦村是个鬼地方？她就那么狠心，爹娘都不要了？

她就是这么说的。江上粮啜嚅道。

好，你照实说，原原本本！安子谦叫嚷着。

本来就是照实说的呀。江上粮刚嘟哝出嘴，就被他的瞎子娘劈手一巴掌拍在脑门上，咬牙切齿地咒骂道，打短命的呢，你照实跟你亲耶说嘛，对啥子嘴呢？

江上粮讲了他和若兰相识的经过。刚到秦村，他正给瓦斯灯加气。其实，这并不是瓦斯灯，瓦斯灯使用的是瓦斯气体，而这个玩意儿，用的是煤油。通过加压气压，让煤油在喷出的时候产生雾化作用，所以这灯准确的叫法，应该是煤油汽灯。原来的点灯者在购买灯泡的时候，错把瓦斯灯的灯泡用在了这煤油汽灯上，所以总是坏，而且也总是不那么亮堂。

若兰和她的几个小姐妹都好奇地看着江上粮,看他在那里捣鼓个什么名堂。江上粮抬起头,几个小姐妹就像受了惊吓似的,哄笑着跑开了。只有若兰还站在那儿。

你在搞啥呢?若兰问。

加压。江上粮说。

什么叫加压?若兰问。

江上粮打量着眼前这个姑娘。真真没想到呀,这么偏远的盛产恶毒之物的山旮旯里,竟还有这般美丽如林中精灵样的女娃儿,面容清纯,笑容甜美,尤其那双眼睛,清清澈澈,像盛夏的山泉,倒映着整个世界的清凉。

江上粮邀请若兰上前两步,靠近了来看。若兰并不怯生,大大方方走过来,双手背后,歪头看他工作。江上粮问她可晓得这是煤油。若兰说不晓得。江上粮给她讲了煤油是怎么得来的,再讲怎样通过气压将煤油雾化……江上粮正讲得起劲,若兰突然问他,为啥不用电?

叫江上粮诧异的是,眼前这个"翩若惊鸿,婉若游龙"的仿佛林中精灵的姑娘,竟然知道"电"。"电"这个东西,在江上粮看来,完全可以作为界定一个人是不是愚昧落后的物质。只要知道电,那么这个人就具有时代性,属于新的人类。

他问若兰,你怎么知道电?

若兰说,我就是知道。

江上粮问,你知道电能干什么?

若兰说,点亮。

江上粮问,还有呢?

若兰头一歪,我不告诉你。

江上粮问，那你能告诉我，电是怎么来的？

若兰歪头想了想，转动眼珠，看着天空，从天上引下来的！

然后呢？江上粮继续追问。

若兰说，存在那里呀，要用的话，就取出来！

这些都是谁告诉你的？江上粮问。

我自己想的。若兰说。

真的？江上粮不相信。

真的！若兰肯定地点点头。见江上粮不相信的样子，瞪大了眼珠，嗔怒道，怎么啦？我没讲对么？

你讲得对！江上粮由衷地赞叹，真没想到啊，一个生活在犄角旮旯的女娃儿，关于电荷和蓄电的构想，竟然和伟大的富兰克林和伏打如出一辙。江上粮收拾了工具，说要给若兰讲一个外国人发现电荷和发明蓄电池的故事。他讲了富兰克林著名的风筝实验，讲了伏打发明的伏打电堆，讲了毕克西发明的手摇式直流发电机和特斯拉的两相交流发电机。若兰听得入了迷。江上粮继续讲，讲电的用途，说可不止电灯那么简单，还可以扇电风扇、用电做饭、抽水。江上粮说，电是这个世界人继火之后最伟大的发明。或者说，猿猴因为发明火和使用火，由此变成了人类，而人类发明电和使用电，便成了现代人。

就这样，江上粮和若兰走到了一起。每当雪亮的煤油汽灯嘶嘶地照亮戏台，所有人的目光都被雪亮灯光下的剧情所吸引的时候，江上粮和若兰必然在那不被光亮关照的角落里热切私语。

在看戏人的眼中，整个世界就是那雪亮灯光下的舞台。舞台之外的世界，自然只剩下了江上粮和若兰。在这个大世界里，江上粮就像个经验老到的翱翔者，带着若兰越飞越高，越飞越远，若兰看到了从来没看到过的景致，也感受到了可能存在的自由自在。尤其是当江上粮讲那些洋女人的生活，她们骑马打猎，她们当教师，当科学家，当冒险家，做一切想做的事。若兰除了羡慕，还不停地问他，她可以吗？江上粮说，只要你愿意！于是若兰开始了设想，想着自己离开秦村后，在那广阔的世界里各种自由的奇异的生活。如今，通过江上粮复述出来，进入安子谦的耳朵，让他觉得是那般诡异古怪，难以忍受。什么搭乘远洋巨轮去地球的另一边，喝牛奶，吃面包加黄油，坐热气球升到半空中看太阳升起落下，什么骑着骆驼去金字塔挖掘一种叫木乃伊的千年古尸……这他娘的是若兰干的事情么？怎么从江上粮的臭嘴里讲出来的若兰，分明就是个妖精鬼怪呢？

江上粮再次重申，他是很喜欢若兰的。诚然，他是经见过不少女人的，留洋的时候还有洋女人向他表达爱意，但是他从来没有像遇到若兰这样怦然心动过。可是心动归心动，他却没敢有带若兰私奔的心思。

照你这么说，都是她的主意啰？安子谦再次忍无可忍了。那张破香樟木桌子在他三番五次的拍击之下，摇摇欲坠就快散架了。安子谦愤怒地骂道，你还要不要脸呀！

伯父……

叫亲耶！瞎子老娘再次准确地拍中了她的儿子一巴掌，喊你叫亲耶啊！

亲耶呢！江上粮叫道，不管你怎么骂我，哪怕是打我，我还是要跟你实话实说。江上粮定定神，瞧清楚了眼前这个老人的愤怒浮动了一下，已经沉下去了，这才继续讲道。离开秦村，确然是若兰的主意，我只是跟她讲外头的世界咋个样，远洋巨轮有多大，海洋有多广阔，电除了照明，还有电话和电影。我是从来没有鼓动她离开的。实不相瞒，我甚至是都动了要为她留在秦村的念头。是她坚持要离开。我是知道自己的，我连自己都养不活，又怎么可能再带上她？所以，我说，尽管电影好看，西餐好吃，自由也很美好，但是这一切是需要一样东西的。

讲到这里，江上粮突然住了嘴，这使得安子谦就像被疾驰的马车载着的乘客，猝不及防地刹车，差点叫他一个筋斗摔下来。他瞪着江上粮，目光里竟然没有愤怒，只有继续奔驰下去的渴望。

需要什么东西？钱么？

我没说出那个字。江上粮说，那个字让我觉得对若兰的感情是种玷污，让我觉得羞愧和耻辱。可是，江上粮说，若兰却主动提出来了。她说，你是说钱么？我有！

江上粮羞愧地说，就是暴雨到来的那天傍晚，就在他将煤油汽灯的气压上足，准备点灯的时候，若兰抛给他一个口袋。口袋沉甸甸的，砖头一样砸进他的怀里。听那哐啷的声响，他就知道里头装的就是那个东西。他打开口袋，白花花亮灿灿的银圆啊，他的心思开始动摇了。当若兰做了个"走"的手势后，他的决心已经下定了。

他们连夜离开了秦村。狂风暴雨之下的道路，泥泞难行，他们相互搀扶，彼此提携，正是这种相互依赖的行路经历，让他们陡然之间就明白了彼此的重要和意义。抵达土镇，江上粮租了条快船。当土镇在他们身后越来越远的时候，若兰哭起来。她的哭声叫江上粮突然明白过来，自己这是干了一件多么愚蠢的事。他清醒地意识到，自己是没有办法带着若兰到达美好未来的彼岸的，所以他当即就提出，咱们回去吧。若兰哭着问，怎么回去？江上粮说，为了你的名节，我就说你是被我迷晕的。若兰收住哭，抹着一双泪眼，问，这样我们就可以回去了？

安子谦已经无力动怒了。他就像一头被愤怒持续鞭打的老牛，经过这大半夜的长途跋涉，已经无力奋蹄了。他站在那里，呼呼喘息，四蹄正慢慢陷入绵软的痛苦中，他已渐渐明白过来，自己无论做什么努力，都是徒劳的，无济于事的。

9

江上粮在继续进行他的交代。他说，他和若兰一个月前就到了成都府。他的瞎子老娘这一回没有抬手拍他，只是咒骂，你这个短命夭寿的哟，老早就回来了，为啥不回家来看看呢？不是你亲耶照料嚯，我这瞎婆子早就饿死啰，你为啥不回来呢？

不敢啊，到处都有眼睛。江上粮说，我住在东城门口，是因为东城门口的城墙边上有个洞，扒拉开荆棘棵子，就可以钻进洞，就可以出城！

瞎老太突然一把抓住她的儿子，压低声气问，你是不是又在搞那些名堂？是不是又在跟那些人鬼混？

我没有。江上粮没有挣开他瞎子老娘的手，而是轻轻抚摸，这种关切和爱抚，叫安子谦见了格外难受，他在想着自己的宝贝儿疙瘩。江上粮见面就跟他讲了，他们刚到东城门口就分手了，各奔东西了。但是在他听来一切都是谎言，一直都是谎言，若兰一定藏在某处，她必定是受了蛊惑，不肯出来见自己而已。

为了打消安子谦继续寻人的念头，江上粮再次讲了他们各分东西的经过。越是接近成都府，若兰越是觉得江上粮非所托之人，她决心要离开他。所以，到达成都府的时候，若兰拒绝随他的脚步入城。她看着那些瘦骨嶙峋不停地打着哈欠的守城老兵，看着躺在城门口老墙下一边晒太阳一边捉虱子扪跳蚤的老乞丐和那些光着屁股追赶路人讨要吃食的小讨口，看着那些坐在滑竿上掩鼻而过的香艳的太太老爷，问江上粮，在这城市里头，我能得到什么样子的自由和快乐？江上粮只好如实相告，他不过是个潦倒汉子，与众多穷困的潦倒汉子相比，唯一区别就是他识得几个洋码文。而且他并无什么大志向，最大的梦想就是连赢三局，可他却老是输，因此欠下八方赌债。

虽然经过一夜挽留，若兰还是执意要离开。她说了，她绝不会回秦村。她要去寻一种新的生活。纵有千般不舍，江上粮还是决计放手。他找到了两个好友，他们恰巧要去汉河。若兰将在他们的照顾下，前往汉河，然后沿水路去上海，或者香港。上海和香港是个大世界，万国园。若兰说她将会在那里工作和学习，开创自己理想的生活，得到自由和快乐。

这哪里是自己的女儿呢？这哪里是若兰呢？如果江上粮所讲之事是事实，那么他口中的那个女娃儿就一定是别人，别人冒了若兰之皮相之姓名。可是，若兰就是被眼前这个浑蛋拐走的呀，他口中那个神神道道、鬼鬼怪怪的女子，分明就是她呀！

安子谦不想再深陷这个谎言的泥淖，不想再听他鬼扯下去了。他就想知道，女儿去了哪里？是哪个方向！

安子谦扶着桌子，将自己已经快要被压塌了的身躯，艰难地撑起来。然后慢慢地移动脚步，挪开江上粮跟前的物件。江上粮不晓得他这是要干什么，惶恐地看着他。安子谦扶着江上粮的膝盖，整个身体开始折叠。当他双膝落地，传出一声沉闷的轰响。江上粮吓得要弹跳起来，但是他被安子谦死死拽住，摁进椅子里。安子谦咚咚咚，一连磕了三个响头。当他抬起那颗花白的头颅，泪水已将那一张布满皱纹的脸湿透了，像一团刚收拾过残局的抹布。他哆嗦着嘴唇，哭号道，先人呀，求乞你跟我讲句实话吧，我的若兰啊，我的心肝我的肉，她究竟去了哪里啊！

安子谦的哭号声，不啻惊雷，让整个房子都颤抖起来。

不过，这哭号马上就被更加有气势的声音压过去了。声音来自外头，是那种撕心裂肺的喊叫——

杀人啦，杀人啦……

接着是一阵密集的枪声。

江上粮愣了一下，以安子谦从未见过的速度，甩开他的纠缠，翻身而起，破窗而出。

第三章　旱前 3 年

1

这三年时间里，每当安子谦看见城门口枭首笼子里挂着的人头时，总会想到江上粮，想到若兰。每当听说哪里又砍脑壳和炮打人了，他也会想到他们，而且两腿总是不听使唤地要往刑场里挤。和其他人不一样，他不是去看热闹，他只想搞清楚那是不是他们。

最让安子谦感到胆战心惊的经历，而且让他动了归家心思的，是在那个叫汉河的地方。那是一座三面环水的城市，城墙坚固，城外全是稻田和桑林，闻闻被太阳蒸发的泥土气息，就晓得这是个富得流油的地方。

安子谦头天在半道上就听说那里刚刚打死了一批共产党，有二十多个，其中还有好些个女人。女人个个漂亮，非常年轻，但是嘴巴硬，临刑了都还在呼喊口号，打倒这个、打倒那个。叫安子谦一颗心悬吊吊的，是因为他听到了一个名字叫什么兰，是兰花还是若兰？名字在耳边一晃而过，他想去追问，见几个警察眼睛如同猎狗正四处睃视，似乎只等一对眼，马上就会掏家伙。安子谦吓得慌忙收了脚步，别转身去，矮下身子装成饿坏了的流民，口中哼哼唧唧，呻唤不止。

在外头这么些年头，安子谦可是没少经见这些浑蛋的厉害。警察分好几类，有管理治安的，专门干些抓小偷和人贩子之类的差事，有专门收税的，管码头交通的。还专门有一类，就为了对付共产党，这类人一般不穿警服，时常化装成摇拨浪鼓的小贩，或者戴眼镜的教书先生，甚至还有装扮成敲莲花落的叫花儿，和平常人一般无二，混在百姓中，你眼力再好，也难分辨出来。这种玩意儿，叫密探。密探是警察中最坏的了，最擅长的就是无中生有和屈打成招。只要他们觉得你是共产党，是烟匪，是土匪，是劫匪，那么你就一定会成为共产党、烟匪、土匪和劫匪。他们把你抓起来，先是劈头盖脸一顿死打，然后丢进漆黑的牢里，过三五日才来提审你。问你是干什么的。你要答得不遂意，一顿暴打，再丢进去。过几日再来看。死了，唤个犯人拖出去丢乱坟岗上，一个晚上你就被耗子啃得面目全非了，亲爹亲娘也不认得你。活着的话，再问，干什么的？是想当共产党还是劫匪你就自己选择吧。

烟匪、土匪、劫匪和共产党，私底下都是有张价目表的。要想活着出去，就通知家里人拿钱来具保。三五千还是一万，他们说了算，概不讨价还价。其实他们开出的价格，也都是根据你家里情况来的，想方设法，在最后期限，也是能够拿得出来的。安子谦曾听他们有人扬扬得意地说，死狗还炼它三斤老油出来呢。最可怕的是他们有时候要完成上头交办下来的指标任务。上头下达指标，限在一个月里，抓捕十名共产党十名土匪,可是哪里有那么多现成的共产党和土匪呢?只有到人群里头去"海抓",凡是形迹可疑的,讲不清楚来路和去向的,统统抓了,然后通过一番认认真真地刑讯拷打,大都会老老实实地认账。等到公审公判时间,绑上去,在群情激昂的山呼海啸声中押赴刑场,砍头枪毙,以儆效尤。

安子谦最怕落入此等人手中,所以处处小心。但是,在汉河这个地方,他还是遇了险。

到城门口的时候,正是黄昏。安子谦跟在两个税警身后,听他们摆这次的大清剿。他们说,这回抓的人里头,可是有几个货真价实的共产党,是办过大事情的。半个月前,他们从各地来到汉河,准备在汉河举事,然后占领汉河,开疆立国,和南京国民政府形成对峙之势。结果他们里头出了内鬼,被一锅端了。南京蒋总司令亲自安排人来提审,蒋总司令说,事出汉河,就在汉河审理,就在汉河处决,让不安分的汉河人看看,搞共产党的都是什么下场。

他们说,这里头还有对夫妻呢,女人的肚皮里还揣着娃儿。

安子谦听得认真,突然觉得有什么东西流进了后颈窝里,湿漉漉的,伸手一摸,再一看,粉红色的水渍。抬头一望,骇了一跳,自己竟然站在一排枭首笼子底下。那粉红色的水渍,就是上面那些个头颅滴落的血水。

安子谦后退几步,他要看清楚笼子里的那些人头都长啥相貌。他觉得靠近左边的那个男的像是江上粮。可是江上粮不是短发么?再一想,这都多长时间过去了啊,江上粮的头发如果一直蓄着,要比这长多了。又觉得右边那颗女人头像若兰,这个发现叫安子谦心头一阵狂跳,陡然害怕起来。他想继续看又不敢往下看。到底,他还是忍不住手搭凉棚,借着夕阳的余晖,开始了更加仔细地辨认。

安子谦诡异的举止引起了几个密探的注意。这些密探都是从南京特遣过来的,和汉河这些小地方的密探相比,他们经验更加丰富,眼光更加老辣,而且在办事方式和手段上头虽然不似汉河这些小地方的密探那样蝇营狗苟,徇私舞弊,老想着往口袋里搞钱,却可能因此更加毒辣,不留后路。

他们一眼就瞧出了安子谦的异样,并未立即下手。根据上头的指示和他们的判断,这般煞费功夫,汉河的共产党也只逮住了十之二三,其余的还都深深地潜伏在暗处。虽然发现不少蛛丝马迹,却怎么也逮不住个苗头,所以,当他们看见安子谦后,真是按捺不住的激动,以为逮住了大鱼。

安子谦被那么多双眼睛监视,个个都虎视眈眈,就等一声令下,取他有如囊中探物。而他却对此浑然不觉。安子谦自作聪明地装作若无其事的样子,在那排枭首笼子底下,从这头走到那头,又从那头走到这头。不时做出系草鞋或者翘首以盼等人的样子,这种掩人耳目的把戏,一眼就被那些密探看穿了。安子谦眼睛不是很好,加之久寻无果,使得脸上呈现出难忍的焦虑和痛苦,而这种焦虑和痛苦,在那些密探的眼中,则被认为是失去了同伙的悲恸和愤怒。

当密探们认为这一切已经够了的时候,安子谦被麻利地放倒了,一声未吭,毫不引人注意。他被蒙住了双眼,被塞住了嘴巴,被丢进一辆疾驰中的汽车,瞬间就无影无踪了。

2

蒙眼布还没扯下,安子谦就从此起彼伏的惨叫声中晓得自己这是到了地狱。蒙眼布扯下来,他被揉到墙上靠着,挤眉弄眼好一阵子他才看清楚,这确然是地狱。又一阵撕心裂肺的惨叫声传来,安子谦只觉得头皮发麻,两腿发软。一辆推车从面前经过,上头堆着两具血肉模糊的尸体。

不远处,一个壮汉正在抽打一个赤裸的瘦子,瘦子身子很白,泛着惨淡的毫光。鞭子很细,很长,壮汉是个舞鞭的高手,鞭子带着破风的啸叫,嗖,接着"啪"的一声,瘦子白条鱼儿一样的身子猛一抽搐,上头就留下一道更加惨白的白痕。白痕快速变红,沁出了血珠,血珠串在一起,蜿蜒着,虫子一样浑身乱爬。又一鞭子下去,嗖,啪……安子谦知道,要不了几下,那瘦子就会被像块白布一样被撕成碎布条子。壮汉的鞭子越飞舞越起劲,就像是故意卖弄似的,胳膊越抡越圆,口中还发出了"嗨嗨"的鼓劲声。飞扬的鞭稍带出了血点,飞溅了安子谦他们一脸。

那几个人推着安子谦往前走了几步,站到一盏嘶嘶响的煤油汽灯下。在他们正前方,一个行刑者正从火盆里拔出一柄猩红的烙铁,在那个被五花大绑的胖子眼前晃晃,笑眯眯地,那样子就像乡间的厨倌师在烫猪毛的时候拿碎娃家开玩笑,来,伸出舌头舔舔,甜的。胖子被吓得脑壳直往后缩,可是,后面就是墙了。他惊恐的样子惹得那个行刑者忍不住笑起来。大家也都抱起了胳膊肘,陪着安子谦,一起看起了热闹。

行刑者将烙铁慢慢地,从胖子脸上移到奶膀上。胖子的奶膀子很壮硕,如果不是那些毛,还真像个才出奶水的新媳妇。烙铁先是烧着了那些毛,一股子难闻的焦臭味儿。胖子身子直抽搐,叫唤的声音都变了调,完全听不清楚他在讲什么。行刑者就像盖大印似的,猛地将烙铁摁在了那只跳动的奶膀上。胖子先是一愣,马上明白过来咋回事似的,"嗷"地惨叫起来。接着,一股粗大的尿柱,稀里哗啦地从那萎缩得不像个样子的下体倾倒了出来。

他妈的!行刑者咒骂着,跳到一边。

大家的注意力回到了安子谦身上。

老汉啊,你选一样吧。有人指着那些刑具,你看你喜欢哪一样。

安子谦一生经见过的死亡和折磨,要论件的话,那可不是个小数目。就算到死也可能忘记不了的也有那么十好几桩。刚刚记事的那年夏天,就目睹了祖母捡菌子时,被鸡龟儿蛇咬了后那漫长的痛苦的死亡,身子一截一截变黑,皮肉一点一点腐朽脱落。祖母在彻夜的哀号声中,就像一根柴火棍一样,被疼痛的火焰慢慢化成了一段焦黑的木炭。

十一岁的时候,安家一个论辈分算是叔爷的壮汉在土镇跟人掰孽,被捅了刀子,一截肠子漏了出来。叔爷豪气地将肠子塞进去,拿缠头帕一裹,要求再战。这无畏的豪壮为他赢得了满街叫好,他的名声在傍晚就传遍了大半个土镇。他的地狱般的生活才算正式开场了。先是他的肚皮烂了个窟窿,何家药铺何陆侯的父亲,那个忠厚的老医生,绞尽脑汁也无计可施。何陆侯不甘心地翻着医书，指望从里头找出什么良方。结果是大家只能眼睁睁看着那个窟窿越来越大。叔爷开始哀怨，呻唤着向每一个问询的人包括那些看稀奇的，展示他那恐怖的不断变大的黑窟窿眼，抹着眼泪哭诉自己的苦痛和可怜，他把所有人都当成救苦救难的菩萨，指望他们额外开恩，原谅自己的莽撞，宽恕自己的无知和嚣张。睡梦中，安子谦总是被黑洞里蠕动的粉红色的肠子吓醒，肚皮冰凉。后来，如安子谦梦中所见，那些粉红色的肠子掉出来了，塞进去，又掉出来，三番五次，就差不多全出来了，很大一挂，摊晾在那里，盖着破布片。这位叔爷，就那么躺在他的一堆由粉红逐渐变成黑褐色的肠肚里，无力呻唤，一大团绿头苍蝇包围着他，嗡嗡地为他唱着丧歌。

安子谦还看见一个偷情的汉子，在翻墙逃跑的时候，一屁股坐进了一头笋子里。迅猛生长的春笋快速地将他高高举向天空。当把那根就快要长成了竹子的笋子放倒，把他往外拔的时候，大家以为死去多时的早已变臭的尸体，眼睛突然睁开，喉咙里发出了含混的喊叫。笋子拔出，他在地上蠕动半日，这才慢慢僵硬，真正死去。

而所谓的酷刑，安子谦也是见过几回的。十八岁那年，土镇逮住了三个白莲教的教头，点他们的天灯，哭喊声和惨叫声在土镇的老王渡口持续了整整七天七夜。最后经人指点，说是白莲教信的白莲圣母，其实骨子里是拜火，火是不大可能将其精气神彻底毁灭的，唯一使其湮灭的办法，就是将他们沉在水底，永不浮皮。于是，那已经被烧去半截的还在发出惨叫声的身体，又被装进竹笼，塞进卵石，沉入黑潭……

和那些刑罚相比，这些个拿烙铁烫烫皮肉，拿鞭子抽打抽打，往指头里钉竹签子，往鼻子里灌辣椒水的手段，在安子谦看来，其实并不觉得有多么可怕。

如果能换若兰平安回家，随便捡两样，遭一遭罪，哪怕是扛不过去就这么死毬，又算得了什么呢？不就是皮肉吃苦嘛，不就是疼痛嘛，疼痛都一样，就那么回事，它还能比什么都看不见，什么念想都没有更叫人可怕么？只要心头揣着好，揣着明天，揣着希望和未来，就像一颗种子，死了，换来新的生根发芽和籽粒饱满，还有什么是可怕的呢？那点疼痛又算什么呢？

不过，活了六十五岁的安子谦，虽然无惧疼痛，却也明白还有句老话摆在那儿，好汉不吃眼前亏，就像何陆侯常说的种瓜得瓜种豆得豆，因果承袭。我干啥了，做甚了，要遭责罚？

你装傻是不是？有人吆喝道，既然你不肯选，那么我们就帮忙做主，给你挑一样吧。

我不是个怕疼的人，我也不怕死，我都六十有五了，泥巴都堆嘴皮边了，有啥子怕的呢？随便你们选哪一样吧，我眼皮都不带眨一下的，真的！安子谦的样子，还真不像是装的，他态度诚恳地说，各位老总呀，我只担心年岁大了，身子骨怕是撑不住啊，到时候，为啥遭这些罪我不知道，为啥叫我遭这些罪，啥事由啥因果，怕是你们也不晓得啊！

安子谦的神态语气真是叫这些密探和行刑者们感到惊讶。这个老头才进来的时候神情还有点惊惶，随着这么走一遭，竟然越来越镇静。这种镇静可不是能装出来的，而是见怪不怪的平常，是对结果了然于胸的泰然。密探看着行刑者。行刑者们见多识广，只要看对方一个眼神，听对方吭个气，就大致可以判定这个人能扛多久，嘴巴几时可以撬开。所以，经由他们判定，这个老头所言非虚，他还真不是个贪生怕死的老东西，瞧他那嘴角的一丝笑，似乎还巴望着他们对他来点儿硬的，以了却他心头的什么愿望。而且，这个老头干净，坦然，不像藏掖东西的人，因此他们建议，是不是先问问，省了这顿过门刑，因为结果都一样，何苦多此一举呢？

于是，密探报告上峰，很快就来了个头儿，矮胖身子，一本正经，像个刚刚脱去制服的税官。他看着安子谦，礼貌地自我介绍说，敝姓王，他指指脸上那些因为出麻疹遗留下的坑坑洼洼，都叫我王麻子。

安子谦也不客气，王麻子，我是来找儿子的，我的儿子叫钰字娃儿。安子谦比画着钰字娃儿的高矮胖瘦，讲了长相。安子谦说，我们那儿出烟，钰字娃儿本来一直都是好好的，自从村里种了大烟后，他也跟着帮忙，割烟、收浆、熬烟……然后就吃上了，骂也骂不住，打也打不住。而且这烟一旦吃上，整个人性也就变了，要钱，嫖窑子，我这当爹的多讲了几句，就偷了家里的钱，屁股一甩，人没影了。我就这么一根独苗苗，虽然恨他不成器，可那到底是自己的血肉啊，仅此一脉，断了，就啥都完了，上对不起天地，下对不起列祖列宗，死了都没有颜面钻土。我之所以到处张望，是觉得凭钰字娃儿的秉性，混不下去了，早晚会干冤孽事。人头上墙，这才是我最担心害怕的。所以，尽管这一路提心吊胆，还是忍不住要往那些枭首笼子里张望，瞧那些死人脑壳都啥子长相。我都找了几年了,老太婆还在家里。村里当家管事的搞那一套,不种庄稼种烟苗,不收粮食收烟果子,早晚会给村里带来灭顶之灾。我害怕呀,害怕儿子没找到,家也被毁了。害怕找着儿子,家也被毁了。更害怕在城墙上的人脑壳里看见他啊!每天就这样胡思乱想,可是不胡思乱想又没办法过去这一天。寻这一路,挨冻受饿,挨打挨骂,有时候一条野狗都会欺负你一顿。三年前,我这肉身还是老秤一百三,现在,七十斤都要往下掉秤砣!你说,我这当爹的,咋个就这么造孽啊?

不管是密探,还是行刑者,人心都是肉长的,也都有爹有娘。安子谦并不想在他们跟前诉那满肚子的委屈,所以竭力克制。这种克制使得当爹的这份苦心,在那沧桑干涸的面容下,在那佝偻枯瘦的身躯前,更加显得令人不忍直视。安子谦揩了一把老泪,说,各位长官,各位军爷,让你们见笑了,其实你们把我逮着了,当时我还是有点害怕,后来转念一想,怕啥呀,这不是好事情么?从开始寻他,我这两腿就没停息过,以前苦,只是在土地里,农活儿重,夏日酷暑,冬日寒冷,遇着饥馑年月无收成,饿一阵子肚皮,但是那苦哪能跟这苦相比啊。满心思地想着他,一刻不停地往前撵,总觉得他在前头一步,看见有人受苦受难,看见有人挨打受骂,总觉得那就是他,捏着一颗心,老往前挤去看。撑不住了,想躺下来,可是心头又想,咋个能躺下呢,赶紧起来吧,娃在前头受难受苦,等着当爹的去解救呢!可是啊,有时候真是撑不下去了啊,就想着这荒山野外咋个不跳出头老虎野猪呢?一口把我撕扯吃了吧!过河的时候,就想咋个不赶紧起大水呢？一股洪水盖下来，把我冲走，想着天上来颗飞弹，正中脑门最好……咳，我想求死啊，死了就一了百了，再不遭罪了！好吧，各位老总，各位军爷，还有你这个王麻子，我讲完了，这就是我的交代，你们该咋个办就咋个办吧，想咋弄就咋弄吧，弄出血，弄死，都行，随你们，我不怨天不怨地，我也不会把你们责怪！

有两个事情。王麻子走到安子谦跟前，从怀里摸出个眼镜盒子，拿出眼镜和眼镜布，轻轻擦拭着镜片，说，第一个事情，你那娃儿真的如你所讲，他的脑壳是不大可能跟那些人挂在墙头的。挂在墙头的那些，可都不是一般人呀，你那娃儿，他还配不上呢。

他不配，他不配，麻烦你们就让他贱活着吧。安子谦说。

第二件事，你说你是哪个地方的？麻烦报一下？哪个镇？村落叫啥名字？你还说你们村里种了很多烟？是个啥情况？你呢？你种了多少？王麻子戴上眼镜，说，你种了就种了，照实说，我们不会咋样你的，毕竟啊，我们现在不是为了搞烟匪！

3

安子谦见王麻子讲话实在，神情也是自己放心的实诚样，于是就如实相告了。他是种过烟的，叶子烟。至于那种割烟果子收浆熬的大烟，他是一万年也不会种的！

他讲了自己是方圆百里都有名的庄稼汉子，名气早在很年轻的时候就传出去了，只要给种子，任何种子，他都可以种出最好的苗子来。他之所以不去碰烟苗子是因为清楚那种烟是个什么东西,他见过烟是怎么叫人妻离子散、家破人亡的,见过烟是怎么把一个壮汉烧成烟鬼的,是怎么把百年基业烧成灰烬的。他也曾经在土镇码头听爱城来的学生娃讲过,说泱泱中华沦为被列强糟蹋,就是因为大烟!

安子谦清清嗓子,唱起了在寻若兰的路上,从学生娃子们那里捡来的歌谣子——

一八四零年,

英国人运来了鸦片烟。

清朝政府太腐败,

雪花白银把毒换。

吸食鸦片人心散,

精神颓废身瘫软。

吸空了国库吸垮了兵,

任由八国联军来瓜分……

唱到这里,安子谦被呛住了,吭吭咳嗽起来。好一会儿才缓过来。他见王麻子还站在跟前,一副要认真听下去的样子,就说,不瞒你讲,就是因为我晓得那烟苗子,它可以开出最好看的花,也能结出最歹毒的果,所以,就算那个云长将军将我抬举到上席,敬我一杯就顶半头牛的罂蜜酒,我也没答应往地里下烟种!

你说罂蜜酒?王麻子打断他的话,你喝过罂蜜酒?

安子谦说是的,喝过,醉了好多天。

你可晓得那酒什么来历?王麻子问。

安子谦就将张同勋讲的那一番关于如何将罂粟花蜜酿制

成酒的说辞，原原本本讲了。王麻子看看身边的兄弟伙，意味深长地笑笑，示意安子谦接着讲。

安子谦说，村里的当家管事人何福田，为了叫他带头种烟，把那么好的一块地作半价给他，他也没承他的情。当然，作为一个穷困百姓家，他是顶不过云长将军和何福田的，那会儿他就想一个事情，全村的人都种烟去了，全村的土地都种上了烟，就他一个人不肯种，就他一家子的土地里没有烟苗子，那等待他和他土地的该是个什么样子的情形？老天保佑，他的脚底板受伤了，下不得地。但是他们还是不肯放过他，不断地有人前来问他，烟种子几时下地，水肥咋个管理？他都借故药劲上头，脑壳不清醒，不肯开腔。

可是这又顶什么事情呢？安子谦说，那烟苗子是天底下至贱的东西，落种就生根，有苗就开花，开花就结果，结果就出浆！

讲到这里，安子谦长叹口气。

王麻子的眼神里，对安子谦多了几分钦佩的神色。他说，我相信你讲的是真话，你这老汉，是个明事理的人，比一般人有血性，有骨气。

这番话明显是夸奖了。安子谦心头一激灵，他以为自己马上就会被放了，结果他还是被戴上了脚镣手铐，沿着长长的弯弯曲曲的廊道，走了不晓得多久，来到一间牢房跟前，被丢了进去。管牢房的人走了，就留下王麻子。王麻子倚靠在门口，点燃一根烟，慢慢吸着，有一搭子没一搭子地跟他聊着天，就像两个忙碌一天，傍晚收锄的老伙计。

我种过些年头的庄稼，九岁就下了地。十九岁考学，这才离开土地。王麻子比画说,我可是在土地里摸爬滚打了十年啊!什么农活儿都会做,耕田耙地,栽秧打谷,没一样可以难住我。

安子谦说,你是不是很小就担粪水了?

王麻子说,是啊,我十一岁就开始担粪水了,一挑担不动,就半挑,担子太高,就把粪桶系短点儿。

安子谦感叹说,如果你不是那么小年龄就担粪水,你个头肯定比现在要高多了。

王麻子是同意这个说法的。他叹息说,有什么办法呢?不过,他还是很喜欢种庄稼的,喜欢看苗子出土的样子,喜欢听禾苗拔节的声音。他说,在他们那个地方的镇子上,有个教堂,住了个法国传教士。这个法国人很喜欢摆弄植物,采集植物,做成各种各样的标本。这个法国人对种庄稼也很在行,有一年,他来到他们村里,见到他种的庄稼,夸奖他种得好,两人就这样成了朋友。法国人给了他一些种子,他还都种了出来,开了花,结了果。那个法国人也传授了他一些技术,其中就有现在已经普及了的嫁接和扦插。

如果不是受他鼓励,我还不会离开土地的。王麻子说。

你应该好好感谢那个法国人啊,你看你现在日子过得多顺遂啊,穿得干干净净、崭崭新新,又是皮鞋,又是手表,还有金丝眼镜,人也养得白白胖胖的。安子谦提着铁链,抬手指着他,要是种庄稼,你晓得的,这一切你可想都别想,怕是比现在老二十岁还不止呢!当庄稼人难啊,背太阳过山,看天吃饭!

王麻子很感谢安子谦这么说,连声应承,是啊,是啊。

王麻子说，在他们那个地方，最要命的就是干旱，有十年九旱之说。一旱起来，庄稼全死，一股风刮过，土地里扬起一阵尘土。每到旱季就有人外出讨口。等到雨季归来，又都错过了耕种的节气。没办法，只能卖儿卖女，只能挨饿等死。

我还以为只是我们那个地方的人遭殃，直到考学那年，我出远门才发现，好些地方并没有旱灾，也没有涝灾，咋个还有那么多人卖儿卖女呢？咋个还有那么多人饿死呢？啊，老汉啊，我请教你个问题啊！

安子谦赶紧谦让，哎呀，咋说请教呢？你是老总，是官爷，是文墨人，对我这粗笨老汉，直接使唤就是了。

你说，咱们庄稼人干的就是种庄稼收粮食，咋个没饭吃，还都要饿死呢？

有句老话，叫木匠睡的叉叉床，先生讨的病婆娘。种庄稼的，收粮食的，就活该饿肚皮啊！安子谦叹息道，这都是命呀！

这不是命，这是社会。王麻子说，那个法国人为了鼓动我出门考学，跟我讲，你在土地上，你顶多挑一担水，改变几棵禾苗不在今天的干旱中枯死的命运。你要离开土地，去念书，去立志报效国家，你将可能改变整个社会！

是呢，是呢。安子谦赞叹说，这个法国人讲的很有道理呢。

可是何其艰难啊！王麻子说，以前在村里种地，觉得这世间最大的丑、最大的恶，不过大斗进小斗出，不过是入室盗窃，不过是偷汉嫖娼。等从学校出来，满腔热血来到社会，要去实现报国效忠的理想时，才发现那些丑恶都算什么呢？

和窃国大盗相比，和卖国汉奸相比，和军火贩子烟土贩子相比，和那些贪官污吏相比，和军阀党棍相比，和政治金融寡头相比……咳，乡村里真是太美好了，太善良了啊！

从这个叫王麻子的人口中，安子谦听出了他是多么疲惫，多么厌倦和失望。安子谦不禁心疼起他来，说，我还以为你是个过安逸日子的人，没想到啊，你的心头也是这般的苦啊！年轻人啊，莫要想多了，想多了别家的事情，自家的日子就难过了。另外啊，你要记得这番话，它不是我讲的，它是我们村里最懂道理最有学问的人讲的。他说，坏事情只要开个头，总会一直烂下去，直到不可收拾。然后，它就会好起来，就像重新开始。其实世间万物，概莫能外。

谢谢你了！王麻子感激地笑笑，丢了烟头，转身就走。安子谦忙吆喝，嗨，王麻子，我看你讲的话这么实在……你把我放了呗！我还要去寻我那挨千刀的钰字娃儿呢！

我晓得你是冤屈的。但是，就像你刚才讲的那样，正确需要错误来表现，谎言需要真相来对应。王麻子说，如果你之前讲的哪怕有半句假话，你可能就活不出这个地方！

我全讲的是真话呀。安子谦说。

咳，那也得看他们喜欢听哪句呀！王麻子苦笑着，手一扬，就听得哐啷一声，门关上了。接着又是一声响，灯熄灭了。只剩下那颗王麻子丢在地上的烟蒂，还亮着一点儿微弱的火星。

火星熄灭，安子谦眼前一片漆黑。

4

　　活了六十五岁的安子谦，从来没感受到过这样的黑暗。这黑暗像炭？像墨汁？不管怎么说，安子谦觉得自己就像灶台上的饴糖，也被这黑给融化了。活了六十五岁的安子谦，还从来没感受到这样的静。除了可以清楚地听见自己一口一口的呼吸声，还能听到心脏怦怦跳动的声响，就像谁在拿鼓槌敲打自己这瘦薄的躯壳。有时候也能听到几声惨叫，隐隐约约，像是从地底下传上来的。安子谦无法确凿地知道自己这是在里头待了多长时间了。两天？四天？七天还是八天？没人来送吃食，也没人送饮水，他就像是被忘记在这里了。

　　安子谦先前还吆喝两声，嗨，有人没有？吆喝声被荡了回来。三番五次，无人应答，也就懒得费那精气神了。说来也怪，这都多长时间过去了，安子谦竟然没咋感觉到饿，甚至都还不咋个渴，只觉得无聊难耐。牢室里冰冷，墙壁湿漉漉的，再摸摸身上的衣裳，也很潮润，这大概就是不咋个渴的原因吧。牢室不大，刚好够躺下。站起来走动，横来顺去都是三步半。安子谦躺了一阵，就觉得难受，地上硬，铺了一点草，但是湿淋淋的，好像还长有啥东西。他拈了一根，塞嘴里尝尝，麻麻的，酸酸的，是菌子，粪草堆上最爱滋长的那种，叫狗尿针。

　　安子谦只能坐着。凭空坐，屁股受不了。人一瘦，屁股就尖，硬对硬就容易疼。只能找个倚靠。可是靠哪儿呢？墙上潮湿，只能往门上靠，门是铁门，沁凉。安子谦在这无尽无边的黑暗里头度日如年。这才多久啊？抓自己的那些个密探和领头的王麻子的样子，都还没在眼前消散呢。咋个就受不了呢？要是关押一年半载，就算不死，恐怕也会憋疯的。

这天终于有脚步声传来了。安子谦先是以为听错了，屏住呼吸，侧耳细听。是脚步声，啪啪啪，往这边来了。安子谦大声吆喝，嗨，我在这里呢，我在这里呢。没想到那边也有人跟着吆喝，嗨，我在这里呢，我在这里呢。仿佛远山的回响。脚步声响了许久，才来到安子谦跟前。接着啪一声，灯亮。安子谦感觉自己双眼差点被亮光刺瞎。慌忙别过脸去，掩住双眼，淌了好一阵眼泪水，才缓过来。来人晃晃手上的钥匙，示意安子谦抬手，他要开手铐。

安子谦跟在那个人身后，往尽头处走去。

嗨，我在这里呢……

安子谦听清楚了，这可不是回声，是一个男人的喊叫，带着哭腔。安子谦正要搭腔，被来人用棍子在他腰眼上一戳，再把他往前一搡。

走了好久，安子谦的眼前才渐渐亮堂起来。他抬起头，看见了天，接着还听到了鸟叫，麦儿快黄，麦儿快黄。就要收小春了。就要放水耙田了。就要开秧门了。

安子谦发现自己这是站在一片林子里。他想回头看看自己是从什么地方来到这里的，又被人捅了一下腰眼，再一搡。他只得继续往前走，走了一阵，来到一片空地里。

空地上跪着四个人，背对着他。四个人都被绑得像粽子似的，因为勒得太紧，也因为害怕，他们都在发抖。

这是最后的机会啦！

是王麻子的声气。安子谦这才注意到王麻子坐在那儿，正好被一蓬刺架子挡住半边身子。王麻子跷着二郎腿，正吃着烟。见了安子谦，他微微一点头，算是打了招呼，然后站起来，丢了烟头，走到那四个人跟前。

昨天晚上我都还在思考，我们的矛盾究竟出在哪里？我们说你们是苏俄的侵略工具，你们骂我们是帝国主义的傀儡。其实从根本上讲，我们都是爱国主义嘛！事实上，孙也好，蒋也好，陈也好，毛也好，他们搞国民党、兴中会、同盟会、中华革命党或共产党，多半都不是基于均贫富的冲动，其最初的动机反而大都是不满于国家和民族遭受列强压迫欺凌的现状，必欲实现民族的独立和复兴。大家的目的都是一样的嘛！既然目的一样，我们可以合作的嘛，不可以合作，也可以商量嘛，一起来商量着解决一些问题嘛！为什么非得采取极端手段，动不动就搞暗杀，搞暴动。就算你们真的推翻了我们，你们就真的能比我们搞得好吗？这阵子我一直苦口婆心地跟你们讲，讲道理，讲现实，希望你们不要固执下去，不要一根死脑筋坚持到底。希望你们可以一分为二地运用哲学的观点，运用辩证的方法来看待问题。我们也进行了几次辩论，结果是你们输了嘛！输了就该服输嘛，你们呢？就是认不清现实，就是要一条死路跑到黑！

王麻子看着那四个等待枪决的人，上前摸摸他们脑壳，拍拍他们的肩头，掸掉沾在他们身上的草茎和泥土，摸出手绢来，帮忙揩掉他们的眼泪和鼻涕。他突然显得很伤感，垂下脑袋，克制不住悲伤的情绪，竟然蹲在地上啜泣起来。过了一会儿，他站起来，跟他们说，一路走好啊，我的兄弟们！

说着摸出枪,绕到他们身后,拉上扳机,枪口对准那几颗脑袋,砰砰砰,几声脆响,他们全部栽倒在地。

随着萦绕在林间的硝烟散尽,安子谦嗅到了一股子难闻的血腥味儿。

王麻子走到安子谦跟前,面色苍白。他拿指头碰碰枪口,见不那么烫了,才别进腰间。走吧,他说。

安子谦随在王麻子身后,枯黄的树叶在他们脚底下发出很响的声音。一段路后,安子谦看见了一辆车。他不敢上去,刚才林间发生的事情来得太突然,让他有种做梦的恍惚感,而此刻才缓过神来。有人上前搀他,被王麻子拦住了。王麻子搀扶着他,示意他上车,然后紧挨他坐下。

王麻子黑沉着脸,神情沮丧。他妈的!他呻唤似的叹口气,拍拍椅靠。车子启动,卷着落叶,冒着青烟,发出低沉的吼叫,叫安子谦突然想起那夜的野猪。王麻子仰面躺着,闭上双眼。安子谦惊异地发现,竟有两行眼泪水,顺着王麻子坑坑洼洼的面颊淌了下来,到了嘴角边,他伸长舌头,一口舔了。

车子在路上跑了一整天,最后在一处庄园门口停了下来。安子谦被请下车。庄园里外,很多人在忙碌。当安子谦他们经过的时候,谁也没张望他们一眼,都埋头在自己的活路上,庭扫的,浇花的,抹灰尘的,无人开腔,都手脚轻盈,面无表情。

在门厅口,他们被拦下。王麻子先进去,过了好一会儿,他才出来,走到安子谦跟前,伸手拍拍他的肩头,微微一笑,点头致意,快步走了。

安子谦进了门厅，过来两个侍卫，制服笔挺，皮靴铮亮，带着他继续往里头走。安子谦看着墙壁上挂的大幅画像，其中一个骑马的将军，似曾相识。

穿过廊道，过了几个天井，来到后院。后院可真大，鱼塘、假山、草坪、亭台楼阁……像个大公园。安子谦看见一个宽大的背影，穿着白色的棉袍，双手叉腰，正打量他后院的那些花草。

这他娘的可都是些奇花异草啊，拿黄金白银换回来的，咋他娘的给我养成这个尿样了？

这声气，安子谦听起来有些熟悉。正纳闷，只见那宽大的背影一扭身，安子谦只觉得眼前一亮，这不是云长将军么！

你说咋整？一把手。云长将军笑呵呵地看着他。见安子谦愣在那里，打着哈哈快步过来，兜胸捅了安子谦一拳，没想到是我吧？你们秦村人呀，是水性问题还是风气问题，咋个都喜欢骗人呢？算了，今天我就不收拾你了，你去换身衣裳，瞧瞧你这个鬼样子，臭得哦！云长将军夸张地在鼻子跟前扇扇巴掌，换衣裳，吃东西，然后赶紧去给把园子里这些花花草草好好给我照料照料，晚上咱们再讲话，你看好不好哇？

安子谦很激动，赶紧回答，好，好。

云长将军都走了两步，又回过头来，问他，你养的是个女娃吧？咋会是男娃呢？他哼哼笑着，指头点着安子谦，骗子，你们秦村人，都他娘的是骗子呢！

5

云长将军说是晚上回来,结果没有。一连好几天,安子谦都在这个院子里忙碌。种庄稼他是一把好手,是真正的行家,可是对待这些花花草草,就难免有些手生了。不过,万理通一理,都是生根发芽、开花结果的东西,只要照看好水、肥、土,白天晒够日头,晚上沾够雨露,莫叫害虫伤了,莫让鸟兽害了,一切就都交给天地吧。天地滋养世间万物,最为公道,枯荣都是花草的命,还能咋的?如果蔫吧了、萎了、枯了、死了,那只能说它不顺应这节气,不是这土地里该生长的东西!

安子谦在精心照料这园中花草的几天时间里,园子里可没少来人。不过这来的差不多都是云长将军的女眷和女眷们的客人,一个比一个穿得艳丽,花枝招展,珠光宝气,都是官家太太小姐的做派,讲起话来娇娇滴滴,拿腔拿调,见了好看点儿的花儿草儿,无一例外都是那般这般地咋咋呼呼,真正的少见多怪。

有那么两个女客,见了花枝好看,就硬要采摘。安子谦忙上前劝阻,说摘不得,这苗子就一朵花,也无别的枝叶,就靠着这朵花枝吸日月之气,采风露养分,你们如果摘了它,就等于是把人的脑壳砍了。

那两个女客很惊奇这个花工居然有这么大胆子,竟然敢阻拦她们采摘一朵花,责问他,你晓得我们是哪个么?别说一朵花,就算我们开口要这个园子,当家的也会给我们的!

安子谦说你要园子是要园子的事，我管不着的，不过要摘这花，我就没办法不讲几句啊。

其中一个女客见他敢顶嘴，火大了，说你信不信？我今天不光要摘这朵花，我还要掐你一个眼珠子？

安子谦后退半步，嘟哝道，要讲理嘛，讲这些狠话干啥子呢？我只是个暂且在这里照料它们的庄稼人，觉得你们这样子对待花草不对，多讲了半句话，你咋要跟我使狠呢？安子谦又后退半步，你们要摘就摘嘛，反正它也不像人，还晓得叫唤一声。

另一个女客"咦"了一声，说你这个下人讲话倒蛮有趣味儿的呢，脾性也臭大得很呢。忙叫唤招待她们的三姨太过来，讲了刚才的事由，说你们在哪里找的这个人呢，咋个没教会规矩就让在园子里头做事呢？我们还好，要是以后遇到汪夫人、蒋夫人那样的贵宾，这样顶撞了，那可如何是好呀？

三姨太忙赔不是，要安子谦向女客们道歉赔礼。安子谦说，我又没做错啥，不过是讲了句道理，这歉和礼，我道不了，也赔不上。三姨太气得浑身打战，脸上的粉簌簌往下掉。那俩女客倒是很快消了气，劝三姨太也莫要怄气，说下等人，不用一般见识。不过，她们指着安子谦和那枝花，你不赔礼道歉也行，去把那朵花摘给我们吧。安子谦说，你们心狠你们去，我下不得手。女客们听了，都气傻了似的，愣在那里了，合着三姨太，正要一起发火，一个把自己装扮得像个爷们的女人骑马过来，一跃而下，笑着问她们，你们在这里跟一个花工斗什么气呢？

女客们和三姨太见了她，都恭恭敬敬地招呼，七公子好！

然后争抢着把事情经由说了。七公子摘下手套，上前嗅嗅那花，眯缝着眼，像是被陶醉了。我看这花工讲得有几分道理呢。她说。

既然七公子都这么说，那就真是有道理了。三个女人满脸挂笑地走开了，留下安子谦和七公子还在那朵花儿旁边。

七公子问了一阵闲话，听安子谦说自己是秦村人，七公子愣了一下，问，是土镇的那个秦村么？安子谦说是，七公子你去过秦村？七公子笑笑，没答话。

6

半个月后，云长将军才回来，乘坐飞机，降落在汉河刚刚修好的机场。这天晚上云长将军宴请了安子谦，陪客就一个，七公子。也就这天晚上，安子谦才晓得七公子是云长将军的七姨太，因为喜欢女扮男装，所以人称七公子。

这天晚上七公子没有穿男装，而是一袭旗袍。不过这一身旗袍叫七公子很不自在，就像芒刺在身。云长将军叫她站起来走走。七公子就走出座位，绕着桌子，走了一圈儿。云长将军让她原地打个圈儿，七公子就原地打了个圈儿。她打圈儿的样子很好看，叫安子谦想起了玉观音的水袖舞。

你觉得咋样？云长将军问。

你知道，我对这样的东西，一直都不是很喜欢的。七公子说。

你可晓得它的来历？云长将军问。

你不是说夫人送的么？七公子说。

来头大哇。云长将军说，上回咱们去南京，夫人对你印象极好。这回见了我，问起你，说有件礼物要送，是件衣裳，专门请北京的老师傅定做的，统共只做了两件，她一件，你一件。

他两口子是惯会使这一套的。七公子说，可别指望我会多感激他们。

我也不是傻子，我的七公子！云长将军在七公子那浑圆的屁股上抽了一巴掌，去吧，换回来！

七公子换衣裳去了，云长将军这才开始注意到安子谦似的，跟他讲起了话。

你不晓得那个光头，他可是天底下最会使心思笼络人的了。他那女人给七公子做了件旗袍，竟然安排专机送来，平常还口口声声要厉行节约。咳，他娘的，下这么大血本为啥呀，还不是为了叫咱们尽心尽力去给他当打手哇，全心全意给他当屠夫哇！只等事情一完结，他就该……哎，该怎么着啊？

七公子换了一身雪白的男装走到大家眼前，云长将军拍拍脑门子，想不起下面的词了，问七公子，哎，你常讲的那句话是怎么说的？什么狗？什么弓？

狡兔死，走狗烹。飞鸟尽，良弓藏。

对！云长将军拍了一下巴掌，就是这么个理。云长将军看着安子谦，别说光头两口子擅长使这招，你们秦村的何福田也很会耍这套把戏呢！

安子谦见他讲这话的时候，虎着脸，也不敢贸然应声，只是局促地坐在那儿，听他接下来还要讲啥。

你还记得那个张同勋吧？云长将军拿酒杯磕碰盘沿，当当声响，提示安子谦注意他的讲话。安子谦赶忙说记得。他是个王八蛋，和你们的那个何福田都是王八蛋！云长将军义愤难当地将酒杯往桌子上一墩，再重重砸下一拳，狠狠地骂道，他娘的！

云长将军说，张同勋和何福田从开始种烟就勾搭到一起了，合着伙儿欺骗他，隐瞒产量，高价转卖。到第二年，何福田竟然资助张同勋另扯杆子！

你晓得何福田为啥要这样做？这个王八蛋，就因为我改了他的戏，玩了他的戏子！这算啥嘛？办大事不拘小节！按照我的计划，我是要叫他当省主席的！可结果呢？就因为那一口气不顺，义气不要了，情意不要了，前途也不要了，还连最起码的公平也不要了。那可是喝了血酒盟了誓的啊！啥都不要了，铁了心的，恨上我了！给我隐瞒产量，给我以次充好，给我唆使下属反水……他妈的，当我瞎子呢！

云长将军是真动了气，安子谦吓得大气不敢出，他是见过云长将军动怒的，他也晓得云长将军的凶狠。

我么，你是知道的。云长将军示意安子谦喝酒，他的怒气去得跟来的时候一样快。安子谦顺从地端起杯子，赔了个笑脸。云长将军抿了口酒，说，我是会当受气媳妇的，我不愿意丢失秦村那么好一块宝地。真是没想到啊，秦村的土地，那真是出好烟呀！云烟最有名吧？都比不上它！品质上乘，市价高出川烟三成。最要紧的是，秦村那么偏远啊，把村子两头一扎，就跟口袋一样，进不去，出不来，闭风闭眼！为了办成大事情，为了表示珍重何福田，我亲自带了戏班子到秦村，把女人还给他，给他赔不是，还将名下几家公司的股份让了好些给他，就指望他能遵守我们的约定，将该给我的给我。结果呢？他连往年那点份额都不肯给我。他以为有张同勋撑腰，以为他有百十条枪，就不拿我当回事了！

这一番话，云长将军是看着七公子讲的。七公子听得很认真，频频点头。

云长将军说，我最受不得的就是背叛，我也不会冤枉好人！毕竟是朋友嘛，为了搞明白事由真相，也为了跟何福田搞个了断，我安排了几个会计去秦村，要把这么些年的往来账目搞清楚。结果，还没到村口，那些个会计就被乱枪打死了。为了收拾我，你们的何福田可是雇了兵的哟。那些个穷凶极恶的家伙，加上张同勋偷偷提供的武器，还真是不得了呢！云长将军扭脸看着安子谦，这事情，你不晓得吧？

我不晓得，我出门找人去了。安子谦想起出发时在爱城看见的那些雇佣兵，想着云长将军的会计被他们打死的情形。不过，云长将军怎么可能只派点会计过去呢？如果真是被杀了，云长将军还是个善罢甘休的货？

云长将军长长叹口气，他妈的，这口恶气我吞了。这辈子，我就窝囊他娘的这一回！他看着安子谦，扯了秦村人的腔调，戏谑似的说道，都是老朋友嘛，有啥子办法呢？

安子谦面前摆着两套杯子，都是玻璃的，他还是第一回使用这样晶莹剔透的精美器物，想起扎在脚底板上的那块玻璃碴子，跟这玻璃杯一样，闪着同样的毫光，那锋利的痛突然袭来，身子不由得一个哆嗦。再看这杯子，浑圆的杯肚，细长的杯脚，捏在手上，光洁润滑，多像婴幼时候的女儿啊。

一个杯子里盛的是红酒，一个杯子里盛的是白酒，七公子专门给他介绍过，红葡萄酒和冰葡萄酒。安子谦两样都尝了，不像烧酒那般浓烈，他喝不惯，不过，每当云长将军招呼，他还都是双手捧起杯子，小心地递到嘴边，啜饮一口。

你看你那样子？喝中药么？有那么难喝吗？云长将军唤了人来，去，把我的那点存货取来！

一看那酒瓶，安子谦就晓得，这是那要命的罂蜜酒。云长将军喝了一口，啧啧称赞，这玩意儿多存两年，口味儿就又好了不少！

安子谦不敢冷淡了云长将军的热情，怕烫了嘴似的，小心地啜饮一口。

云长将军几口罂蜜酒下了喉咙，声气就大了起来，出口也尽是粗话，就像这罂蜜酒是那扒皮的药，云长将军一下子露了真相，这才是他山大王的本真呀！

这东西，喝着就是安逸啊，只有一点不好，容易上瘾。你不晓得哇，现在他娘的要坐办公室，还要这里亮相，那里亮相，记者的镁光灯时刻盯着呢，莫办法，只有少喝点呢！

安子谦讪笑说，上回跟你喝了这个，躺了好几天，地都莫办法下！

我他娘的记得你养的是他妈的个女娃子嘛，你个老龟儿咋到处寻男娃呢？到这里，也不舍得给老子讲句老实话？云长将军探长身子，两只血红的眼珠子牛卵一样，瞪着安子谦。

是个女娃，叫若兰，就是唱《青陵台》那晚上，她被戏班上那个点灯者拐走了，我找到今天。

不是拐走了，是心甘情愿跟着一起跑了的。两个狗日的还在一起干了不少大事情呢！云长将军冷笑着，其中一件，就是烧了老子在暑袜街的仓库呢。你个老龟儿，可晓得哇？

安子谦吓得不浅。我哪里晓得呀，我啥都不清楚啊！安子谦站起来，忙不迭地表白。

你找不着他们的，不用去找了，这找人的事情，还是让老子来安排。你个老龟儿，就好好地给我他娘的守到这里，给老子伺候好园子里的那些花花草草！云长将军捉过七公子的一只手，握在手心里，捏捏，揉揉，说，我在南京看了个地方，山山水水的，还有条马道，应该合你的心意。七公子说，真是太好了哇。云长将军掉过头看着安子谦。安子谦赶紧站起身来，说，谢谢大帅看重我，我还是想回秦村。云长将军的脸一下掉老长，黑沉沉的。安子谦忙说，就算是要跟大帅照顾园子，我也要回趟秦村把家里安顿好，带上我那老婆子一起来嘛。安子谦讲这番话的时候，故意扯了戏谑的口气，但却没让云长将军死板的面孔活泛起来。

云长将军说，讲个卵！跟老子去南京，给你个老龟儿找个婆娘就是了，想嫩的找嫩的，想瘦的找瘦的！我他娘的会买些外国花草，你要经管好！

安子谦还要申辩，这时候云长将军的副官过来，附在云长将军耳边，嘀咕了几句。云长将军猛地一拳头擂在桌子上，盆盆碗碗被震得老高——

南京那些龟儿子，究竟想要搞啥子？

副官要讲，看看安子谦和七公子，有些顾忌。

你讲！

他们找的那些记者，国内的好处理，但是外国记者是软硬不吃的,他们明显是想把事情搞大的,情况有些严峻,所以……

云长将军叹口气,接过七公子递给他的手帕,揩了嘴角,站起来,在屋子里兜着圈子,思忖着对策。很快,云长将军就站定了身子,一手叉腰,一手指着副官,发电!副官赶紧拿出纸笔,抄写电文。云长将军摆摆手,南京这头,你叫那个王麻子去办,他不是想建功立业么?机会来了!那头,你亲自跑一趟,传我的话,口子扎紧,半点风声也不许传出来,这节骨眼上,不能出问题!副官说,那头一直在下暴雨,都淹成一片汪洋大海了。

下暴雨算个啥?下刀子也得赶紧去办!云长将军哼哼两声,他娘的,这不更好嘛,成了汪洋,正好洗白嘛!

副官合上文件夹,从公文包里摸出一个黄绫包裹的东西,说那头送过来的,叫什么龙鳞,是从一条黑龙身上揭下来的。

啥东西?黑龙?龙鳞?云长将军接过来,还没打开,就皱起了鼻子,这啥玩意儿啊,这么大一股子怪味儿,丢了!说着就要扔,七公子伸出手去,要过来,打开包裹的黄绫,是一片鱼鳞甲似的东西,小巴掌大,灯光映照下,闪着幽蓝的光。

七公子转手递给安子谦,你拿着吧,也算个稀罕物。

7

云长将军早晚都会到园子里来散步,安子谦很想过去跟他说话,求乞他准许自己回老家一趟,把若兰娘接来。求乞他如果找到若兰了，就放若兰一条生路，给她改过自新的机会。他会带着一家人，做牛做马报答云长将军的恩德。安子谦已经有点喜欢这个园子了，那么多的亭台楼阁，雕梁画栋的。而且这里劳作也一点不累，栽花种草嘛，就是个耍耍活路。安子谦也为自己一家人看上了一处栖身之所。那是在湖边的一处铁皮小屋，里外两间，就堆放了几把搂树叶的耙子和鹤嘴锄。简单收拾收拾，若兰可以住里屋，他和若兰娘可以住外屋，外屋稍大点，垒得下一口灶，摆得下一张桌。柴火问题安子谦也解决了，那么多修剪下来的枯枝……

但是安子谦却无法靠近云长将军。这府邸的管家公是个板板正正的连上茅坑都甩着正步的高个头。他向安子谦宣布了这府邸的规矩，不该问的事情不要过问，不要和用人使婆交谈，做好自己手上的事情，该吃饭吃饭，该睡觉睡觉。他还特别叮嘱，不要觉得云长将军请他吃过饭，就觉得和云长将军好交道，看见云长将军，要站得远远儿的，想见他或者见七公子，都必须得经由他这个管家公的同意。

安子谦说，我现在就想见他，你同意呗。管家公说你别急，想见云长将军的各级政要排了一大遛呢。安子谦指着不远处正跟七公子手挽手散步的云长将军，说他现在不正闲着么？管家公冷笑一声，你如果不听招呼你就去嘛。管家公眼中闪过一道寒光，叫安子谦心头一凛。

总的来说，安子谦在这园子里的日子，过得还是不错的，有酒有肉，衣裳鞋袜全都换新。唯一不好的就是不能出门。尤其是云长将军走后，生怕他跑了似的，还专门给他安排了个卫兵。卫兵是个小伙子，黑衣黑裤，腰间别着匣子枪，瓦蓝瓦蓝的。开始几天,他就像影子一样随在安子谦身后,安子谦说什么他都不搭理,他的眼睛也不落在安子谦身上,不看他栽花,也不看他种草,只是安子谦想要到别的院子里溜达,他立即伸手阻挡。

你这是搞啥嘛,你如果是我的卫兵,就该听我的使唤啊!安子谦想要推开挡路的卫兵,却被反手一掌搡到了地上。安子谦晓得情形不好,这不是保卫他的卫兵,而是看守他的卫兵,他这是被囚禁起来了。只是为啥呀?自己一个庄稼汉、老头子了,又不是啥政务要员、高官显贵。安子谦想不通,去问管家公。管家公只叫他莫要胡思乱想,伺候好花草。

此后,安子谦每天大早起来,必定会先坐床上发一阵子呆,然后才慢慢吞吞穿衣,在卫兵的看护下前往园子。安子谦完全可以不用那般认真辛劳,反正也没有人管他干多干少。如果不是这个卫兵时刻相随,他在这个园子里活得像个影子。七公子经常跑马,好几回从他跟前奔过,他眼巴巴地张望,她却对他视而不见。安子谦可以躺在青石板上眯一觉,也可以倚靠大树歇阴凉,直接回房也无人理会。但是安子谦觉得自己不能这样做,他是个实诚人,只要眼前有活儿,有农具,他片刻也闲不住。手上不做事,心头就空落落的。再说也不能对不起那一日三餐的好饮食,又是回锅肉又是白米饭,还有烧酒。他相信云长将军,他这样好酒好菜待自己,就不会有害人之心。早晚,云长将军是会给他一个好解释的。瞧这雪白的大米干饭,这香喷喷的肉食,这一大罐随喝随倒的烧酒,心头那许多不安,顿时平静了,好多想不通的事情,随着一杯烧酒下肚也都通畅了。

可是就在第二天，事情骤变。

由于近来安子谦规规矩矩，早出晚归，心思也都扑在了那些奇异的花草上，所以，那个卫兵也从最开始的紧张，变得松懈了，不再那么如影相随，也搞起了自己喜欢的事情，逗弄一下水塘里的金鱼啊，抽个烟卷啊什么的。

这天傍晚，安子谦发现有几棵苗子的叶子有些发黄，手还没碰上去，叶子就掉落了。安子谦觉得出问题了，刨开根上的泥土，大吃一惊，因为根系都焦了。咋会这样？前些天还好好的呢，这些天稍微干燥，浇了点水，咋就成这样了？安子谦扯了一点根须，捻捻，再闻闻，发觉这不是水多沤烂的，而应该是火重枯焦，培土层底下肯定还有点别的啥。于是拿了锄头来，先移开苗子，再挖开泥土。这一挖不打紧，底下竟然铺了厚厚一层炭火灰。安子谦这下明白根茎枯烂、叶子焦黄的原因了。炭火灰夹在苗子和泥土之间，等于是让苗子断了生根之气。而且，这炭火灰没有堆沤，火性未除，被水一浸，就如石灰过水，热气上蒸，必然烂根。

安子谦发现这炭火灰可不止一小片，足有半分地之多。如果不赶紧移苗，将炭火灰清除了，重新覆上熟土，只怕这些苗子都会死去。可是已经很晚了，卫兵着急地要将他送回内院，关上房门走人。安子谦不同意，说这苗子如果不处理，就是死苗，这炭火灰不除，这片土地栽种什么死什么，等不得的，节气在这里，苗子也等着施救。卫兵终于开了腔，明天接着办咋样？安子谦说你把这苗子当成病人，你还会这样讲么？别看草木，也是有情的！

卫兵叹口气，再珍贵的草木，死了也是一把柴火。你对它们这么好干什么？还指望能看到它们开花结果？

　　这话叫安子谦一愣，不再坚持，默默地回到了内院，吃了饭，喝了酒，洗了个热水脚，就上床瞌睡去了。只是怎么也睡不着，他总觉得卫兵的那番话里头还有别的啥意思。鸡都打鸣了，还没睡着，就找了话宽慰自己，卫兵那话的意思，多半是指自己要被弄去南京吧。去了南京，自然看不到这里的花草开花结果啰。

　　因为牵挂那些苗子，安子谦天不亮就起来了。房门未开，他出不去。叫人开门，护院的说那个卫兵没来。安子谦扒拉着房门想要出去，结果被早起巡房的管家公看见了，将他一顿呵斥，咋了啦？想逃跑么？

　　一直等到都快中午了，那个卫兵还是没现身。太阳高高地挂在半空，屋檐底下的安子谦都感受到了阳光的炽烈。为了叫那些苗子快点缓过劲来，安子谦昨天傍晚还用清水洗净了根上的泥土，将它们铺在草坪上，让一夜清露去出火气。计划等到阳光出来，晾干了露水，这才下土。可是，这么大太阳，无人料理收拾，只怕早就晒枯萎了。倘若再不管它，只等过午，它们就真成了一把柴火。

　　管他娘呢，死了就死了呗，云长将军回来，又不会打自己板子。安子谦知道着急也没办法，收拾了一下心情，准备回床上躺着，补上昨夜胡思乱想失去的瞌睡。可就在此时，听见七公子在训斥管家公，说你晓得那些花都什么来头么？怎么都拔了？怎么丢在太阳底下干晒？透过门缝，安子谦看见七公子坐在马背上，管家公站前头，身子打得笔挺，接受着训斥。

那个家伙是怎么死的？是不是赌钱输了被人拉了命债？还是做了什么事畏罪自杀？他死了就死了嘛，凭啥不把花工放出来？赶紧喊他去把花草栽种上，要是活不成，账就算在你的头上！

七公子讲完，一提缰绳，马儿嗒嗒地跑开了。管家公打开房门，叫出安子谦。安子谦跟在他身后，不断发问，谁死了？咋个死的？管家公被问得不耐烦，呵斥道，不记得规矩啦？

突然死去个人，一下就人心惶惶起来。看大家忙忙碌碌、慌慌张张的光景，安子谦觉得云长将军就要回来了。管家公叫了个人来，让他看管好安子谦，自己也忙着办事情去了。那个人并不清楚这个指派的重要性，还当只是个监工，跟在安子谦身后一阵子，见他两手不空，满头大汗，也不肯搭把手，加上太阳正大，就躲树荫下打瞌睡去了。

一阵马蹄声过来，经过安子谦的时候，七公子勒了勒缰绳，放缓了脚步。赶紧逃走！七公子用咬牙切齿的声调，低声讲出了这四个字。

安子谦听得明明白白。七公子讲这四个字的神情，也清清楚楚地看在眼睛里。他可以不相信这世间任何人，但是不能不相信七公子。他按捺住心头的狂跳，直起身来，装着抻懒腰的样子，四处张望。除了那个看管他的人正歪靠在树上，礼帽盖着双眼打瞌睡，四周出奇的清静，不见一个人。

第四章　旱前1年

1

盘算一下节气，这阵子正是秦村出烟的季节。

当安子谦踩着滑溜溜的跳板，小心地踏上土镇老王渡码头，揩掉遮眼的雨水，一抬头，就看见码头上插着一排高高的楠竹杆，每一根的顶端都插着一颗黑乎乎的人头。这一路上，每经过大点儿的场镇或者关隘，城墙垛子上都插着人头，有些已经不知是何年何月的了，露出了白森森的颅骨，有的才刚刚腐烂，鸟雀一边叼啄着腐肉，一边拉着粪便。有的是刚刚才插上去，还滴沥着新鲜的血水。

一阵狂风吹过，竹竿摇晃，人头也跟着晃动，那些湿漉漉的头发竟然飘动起来。空中传来嗖哨声，呜呜呜，是那几根没有人头的竹竿发出的。

安子谦从未见过如此泛滥的爱河。河水缓缓流淌，波澜不兴的样子。河面上隐约翻卷着一些树木和枝丫，还有被河水搓揉成团的灌木杂草，以及肿胀的牲畜和人尸。

在一些回水湾，站着手执扎杆打捞浮柴的人。他们腰间拴着绳索，另一头系在牢靠的树干或者石头上，以防被钩中的重物拽下河去。在这些打捞浮柴的人身后，摆放着他们的所得，一些破烂的桌子柜子、烂布、发臭的禽畜，更多的是堆积成山的木头和树蔸。

三个月前，安子谦被一辆摇摇晃晃、吱呀乱叫的马车载着，进到了雨幕中。车上人和物品太多，车子随时都可能散架。它终究没有。但是前行已经不大可能了，车轮深深地陷落在泥泞里，马喷着响鼻，肚皮扇动得就像丫头手中勤快的扑扇。细心的赶车师傅发现马鼻孔里有粉红色的血沫，这让他大惊失色，心疼得就要哭起来了。不管旅客们如何央求，赶车师傅再不肯前进半步，他要把大家就此丢下，因为他的马已经炸肺了。

此后，越是往家的方向雨就越大，几乎无一刻停歇。同行的人觉得这简直不可思议，哪见过雨这样下的，这真是垮天了么？安子谦不以为然，说他在几年前，就曾经遇到过这么一场，下了快一个月，谷子垮了穗，苞谷还在杆子上就长出了秧子。相信这一场，大不了跟上一场一样吧，瞧瞧天色，再有三五天就应该消停了。

一旁的当地人觉得好笑，问他是哪里来的。安子谦说了。那人叹气，说这也难怪你不晓得这雨下得有多邪门了。你可见过往池塘里扔石子？石子投进池塘，会起一个一个水波纹，一圈一圈推开。这雨就是那样下的。雨的中心在一个叫土镇的地方。一年前那里就开始下雨，桶倒瓢泼。然后是爱城，是绵城……一个圈儿一个圈儿地扩散，三个多月前才到达我们这里。我们这里才下了三个月就有逃荒和饿死的人了，也不晓得一直还下着雨的土镇和爱城又是个啥鬼样子了。可能跟水牢地狱差不多吧。瞧瞧吧，瞧这光景，还会扩散下去的，啥时候消气，鬼讲得清楚啊！

同路的问，咋会这样啊？

这得去问土镇的人啊，去问爱城的人呀！人作孽，不可活；天作孽，不长草！一天的雨是甘霖，一月的雨是脓血。老天这样下雨，肯定是那里的人做了上对不起天，下对不起地的事，如果不是报应，还能是啥呢？

到了爱城，雨似乎更大了。让安子谦觉得惊异的是大家的生活竟然一如往常。讨口的继续讨口，叫化的继续叫化，卖肉的一身油腻，货儿子袒胸露乳在拐角处拉客，抢人的照样抢人，打闷棍的手段还是那般高明。唯独的区别就是这一切都在雨中进行罢了，大家丝毫不为这雨困扰，都早已习惯。

而在那澎湃的爱河上头，行船的照样行船。因为河水丰沛，似乎这船行得比以往更加顺畅。安子谦问船老大，敢往土镇去么？不怕洪水么？在安子谦的记忆中，但凡爱河涨水，无论货船客船，早早就系泊了，生怕被洪水给冲走了。如今这船家豪气地说，早一年前肯定怕呀，现如今，死那么多人，毁那么多船，经验早就出来了嘛，胆量也早就大了嘛。

上了船，安子谦一见四周河水就觉得头晕，四周都在摇摇摆摆，就想呕吐，不得不蹲在地上，四肢打战。同船的人以为他害怕，说你外地才过来的吧？别紧张。洪水才起那阵，大家都还规规矩矩，躲雨，躲洪水，害怕得要命。但是随着时间一长，莫办法，要活呀，首先是船家撑不住，开始跑船，结果一不小心就被洪水冲没了。接着是打鱼的，他们就靠一条船一张网过日子呀。然后是脚夫子，脚一歇，就要断炊啊。那些日子，隔三岔五就听说这里毁了船，那里死了人。后来这样的消息渐渐就少了。因为都有经验了，都被那不歇注的暴雨、不消停的洪水给锻炼出来了，都成了浪里白条。听说在土镇有户渔家，家里两个娃儿，一个脚上开始长蹼，一个耳根后面开始长鳃。说话的人手拍湿淋淋的栏杆向安子谦保证，要他把心揣在腰包里，站起身来，好好欣赏这奇异的风景。还指着河湾上那打捞浮柴的人，给他讲了另一个奇闻——

有天早上，有个捞浮柴的看见河中隐约飘来一根大木头。那人抓起长竹竿做的扎杆，狠狠地扎了出去，抓钩正中目标，这叫他为自己的好手艺很得意，使劲往岸边拽，可是太沉，慌忙吆喝同伙来帮忙。大家一看，嗬哟，这木头可不小呢，打捞起来，大家几天的粮食就有着落了，于是齐心协力往岸边拽。突然，只见那木头动了一下，往下一沉，差点把几个人拖下河去。接着，只见那木头跃出了水面，有人借着晨光仔细一瞧，大呼一声，龙啊！只见龙尾一甩，一股大浪冲天而起，河岸两边百多丈宽的河堤一下子就垮了，河水翻滚而出，两岸很快就成了一片汪洋。几个打捞浮柴的，只有那个抱着竹竿的活了下来，被冲到爱城下头三十里的地方，他的那根扎杆的铁钩子上扎着一片鳞甲，小巴掌大，被路过的一支队伍的领头老总花五块银圆买了去。

安子谦心头咯噔一声，想起那天晚上被云长将军嫌弃又被七公子转手相赠的那个东西，现今就在他的包袱里呢。

2

安子谦一颗一颗人头地仰望、分辨，没一个他熟识的。他浑身已经湿透了。此时天已经很暗了，又饿又冷，去哪里呢？他想到了女婿苏永昌。见到他，苏永昌和他哥哥肯定会是一张笑脸，但是他嫂嫂洋辣子呢？犹豫一阵，还是开步，前往苏永昌家的方向。

苏永昌哥哥原来住的那几间正房已经拆了，只剩下耸立的几面墙，也快被雨淋垮完了。一旁那两间偏房正冒着青烟，弥漫着一股烟火味儿。安子谦吞了口唾沫，敲响了房门。

当苏永昌怀抱儿子打开门，没认出来跟前的人是安子谦，还只道是叫花子。还是安子谦开了腔，说，是我呢，永昌娃。苏永昌既激动，又局促，忙呼唤在灶膛前烘烤尿布的女人，荣娃子，这是干爹，安子谦干爹。荣娃子听话，叫了安子谦一声干爹，干爹，你快坐。

安子谦没好意思应答。苏永昌又让怀里的娃儿喊他爷爷。娃儿还是个奶崽，只会呜呜啊啊。安子谦不好意思地搓着两手，说走得匆忙，连颗糖都没买。他在怀里摸来摸去，想摸出个啥来，塞给娃儿做见面的念想，可是，口袋空空，啥也没有。他想起了包袱里的那个龙鳞，如果真是龙鳞，当见面礼，又太贵重了点。

这娃儿多大呀。

苏永昌说一岁了。

安子谦瞅瞅，生得好呢，都在冒话了。对于自己两手空空，安子谦再次表示歉意。苏永昌说，干爹呀，你莫讲这些了，活着就好！荣娃子说，你还跟干爹扯啥子闲话呢，他一身都湿透了，再不换身干的，就怕凉惨了。说着进里屋去给安子谦找换的衣裳。

换了身干衣裳，安子谦好受多了。只是那肚子不争气地叫唤起来，在这静寂的夜晚，声响真是足够大了。荣娃子懂事，说要给干爹做点啥吃的。安子谦进门就看见了他们的冷锅冷灶，晓得他们和这大河两岸大多数人家一样，夜晚是不烧锅的，而且涝灾这么久，粮食也不晓得该有多金贵，就挡住荣娃子，不让转灶，说不饿。荣娃子笑笑，说干爹这是第一回来家里，再穷再揭不开锅，开水也要烧一碗喝呀。

荣娃子搅了半锅玉米面搅团，挖了半碗酸菜出来。照顾安子谦端了碗筷，她和苏永昌一人端了半碗，先给娃儿喂。挑起一筷子搅团，凑嘴边呼呼吹凉，娃儿等不及，张大嘴巴，啊啊哦哦叫唤。苏永昌眼睛不好，喂了娃儿一脸一脖子。喂了娃儿，荣娃子将他丢到床上，自己赶忙过来，将灶膛里的热灰扒拉出来，要趁着还有点火星，把娃娃的尿片烘烤出来。

再不用点干燥的尿片子，娃娃屁股就烂完了，全是湿疹子呢。荣娃子说。

安子谦忙出主意，说就是才出灶膛的柴火灰，不烫手最好，把娃娃光屁股放里头，有上两三回，湿疹子自然就好了。苏永昌一听，忙叫荣娃子试一盘。

在浓烈的尿臊味中，安子谦飞快地吃光了那一大碗搅团。荣娃子见了，丢下手中的尿布，抢过安子谦手中的空碗，硬要再给他倒半碗。安子谦不肯接受。说你带个娃儿呢，你不吃好，他吃啥呀。荣娃子说她半下午才烧了个玉米面馍馍吃了，根本就不饿的。

安子谦又吃了半碗搅团。他起身去瓦缸里舀了半碗水，拿筷子搅了搅，仰脖儿喝下，抹抹嘴巴，在板凳上坐下身子。

娃儿哭了，要睡瞌睡了。荣娃子扯开衣襟，走到苏永昌跟前，苏永昌仰起脸，荣娃子提起奶子，奶头对着他的眼睛，一边滋了两滴。苏永昌仰起脸，让奶水留在眼窝里。他用含混不清的声音跟安子谦讲，也不晓得咋个搞的，下这么大的雨，到处都是湿漉漉的，他竟然起了火眼。

安子谦问，你哥嫂呢？他们房子咋个都只剩下了墙？

哥哥啊，死了，往秦村背炮弹，给打死的。苏永昌仰着脖子，叹口气，嫂嫂呢，带着娃儿改姓了，是个退休的军官。

3

保媒人没有按照安子谦的意思，及时地将若兰失踪和他表示歉意的礼信送到苏永昌家里。苏永昌家里是他的嫂嫂洋辣子在当家。洋辣子这个女人，泼辣过余，就显得凶悍了。保媒人一直很怵洋辣子。当初说这门亲事的时候，洋辣子就撒泼了，不答应，说他家就兄弟二人，如果弟弟上门给人家当了儿，子孙易姓，理解的，说是姻缘天定；不理解的，还道是她这个当嫂嫂的刻薄，故意撵人。其实明眼人都晓得，她是巴望不得这个弟弟出门的，这份本来就浅薄的家产就可以在她手上落全了。之所以这样讲，不过是熬价钱。好在安子谦出手还算大方。洋辣子虽然始终叽叽喳喳，最终还是高高兴兴同意了这门亲事。只是一直念叨,家里穷,没啥陪嫁。安子谦倒也爽快,说他要的是人,至于陪嫁,那都是小事。后来安子谦急于办婚事,洋辣子又老调重弹般,又是一番吵吵嚷嚷,说苏永昌还小,要等几年再说。其实,她不过是想多吃苏永昌几年闷牛。保媒人是看出了洋辣子打的算盘,跟安子谦说了她的底牌。安子谦说,不就几个银圆的事情么,好讲!

收了安子谦几封银圆,洋辣子自然万分欢喜。不过依照她的性格,照例还是要吵吵嚷嚷的。既然要吵吵嚷嚷,总得找点理由,不然就失去道理了,那是会被人当成疯子的。洋辣子跟保媒人讲,你回去告诉安子谦家头,我弟弟苏永昌虽然是上门,但不是丧德!他安子谦必得好生对待,莫要欺辱!还有,必得跟他家的那个姑娘喊明叫响,叫她守规矩些,要是搞出了啥花脚乌龟,可莫怪我洋辣子登门上台骂她六十四朵花儿开,也莫怪我到时候给你这保媒的抹下脸皮不认黄!保媒人说我晓得,你放心嘛。洋辣子说,你晓得就好嘛,你也要叫安子谦一家子都晓得!

如今,若兰不见,该咋个跟苏永昌家讲?真不见了?被野猪啃了,那倒是件好讲的事情。可是洋辣子是好哄骗的么?还是让她从其他路子晓得这事的由来根本吧。如果若兰真不见了,你洋辣子还能咋闹?找到若兰了,人往她跟前一站,这出戏的角色就不是保媒人了,该报官报官,该吃讲茶吃讲茶,只怕到了那时候,这几头受气的保媒人,一下子也就成了两头巴结的证人呢!

事过这么久了,安子谦还是感到歉疚难当,两手搓搓,哀叹声声，真是对不起你呀！

苏永昌苦笑一下，说，你走后第二天，我们就听说了发生在秦村的事，只是不敢相信，去问保媒人，保媒人又支支吾吾不肯讲实话。

自从种烟之后，秦村也就成了禁地。尤其是下种到熬烟这段时间，在距离村口几十里地的遇仙桥，就设下了岗哨，长枪短炮架设在路口，几十号人荷枪实弹，昼夜巡逻在土镇到秦村的路上和周边山林。曾经有位北县猎人，走迷了道，误入了这片山林，被巡逻队打死丢进了毛狗洞。

如果走亲戚，须得秦村的亲戚到村口迎上，将人数、姓甚名谁、家住何方、是何等亲戚关系，一一登记在册，还得具保，一旦出了问题，就承担所有责任。而那到秦村做客的亲戚，必得小心遵照秦村的各种规矩，比如不得出亲戚家院落，在秦村行走得有亲戚陪伴，否则，将可能按照私自入村的劫匪论处，打死打伤，概不负责。所以，都开玩笑说，没个三五条性命，还真不敢到秦村走亲戚啊！至于那些走村串户的货郎，要想进入秦村做个生意可就难多了，须得事先掏出一笔钱来，具下一份保证，倘若守规矩，不出问题，做完一圈买卖出来，那份钱还归还你。倘若到处打听，嘴巴长耳朵尖，自作聪明的话，挨一顿饱揍是轻松的，严重的性命也会随同货物一起留下。

这么做的目的，就是为了防止抢匪作乱。秦村出烟那阵子，确然有过那么一些胆大妄为之徒要往秦村里闯，结果是连村口都没进到就被捉住了。被捉住的这些小偷小摸的家伙和那些想办点大事的土匪棒老二，很少有活着走出秦村的。

就算有的那么几个也都吃尽了苦头，不是被剁掉指头，割了舌根，就是被打断了腿。他们成了鲜活的事例，成了宣讲员，告诫世人，秦村不可贸然入内。

苏永昌说，那回秦村来大戏班子，整个土镇都轰动了，他虽不是个爱热闹的人，但是架不住哥哥嫂嫂和几个亲友的鼓动，说咱们秦村不是有那么一大家子亲戚么？你的婚期都看了，已经算是大半个秦村人了，咱们都沾沾你的光，一起去秦村，走走亲戚，看看大戏！于是苏永昌先到那入村的岗哨前，指望他们帮忙给安子谦带个信。到了才看见，有好些人等着那儿呢，都是前往秦村走亲戚的。

把守的人说，你们都赶紧回吧，莫指望进村了。

大家说，咋能这样搞呢？走个亲戚都不准。一旁有人抱怨，别说你走亲戚进不去，我拖个病身子，想去何家药铺看个先生抓个药，都不准呢。

有秦村的子弟也在那把守的人里头，被亲戚吆喝，除了应声，他也啥都做不成。他为难地讲，确然是抱歉啊，何福田大爷定的规矩，要保证省城来的大人物的安全，不敢放外人入内的，因为最近接到密报，说有棒老二要洗劫秦村。因此，秦村现今到处都布置了机关，怕外人进去了，一不小心就丢了性命。

有人冷笑，说这是鬼扯的话，种烟熬烟，毕竟不是啥子好事情，怕外人看见，在外传说而已。只是秦村这恶名早就已经传出去了，大河两岸的人谁不晓得呢？你且去竹城绵城和省城的烟馆看看，那些有几个卵钱的，把银圆拍得乱响，指明了要那啥子秦烟呢！你再跟那些老瘾哥打听一下，秦烟是哪里出的，听听他们咋讲？

有关那天晚上野猪精掳走女人咬死人的事，很快就传到了土镇，都拍手称快，说这是老天爷对秦村的报应！苏永昌很担心安子谦他们，再次试图进入秦村，结果发现秦村比先前封锁得更加严密了。再后来，他听说若兰不见了，一说被野猪精掳进山洞当了压寨夫人；一说被啃吃了；一说跟人私奔了。他又前往秦村，好话讲尽，就差跟他们下跪作揖了，还是进不去。既然明着进不准，那就暗里行。结果没走多远，就被巡逻的人逮住了。眼看性命难保，那李家钰字娃儿认出了他，说这是安子谦的女婿娃，就是他的未婚妻跟那个点灯者跑了。

钰字娃儿跟苏永昌讲了情况，说在爱城看见他的亲耶安子谦去找若兰了。苏永昌想去看看若兰的娘。李家钰字娃儿说算了，你最好还是莫要进去，就要打起来了，枪弹不长眼，你女人跟人跑了，这里也就跟你没有关系了。

回到土镇，到处都在传言，说有一大股子土匪棒老二正密谋着进攻秦村，要将秦村积累了这么些年的财宝一抢而空。有晓得底细的说这话是秦村那头放出来，咋可能是土匪棒老二嘛，何福田跟云长将军烟款没分均匀，两人要起斗争了。

那些天不断有操外地口音的枪队和独行侠似的枪手在土镇短暂停留后，心急火燎地赶往秦村。有人悄悄讲，这是何福田招募的雇佣兵。都以为很快会有场大战，大家的耳朵都朝着秦村的方向，指望听见枪炮声。有明眼人说你瞧秦村干什么，眼睛应该盯着老王渡码头，云长将军如果要派兵，一定是从码头上岸。有人说难道他不会从秦村下方进攻么？明眼人笑了，听你这话就晓得，你不光对秦村地形地势一无所知，还对何福田和云长将军的恩怨也毫不知情。秦村下村口，是条落差很大的峡谷，峡谷两边是高耸的大山，那可真正一夫当关万夫莫开的地方。峡谷十几里，才到五道河。而驻防五道河的不是别人，正是张同勋。这张同勋何许人也？云长将军原来的贴身副官。两人分道扬镳后，张同勋三杆枪拉起了杆子，成了一方霸主。也就是他，撬了云长将军的后门，成了何福田最倚重的势力。云长将军和张同勋因为防区摩擦，搞过一架，别看他当舵把子多年，打的又是当年小老弟，可是一点好处没讨着。而这张同勋正是因为何福田的烟土支持，从武汉顺长江，拐进支流五道河，换回了大量先进武器。搞不好现今在秦村的下村口，在某个峡谷地带，张同勋已经安排好了大批兵员扎营在那里，正等着云长将军来摸后门呢！

云长将军的来人确实从土镇老王渡码头上的岸。人不多，三十来个。其中十多口子没带枪的，个个穿戴像官员，像教书先生。还有十多口子带枪的，服装打扮，一半是军人，一半是警察。这些人个个都是和和善善的，面无半点凶相，哪里像是来兴师问罪？这多多少少叫大家有些失望。

4

那三十多人踏上前往秦村之路的第三天，土镇老王渡码头又来了几个人，他们将土镇曹家棺材铺的棺材抢购一空，柏木的、松木的，土漆大棺，桐木薄板，有多少要多少。棺材铺咋可能有多少囤货呢，又不是粮油盐茶，就十多口。但也不少啦！哪里可能一下子用得上这么多？十多口棺材就是十多条人命呢！

那买棺材的人啥都不肯讲，只问还有没有棺材，此地没有的话，哪里还有？有聪明人问几时要。买棺材的人说，最早今天下午，最晚明天中午。

果然，还在吃晌午饭的时候，就见有人抬了尸体从秦村过来了。先是两三具。人们从尸体上那还在汩汩淌血的窟窿眼明白了他们的死因，他们是被枪打的。接着五六具，缺胳膊断腿，支离破碎，面目全非，应该是被炮弹炸的。

尸体被一一殓进棺材。棺材排列有序，摆放在土镇场口的坝子里，越摆越多，都二十好几口了。上了大漆的黑得透亮，白板的白得瘆人。有胆大的凑到棺材口去细瞧，他们认出来了，都是那日里前往秦村的官员和教书先生。

这时候，土镇老王渡码头又上来一大拨人，他们向土镇人们表明了身份，是爱城、绵城和省城的军政官员，还有的是各地记者。这些记者中，最吸引人注意的，当然是那些个金发碧眼的洋人了。

土镇是爱河流域的重镇，平常大家并不少见洋人，但大都是上了点年纪的老教士。几时见过这样年轻的洋人了？手里拿着拍像匣子，见啥都咔嚓咔嚓往里拍，见了老人鞠躬，见了小碎娃就发糖，和颜悦色，不像那些老教士，鼻孔朝上，神似的人物。每当这些洋记者接近大家的时候，总会遭到这样那样的阻挠。阻挠的并不是土镇人，而是那些陪同这些记者一起前来的人。阻挠不成，他们就在一边用洋人听不懂的土话，咬牙切齿地放狠话，莫要乱讲啊，看落拔舌地狱里去啊!后来也不晓得他们花了多少银钱,找来了一伙专门从事坑蒙拐骗的二球货,还有吆高脚骡子的、放水收债的、拿钱替人消灾免难的,哭哭啼啼说他们是秦村人,受不得何福田的迫害,偷偷逃出来的。其中一个,一把鼻涕一把眼泪地讲,因为他不肯种烟,女儿被何福田奸杀了——

我的儿呀,你死得好惨呀……

请问老大爷,你叫什么名字?

那个人把眼泪鼻涕一揩,说,我叫安子谦。

5

苏永昌翻了一阵,没找到。安子谦说找不到就算了。苏永昌不肯,叫醒了荣娃子,问那个竹筒子搁在啥地方的。荣娃子迷迷糊糊地说她也不清楚,一直都是苏永昌自己在藏。

苏永昌继续寻找。他说,那两张报纸是他想方设法藏起来的,一定不会弄丢,只是过了这么久,不晓得放啥地方去了。

两张报纸,一张汉字,一张洋码文。当时苏永昌在码头卸货,遇到个客人。客人的装扮像个账房先生。苏永昌一眼就瞧出来了,他不是账房先生,他的真实身份跟那些陆续前来土镇的人一样,鬼也说不清楚。

这位账房先生两手不空,他正展着一张报纸看。他的胳肢窝里还夹着一大卷。因为凑得太近,他没看清楚脚底下,被缆绳绊了一跤,如果不是苏永昌一手扯住,他必定会掉进河里。

账房先生很感谢苏永昌，要他帮忙找一家旅馆，还问土镇最近都发生了啥子热闹事。苏永昌不敢乱说话。但是账房先生不死心，说苏永昌如果肯帮忙回答他的一些问题，他可以支付两倍的脚力。不，三倍。账房先生说，但是你得保证你所讲的都是真话。苏永昌说，我讲不来个啥，我就只会下苦力。这时有人拿了报纸，指在上头的人像问苏永昌，这真是你的亲耶安子谦么？还有人打趣他，你婆娘都被何福田搞死了，你还有心思在这里挣这几个苦力钱，咋个不找他评理去？三万五万，叫他狗日的赔你呀！

到了旅馆，苏永昌放下行李就要走，账房先生拦住不肯放行，威胁说咱们必须做成这个生意。他摸出一摞银圆，搁在苏永昌跟前，说我问啥，你答啥，这些银圆你就拿走。说着又摸出个小本本，在苏永昌跟前晃了晃，问看清楚没有，说他是南京派来的，如果苏永昌不照办，土匪还是烟匪，就随便领一个吧！苏永昌妥协了，说我不要你的银圆，你想问啥，赶紧吧！

其实也没几个问题。云长将军是不是跟何福田在秦村种烟？除了秦村，他还在别的地方种有么？云长将军派那几十个人前往秦村的时候，在土镇都发生了什么情况？何福田种的烟在土镇有卖的没有？他们的恩怨是怎么结下的……

这些问题，苏永昌咋个晓得呢。他连云长将军长和何福田啥样子都不知道，咋个晓得他们的恩怨呢？那么，这是安子谦么？账房先生拿出那张报纸，指着上头的人。见苏永昌不回答，账房先生又打开一张洋码文报纸，你看清楚了，刚才人家不是说你是安子谦的女婿么？别装傻！

苏永昌想了想，说，是的。

账房先生有些不相信，又打开了几张报纸。每一张报纸上头，都印的有那个自称安子谦的人的像，都显得很伤心，只是摆的姿势不一样。账房先生要苏永昌看清楚，莫要认错了。苏永昌肯定地回答，错不了，他就是安子谦，他曾经的亲耶。

账房先生还是半信半疑，提出要见见安子谦，要苏永昌帮忙带路。苏永昌说不晓得他哪里去了，女人死了，翁婿关系也就断了，各过各的生活，没来往了。

苏永昌走的时候，账房先生要他拿走那些银圆。苏永昌不要，他指着那些报纸，说你反正有这么多，给我两张吧。

第二天早上，苏永昌在码头听说了个叫他惊骇的消息，那个账房先生死了，死在旅店的床上，死于疾病，急性绞肠痧。

一个时辰后，就来了一队人马，将苏永昌逮起来，说调查账房先生之死。中午时候，又来一队人马，继续前一队的那些盘问。后来他们还想将苏永昌带到爱城去。如果不是嫂嫂洋辣子的哭闹撒泼，不是左邻右舍的跳出来打抱不平，他真的会被逮到爱城去。一旦被逮到爱城去，谁晓得会是啥下场呢？后来，也不晓得是哪里传出去的，说他藏有报纸。这一下可热闹了，隔三岔五就有人上门来，有人为了看个稀奇，有人开出了大价钱购买。因为传说一张报纸可以抵得上一张汇票，而洋码文的外国报纸更贵。

面对所有人，苏永昌的回答只有一个，没有！

再后来报纸不稀罕了，因为有文墨人将"何福田起贪念昧良心广种大烟,云长将军提铁军三千血洗烟田"编成了书,在土镇免费发送,还有人花钱请说书人在茶铺子大讲特讲。据说在爱城和绵城等地,还专门有戏班子排了新戏,戏名就叫"战烟田"。

苏永昌终于找到了。他从墙缝里摸出个竹筒,旋开来,从里头取出一卷纸。苏永昌说,这是他专门做的竹筒子,放这里头,虫不蛀,还防潮,十年八年,纸不会烂,字也不会丢。

安子谦打开报纸,两张。一张汉字,一张洋码文,两张上头都有照片。安子谦凑近眼前,费力地认着。苏永昌挑了挑油灯,掌在安子谦眼前,给他照亮。报纸上讲的是"安子谦痛陈秦村烟毒害他家破人亡悲惨事"。安子谦看着照片上的那个一脸哭兮兮的男人,嘀咕道,这是我么?又抬头看着苏永昌,他是哪个?

6

整个秦村,安子谦是最有正义感也始终坚持正义的人。这和他良好的家教有关。他的父亲就是一位不畏强暴之人士。在安子谦的成长过程中,他的父亲一直在教育他要忠君报国,守正守法,要敢于和邪门歪道做斗争。正是因为安子谦不忘父亲教诲,所以才给他带来诸多麻烦,性命之忧,家破人亡。

安子谦在十五岁的时候,因为看不惯秦村何某田的做法,比如小秤出大秤进,就曾经遭到谩骂,叫他少管闲事。安子谦知道,何某田是惹不起的,因为背后有更大的邪恶势力。

安子谦二十岁之时,本族一位长辈的女儿在桑田采桑,何某田贪其美貌，尾随强奸。该女受辱，投河自尽。安子谦伸张正义，要报官状告。当夜，安子谦三年草屋被焚毁。这么些年来，安子谦虽有正义之心，却一直忍气吞声，委曲求全。尽管如此，灾祸还是降临到了他的头顶。

数年前，何某田与烟匪勾结，不顾村里人反对，将秦村土地尽数种上烟苗。大家畏惧其淫威，不敢不种，唯安子谦独立抗衡。安子谦深知烟之祸毒，虽然身份卑微，不过一农人，却心怀正义，深知这种烟行为为祸国殃民之罪孽，坚决不与何某田之流同流合污，干那丧尽天良的烟事，沦为杀人帮凶。

安子谦不肯在自家田地里种烟的抗拒行为，彻底激怒了何某田。何某田指示爪牙，将安子谦双腿打断，致使其一连好几年都卧床不起，无法下地。伤愈后，安子谦脊梁仍然挺直，不畏何某田的威逼利诱，不肯为其种烟，亦不肯叫自家田地有一株烟苗。这叫何某田恼羞成怒，在一个月黑风高的夜晚，将其家中年方十七的女儿，强奸凌辱致死，将体弱多病的妻子活活打死，又一把大火，将安子谦房屋毁之一炬，进而将其撵出秦村。因为走投无路，安子谦欲投河自尽，恰好遇到从土镇经过的云长将军，他跪地喊冤，求乞为他伸张正义，报仇雪恨。

云长将军原来一直驻防灌江和北县，后来随着势力逐渐扩张，安镇和竹城也早就进入了他的版图，随即是爱城。接着，他的军马放牧到了绵城护城河边。绵城的驻防司令改旗易帜，投到云长将军麾下。现今，云长将军统辖绵城、爱城、竹城、灌江、黑水等三州六部十八县，又被南京方面新任为西部禁烟委员会主任。

云长将军说，早年间就晓得，西部烟祸之根在爱城，爱城烟祸之根在土镇，土镇烟祸之根在秦村。秦村乃西部烟祸烟毒之根源。而且曾经亲自前往秦村查办烟毒之事，秦村何某田在烟匪张某勋的支持下，誓要对抗到底，他们将通往秦村的道路桥梁尽毁，使云长将军一行寸步难行。

闻听安子谦遭遇，云长将军追悔莫及，要是当初执意前行，何某田也未必胆敢如此嚣张，安子谦遭遇亦不致如此凄惨。

为了确保禁烟之令贯彻执行，不放过一个坏人，也不冤枉一个好人，云长将军特别报告省政府和南京，由省地军政等多家单位联合组成十六人调查组，并在军警的护送下，前往秦村执行调查事。

结果，还在半道上，就遭到了机枪扫射。调查组再三申明，军警举白旗以投降保命，结果枪击炮轰更为激烈，大有赶尽杀绝之意。迫不得已，军警只能背水一战，顽强抵抗，打退数十次进攻，终于撤退到土镇安全地带。只是那十六名联合调查人员，无一幸免，全数遇难。

得知如此消息，西部震惊，南京震惊，寰宇震惊！

7

云长将军组织十六人调查组前往秦村调查禁烟工作？这不鬼扯么？秦村的烟种子都是谁带去的？那会儿他不过是驻守灌江口的小军阀，后来趁着别人抢占地盘打得不可开交，浑水摸鱼占了北县，整天提心吊胆，担心北县会被人抢了去，终于屁股坐热了，就开始打起了爱城的主意。当时何福田还是有点畏惧的,说种烟是国家严禁的。云长将军拍着腰间的手枪,我有这个,这个东西就代表国家。何福田还是不情愿。云长将军急了,说你怕个啥呢?说是禁烟,谁禁呢?王大帅禁了吗?他就是靠贩烟起家的!还有那个曹司令,整天牛哄哄的,他不是靠种烟贩烟哪里有钱去买枪买炮?实话讲,种了这个东西,我们就不用去跟那些快要饿死的老百姓争抢那点口粮了!何福田说,要是种出来,王大帅、曹司令看着眼红咋办?这爱城毕竟还不是你的地盘!云长将军说这个你大可放心,爱城虽不是我的地盘,但是这一带的驻防军却是早跟我上下通气了的,只要我一挥手,他们马上就会站到我的旗帜下。再说红眼的问题,既然大家都是恶狼,就会遵守恶狼的规矩和情面,你也晓得,成都府最热闹繁华的那片地盘上,有张公馆、李公馆、王公馆、赵公馆、陈公馆……他们可都是万源大战、武安大战、通江大战、绵城大战的死对头。战场上你死我活,什么阴招损招都使得出来。可是打累了,打烦了,受伤了,还是都要回成都府去歇息疗伤的。有时候,一个郎中刚从江城大战的赢家刘大棒子公馆出来,又马上去隔壁给在大战中同样受伤的输家李瞟子看伤情。遇到逢年过节,还都要相互发帖问候,丧了考妣,也都要登门作揖敬香,以示有肚量有情意。这就是规矩,也是情面。再说了,如果真遇到不讲规矩不讲情面的,你道我手上千把号人是吃斋饭的?

为了打消何福田的顾虑,云长将军给他提供了枪支和金银,还有保底的优厚价格,不管是否能够种出来,何福田都只赚不赔。

烟熬出来了,品质竟然高过云烟,一出手就成了抢手货。

云长将军自然万分高兴。只是一见何福田把那么多金银都装进了自己的钱库,就不是那么快乐了。他认为这一切都是他的辛劳,何福田不过只是提供了一点土地和几把熬烟的柴火而已。所以就开始压价。而且货款也总是不到账,今天推明天,明天推后天,后天就干脆不搭理。

没奈何,何福田只有另起炉灶。

这时候,张同勋离开了云长将军,带着几个兄弟几条枪,另外拉起了一支队伍。因为张同勋名声在外,都敬重他的勇敢和仁义,才两个月,就有三百多人投到他的旗下。他夺下被土匪长期霸占的平武城,然后将拜帖送到驻扎汉河的刘督帅军营,被刘督帅收编为新一军。张同勋带着两个兄弟从五道河穿越长长的峡谷,在一个傍晚抵达铁门槛,开出了何福田闻所未闻的价格。此后秦村出的烟,相当一部分就是从秦村村尾,穿越沟壑深涧,抵达五道河,再由五道河运往武汉和上海。

云长将军可不是那么好糊弄的,老早就想着要收拾何福田,收拾张同勋,可总是没有好办法。他已是一方诸侯,现在要的可是好名声,就算要人性命,也得设法弄个师出有名。所以他才日弄了一伙自以为了不起的政务官员、自作聪明的税务官员和自命不凡的教育官员,统共十六人,组成了一个调查组,然后从军队里和警察中抽调了一伙想发财的军警,安排了自己的卫队长亲自率队,开赴秦村。

卫队长说,秦村那头对此次调查非常重视,宰杀了牛羊,备下了上好的烧酒,本来是要请戏班子的,担心影响不好,就作罢了。

调查组对秦村之产上等好烟早有耳闻,也都将此番调查当成理所应当的肥差。几个正义满腔的老教谕一路嚷嚷着要严查到底，还说要留在秦村开展一段时间的教化工作。他们踌躇满志地出发了，摆在前头的除了那条故意毁坏的艰险之路，还有位于山神庙的一场伏击。

当初为防止外敌入侵，云长将军帮助何福田在山神庙设置了第一道防线，驻守人员最多，防守最严。在云长将军的战术思想中，除非是诱敌深入，第一道防线必须在首次接触中就尽可能地消灭最多数量的敌人，让敌人不敢再贸然进犯。

何福田稍微做了一下修改，他在第一道防线之后又设置了第二道防线，将重要火力转移到后一道防线，他将云长将军那句"诱敌深入"的话听进了心坎。

然而那位领队的卫队长也不是吃素的，他跟着云长将军一起攻城掠寨，杀人无数，既是云长将军最信任的亲信，也是他依赖的智谋者。卫队长显然对秦村的布防一清二楚。当他看到第一道防线的关隘上露出的人头和架设的枪口时，就晓得何福田的打算了。他叫人喊话，说此番前来，是为护送调查组进驻秦村查看禁烟情况的，还拿出了文书，要他们管事的人赶紧拿去报告何福田大爷，给他们放行，以便早点开展调查工作。而那一帮政官、税官和教育官员，也咋咋呼呼，争抢着表明身份。

前来督战的是年迈的管家公。虽然老眼昏花，但是眼前发生的一切他还是看得清清楚楚的。他一直在担心云长将军会率领大军御驾亲征，将秦村荡平。没想到还真的来了。可怎么才这点儿人呢？最起码也该是三五百人才对啊！管家公是清楚云长将军本性和根底的人，他觉得这里头肯定有阴谋。他戴上老花镜，看了文书和印章，上头讲得很明白，就是进村去检查禁烟工作的。于是就叫人开了关隘，放他们入内，在指定的地点休息，不得擅自搞小动作，待报告了何福田大爷，再行定夺。管家公打的主意是，让他们进入第一道和第二道布防之中，形同合围，到时候何福田要灭他们，一声令下，就可以瓮中捉鳖，万无一失。

而这也正是卫队长希望的。他想过，如果在第一道防线外头就打起来，这些个贪生怕死的税官、政官和教育官员，以及那些军警，只怕两腿撒丫子比兔子还快。不按照计划多死一点人，这后面的戏那就没办法往下唱了。所以当看到所有人都进入到第一道防线之内，扭头看那些枪口都调过来对准了他们之时，他开响了第一枪。

当看到十六人调查组差不多都死光了，军警也损失大半时，卫队长觉得是让这第一幕戏收场的时候了。他和他的几个人弹无虚发，打退了进攻，并不怎么费力就退守到第一道关隘之外，将调查组的尸体慢慢往土镇运送。

秦村方面想要乘胜追击，但是不大可能，因为对方很快就来了援军，使得第一道防线成了阻隔秦村与外界的不可逾越的屏障。

晓得中计了的何福田费尽心机，也无法将事实真相传递到秦村之外。不过真相自有真相的锋芒，它藏在谎言的空囊之中，只要敢于一点一点挤压，真相必然会露出刃口来。可是谁又有那胆量呢？就算你知道真相，也不敢开口啊。势力如日中天的云长将军，完全掌握了这件事情的说辞，想要往里头添加点什么馅料完全随他的意，所谓真相，不过是他嘴皮子底下的一盆汤。

张同勋是很想跟云长将军对着干的，但是他的靠山刘督帅却希望他明智一点。刘督帅在场面上是必须给云长将军一点情面的，一个北部，一个西部，靠得本来就很近，他可不希望擦枪走火。他也清楚，就算自己有那个实力跟着云长将军对着来上一架，但这两败俱伤的事，笨蛋也干不出来。刘督帅告诫张同勋，该发的财已经发了，也是时候丢下该丢的了。他还给张同勋讲了个被钱袋子拽下水溺死的贪婪者的故事，希望他能明白这个道理。

但是张同勋做不到那么绝情。他坐镇秦村，手下的兵将根据他的指令源源不断地从五道河，经过漫长而艰险的峡谷深涧和崇山峻岭进入秦村。张同勋判断，将有一支强大的军队在半个月内，要用枪炮炸弹将秦村从这个世界上抹去，并且不留半点痕迹！

攻击并未如期进行，而是延缓了半个多月。这多出来的时间，云长将军继续做着他的游说工作。他知道张同勋会掺和进来，料定刘督帅不会见死不救。他很清楚，一旦秦村的锣鼓敲响，那就绝无可能是小打小闹了，而是四面开花的大戏。他要巩固后防，害怕有人会趁自己手脚不顾，趁火打劫，应验了那句螳螂捕蝉黄雀在后的老话。他还需要不停地拿金银和各种许诺，鼓动刘督帅曾经的和现在的那些个死对头暗中对其形成合围之势。就在云长将军四处合纵连横的时候，南京的蒋总司令亲自给他打来电报，邀他南京一叙。这让云长将军惊喜不已。因为这都多少年过去了，自己梦寐以求的就是有机会能够站在这位大人物跟前表示效忠。因为似乎只有这样，他才可能洗去身上那草寇山匪气味，让体内的血液变纯，获得正统。

云长将军诚惶诚恐，蒋总司令坦率真诚。为示对云长将军的器重，蒋总司令还在家中宴请了他，并请夫人作陪，为其把盏斟酒。这让云长将军受宠若惊，感动得泪水滂沱，都没办法正常进食了。

蒋总司令说，他从中外报纸上知晓了土镇烟匪虐杀调查组的始末，不过，他还是希望云长将军能够亲口给他和夫人讲一讲。云长将军娓娓道来，讲到动情处，不由得悲叹声声。蒋总司令和夫人也听得神色凝重，尤其是听到秦村广种烟苗，全村万亩良田好地竟无一苗庄稼时，拍案而起，厉声痛斥，大骂地方军阀狗咬狗，混战，乱战，祸国殃民。在听到调查组十六人之死相凄惨时，蒋总司令流下了眼泪，无比沉重地说，此恶不除，此恨不消，遑论世间公道正义，这简直就是对公道正义赤裸裸的挑战和对抗嘛！不过——

蒋总司令的神情随着语气突然起了变化，变得语重心长了，变成了宽释。他说，西部和北部连年兵燹，百姓苦不堪言。如今算是初定，个别小地方还呈割据之势，但是大趋势却是好的，都还是肯听中央的，只要是中央发了号令，都还是表示拥护的，也都还是坚决执行了的。前不久，山东有个人，军阀习气不改，中央三番五次给他打招呼，不听，仍然我行我素。没办法，中央只好发了个命令，他的部队马上就举旗倒了他的戈，而他呢，沦为孤家寡人，被军事法庭判决了两个字，立决！

这件事情云长将军是听说过的。当时还有人说那位山东兄弟的下属不讲义气。可是，义气的靠山是什么呢？正气啊！正直之气，正统之气。谁是正统？当然是南京这位，他历经东征北伐，无数次派系大战，多少人反他，分庭抗礼，可结果呢？他拿到了军政大权，四方归顺，人人效忠，手下几十万嫡系中央军，想打谁就打谁，他不是正统，谁还是正统？

云长将军立即表示，愿意听从中央安排。这让蒋总司令很高兴，夸他识大体，顾大局，表示将对其委以重任。云长将军晓得，自己加官晋爵、晋升正统的时刻到了，马上起身，一个立正，一个敬礼，从蒋总司令手中接过一纸委任状。至此，云长将军成了西北军政一把手，在官阶上，高出了那位刘督帅一大截。

选定一个好时间，云长将军备下厚重礼物，专门前往拜见夫人，因为他早听说了，有时候夫人比总司令的话更管用。云长将军特别呈上调查组死亡名册，希望能以中央名义予以抚恤。夫人对云长将军此番前来的真实意图心知肚明。她引用了一段《圣经》中的话，意思是对于不义也无须忍让。云长将军装作听不懂。夫人说，你既意难平且公道在手，那你就代表正义和公道去小小地惩戒教育一下那些不义之人吧。云长将军大喜。夫人优雅地做了个手势，记住，是小小的，动动指头就行了，万不可这样——她举起巴掌，旋即握成拳头。

8

为了重视这场由夫人亲自批准、亲口命名的"惩戒教育行动"，云长将军任命他手下那位卫队长为总指挥，从各部抽调精英，攻防兼备，以日进三尺的耐心向秦村推进。

在这场漫长的战争中，云长将军非常注重地方的治安维护。严肃军纪，严禁扰民，提倡公平交易，号召军民一体。他的士兵领着丰厚的饷银，看戏，喝酒，唱着嘹亮的军歌。他们还访贫问苦，清扫街道，教那些小叫花们识字画画。他们似乎真正做到了秋毫无犯，军民一家亲。他们被称为仁义之师，正义之军。作为回报，土镇的老百姓也给予他们最大的支持。帮忙照顾伤病，帮忙筹集粮草，给他们洗衣叠被，将最好的瓜果卖给他们，出脚力帮助他们运送弹药和伤亡的士兵，编写戏文歌颂他们，谴责烟匪的万恶不赦。

那时候的土镇，似乎是历史上最好的时期，却也是历史上死人最多的时候。而所死亡之人，都是那些运送弹药和伤亡的脚夫子，他们有个好听的名字，剿匪义勇队。正义之军在招募义勇队员方面是非常苛刻的。首先要体格健壮，脚力强劲；其次要作风正派，不吃烟，不要钱；最后一款，和秦村方面没有瓜葛。

在土镇，不吃烟、不要钱的青壮年可谓少之又少。但是他们开出了好价钱，而且是日清日结，要是任务完成得好，还有重赏。如果伤亡，除了大笔的抚恤金，还有一张优属铜牌。凭此铜牌可以享受诸多优待，如免除劳役和税金，逢年过节还能有军政要人的登门慰问。

苏永昌也报了名，主要是想进秦村，他担心若兰的娘。就像天底下所有挑剔的丈母娘一样，若兰娘也是看苏永昌哪里都不顺眼。不过，就那点表现出来的微薄的热情和关心，也让这位幼年丧母，而且从小就饱受炎凉的小伙子感动莫名。

再说，他老梦见若兰，如果自己什么也不做，他日与若兰相见，又拿什么话来说呢？但是他们无情地拒绝了他，说他是秦村的女婿，而选择了他那患有风湿关节炎的哥哥。

源源不断的兵力和炮弹，给秦村带来了大麻烦。秦村派出袭扰队伍，迂回到道路两侧，破坏运输线。义勇队都是些脚夫子，虽然善于奔跑，却不知道如何曲线和绕物。苏永昌的哥哥就是被远距离一枪毙命的，后脑勺中弹，掀翻了大半块脸皮。

卫队长亲自将苏永昌的哥哥送到他们的家门口，装殓在一口大柏木棺材里。同时送到的还有两大托盘银圆和一面锦旗、一面铜牌。

苏永昌的哥哥入土第二天，他的嫂嫂洋辣子就带着他的侄儿去了爱城，参加在爱城的表彰大会。在大会上，洋辣子因为能言善道，被推举发言。根据同行者后来的讲述，洋辣子穿着崭新的旗袍，披着绶带，搽着胭脂水粉，那俏美，赛过了爱城万香红的头牌。

会后，洋辣子在一位军官的陪同下回到土镇。她大方地跟苏永昌说，她要改嫁了。娶她的人就是那位年过半百的军官。军官矮矮胖胖，面相看起来还算忠厚老实。他给苏永昌递来一支香烟，说他马上就要退伍了，会领到一笔钱，加上之前存储的，应该可以过上不错的日子。他会带洋辣子回山东老家，可能会在集镇上做个什么小生意，如果苏永昌以后得闲，欢迎来做客。

洋辣子难免感伤，要苏永昌记得她的好，莫要就记得她的坏。他哥哥的抚恤金她一文不会留，不过她会留下那块铜牌和那面锦旗。至于祖宗传下来的那点房产家业么，也给他了，但前提是他得帮忙清偿他哥哥欠下的那些债务。

嫂嫂走了，侄儿走了，哥哥也没了，大半祖屋和家业没了，那些凶神恶煞的债主也走了。苏永昌感受到了从未有过的清寂和苦痛。直到荣娃子的出现。

荣娃子在苏永昌之前有过一个丈夫。这家伙除了打老婆和耍钱，就不会干什么别的事。为了让自己打老婆显得合理，他说荣娃子生在亥时，命中有克夫之数，甚至还动过要将荣娃子卖到窑子里还赌债的念头。荣娃子说你敢把我卖到窑子里，出门我就咬舌自尽。这个浑蛋不敢不信，变本加厉地打她，他要打到她心甘情愿去窑子。收债的人却不肯给这个浑蛋那么多时间，限定了最后期限。这个浑蛋只好去义勇队招募处一试。谁想他的运气就那么好呢，那些天恰好缺人。

他的赔命钱可不是个小数目，债主却还说不够。如果不是卫队长出面，他们居然想要荣娃子以身抵债。卫队长说我队伍里头有不少光棍，你选一个，也当有个靠山吧。荣娃子不肯，觉得他们都是些死了没埋的人。她的目光落在正从街头走过的失魂落魄的苏永昌身上。

婚后第三天，苏永昌再次要去加入义勇队。尽管死了那么多人，可是报名的还是那么多。荣娃子挡住苏永昌。苏永昌说，我不是要进秦村去，我只是想挣几个脚力钱，让你有个好日子。荣娃子说，你只要不打我，不骂我，就算天天饿肚皮，我都觉得是好日子。

第五章　旱元年（上）

1

早上荣娃子在煮搅团，苏永昌在给安子谦准备雨具。家中只有一件蓑衣和两顶斗笠，蓑衣不敢借出去，斗笠也必须留一顶。因为只是暂时遮雨，他决定将那顶烂的交给安子谦。他找了几张笋壳，让荣娃子在灰堆里烘烤伸展，夹进破损的地方。

苏永昌眼不好，而修补斗笠又是个细活儿，见他把窟窿眼越弄越大，安子谦看不过去，就拿过来自己动手。

雨似乎要小点儿了。苏永昌说每天都是这样，等等可能还会停，往往后面会有一场更大的等着。好像限定了似的，每天必须下够量！出发的时候苏永昌要将那个竹筒子交给安子谦。他说，我要这些没用，当时可能就是想到要给你看，才跟那个倒霉鬼要的。

荣娃子叫娃娃喊安子谦爷爷，跟爷爷说，爷爷你要时常过来耍哦，有事没事上门来喝碗开水嘛。娃娃哦哦啊啊地发着声，眼珠子滴溜转，看着安子谦笑，样子是那么逗人爱。

安子谦从雨地里又回到房檐下,打开包袱,摸出那个黄绫包,递给苏永昌。

一个好心肠的人送的,说是龙鳞甲,也不晓得是真假。颜色好看,太阳底下一照,泛着各色的光彩。给娃娃磨个吊坠儿挂在胸前吧,取个龙的吉祥之意,也当个避邪的物件吧。

苏永昌不接受,说太贵重了。

真假都不晓得,啥金贵呀。都说了,就当个玩意儿吧。安子谦说着,把东西塞到苏永昌手上,戴上斗笠,走进雨中。

出镇子五里,路就开始烂起来。而且越走越烂,烂到都无法开步了。尽管苏永昌说过路会很烂,很难走,也没想到会是这样烂,这样难走。安子谦原来还心想,烂就烂嘛,只要有路,那就一定有办法下脚。可是眼前呢,这脚该往哪里迈?因为根本就没有路。

路被炸断了,被滚落的山石掩埋了。

2

云长将军和秦村的战争并没有因为何福田的自杀和张同勋的败走而消停,反而变本加厉了。他安排了一支工兵队伍,不顾瓢泼大雨,不顾洪水滔天,雇请了一百多个脚夫子组成义勇队,源源不断地背负炸药,进入秦村。他们先从秦村村尾十多公里的峡谷炸起,炸掉了张同勋他们修建的栈道,开凿的石梯,炸掉了可以系住绳索以便攀爬的老树。爆炸地动山摇,远在土镇都能感觉到。村尾的爆炸持续了十多天。

而从秦村到土镇这一路,爆炸的时间就长多了。根据那些运送炸药的义勇队队员回来说，他们几乎是见不得一点平顺的地方，就别说什么道路和桥梁了，只要觉得那地方可以落下一只脚，就一定会毫不犹豫地搁上一砣炸药。最大的那场爆炸，还引发了地震。

这是何苦呢？要叫秦村人死绝还不简单么？把那么些炸弹丢一成到秦村去，管保炸得一点肉渣渣都不剩。明眼人说你懂啥，云长将军炸出去的这些炸药，是要换成烟收回来的。像秦村这样肯出烟，出好烟的土地，遍天下也就此一块，他还靠这些人给他种呢！他炸掉路，不过是防止外头的人进去，也防止里头的人出来，他要把秦村的人都困在里头，老老实实地给他种烟。有人说何苦来这一出啊，灭了秦村的人，换一拨进去不就成了么？咳，你以为云长将军没想到这一点？秦村是秦村人的秦村，秦村的土地里埋的是秦村人的骨殖，淌的是秦村人的血液，风中飘的是秦村人的亡魂，秦村人早和他们的土地融为了一体，分割不开的。秦村人离开秦村土地是不是活得出来？这事儿讲不清楚。秦村土地离开秦村人的耕种是不是还出得了苗子开得了花结得出果实？这个还真不好说。云南昭通有个叫花山的地方，差不多跟秦村一样，特别出烟，出好烟。有个军阀过于狠毒，灭了村里人，派了一队垦殖兵，结果不是不肯出苗，就是出了苗子不结果子，结了果子又没有浆水，终于有了浆水，熬出的烟又难吃。你道我咋清楚呢？我是听工兵队的人讲的，说云长将军就是从那个垦殖兵里混出来的。

为了出秦村，每到农闲，开山修路就是整个村庄的头等大事。这个活儿一直持续了近三百年，死亡好几十个，他们的名字和事迹基本上都被嵌进了那些地名里。比如"三梁坡",说的就是梁家三个人修路死在这里,还有父子岩、王正沟、兄弟坎……

但凡道路最难开辟和最难通行的地段,必然会立碑立祠立庙,供奉路头神和土地爷。道路最艰险的地段,莫过于大山梁,山势陡峭,道路崎岖狭窄,每到雨季,总少不了垮山塌方。为了保佑道路通畅,行人安全,秦村人在这里先是修建了一座寺庙,还费尽口舌劝来两个和尚,人家看了一眼就跑了。说这个地方,香客上不来,佛祖也不愿意下来。既然留不住和尚,那就看看道士意下如何吧。于是,就将寺庙改为"三清观"。结果道士也留不住。恰好遇到山神显灵,秦村人就将"三清"请回村里,这洞天福地就留给了山神。

安子谦寻了一个可以站脚的地方,稳住身子,担心万一跌倒,又抓住一截树根,这才敢慢慢直起腰板,揩掉满脸的雨水,喘口气,看对面蒙蒙雨中的山神庙。

哪里还有山神庙呢?修建山神庙的那片山梁都被崩下了一大半,裸露出白森森的岩石。安子谦绕了两个时辰,天已经很暗了,再不敢贸然移步了,才在那个被起名跑僧窝的洼地里,找个岩窠住了一夜。

等到天亮,安子谦就着岩泉水,吃了大半个荣娃子给他做的火烧玉米面馍馍。

傍晚时分,安子谦终于从密林里钻了出来,发现那个装着报纸的竹筒不见了,而那顶斗笠被荆棘扯得破烂不堪,遮挡不住雨了,就丢在一边。在揭斗笠的时候,他在后颈窝里摸出了三个圆滚滚的肉球,丢在地上,伸脚使劲一碾,肉球就爆了,鲜血溅了一地,不过马上就被雨水冲淡了。

安子谦心头一阵发毛,他不知道身上究竟钻进去了多少山蚂蟥。他对山蚂蟥的恶名是早有耳闻的,它们是一种比鬼都还要可怕的东西,从一出生就开始往树上爬,爬上树梢、树叶,只要有动物从树下经过,它们就能感觉到,然后纷纷往下掉落,下雨一样,只要一挨着,它们的吸盘就会牢牢地吸住猎物,眨巴眼工夫就能吸饱一肚子鲜血。听老猎人说,当年有一支长毛队伍被清朝军队追击,跑进了大山里,迷了路,结果钻进一片密林,落入了山蚂蟥的窝子。那些蚂蟥爬满他们的身子,钻进他们的身体里、耳朵眼里、鼻孔里、咽喉里。那么多人,结果没一个活着走出来。

安子谦是个庄稼汉,很少像那些打猎的挖药的时常去钻山林,所以还没遭受过这种恐惧。安子谦脱下身上的衣裳裤子和鞋子,赤裸裸地站在雨天里。他的脚丫子里、小腿上、手指缝里、脊梁上、肚皮上,到处都是蠕动的山蚂蟥。安子谦赶紧跑进一个泥潭子里,像水牛一样打滚。他听说过,这鬼东西,你不等它吸饱了血,就算把它拔断了,也扯不下来。如果真的拔断的话,留在肉里头的那一节,会吐一种酸水,叫你皮肉痒痛难受,最后成为烂疮。最好的办法就是拿烧酒和烟膏涂抹。可是这荒郊野外,哪里去找烧酒和烟膏呢?还有一种办法,就是学老牛滚澡,用那些泥浆沙土把它们蹭下来。

这个方法还算管用。安子谦站在一处瀑布前,将浑身的泥浆清洗干净,仔细瞧了瞧,那些被山蚂蟥叮咬过的地方正在淌血。担心头发里还藏有山蚂蟥,一眼瞥见不远处有几丛臭牡丹,他听何陆侯讲过,那东西虽然气味不好闻,却是杀虫的好药物,就揪了几把叶子,揉碎揉碎抹在头上,过了一阵子才清洗去。

安子谦将衣裳一阵抖搂,又细细做了一番检查,这才穿上身。安子谦认得这个地方,前头应该就是飞仙台。在飞仙台有个当年修路挖的岩窠,四五个人栖身休息都没问题。也不晓得现在还在不在。趁着还有一点光亮,他想再赶一截路,碰碰运气。

3

传说在好多年前,有个姓刘的人一根扁担挑着他的家,来到了秦村。扁担一头是他的全部家当,另外一头是他的两个儿子,身后跟着衣衫褴褛的女人。他们在秦村落户的第二天,见大家都去修路,就也跟着去了。大家都劝他,说你家都还没安定下来,修啥路呢?快去忙吧。刘姓说,我才落户,你们都修了这么多,我再不赶紧出力,你们咋瞧得起我呢?

没过多久,刘姓因为不小心,被滚落的山石砸死了。安葬了男人,女人把幼儿托付给邻居,扛着铁钎上了山,继续修丈夫没修完的那段路。女人干活很厉害,不知辛劳。但是她总感觉自己干得太少,人家都下工了,她不愿意回,日夜住在山头。有人听见上头有动静,说就她一个人在山上,咋会传出两个响动呢?有人说是回声吧。但是仔细一听,不对,一个铁钎声,一个铁锤声,铁钎声音轻,铁锤声音重。有人叹息,说女人也是人呀,也是皮毛骨肉血,也有七情六欲,大家也别讲啥，拖儿带女的，有个帮手也好。

又过一阵，那铁锤的声音越来越大，有人觉得不对头。说这响动，都快地动山摇了，得多大的力气才搞得出这样的大动静啊。大家悄悄去看，只见月光之下，女人正使铁钎撬石头，一旁有个男人，虽是瘦瘦小小的身形，却挥舞着大锤，将那巨石砸得碎石飞溅。

大家正要上前，远方传来鸡叫声，只见那瘦瘦小小的身形，向女人一拜，便不见了踪影。大家骇得寒毛耸立，去问那个女人。女人说，那是她死去的丈夫，魂魄进了阎王殿，阎罗王说你死都死了，咋个还一步三回头呢？丈夫说，路没修好啊，女人上了山，想起就担心。阎罗王说，你既然担心，就准你每夜回去两个时辰吧。

女人活到一百岁，膝下子孙无数。百岁寿辰那天，老寿星提出想要去路上看看。刚到她当年和丈夫修路的地方，只见云雾弥漫，老寿星突然就不见了。等到云开雾散，漫天霞光中，只见老寿星站在云彩上，正向大家招手呢。

从此，这个地方便有了个好听的地名，飞仙台。

安子谦就在飞仙台的那个岩窠里度过了他回家之路上的第二个夜晚。也不知几时铺的茅草，还是那么柔软和干燥。这种柔软和干燥相比外头那些淅淅沥沥的雨，那到处都胀鼓鼓湿漉漉的感觉，简直像是另外一个世界。

半夜的时候，安子谦就觉得自己不对劲了。他是很少做梦的，可这天晚上总是噩梦不断，不断地梦见死人。若兰的脑壳挂在城门口，乌鸦啄着她的眼珠子。若兰娘捂着肚皮趴在地上，紫黑色的肠子像裤带子一样在身后拖了老长。还有那些已经亡故的祖先,见过的和没见过的,他们面无表情地在跟前游荡。还有何福田,他怎么也死了呢?矗在那里,脑壳向天,翻着二白眼,舌头舔老长,像等待空中滴落的蜜……

安子谦醒过来,觉得自己在发高烧。想要坐起身子来都不大可能,天旋地转,没有一丝气力,如一块熟透了的烂肉。既然起不来,那就烂在这里吧。安子谦心想,自己这是要死了,那就死吧,太累了,该完结了,死了好,一了百了。

也不晓得过了多久,安子谦突然被一个念头惊醒了,我就要到家了,怎么能就这么死了呢?他挣扎着爬起来,摸出最后半块火烧玉米馍馍,跌跌撞撞地来到岩窠门口。雨还在下。他想伸手接住从岩窠上沥下的雨水,可是手掌合不上缝,而且还直哆嗦。安子谦跪在地上,趴向一个水洼,喝了两口水,歪在一边,半撑着身子,啃完了那半块馍馍。又歇息了一阵,晕晕乎乎地就出了岩窠。

雨水一淋,安子谦觉得脑壳清醒了许多。只是冷,身体里头像有个冬天的窟窿眼儿,正嘶嘶地往外漏着冷气。冷得牙关嘎巴响,冷得眼前的路都被僵住了。安子谦小心地移动步子,他很清楚摔倒会有什么结果,不是掉下悬崖,就是断了骨头,将可能像只死老鼠一样朽烂在这雨中。

安子谦想起何陆侯跟自己讲的那些休养生息和做人的目的与意义的话。何陆侯说,天有三宝,日、月、星;地有三宝,水、火、风;人有三宝,精、气、神。命源于精,命动于气,命活于神。何陆侯说,道家的说法太玄乎。而世间事理一旦玄乎起来,就很容易让人不知所以了。所以他是不太信道家那一套的。他信的,是他总结出来的一套。他说,人是这世间最悲苦的活物，因为人启了蒙昧。只是人虽明白生死，却难以看穿生死，不懂生死之道。虽懂得情义，却不知情义为何物，有价几何。凡此种种，使得人这活物有如置身罟网，一生都在奋力挣扎。英雄豪侠一念之间成就一个舍家卫国的传奇，凡夫俗子要做到洁身自好却需要一生远离苟且，谁更艰难？谁最容易？生而为人最了不起之处就在于逆水行舟，在于和自己抗争，凡事无论多么艰难，咬一咬牙，下一个狠心，它都会过去。只要不松那一口气，精神就不会消散，熬过去了，你就超脱了自己，你就成了神！

每前进一步，安子谦都会定定神，选好下一步落脚在什么地方。过了飞仙台，前头就是龙脊，翻过龙脊，秦村就在眼皮子底下了。安子谦已经下定了决心，出门三年多，终于回到家门口了，就算要死，也要死在门槛里头啊。咋个死，啥时候死，死在啥地方，安子谦这一路可没少想。他想过自己可能会死在牢房里，可能会死在红通通的烙铁下，可能会被炮打脑壳，可能会被人冷不丁敲了闷棍……可就是没想过会死在这样的雨中，雨水落满刚刚闭上的眼窝，一身湿漉漉的开始肿胀，白花花的蛆虫从嘴角往外涌……

死在哪里也没有死在家里好啊，死在哪里也没有死在家里的床上幸福啊，死在哪里也没有死在若兰娘的怀里快活啊！

家还在不在啊？床还在不在啊？若兰娘还活着吗？

山上起风了，冷风吹得安子谦浑身僵硬。他不敢直立，他害怕被风刮下山崖。再往前一截路，应该就可以看到秦村。他趴下身子，两手着地，多两只手，总比两条腿走得更稳当吧。他爬行的样子，就像一条垂老的兽物。爬了一阵，安子谦就觉得手脚疼痛难忍。手掌、胳膊肘和膝盖被硌烂了，鲜血淌出来，从泥污里渗出来，蜿蜒爬行，像红色的蚯蚓。

安子谦坐在地上喘着气。他有些灰心丧气，觉得自己可能是见不到秦村了。秦村就在眼皮底下，他也没那个力气爬过去张望一眼了。他知道自己有多瘦，身上还残存几斤肉几两血，他也知道自己的筋骨现今有多脆弱，他还知道自己肚腹空空，寒冷和饥饿让他的行动越来越缓慢，那支撑自己的精气正在消散，那壮大自己的信念正在变薄。他看东西都有些模糊了。他想多去想点好的事情，想点过去的美事，以此来转移疼痛和绝望，可是已经不行了。那些曾经的美事好事，正变得像一锅失败的糨糊，他没有气力搅动它们了，它们正在凝固，发霉。

安子谦迷迷糊糊地，竟然要睡着了。真是睡着了么？睡了多久？似乎没有睡着，只是打了个盹。可是身上咋这么暖烘烘的呢？自己这是已经死去了么？暖烘烘的感觉可真是好啊，他都感到了身子正在变轻。哦，自己一定是已经死掉了。他曾经听何陆侯谈起过西天佛祖和西方上帝。何陆侯说佛祖和上帝其实都是一个神，只是名不同，佛祖的西天就是上帝的天堂，阎罗王的阎罗殿也就是撒旦的地狱。何陆侯曾经将秦村的各色人等都罗列在那里，然后像个判官一样细数他们平生的行为为人，功过是非，然后说整个秦村，不种烟之前，十之八成是可以上天堂的。种烟之后，有资格上天堂的顶多不超过十人。他指着安子谦，说，你还算一个。

安子谦以为自己此刻正在上天堂的路上。他把两手抬到眼前，他以为会看见一身锦缎罗衣，却见两手沾满泥污和枯草。他再把目光转向身边，怎么这么晃眼睛呢？哪里来的光亮？

安子谦扭过头去，看见了后背上的一缕阳光正透过乌云，射到他的身上。安子谦只觉得这是一道天神的光芒，是一道火焰，一下子就将他黯淡昏花的双眼点亮了，将他僵硬冰冷的身体点燃了。他真有些不敢相信，觉得这是自己的幻觉，马上，那道光芒和火焰就会像有钱人手中的手电筒嗖地一下就会灭掉。可是那光芒越来越明亮，越来越巨大，整个龙脊都在它的照耀下。那些乌云就像惊慌失措的鸦群，扇动黑色的翅膀四处逃窜。

太阳照耀在天空。

安子谦眯缝着眼睛，眼角淌着眼泪。没爬多远，他就看见了山下的秦村。秦村笼罩在一片金光中。房舍还在，庄稼地还在，河流还在，树木也还在……还有一缕炊烟。

都还活着的吧！

安子谦颤抖着嗓门，吆喝道。

4

听老辈人讲，人在要死的时候会做很多梦，梦见你年少的事，你青年的事，你后悔的事，你荣光的事，那些你做过的事和搁在心头没来得及或者没敢做的事，会洪水一样涌向你。也不管白天还是黑夜，将你完完全全，从头到脚淹没。很多老年人就是这样被那些梦给淹死呛死的。

安子谦一直在梦里沉浮，像一截在浑浊洪水中飘荡的浮柴。他梦见了安姓人家的先祖，梦见了秦村里那些不知是死去了还是活着的人们。梦见了很多自己干过的却早已忘记的事，梦真是神奇的东西啊，它又将它们新新鲜鲜地摆到了跟前，就像一碗他还没动筷子的面条，冒着腾腾热气。

他竟然还梦见了和若兰娘的第一次欢爱。这个场景，六十岁之前他是很喜欢回味的。后来觉得这样不好，太不正经了。老人得有个老人的样子，老人想的应该是祖坟山的树是不是该再种上几棵，如果打棺材的话，放倒哪一棵柏树更为合适。当梦到自己和若兰娘如同两条拌籽的白条鱼一样纠缠一起时，安子谦被吓了一跳。他没有终止它，而是静静地让梦继续。他是那么勇猛，腱子肉像老鼠群一样窜动，汗珠晶亮，闪耀着欢喜的光芒。若兰娘那时候还是个害羞的姑娘，她紧咬嘴唇，要把那些欢乐的鸟儿关闭在身体里，但是它们却化成片片花瓣儿似的蝴蝶，从她身体的缝隙和皱褶处飞了出来……

安子谦看着梦中的自己，他都忘记了自己还曾有过这样快活的样子。

他被宝儿娘的一口汤药给灌醒了。他听见宝儿娘喊自己，听见何陆侯的咳嗽声。何陆侯说，再不把他弄醒，等到以后醒来，他就分不清梦里梦外了，就成老傻子了。

谁说的呢？安子谦嘟哝道。

一旁的何陆侯听见他醒了，喜出望外，子谦啊，你总算是醒过来了啊！

安子谦说，我正做好梦呢。

何陆侯问，你是梦见升官了，还是梦见发财了？

安子谦说，我梦见我和若兰娘的新婚了。

何陆侯叹息道，你这条老狗啊，你这个老不正经的东西啊，你咋不死在路上呢？你还跑回来干啥呢？说着，何陆侯拿起帕子，揩着眼泪水。

安子谦是怎么回到的秦村，他完全不记得了。他只记得自己扭过身子看那西山边的彩霞。彩霞里，鸟儿飞起来了，它们湿漉漉的羽毛已经晒干了，身子变轻了，越飞越高，发出欢喜的鸣叫。这多长时间了，啥时候见过这样的阳光，啥时候见过这样的彩霞？

安子谦眯缝着眼睛，根据一个老农人的判断，明天会是晴天的。嗯，后天也会是晴天。安子谦觉得身上的寒意正在褪去，心头暖烘烘的，一种黑色的像蔗糖样的东西，散发着甜蜜的味道和香气，正在融化，正在往皮肉骨头里头浸润。他也正在变软，一直绷紧如琴弦的四肢和颈脖，正在松散，正在柔软。他撑不住压在脊梁上的重量，撑不住身子向上往前的姿势。他想就这样吧，好了，够了。心头那股气息在快速消散，通过躯体上被这三年多时间折磨出来的千疮百孔，嘶嘶地泄漏。他的肉身和灵魂，在这温暖的霞光的照耀下，就像灶台上融化的麦芽糖。

他慢慢躺下，像只虾米一样蜷缩了身子，再慢慢抻开，手脚就像钟表的指针。他掉过了脑袋，要看着不远处的村庄，要看着村庄之上的天空。天空很干净，可以看到最深处。干干净净的天空深处，正有一双眼睛把这片土地凝视，就像自己守候在若兰的摇篮前的那双眼睛。现在，这双眼睛也正看着自己……

安子谦给何陆侯讲起过那双眼睛，说那双眼睛的凝视让他都已经开始羽毛一样飘飞飘落的魂魄又都重新聚回他的骨肉里。他说他知道，那双眼睛凝视之下，必然还会有个声音跟他说点什么，他一直在侧耳聆听，过了好久，他听见一阵嚓嚓声，是谁踩着泥泞过来了。

那是李家钰字娃儿的脚步声，那也是天上那双眼睛的脚步声。何陆侯说，其实自你出秦村，那双眼睛就一直看着你的。如果没有那双眼睛看着，你早就迷到不知道哪个方向去了。

是啊是啊，亏得神的保佑呢。安子谦说，我现在就想下地，看看神的眼睛底下，咱们这秦村都成啥鬼样子了。

亏神的保佑啊，村子还在的，只是你的家没了。亏神的保佑，你回来了！亏神的保佑，我啥都看不见也不用再去看了！

安子谦这个时候才发现，何陆侯的两只眼睛成了两个窟窿眼，窟窿眼被两个棉线团子塞着。

眼珠子呢？安子谦颤声问。

他们说我真相看多了，就给我抠掉了。何陆侯说。

谁？安子谦颤声问。

还能有谁呢？那些禽兽嘛！何陆侯说。

若兰娘呢？安子谦颤声问。

何陆侯不吱声。

进了我家祖坟山么？安子谦问。

宝儿娘说，找不齐，收不拢，她被炸得到处都是……

安子谦紧咬牙关，浑身战栗，接着无声地晕死过去了。宝儿娘狠掐一把人中，灌一口汤药，又把他救醒过来了。醒过来的安子谦不再说话，闭上眼珠。宝儿娘先搀扶何陆侯出了门，又折身掩上门，想了想，推开一条缝。一道阳光透过门缝，洒落在安子谦眼前。屋子里越来越亮堂，屋顶的瓦隙里也透过了阳光，电筒光一样，射在安子谦的面前。安子谦伸出巴掌，接住了它。

这一路上，安子谦想了很多秦村人可能的遭遇。自然也会想到何陆侯。他想到何陆侯从未招惹过谁，有病治病，有一讲一，虽然脾性古怪，言语生硬，但是对待这世间万物，却始终是个最公正的人。

据说无论世道多么艰难，无论兵匪多么凶残，跑邮政的、教书先生、僧道和救死扶伤的郎中这四种人他们无论如何也是会善待的，就算云长将军邪恶凶残到天了，见不得何陆侯，要弄死他，也应该给一个利落和爽快，何至于如此害他？没有眼睛，何陆侯将怎么活？他是每天都要翻翻那些汤头书的，要检视一下药匣子里头的草药的，每喝一杯酒，每饮一杯茶，每吃一盘菜，他都是要先观色形，予以欣赏和赞美，这才心怀感恩，慢慢享用。怎么能挖了人家的眼珠子呢？何至于如此狠毒啊！

何陆侯摸索着，推门进来了，摸索到床沿前坐下。安子谦撑起身子，伸手捉住何陆侯那一双宛如风中枯叶般摇摆的手。何陆侯捏过他的手，伸出指头，扣住他的脉搏，看他的脉象。拿了脉搏，他伸出手，摸到安子谦的脸，就像小时候那样，拍拍那枯槁的脸，呵呵一声笑，说，子谦啊，我眼睛瞎了，但是手艺还在啊，你看，你失去的水正在往你皮肉里回去呢，你要静下心思，把精气神给我敛回来！

你咋样啊？安子谦问。

不落雨了，没有那种骨头被啃噬的沙沙声了，没眼珠子了，没有颜色了，耳根子和心头都清静了不少，四处也都不再是湿漉漉黏搭搭的感觉了，身上暖烘烘的……我啊，好着呢！太阳回来了，子谦啊，他们都说太阳是你带回来的！

我哪里有那个能耐啊。

这雨是啥时候开始下的？都记不清了。秦村的骨头都被沤烂了，那些亡魂也都被沤霉了……全都在雨中坏透顶了，不可能再往下坏了，坏到根了。这时候，你回来了，子谦，太阳跟在你身后，你还说你没这个能耐？何陆侯又拍拍安子谦的脸。安子谦握住何陆侯的双手，何陆侯反手握住他的双手，两双手，两个老兄弟，深情地摇晃着。何陆侯语重心长地说，子谦啊，我也不晓得你这一路上都经历了些啥，你能活着回到秦村，背后跟着太阳，就说明你还没到死的时候。你要好好活下去，不管遇到什么，都要好好活下去，万一有想不开的时候，就抬头看看太阳，看看天，天不藏奸，地不养闲，坏事情到了头，好事情就开始生根发芽了！

5

安子谦在床上躺了三个月，他始终没敢出门去，这并不是他的身体不准许。尽管每天都会有几场忽冷忽热的摆子恭候着，尽管身子还很虚弱，翻个身都会心虚气短冒冷汗，不过要出门去张望一下，也并非做不到，他已经觉得身子里头蓄积了不少气力。

虽然没有怎么过问，虽然到村口就晕死过去了，但是从宝儿娘的只言片语中，从何陆侯那塞满棉线的眼窝子里，他已经知道秦村现在被糟践成了什么鬼样子，说是阿鼻地狱，可能都轻了。

尽管早就做好了接受这一切的准备，安子谦还是希望眼见它的时候，可以再晚一点。他有时候还天真地希望这一切都是梦境，一个激灵醒来，一切就都回到没有种烟之前。

每天宝儿娘都会准时来到安子谦身边，为他送上汤药和吃食，清理塞在床下的便盆。宝儿娘之前是个少言寡语的女子，现在她的话却像她的眼泪水一样多。有时候还未开腔，眼泪水就山泉水一般淌出来了。安子谦一直没有看到宝儿，也没听到宝儿的嬉闹或者哭叫，安子谦觉得自己应该知道了结果。

宝儿娘开始只是跟安子谦讲一讲外头的天气，太阳老早就出来，然后一直悬在天空，没有风，很多东西都被烤焦臭了，都大半下午了，它还那么圆瞪瞪地在那里，像个暴脾气的倔老汉。她也会讲一点那些树木在这烈日之下的样子，它们都快被沤烂了，沤死了，积涝的水一下去，被太阳一照耀，很快就恢复了活力，开始长新芽，出新枝，但是没过两天就蔫吧了，就焦黄了，就枯死了。宝儿娘并不全都是无话找话，她的话语里全无对太阳的抱怨，而是像讲一个远方归来的亲人，虽然脾性不好，虽然有些可笑，但却是亲近的，毕竟日思夜念了这么长时间，况且是它终止了可怕的暴雨和涝灾啊！

宝儿娘终于忍无可忍地讲起了那些把她折磨得形销骨立、生死不能的事情。这些事，每一件都是那么鲜血淋漓白骨森森。安子谦不想听，不忍听，可又不愿意放过任何一个细节。它们就像尸骨遗骸一样，由这个柔弱悲伤的女人双手捧着，交付到他的怀里。它们在安子谦的眼前，在他的心里，慢慢垒砌起了一座巨大的坟茔。

死人不会沉默，他们痛苦悲伤的呼号，响彻每一个夜晚。安子谦知道自己时日无多，仅存的这点时间，除了闻听他们的呼号，还能做什么呢？

宝儿娘一直想要跟安子谦讲讲若兰娘的事，每一回刚开口，就被安子谦打断了。安子谦只问了她一句话，当时啥时候，早上？晚上？宝儿娘说，晌午过后。安子谦说她肯定在睡觉呢。宝儿娘正要讲，安子谦说莫讲了，我晓得了。

宝儿娘是准备好好讲一通的，她都开始落泪了，见他这样，只好将到嘴的话咽下喉咙，见安子谦已经闭上眼睛，就默默出去了。

安子谦闭着眼在想何陆侯的话，好好活下去。可是怎么好好活下去？要活下去并不难，人比牲口贱得多，吃荤腥的牲口不会吃素，吃素的牲口不会去碰荤腥。人就不一样了，人比牲口贱，比牲口更凶残，比牲口更容易泯灭本性，自然比牲口更容易活下去了。只消把吃不下去的东西吃下去，受不了的硬撑着受下来，啥也不管，啥也不顾，同类也吃，屎也吃……要延续那一口气还不简单吗？可是，要好好活下去就难了。好好活下去，就是要活得有光亮，有规矩，有尊严，有希望！熬不下去看看太阳，念一遍天不藏奸，地不养闲就可以了吗？别人或许能行，他安子谦不行。他这个年岁早就属于该死的了。而且，他活着又为了什么呢？家没了，若兰娘没了，若兰呢？这万恶的世道，怎么会容忍她那么漂亮那么干净的娃娃活下来？如果这世道真是已经坏到了尽头，烂到了极点,新的时代到来了,那也不该是由他这样肮脏的老东西去等候和迎接啊!

可是眼下这秦村,真是烂到底,坏透顶了吗?似乎一切才刚刚开始。

6

宝儿娘说,今天是腊月二十了,没人搭茬。何陆侯的手捏在安子谦的腕上,侧着耳,通过脉管里血液的涌动,聆听着他的身体。安子谦平缓地呼吸着,双眼微闭。宝儿娘忍不住又说了一遍。何陆侯松了手,轻叹一声,摸索着起身离去。

你就莫要记时间了,记那么清楚干啥呢?何陆侯说。

要过年了。宝儿娘说,先人还是要祭一下的嘛,年也要过的呀。

祭奠先人的目的,是为了感谢他们养育了我们,求乞他们保佑我们。可是先人们都干了什么呢?我们要不是生错了地方,就是生错了时间,或者是他们遗弃我们了。何陆侯摸索着过了门槛,像记起了什么似的,立住脚,说,吃的没有,纸钱也没一张,连根香蜡棍都找不到,有那心思,也没法祭奠啊。你想娃娃,就到坟头哭一阵,吆喝两声吧。

阳光的剪影里,宝儿娘的眼泪水顺着那尖尖的下巴啪嗒滴落。

犹豫了好多天,安子谦才下定出门的决心。可是临出门了,又犹豫了。往哪个方向去呢?去看看家?去看看裤裆地?丧家犬一样满村子游荡一天,可是黑夜到来,又往哪里归宿呢?一直犹豫到傍晚,不管怎么的,是时候离开这张病榻了。他先向宝儿娘道了谢,感谢她这么长时间来的汤药服侍,然后他还要跟何陆侯说说话的。这些日子,何陆侯除了早晚摸索到房间里给安子谦看看脉象,问问身体咋样,极少跟他讲点别的什么。偶尔进来坐一坐,也是一副深沉思索的样子。

还隔着一道大门,安子谦就看见了外头惨败的景象。院坝斜对面的铁门槛已经倒塌,倒塌的还有围墙。院坝里外都是深坑,原来里头还有些积水,现在已经干涸了。祠堂垮了。右边的学堂因为靠近祠堂这堵墙的垮塌,它自然也垮塌了一半,另一半还硬撑着,像个单腿跪下的倔强汉子。药铺这头还勉强算得上完整,那堵又厚又高的主墙还耸立着,但是边缘上的瓦没了,雨湿了墙垛,使得墙体开始剥落,歪斜,看样子也撑不了多长时间。

宝儿娘讲过,说有一发炮弹落在祠堂里,当时只是炸断了一根大梁。祠堂的垮塌和学堂的倾倒,是那场地震引起的。大家都知道药铺的重要,来了好几拨人帮忙进行了加固,还从祠堂那头弄了不少瓦和椽子过来,效果并不好,因为这堵主墙的墙基和墙体已经震松动,担心它倒塌,只好扛来几根檩子将它撑住。又能撑多久呢?药铺的药霉的霉,烂的烂,山上的采不下来,外头的运进不来,它真正的顶梁柱何陆侯自双眼没了后也正加速枯朽,轰然倒地的时间可能就在某个特别需要他的时刻。

安子谦走出了何家药铺的龙门口,就再没挪步了。龙门口坍塌了,砖石瓦块被收拾到两边,露出一线窄窄的小径,还可见那锃亮的青石板。安子谦在门鼓石上刚坐下,就有人过来打招呼，啊啊哦哦，是廖朝兴家的哑巴，他问安子谦可好点了，陆侯爷在不在药铺。

廖朝兴家的聋子前来求药。他比画许久，宝儿娘才明白，他要背着他的老娘逃难去了。他已经出村走了一趟，都翻过了龙脊，路虽然艰难，只要小心点，还是能走出去的。他还比画说，他们院子里徐德海两兄弟已经走到了土镇，路上无人看守也没人盘查。他此番前来，是因为这一路太远，而他娘肠胃不好，求陆侯爷给一点丹药。

何陆侯叫他后天来拿。宝儿娘比画着跟廖聋子讲了，廖聋子有些不好意思地说他没钱给药钱，不过他会背些柴草来。聋子并没立即走开，他问又回到药铺在门槛上坐着的安子谦，外头的情形咋样，能不能讨要到吃的，像他这样的聋子，可以找到活儿么？

何陆侯吩咐宝儿娘，把药匣子里剩下的那些药都拿出来，再取一些灶心土，拿碾子碾碎，混合起来，搓成丸子，有前来讨药的，就分他们一点吧。

宝儿娘问，这样行么？对症么？

只图有个药味儿，求个心安吧。何陆侯说，倒是那些灶心土，独一味药，可治水土不服。

宝儿娘这就要去办，何陆侯说你莫忙，你去找几张纸，再研点墨。

宝儿娘说，你是要写啥么？

何陆侯叫道，子谦，你还捉得住笔么？

安子谦不明白啥意思，就没吱声，等他的下文。何陆侯说秦村剩下的这些人中，识得几个字的，会写几个字的，就只有他和安子谦了。但是他的眼睛看不见，这捉笔的事情，只有劳烦安子谦了。不会写的，我会给你讲笔画，何陆侯说。安子谦心想，这会是要他写个什么东西呢？状纸么？通告神灵的疏文？这些都有什么使处？

秦村人死的死，亡的亡，眼下又开始逃难逃命。要不了多久，村里人就会一个不剩。秦村就这样没了。秦村没了，可是土地还在啊，土地里头埋了那么多先祖的骨殖，飘游着那么多先祖的魂灵，村庄没有人记得，但是土地是不会消亡啊。以后，还会有人像当初秦村的开拓者一样踏足这片土地，拔掉田土里的杂草，修缮荒废的水渠，垦荒，种地，修建房屋，繁衍生息……他们可能会取一个新的名字，李村，王庄……那么，这片土地上曾经的秦村就这样被忘记了么？发生的那些事情就没了么？死难和逃命的这些人家就真的这么死了亡了？那些魂灵会不会因为没人记得，没有香火的侍奉跌落到泥土里，和那些枯草落叶一起被沤烂？不能这样啊！

何陆侯说，自眼珠子被抠出那天起，他就在想这件事情并深深地陷入苦恼中。听说安子谦回来了，心口子还是热的，眼睛和手脚也完好，他由衷地高兴，觉得安子谦能承担起这个重任。

7

正月初七，人日。笔墨纸砚已经准备妥帖。安子谦端坐书桌正中，何陆侯坐在书桌一侧。书桌前面，坐着那些个秦村的幸存者们，李银泉、秦满堂、赵德发、张本正……

大家正襟危坐，等候安排。

何陆侯说，这个事情，本来是想缓缓再说，起码等子谦完好了，从从容容地来办。但是眼下的情形，实在耽搁不起了啊！

都说是啊，你们没出屋，不晓得外头啥光景了。从安子谦回来那天到现今，哪一天不是太阳？卯时日出，酉时日落，不眨眼地照晒。起初大家还都高兴，终于见到太阳了，终于见到救星了，可以耕田了，可以种地了。可是，光是晴天太阳，不落一滴雨，那是不对的呀。只有出，没有进，雨水全部吸光了，原来那些苗木，涝得蔫巴巴的枯黄，现在呢，旱得全都枯焦了。常言说得好，种庄稼，三分看种，七分看天，子谦爷，你是种庄稼的好手，借你的经验来断一断吧，这大涝之后，会是什么状况？这样不落一滴雨水，秋旱接冬旱，会不会春旱？这样的天气到底对不对？这样的寒冬腊月，为啥连雪毛子也不落一点？

不消问他，我是个外行也知道。何陆侯说，水升为云，落云为雨。降雨那么久，天上的云全落雨成河，奔流不息去了东海。现在，太阳照耀，没有水汽蒸发，就形不成云，形不成云，就无雨可落。话讲简单就一句，天空既无一片云，就降不落一滴雨，恶生恶报。所以，干旱肯定会继续下去的！

趁着干旱才刚刚开头，大家就早点上路吧。暴雨不会只落在秦村，干旱也不止这一片土地。逃命也好，讨口也好，趁早出门，属于头茬，要等到都熬不下去了，大家再出门，只怕情况会像这干旱一样，越来越严重。到时候，大家就只有挤在一起等死了。趁着现在逃难的人还不多，灾荒才刚刚开始，最好不要在近处转悠，要想尽一切办法，逃得越远越好。也别着急回来，等到子孙繁衍多些，再多些，才叫他们回来吧！

何陆侯问安子谦，錾刻的手艺你还没忘记吧？

安子谦说，还记得一点。

錾子锤子呢？何陆侯问。

安子谦没回答，也没办法回答。錾子锤子他倒是有一套，保管在家里。可是，他到现在都还没勇气站到家门口。

我让秦满堂去找了，满堂，你找到了么？何陆侯问。

我没去找，估计也找不到。秦满堂说，我们家有，是那个爱城石匠留下的，他来给我爹娘錾墓碑，前脚刚到，村里就打起来了。人死了，东西也就丢那里了。

好，你拿给你子谦爷吧。何陆侯说，就錾刻在那个白碑上吧。这么多年过去了，都不知道那个白碑留在那里有什么使处，现在总算晓得了吧。冥冥之中，一切都有安排啊！何陆侯感叹道。

都说是啊是啊。

有人念起了那个儿谣。白碑落，鬼出窝。地生烟，井冒火。猪不死，羽不落。

何陆侯说，前头几句验证的什么事，我们不知道，先人也没讲。当中这句"地生烟，井冒火"，我们现在算是明白了吧，都是灾祸啊！

有人说，白碑不用挪吧？

安子谦说不用挪，就留裤裆地吧。

都说好。

于是何陆侯开始口述，安子谦握住笔，往纸上落字：

秦村何福田听信云长将军之谗言，起贪念，广种鸦片，秦村良田沃土成烟田。后因均分赃钱，恶犬相斗，秦村惨遭灭顶之灾难。云长将军大兵三进三出，炸桥毁路，封锁进出，屠杀无辜，血流成河……秦村从未遭此兵燹灾祸，如堕阿鼻地狱。秦村八百人口，四成护村战死，三成村破被屠，两成死于饥饿与疾病，余者不足一成，一息难存。为留活种，只得背井离乡，远走他乡。

今谨记录秦村各族各家姓氏名字，户头人口，死者死因……

何陆侯讲的时候，安子谦并未落笔。他听懂了话语，但是其中好些字在脑子里却是一片陌生，毫无形状。不得已，他敲敲桌子，打断了何陆侯的话，说，你慢点呀，我跟不上趟！

何陆侯说，我先讲完一遍，给大家都听听，然后你再慢慢往纸上落吧。

安子谦说，你能不能少讲点？讲这么多字，落纸上都是件麻烦事，何况往石头上錾刻。你得考虑到我跟你一样老了，万一哪天我就死了呢？

8

何陆侯讲了很多，但是安子谦完全没有按照他讲的照搬纸上，他写在纸上的很简单，就两句话——

秦村何福田和云长将军哄骗大家种烟，二人狼狈为奸，分赃不均，起了战争。云长将军一打秦村，死八十九，伤一百一。二打秦村,死一百五,伤六十有二。三打秦村,死一百八。恶鬼打架,善人遭殃,秦村乡亲死之七八九,余者不足一二。活不下去,出秦村逃命。

何陆侯、安子谦、李银泉、秦满堂等十姓十三家,聚于何家药铺,历数死难者及生者姓名和名下宅地林山土地亩口,刻于碑石,留查纪念。

何福田,自焚于漱玉阁,六十二岁。

妻何白氏,受惊吓而死,五十八岁。

妾高氏,自尽,三十五岁。

妾李氏,为兽兵奸杀,二十五岁。

长子何一通,护村战死,三十六岁。

长媳王氏,上吊自尽。

二子何一宏,护村战死,二十九岁。

二媳柳氏,上吊自尽。

三子何一达,护村战死,十八岁。

长孙何江山,为兽兵活埋,十五岁。

长孙女何江城,为兽兵奸杀,八岁。

……

何福田全家二十一口死绝,名下林业地宅无人继承。

写到这里,安子谦问,那个叫玉观音的呢?她的名字落不落上去?何陆侯说,怎么落?她究竟是哪个的人,我们到现在都搞不清楚。高氏李氏,我们都还是喝过一杯喜酒的,她呢?她究竟啥时候死的我们都不知道。

玉观音究竟死于何时,是怎么死的?众说纷纭。安子谦回来后,尽管躺在里屋的病榻上,却也没少听前来求药者们在药铺外头的议论。他们说，秦村的灾祸，都是这个女人带来的，而灾祸的开端，就是从她那天晚上登台变鬼开始的。说如果不是因为她，云长将军和福田爷还不至于闹翻。因为她唱完《青陵台》那天晚上，就被上身的厉鬼索了命，而云长将军却不信邪，认为她是福田爷害死的……

所有的议论都在何陆侯的厉声呵斥下中断。何陆侯长声夭夭地叫骂道，你们都是猪啊，咋个把灾祸往别个身上推呢？自己惹下的祸事，自己还不明白么？一个个都死到临头了，还有闲心扯这些谎诳？

安子谦问过宝儿娘，玉观音究竟是咋死的。宝儿娘说，她晓得的，也都是从外头听来的。一说玉观音在唱完《青陵台》的当夜就吊喉死了，又说是三天后。还说不是吊喉，是跳井。

究竟是怎么死的，什么时候死的，因为铁门槛的大门紧闭，谁又讲得清楚呢？就算从铁门槛里讲出来的话，又有哪一句是真话呢？何陆侯叹气，跟安子谦讲，只是那天晚上唱完《青陵台》后，就再没人见过玉观音。何福田的管家公说他也没见过玉观音，玉观音住在漱玉阁，一日三餐由伙房专门为她做，白米素面，青菜豆腐，简单得有如斋食。这样的饭菜一直侍奉到云长将军三打秦村，何福田才说罢了。所以，玉观音究竟死于几时，谁又晓得呢？

而且，更为诡异的是云长将军所有投向秦村的炮弹，竟然没一颗击中漱玉阁。如果不是何福田一把大火，漱玉阁极有可能是秦村唯一保存完整的建筑。

大火之后，有人钻进废墟，以为可以寻到什么值钱的东西，除了几尊铜菩萨，所有一切都化为了灰烬。倒是有几具骨骸，因为烧得通透，白森森的失去了任何可以辨识的特征。不过它们都落到了兽兵手里，被敲成粉末，再浇上黑狗血，撒进了茅坑……

安子谦接着往下写——

何陆敏，被兽兵活活打死，六十一岁。

长子何一飞，护村战死，三十八岁。

长媳陈氏，为兽兵奸杀。

……何陆敏全家十三口死绝，名下林业地宅无人继承。

安子谦写了三天，终于写到了自己。他想了想，在纸上落下：

安子谦，受全村活者所托，守村至死。

妻梁小英，为兽兵所辱，并缚手雷引爆，尸骨无存，五十五岁。

写到这里，安子谦哭起来，哭了几声就不敢往下哭了，因为感到肢体发麻，浑身发抖，他还有重要的事情等着，害怕自己会哭散架，哭瘫痪，一口气续不上来，就麻烦了。他抹干眼泪，又写道——

女安若兰，远走他乡……

想了想，又添了几个字——

不日将归。

第六章 旱元年（下）

1

雨水没有下雨。谷雨也没有下雨。立秋了，还是没有下雨……

如果把安子谦和何陆侯两户也算上的话，秦村就只剩下五户人家了。还有三户是秦满堂、秦满如和他们的老娘秦王氏，李银泉和老婆还有儿子李家钰字娃儿，以及赵百乐父子俩。

几乎每天，赵百乐都会跟他的儿子莽子娃儿来一趟何家药铺，他问何陆侯的那些个问题也同样问过别的人家。人都跑了，留下的这些土地咋办？算不算无主之地了？像那些死绝户，他们的土地已经是无主地了，是不是谁占谁得？如果是他种了这些土地，为避免以后惹上官司，大家能不能帮忙做个证？开始还有人耐心跟他讲，后来就都厌烦了，不想搭理他。瞧瞧赵百乐和莽子娃儿的神情，尽管因为饥饿，他们也皮包骨头，面色青灰，但是却难掩那一天到晚幸灾乐祸的兴奋。都这样了，他们每天都还可以保持如此兴高采烈和激动,这份心情心境都是哪儿来的?

何陆侯讲得好,因为穷。

赵百乐祖上几代,都是给人租佃扛工。但是他们世世代代都有个老毛病,那就惜疼气力。要晓得这租佃扛工拼的就是个实诚,实诚出力,实诚讲话,人穷,你就得越发显得本分才好。尤其这实诚,这是相比那些有钱人,最宝贵也最能比过他们的品质,那得好生珍惜才是。你只要对土地实诚了,土地才可能实诚地给你粮食。你要是在肥料上缺斤短两,欺它哄它,它才不会讲情面呢,毫不留情地给你瘪壳和谎子儿。你要是对主家实诚,主家也才可能将心比心,实诚待你。倘若你欺哄惯了主家,即便你真是歉收减产了,主家子也会认为你是故意瞒产,或者故意使土地歉收,以此坑害主家子。

而赵百乐祖上,直至到他和他的儿这一代,都没学会从那些教训里长记性,踏踏实实做个实诚人,还老是想着少施几把种子,把种子揣口袋里回家就多口下酒的饮食,老想着少施几担粪水,把气力留在身体里就不那么辛苦劳累。自然,他们也时刻会想着少给主家子几斗佃粮,几个租金……这世世代代多少年,赵百乐一家像坐流水席一样,在秦村从村头租佃到村尾,从这家扛工到那家,却从未留下个什么好名声。他们家和安子谦家是两个鲜明的对比。总有主家子以最好的田地和最优厚的租佃,请安子谦家帮忙耕种,而且承佃请佃的关系也总是保持好多年不变。遇到安子谦家辞佃到新主家帮忙去了,老主家还再三挽留,不惜降租一二成,也希望能让安子谦家收回去意。安子谦家也总是说,饭菜再好吃,也难有百日香,让我们去帮帮别人家,也叫你们家的土地,换个新脸面的来耕种吧。

那么赵百乐家呢，他们很难跟一户主家子保持三年的租佃关系，不是主家子嫌他们拖欠佃租，土地到了他们手上不是那么肯出粮食了，就是他们嫌弃主家子太吝啬，开出的佃租太高，或者看到别家开出了好条件，觉得别家的土地好耕种，更容易出粮食……

到了后来，赵百乐家竟然在秦村租佃不到土地来耕种了。他们出了秦村，去了土镇。情况咋样，大家虽然不得而知，可从他们每年岁末归家的情形来看，也不比秦村好到哪里去。有几个年头，情况比及秦村似乎更糟糕，因为有主家子撵到秦村来，向他们追讨佃租。

其实赵百乐也曾经做出个大动作，他要买下了何福田的河滩地三十八亩。这在秦村简直不啻一个爆炸的消息，大家都觉得不可思议，他哪里来的钱？当时何福田再三试探后，还是不肯卖给他。说河滩地是沙石地，土脚浅，既不能栽秧，也不合适种小麦玉米之类的旱粮，而且贪肥，伺候起来相当费劲。唯独只有种点花生和芋头，勉强不至于蚀种。何福田不肯卖的原因还有一个，担心赵百乐这家伙反悔，他家本来就有翻翘打滚的传习，到时候闹腾起来也是个麻烦。但是经不住赵百乐日日缠磨。何福田说，好吧，你实在要，除了喊响叫应，还得白纸黑字立契，当然，必须现款交易！这河滩地，价格自然不比山边荒地低，三十八亩，可不是个小数目，你赵百乐如果真能一手清，我再把旁边坎上那一亩三分冬水田送给你！

这可是你福田爷说的啊！赵百乐还真是做到了一手清，

叫秦村人瞠目结舌,难以置信。

三十八亩河滩地,赵百乐全部栽上了桑树。树苗是从土镇外头背回来的。桑树可是个贱东西,好活,挨土就生根,给点肥就起色。第二年赵百乐就养上了蚕,就结出了雪白的茧。但是大家并没给予他们一家多少祝福和赞赏,反而是一致的鄙夷。大家老早就在怀疑,他的那些钱都是哪里来的!有人说可能是杀人越货了。又说不可能,他们没那个胆量。后来才明白,他们说嫁出去的那个漂亮的幺女儿,才十三岁,其实并不是嫁,而是卖,卖给了爱城一个有钱人做了小妾,那买家比幺姑娘大五十好几。没多久,幺姑娘就被糟践死了。看在钱的份上,赵百乐一家竟然连屁都没放一个。

虽然赵百乐一家在帮佃上很差劲,种田也基本上算外行,但是他们在养蚕这事情上却显得很有点能耐。看着一担一担雪花花的蚕茧就要出土镇换成同样雪花花的银圆,这多少叫大家感到眼热。这个时候赵百乐又口出狂言了,说只要不变天,给他十年,他要将三十八亩河滩地,变成三百八十亩小麦玉米地,三百八十亩水稻田……

正是受了赵百乐的影响也说不定,安子谦觉得自己怎么能连赵百乐这家伙都不如呢?人家的名下可都有了三十八亩土地了,养蚕卖茧还积蓄了一大笔银子,这样攀比的心理,促使安子谦决心也要入手一块好地。

就在安子谦买下裤裆地那年,秦村遭遇了从未有过的连绵暴雨。暴雨成灾,汹涌的洪水在秦河里有如野马奔腾,整个秦村天空暗无天日,大白天在家还都要点灯。都说可能是有妖渡劫。洪水过后,赵百乐家那三十八亩河滩地里的泥土全部被冲洗干净，留下一片片鹅卵石和一堆堆浮沙。

当时大家都说不义之财遭水洗，是他家幺姑娘"赏赐"给他们家的报应。还说有福之人捡到炭块也会变成金，而无福之人捡到黄金也会成为炭。大家嬉笑怒骂，说不尽的风凉话，真是大快人心的感觉。当听到这一家子的哭号声，看他们犹如丧家之犬在村里张皇奔走、哭天无路的样子，还是觉得老天爷过分了点，心头老大不忍。

2

秦村种烟那些年头，无论有田没田的人家，基本上都发了财。那会儿何福田严禁从外头召请人工，秦村的人手那可是金贵得很呀。

赵百乐家对种烟、割烟和熬烟，表现出了少见的激情。他们时常惋惜，说如果他们家的三十八亩河滩地还在的话，他早成了秦村第二有钱人家。也不知道他们是从哪里听说河滩地是最肯出烟的。谁知道呢，老天祸害，命中不带！他们哀叹道。赵百乐一家七口，四个儿子。虽然在种烟方面没有表现出特别的能耐，但是在熬烟方面却是个个在行，显得极有天赋。秦村种烟最鼎盛的那两个年头，赵百乐的四个儿子照看了八口大锅，他们都有个时新的尊称，熬烟匠。只是这四个儿子全都惹上了烟瘾，而且一个比一个大。到保卫秦村的时候，他的四个儿子，有两个连枪都端不稳。

赵百乐自诩是秦村最有功劳的人，也哀告是秦村受苦最深的人，因为他的四个儿子，有三个被云长将军的队伍打死了。活着的这个如果不是莽子的话,肯定也死了。所以秦村应该予他以厚待。他希望何陆侯和安子谦能给他写个字据,就说那些全家死绝的无主之地,尽归他所有。

干旱总有结束的一天,太阳也不可能日日如此高挂天空,甘霖雨露说不准正在回来的路上。赵百乐说到那时候,我全都种上烟。他打着沙哑的哈哈声,别看我那个莽子娃儿脑壳不咋样,要论熬烟的手艺,他不比三个哥哥差,也是会拿火色,看火候的!

赵家莽子娃儿得意地嘿嘿笑,露出满嘴的烂牙。

这天赵百乐和莽子娃儿又来到何家药铺。早他们先一步的是秦满堂。赵百乐问秦满堂,你是要准备走了么?秦满堂没理会他。走啥呢?留下呗!赵百乐望望天上的太阳,抹把汗水,留下,我们搭个伴儿,这太阳不可能日日都这么暴晒,再给它凶十天半月,如何?

秦满堂还是不理会他。

赵百乐和莽子娃儿要往药铺里头间屋里闯,安子谦拄着拐杖,挡在门口。赵百乐说,你干啥子谦爷,我这是要去见陆侯爷呢,我来跟陆侯爷讲个话,讲完就走。何陆侯在里屋说,让他进来吧。莽子娃儿从安子谦身边走过的时候,故意抬了他一肩膀。安子谦被撞了个趔趄,秦满堂赶紧扶住他。

你真饿得都走不稳路了?撞坏了子谦爷咋办?赵百乐教训他的儿,你可要长点眼睛哟!

这一回见何陆侯,赵百乐没有讲那些土地归宿的事情,也不缠着何陆侯让他帮忙叫安子谦写个什么。他已经胜券在握了,秦村的人死的死,亡的亡,那些土地在烈日下焦灼一片，寸草不生，已然是无主无名，就等着一场大雨过后，由他笑纳和重新命名。此番找何陆侯，赵百乐向他表达了坚守秦村的决心，说秦村的人都跑了，总得留下个人看守，就像一家人都出门，还得留下个守门人一样。只是，他需要何陆侯能帮他一点忙，秦村真的就没有一点粮食了么？是不是可以给他一点种子呢？

你要什么种子？你不是都有了么？安子谦冷冷地问。

安子谦曾经听人讲过，说赵百乐从怀里摸出几十个圆滚滚的烟壳子，里头的籽实足以播种几亩地。

赵百乐起初没有明白安子谦那话啥意思，随即从他的神情上看出来了，就说，烟种子我是有，种一百亩地都有。可是烟也不能当饭吃呀，多少也得种上点粮食才好啊。他见安子谦直发冷笑，干吞了口唾沫，说，子谦爷，听说你不走，你要留下守村，多好啊，以后我父子俩给你搭伴儿！你这把年纪了，有啥需要使劲的，吆喝一声嘛。只是，子谦爷，你见我父子两个，饿得恼火，有啥吃的喝的，也给我们留一点嘴角角嘛。见宝儿娘站在那里对他们充满了厌恶的神情，也不在乎，嘻嘻一笑，说，宝儿娘，你该不会走的吧，走啥呢，留下吧。留下来，饿不死你的，只要有一口吃食，哪怕是根酸萝卜，我们都会给你留半截的！

好啊，别他娘的空口说白话。宝儿娘踹了一旁的空水桶，没水了，去，帮老娘担挑水来吧！赵百乐和他的莽子儿赶紧叫苦，说哪里去找水啊，白果井干得都起扑灰了。宝儿娘说，离开白果井就要渴死么？去两叠水吧。

两叠水？那是在村尾啊，沿河沟要走七八里，路烂得很啊，山羊都会崴脚的！赵百乐和他的莽子儿一脸苦相，扯着哭腔，再说哪里有气力啊，我们饿得连走路都打偏偏了，别说挑水，就是灯草也拿不动一根啊。如果你肯舍得给我们吃两个馍馍，我们倒是可能挑得上来半桶水的。

那还讲啥？留点口水子养气力吧！宝儿娘拎起水桶，将里头的一点水倒在碗里，递到何陆侯嘴边。何陆侯喝了两口，让她给安子谦喝。安子谦见莽子娃儿直舔那灰白的嘴皮，把碗递给他，喝吧，喝了赶紧收拾收拾，早点上路，留在这里只有死路一条。

赵百乐夺过他儿嘴边的碗，将最后一口水倒进喉咙里，一卷舌头，你咋不走呢？你咋光晓得劝我？

安子谦说，我不走，我是故意留在这里等死的！

送走赵百乐父子，安子谦叹着气，跟何陆侯讲，这父子俩怕真是打定主意要留下来的。

听他们讲话，气息还是很足的，看来并不是很缺吃食。何陆侯说。

这些日子，他们两个就像搜山狗一样在村子里到处乱窜。用得上的，使得上的，都搬他们家里去了。安子谦说。

昨日他们两个还在对面破房子里东张西望呢。宝儿娘说，还拿锄头和钢钎，这里挖挖，那里捅捅，也不晓得他们在找啥东西。

他们在找吃食，可能是找观音粮吧。若搁在以前，兴许还找得到。何福田这个败家子啊，把祖宗的遗训都丢干净了！何陆侯虽然有眼无珠，却还是用那空空洞洞的"眼睛""环视"了一下四周。他说，他当家后，为了显出他的能干，说神龛子后面那堵老墙花花绿绿太难看了,就翻了新,如若不是他瞎折腾,就他拆除的那几堵老墙,也可以让大家不至于挨饿如此啊。

3

何家祖上虽然见秦村土地肥沃,也肯出粮食,大家的日子都还算得上丰衣足食。但是在高兴之余仍然时有忧虑,他们很相信那句老话,人无远虑必有近忧,更相信未雨绸缪。他们在修建何家祠堂和堂屋的时候,想到了一个办法。他们采集观音土,在里头掺上米粉豆面,然后加水调和,筑成墙体。如若饥荒岁月实在撑不下去了,就可以扒掉那些墙体,像馍块一样啃食充饥。他们把那墙体,隐秘地称之为观音粮。

所谓智者千虑必有一失,就是他们不该在观音粮里头掺盐巴。这其实是好心肠。因为有句老话,人可以千日无肉,不可百日无盐。没有盐巴人就生出不来力气,还容易害病。可是这掺了盐巴的观音粮,遇到晴天便好,倘若阴雨天气或者梅雨季节,墙体就会泛潮长醭,湿哒哒的,一股子霉味儿很不好闻。

何福田从小就嫌弃那几堵墙,难看,难闻,碰一指头就背皮发麻叫人恶心。他当然是知晓那些墙体的来历和使处的,每一个当家人在交接班的时候,都会把这当成一件重要的事情交给继任者的,就相当于交接一把粮库的钥匙。何福田在拿到那把钥匙后,当下就下了决心,要把那几堵被称为观音粮的老墙拆除掉,说他老早就纳闷了,其他的墙都好好的,咋就那几堵墙老是发霉长醅还剥落,而且那股子老远就可以闻到的霉臭味儿,简直成了他从小到大的噩梦。

都以为他会重筑观音粮。族里有老人通过这么些年的思考,已经想到了改进的好办法,可以保证不再泛潮不再发霉而且口味极好还富有营养。何福田却说,搞什么观音粮呢,这想法看起来是好,搁在别处可能还真有用,但这是秦村呢,用在秦村就显得幼稚多余了。这好几百年过去了,秦村遭遇过兵燹没有?有过什么大灾荒没有?没有嘛!何苦多此一举?即便是真的要未雨绸缪,完全可以通过其他更好的方式嘛。虽有反对,可是有什么用处呢?他是当家人,秦村,他说了算。

墙体拆除那天,大家好奇,敲那些灰白色的观音粮来吃,竟然还不是想象中的那么难以下咽。有人吃出了芝麻味,有人嚼出了炒黄豆的香。为了不浪费,大家将那些观音粮搬回家去,成了猪牛羊的美味。吃过观音粮的牲畜,那两个月长膘都很快。

何福田一不做二不休,他不仅将那几堵观音粮拆换了,还将整个何家祠堂和老屋都修缮一新。何陆侯唯独对他满意的一点,就是他添置了很多新药柜,全香樟木的。此外,他还将学堂的矮桌子长板凳换成了高桌子大椅子,让学娃子坐在里头可以舒舒服服地摇头晃脑背诗文。何福田还修了好几处谷仓,里头也都存储满了粮食。他还淘了几口老井,加高了围墙,修了碉楼和炮台。说,这样不光不怕兵匪,就算多大的灾荒,秦村都不会手慌脚乱。面对大家的夸奖赞赏,何福田夸下海口,说就算三五百兵匪来进攻,只要大家齐心协力,他们也别想靠近这龙门口半步!至于灾荒,秦村就算三年颗粒无收,照样跟往常一样,早上稀饭搅团,中午干饭面蒸蒸。

秦满堂是何陆侯专门托安子谦去请过来的。秦满堂四十不到,面相却上了五十。他从未婚娶,这都是受家庭所累。母亲秦王氏,生小娃秦满如的时候带的病,一直病恹恹的,药罐子不离身。

秦满堂一家,与何陆侯有着非比寻常的关系。

秦王氏在生秦满如的时候,遇到了难产。村里原本是有个稳婆的,可是在月前外出接生时落水里淹死了。秦王氏生到中途,不行了,娃儿露脚,是立生子,这可吓坏一家人。

秦王氏那可怜的老实巴交的丈夫和儿子秦满堂跑到何家药铺,求乞何陆侯帮忙想办法。何陆侯气不打一处来,说你们咋个早不想办法呢?去土镇请个稳婆子过来,也花不了几个钱呀,这下要出人命了才着急!秦满堂见父亲讷讷讲不出个意思来,就上前解释说,原本是有这个主意的,可是我娘说不用,她能行,还说我都是她自己接的生。何陆侯说,生你那阵她多大年纪,现在多大年纪?见何陆侯光顾生气,没有前往救人的动静,秦满堂一个马扑跪在地上,冲着何陆侯磕响头,陆侯爷,你先救了我娘再慢慢骂吧,我给你打酒,你边喝边骂。

何陆侯从未接生过,但是这也难不住他。忙了一个通宵,何陆侯终于让娃儿落了地,只是那个娃儿闭气太久,浑身发绀,没有气息。何陆侯问,救不救活?如果救活,长大可能也是个不中用的。秦满堂的父亲明白何陆侯的意思,救活也是个累赘,这对于他们这个家庭来说,可能还不止是个累赘这么简单,说灾难也不为过。于是就同意算了,不救了。秦满堂却一个筋斗跪下,又是一番响头,陆侯爷,你救活他呗,啥不中用呢?我来养他!何陆侯叹口气,好吧,这好歹也是条命呢。

何陆侯救活了那娃儿,还给他起了个名字,秦满如,小名如娃子。何陆侯得意地跟安子谦讲过这名字的妙处,他说,如,取"肉"之古音,是希望这娃儿长大以后,不缺肉食。既然不缺肉食了,自然就无饥寒之忧。

秦满如长大之后,果真应了何陆侯之前的判断,不中用。他不会讲话,只晓得"哦哦"地叫唤,饿了"哦哦哦",哪里疼痛也是"哦哦哦",甚至连个正经的哭都不会。倒是逢人都是一张笑脸,骂他也笑,打他也笑。村里人都不乐见他,喊他瓜娃子。只有生他的娘和当初求乞何陆侯救他的哥哥秦满堂,拿他当个宝贝。

秦满堂对于这个弟弟是极爱护的,吃到嘴里的东西,见弟弟了,也会吐出来喂他。真是傻人傻长,这秦满如也并未吃什么,好多时候还因为在外头疯跑,饱一顿饥一顿的。但是他却长得胖乎乎的像个弥勒佛,而且几乎成了秦村最胖实的人物。大家都把这归于秦满堂的功劳。秦满堂也由此被大家推举为秦村心地最好的善良人物,成了大家教育子弟们要彼此和善相互爱护的榜样。尽管享有这样的好名声,却并未给秦满堂带来什么好处。首先就是他的婚姻,并没有女人因为他心地善良而跟他过日子。倒是曾经有那么一两桩亲事,眼见就要成了,秦满堂也高兴得就像他的那个瓜娃子弟弟,见了谁都咧着一张大嘴呵呵直乐,而他的那个弟弟,似乎也明白大喜将至，更是高兴得像跳加官一样跟在他身后直叫唤，结果呢，亲事莫名其妙地就黄了。

大家都说，啥莫名其妙呢？道理摆在那里明明白白。心好顶个屁啊，当饭吃成么？是啊。秦王氏病恹恹的，秦满堂隔三岔五都要去药铺拣药。秦满如不中用，吃了饭只晓得干叫唤，就算秦满堂再多能干，糊个嘴巴圆就已经很不错了，拿啥东西来养婆娘带娃儿？这个家庭，老天爷已经很眷顾了，不可能有啥子希望。

何陆侯对秦满堂是很有好感的，对秦满如也很喜欢，这种好感和喜欢，也时常通过各种各样的关心表示出来。比如，他会按时给秦王氏预备下药物，遇到秦满堂到时没有上门来取药，就会带话提醒。这样殷勤的结果是秦满堂每年都会欠下他一大笔药费。

年终岁末，何陆侯会将秦满堂叫到药铺，做一番清算。他在打算盘的时候，秦满堂就在一边搓着两手，一边是啪啪啪算盘响，一边是哗哗哗的搓手声。何陆侯将欠账数目通报给秦满堂，两眼明炯炯地看着他，似乎等他从什么地方摸出钱来。秦满堂满脸通红，脖子上的青筋鼓胀，舌头就像被急大了，塞满了整个嘴巴，搞得他像他的弟弟一样，"哦哦哦"地说不出话来。许久，才憋出两个字，莫钱。然后继续使劲地搓着两手，好像再用上一把气力，就可以搓出个办法来。结果他也只搓出一句哀求，明年行不行？

何陆侯等的就是他这句哀求。他什么话也没讲，将那个数目端端正正地记上账本，然后在秦满堂眼前晃晃，锁进抽屉里。这样一年又一年，年年累加，这都多少年过去了？

秦满堂站在何陆侯跟前，局促不安，就好像已经预料到何陆侯会给他摸出那个账本来，要在这秦村最后的日子里，做最后的清算。

4

秦村的人们在离开秦村的时候都很清楚，一旦出了秦村，此后要想再见，也不知道是猴年还是马月，来生也讲不准啊。所以趁着都还在村子里，还未踏上那未知的行程，这些世代为邻的乡亲们，开始了临行前的密集走动。为曾经做过的对不起的事情作个揖，为曾经伤人的话道个歉，把东西送到人家门口，问这个可不可以抵一点欠账或者赔偿。也有不少主动上门去讨债的，哪年哪时欠账多少，即便偿还不上，在这最后的分别时刻做一个清偿也是必须的。还不上？真还不上！就没点儿值钱的东西？不信你来看嘛，看上哪样拿哪样。好吧，债主叹口气，这欠债我不会给你清了的，会叫子孙都记住。欠债者躬身作揖，再三感谢，说等到还得上了，不远万里也要加倍奉送到门口。这是不是客套和托词，时候未到，又哪里讲得清楚呢？

安子谦知道，何陆侯很在乎这样的。他曾经问过何陆侯，说秦满堂家的情形，你又不是不知道，他年年都在为年三十晚上神龛上那敬祖先的一斤半祷头焦愁，你那些药钱他又咋个可能还得上呢？何苦年年复年年地记在那里？还不如节省一张纸，写水瓜瓢上算了。何陆侯正色道，话不是这样说的，理也不是这样讲的。欠账还钱，天经地义。他还不还得上，那是他的事。但这账目，我必须得一分一毫都记下来。该让的情意和善义，我可都是事先让了的。最好的手艺最好的药物呢，咋个能都不记得？更重要的事，何陆侯说，这还必须得叫他记得，他如若不记得，我做这一切又都有啥意思呢？安子谦说，自古做好事不求名利不图报答，你这与当年先生在学堂里讲的不相符啊。

何陆侯说，这人做好事是天经地义的责任。是人就该彼此为善，相互敬爱，如此天下才可能和合太平。我为医者，又怎么不知道悬壶济世的道理呢？我这样做，为的是叫秦满堂时刻都能揣着那颗天经地义的道义心肠。倘若我不索要欠账，久而久之，自然而然，他就会将救护老母的担子卸下来，搁到我的肩头，认为这一切都是我为医者的本分。

何陆侯跟安子谦讲，秦满堂曾经到药铺，找他帮忙解决心头的忧烦。秦满堂说，陆侯爷，你看我这个样子咋个整哦。何陆侯不吱声，等他往下说。秦满堂来药铺这一趟，肯定做了很长时间的准备，讲什么话，该怎么讲，也必然在心头温习了几遍。但是到了何陆侯跟前，还是因为紧张，一张脸憋得像猪肝。本已想好的排列整齐得如同珠串的话，忘得七零八落，碎了一地，头皮挠烂也难以捡拾。秦满堂结结巴巴好半天，都没办法讲出一句完整的话语，最后他竟然要像只夹尾巴狗，蹩足开溜。

站住！何陆侯叫住他，语气冰凉，神情严峻，说，坐下吧。

秦满堂听话地坐下来。

何陆侯亲手将一盏才喝了一半的茶水递到他跟前，轻言细语地问，你是不是遇到了啥子麻烦事。秦满堂说，没有。何陆侯追了一句，真没有？秦满堂犹豫了，怎么可能没有呢？这都困扰了他好多年了，让他左右为难，苦不堪言。他望望何陆侯那张平和的脸庞，深吸一口气，感觉那些洒落的珠子，又都一颗一颗滚动着，回到了线索上。秦满堂吞吞吐吐地说，我觉得我还是可以的，媒人也都这么讲的，没得残疾，做活路也肯下力，他们都还是乐意帮我说成一门亲事的。何陆侯点着头，说，好哇，这是好事情哇。秦满堂说，说了好些个，一家也没成。何陆侯问，啥原因呢？秦满堂说，他们说我家里太穷了。何陆侯说，恐怕是嫌你拖累太重了吧。秦满堂点头说就是，说我娘天天药罐子不离身，说我弟弟秦满如一顿饭顶两个大汉。何陆侯问他，那么，咋个办呢？秦满堂支支吾吾说，有那么一个女家，家里地是现成的，不用租佃，二十好几亩，就缺个劳力。女子呢，才新寡，都还没开怀生养。何陆侯说，好事哇，你咋不赶紧应承下来呢？秦满堂说，我就为这事情来找陆侯爷呢。何陆侯说，这干我什么事？你如果为那些药钱担忧，倒是用不着的，我不会催债的，你以后发达了，有钱了，早些来还上就是。秦满堂说，陆侯爷，不是这个，我是为我娘和我弟弟来找你的，找你帮忙想个主意。你说，我要应了这门亲事，他们咋个办？我是要去上门的呢！何陆侯说，这好办啊，他们跟在你身后，一块儿去不就是了么？秦满堂一拍大腿，哀叹一声，就这个麻烦啊！

秦满堂说，女家讲了，他们是很看好秦满堂的，如果他肯定只身过去，这事情马上就可以开酒宴。如果秦满堂想要拖带任何一个，不管是娘还是瓜娃子，那么这门亲事就绝无可能。说到这里,秦满堂再叹口气,长声夭夭地呻唤道,陆侯爷,我都快四十岁了啊!

何陆侯看着他。

秦满堂突然跪下,那神态,那动作,有如当年。

陆侯爷,你帮帮忙,我将我娘和弟弟留在秦村,求乞你帮忙经佑下,你是好心人,如果没得你施药,我娘活不到现在,如果没有你施救,我弟弟根本就活不过来!

混账东西!何陆侯一巴掌拍在柜台上,把压方震得老高。还不滚起来!接下来,何陆侯将秦满堂一顿好骂——

秦满堂,你个混账东西,哪里有你这样耍狗屎赖的?竟然要丢下自己的老娘和弟弟,去过舒心日子。你真以为自己能过上舒心日子么?你真以为丢下他们就好过了?没有他们,又怎么有你秦满堂?我肯赊账给你娘药吃,是看在你秦满堂的那份孝心,是觉得你秦满堂有情有义顶天立地,无论欠我多少,将来一定可以还上。村里人肯借钱粮给你,肯租佃土地给你耕种,肯拿你当榜样教育子女,还不是敬你上对老娘有孝心,下对弟弟有情爱。你倘若丢了你的娘你的弟,那你秦满堂还是秦满堂么?他们成就了你的孝义,你竟然不思恩图报,想着要抛舍他们……呸!

何陆侯从抽屉里摸出一小包药粉,我晓得你早晚有一天会来跟我讲这些,又何苦如此忧烦?这是砒霜三两半,分汤两碗,你娘体质弱,一两半就好。你弟弟秦满如么,二两足矣!拿去吧,不要钱,算我送你!

刚刚站起来的秦满堂,再次扑通跪地,号啕大哭,边哭边说,陆侯爷,我错了啊!

5

何陆侯拿出那个账本，抱在手上。他那双空空洞洞的眼睛"看着"秦满堂，秦满堂垂着脑袋，垂着两手，一副恭恭敬敬的样子，等着听何陆侯的训话。

你们啥时候走哇？何陆侯问。

我们没打算要走。秦满堂说。

为啥？何陆侯问。

秦满堂叹着气，咋个走呢，我娘那个样子，秦如娃也那个样子，往哪里去呢？

在去叫秦满堂的路上，安子谦就在想，这秦满堂能够承担起即将搁在他肩头的重担么？事到如今，又有什么选择呢？他不是很满意何陆侯还在拿腔拿调跟人家讲话，有事情就直说吧，都这情形了，何苦还要像训学娃子一样训人家呢。于是就轻轻咳嗽一声，你就照直跟他讲吧。见宝儿娘拎起那只水桶要出去，就喊住她，这事跟你也有关系，你留下听听吧。

你明天就走吧，何陆侯说，带上宝儿娘。

秦满堂和宝儿娘都一怔，看着安子谦，似乎只有他才明白何陆侯讲的是什么。

剩下的话，何陆侯已经没办法讲出来了，那一肚子的悲伤和无奈，让他十分痛苦。宝儿娘十七岁那年过的门，是他亲自去为儿子相的亲，她健康，皮肤黝黑，头发油亮，粗大的辫子，洁白的牙齿整整齐齐就像上等的川贝。那明亮的眼睛，似乎再黑暗的东西，只要被她看上一眼，就会照亮。何陆侯一眼就相中了她,就喜欢上了这个女娃子。

那么儿子呢,对于这门亲事,儿子完全觉得无所谓,他每日都在与病痛做斗争,根本没那个心情也没那个时间来想那男女之事。只是他的父亲何陆侯觉得他应该有个女人,应该给这个家庭生养个娃儿,带来新的希望。

何陆侯的儿子叫何福海,取福如东海的意思。但是他的命运却并没能如何陆侯的意愿,而是令人心碎的命比纸薄。在十六岁之前,何福海像头小牛犊。突然就患了病,肚皮有如受孕的女人,一天比一天大起来,后来竟然像怀胎八九月的待产孕妇。肚皮亮锃锃的,上头青筋毕现,轻轻叩一下,咚咚作响。这叫胀鼓病。作为老郎中的何陆侯,当然知道这病的凶险。他天天翻医书,寻找古方,自己是郎中,还四处去寻医问药,甚至跑到爱城去求教圣母堂的西洋医生。洋医生告诉他,那是血吸虫病,肚子里的心肝脾肺肾里头全是寄生虫,极其难治。洋医生给了何陆侯一些药片药剂,拿回来给何福海吃了,一点用都没有。

何陆侯在生养何福海之前,带过两个娃儿,都夭折了,一个是偷偷下河洗澡溺亡的,一个是跟何福田的娃儿耍火药炸死的。何陆侯娘子怄气太凶,竟然停了经血,一停好几年。那时候安子谦都劝他,这样搞不行,你总不能断后呀,这药铺还得有人继承呢,不然以后秦村人害病,找哪个去?你啊,干脆还是娶个妾吧。何陆侯不干,他一辈子标榜的就是绝不做无情无义的事,而且最看不惯纳妾娶小,觉得夫妻就该一生守候,从一而终。他开始更加用心地照料妻子,不惜借贷也要买藏红花和人参,为她调经补气。功夫不负有心人,何陆侯娘子终于开怀了，诞下个大胖娃儿，何陆侯在一张大红纸上写下三个大字，拿给安子谦看。安子谦一字一顿地念道，何福海。

何陆侯发誓，就算砸锅卖铁，就算把医书翻烂完，他也要治好儿子的病。可是这何其艰难啊。这胀鼓病虽然并不是罕见的疾病，只要到土镇，目之所及，总能看到一两个。他们面黄肌瘦，脖子细得就像磨芯，肚皮鼓胀如大鼓，卧在街头，气息奄奄，无力地耷拉着两手，手板心都摊不开，口中有气无力地呻唤着，央告往来的人行行好，施舍他们两个小钱……

晓得这病凶险的人都清楚，那鼓胀的肚皮里头，全是坏水。兜着这样一大肚皮坏水的人能活几时？长则两三年，短则三五月。何陆侯却创造了个奇迹，何福海是十六岁害的病，他用这样那样稀奇古怪的方子和药物，竟然叫他活到了二十六岁。

二十七岁这年，何陆侯决定给他办一门婚事。何陆侯认为是宝儿娘家里的穷和几个兄弟的不争气，才让他有机可乘。因为这多少显得不仁，所以，他在宝儿娘父母开出的彩礼钱上又多加了三成。

宝儿娘是稀里糊涂嫁到何陆侯家的。因为之前她都没哭过。过门一看何福海那个鬼样子，吓得面色煞白，只顾怕，也忘记了哭。何福海躺在床上，鼓胀着大肚皮，小山丘一样。他面色蜡黄，哼哼唧唧，哪里有丝毫新娶娇妻的高兴，反而是生不如死的痛苦。宝儿娘站在床边，双手捂住眼睛，根本不敢往床上再看第二眼。

好几天后，宝儿娘才晓得哭。她大概明白了自己此后的命运。哭了几天后，她开始寻死觅活，又是吊颈，又是抹喉。为了制住她，安子谦在何陆侯的央告下，也扮演了个不光彩的角色。他以长辈的身份和态度，呵斥宝儿娘端端正正站好，听他讲道理。安子谦讲，娃儿，你莫这么胡闹不懂事，你可晓得，为了把你讨进这家门，这家人花了多少粮食和银钱？放人贩子那里，比着你这样子三五个都买得回来。人家花这么多银钱讨你进门，就是因为你的心地善良，人好，懂事，值得起这个价码。你也看了这一家人，本本分分，老老实实，纯纯善善，不就是个病嘛，他爹是郎中，远近有名，正拿药治疗他呢，早晚都会好起来的，你要有耐心，你也要有信心，莫要性急，你要再胡闹，病人腿脚一蹬，咋办？等于是你害了条人命。安子谦晓得，这些道理并不可能让这个娃娃就这么心平气和地接受眼前的一切，他还需要下一点猛药。就正了颜色，板了面孔，冷了语气，说，娃儿，我忠告你一句，你莫以为自己吊喉抹颈就一了百了，你等于是在给你爹娘兄弟找灾祸！你死了，这头必然是要去找他们讲理的，因为他们是做过保证的。到那时候，你娘家那头人财两空，搞不好啊，还会吃官司，坐班房！

多年后，宝儿娘每当回忆起这段往事，就会笑骂安子谦，子谦爷啊，你这个老东西哟，你咋会那么狠心吓唬我呢？你就没觉得我那时候可怜么？还讲你们是好心肠的人，多么正派仁义，我看呀，全是假道学，老骗子！

挨了骂，安子谦并不生气，只是觉得脸上挂不住，心头很愧疚。他叹着气，有啥子办法呢？但凡可以想点法，又何至于那样呢。

对于宝儿娘,安子谦确然觉得是自己对不起人家,更觉得何陆侯对不起她。

婚后第三年,何福海就死了。而这个时候,宝儿娘的肚皮却渐渐大了起来。她当然不是染上了胀鼓病,而是怀了孕。村里流言蜚语,说何福海肚皮胀那么大,四肢比麻秆还细,磨芯样的颈脖,都撑不起脑壳,底下又咋个支棱得起来呢?那肚皮里多半是何陆侯这假道学装的货。这些话传到了何陆侯耳朵里,他的脸一阵白、一阵红,想要回骂几句,又找不到合适的话语,也没有那个力量。他请了安子谦来喝酒,倒着肚子里的苦水。

他们咋个忍心往我头上扣屎盆子呢?这些年我过得还不够苦么?何陆侯叹息说。

最苦的可能还是她吧。安子谦看着在里屋大腹便便忙碌的宝儿娘,也跟着叹息一声,老伙计,啥话你也别讲了,你就好生惜疼着人家吧。

何陆侯那张脸又是白一阵,红一阵,不再吱声。

6

三天前,安子谦问何陆侯,宝儿究竟是咋个死的,因为听宝儿娘每次说的都不一样,一时说是何福田打死的,一时又说是云长将军打死的,他听得都糊涂了。何陆侯说不知道,不知道究竟是死于谁手,当时两头都在开枪开炮,他们吓得躲在磨盘底下。宝儿娘搂着宝儿,母子两个哇哇大哭。宝儿突然不哭了。宝儿娘感到有什么东西淌到了手上，摸了宝儿一把，湿漉漉的，还以为是宝儿吓尿了。当时又不敢点灯，唤了宝儿一声，宝儿还应了声，就没有太在意。到了后半夜，宝儿娘突然号哭起来，说娃儿的身子咋个冰凉了呢？

流弹？安子谦说。

何陆侯点点头。

安子谦觉得应该谈谈宝儿娘了。何陆侯明确讲过，他不会离开秦村的。那么，宝儿娘呢？

面对安子谦的这个问题，何陆侯不肯吱声。安子谦说，你是要她陪你死在这里么？何陆侯还是不吱声。安子谦说，你应该够了，做人呢，还是得讲点良心，上辈子欠你的这辈子已经还清了，该放手了。何陆侯突然呜呜哭起来，浑身颤抖，像只可怜的老狗。安子谦叹息着，拍拍他的肩膀，我们都是快要老死的人了，今天死还是明天死，都是无所谓的事情。她还年轻，还不到入土的时候啊！

现在，安子谦从何陆侯手上拿过那个账本，找出记有秦满堂欠账的那些篇页，一张张撕下来，再一点点撕碎，揉成一把，塞到秦满堂手板心里，这些年的欠账，你再活一辈子也不见得还得清。更加还不清的是你陆侯爷对你的情义和信任，你要好生待宝儿娘。

秦满堂扑通跪下，指天起誓，说只要讨到一根酸萝卜，一定会将最大的那头给宝儿娘吃。他只要还有一口气在，就绝不会叫宝儿娘受欺负。他如果做了对不起宝儿娘的事，天打五雷轰！

这就好。安子谦眼中噙泪，宝儿娘苦了这么些年，跟着你,希望可以过上点舒心的日子。

宝儿娘在隔壁屋里大哭,也不知是她不接受这样的安排,还是舍不得离开这个家。她的哭声很大,很响亮,叫安子谦不由自主地想到了那奔涌的河水。

7

秦满堂离开秦村的那天早上,先把他娘秦王氏背到药铺。头天晚上他几乎通宵未睡,整夜都在往药铺搬他家里的那些东西。安子谦再三劝他算了,说这些东西搬过来也没使处,还占地方,再说,他们这些老东西,又用得了多少东西呢?不如趁着阴凉,早些歇息,留点气力好赶路。

何陆侯站在药铺门口,向秦王氏表示欢迎。秦王氏对这一切安排充满了感激。她说,吃了这么些年的药,这还是第一回上药铺来呢。何陆侯说,以后这里就是你的家了,只是这药铺现今是个空名头了,以后啊,病痛了,你就大声呻唤吧,呻唤也是可以止痛的呢。秦王氏说,没药了好,没药吃就死得快。

宝儿娘还在收拾东西,磨磨蹭蹭的,不舍得离开。她还在哭,只是声音小多了。安子谦催促她,说趁着早上凉快,早点上路。秦满如知道就要背井离乡了,脸上没了笑容,一反常态地神情冷峻,看看这个,看看那个,不安地将指头噙在嘴里,不时传出一声吮吸声。

秦王氏先将秦满堂唤到跟前,将早就讲过的那些话再做了一番重复。她要秦满堂好生对待宝儿娘,当成观世音菩萨供在头顶上也未尝不可。如果遇到啥事情了,丢掉秦如娃也要抓紧宝儿娘的手。她很严厉也很痛心地讲,你必须这样子做,你弟弟傻人有傻福,你照顾了他这么多年,对得起他了,有啥事,先顾宝儿娘!她抹着眼泪,要秦满堂向她保证,他一定会这样做。秦满堂也哭,哭着做了保证。

秦王氏又将秦满如叫到跟前,一番叮嘱。秦满如只顾东张西望,吮吸指头。秦王氏讲得越动情,他的指头就吮吸得越是响亮。

何陆侯摸出一只储毂子,里头有五十多块银圆,这是他这么些年来的积蓄。云长将军的兽兵前来翻了个天翻地覆,还威胁不交出银钱就要收掉他的性命,也不晓得他是藏在什么地方才保存下来的。他要安子谦将这些银圆交给宝儿娘。安子谦说你亲自送给她不是更好?你就没几句话跟她讲?何陆侯捶捶胸口,我难受,我要去躺下了……他摸索着上了床,扯起被子,将自己彻头彻尾掩盖起来,然后蜷缩成一团。他的身子在不停地耸动,他在哭。

安子谦悄悄将银圆交给宝儿娘,要她小心,不要叫人看见。等到了可以落脚的地方,也好盘个什么生计。宝儿娘要取出一半来留给他们。安子谦笑着说,我们拿着有啥用呢?还指望出秦村上土镇去买个啥东西么?用不上的。你要真有心啊,等日子安定下来,逢年过节,冲这个方向多烧几张纸钱吧!

8

安子谦之前对李家钰字娃儿是很瞧不起的，因为看不惯他那从土镇二球货那里学回来的流里流气，而且他还是秦村第一个明目张胆吃烟的人，早在秦村还没种烟之前好些年他就学会了，隔三岔五就要往土镇跑一趟，飞奔来飞奔去，如果不是烟的勾引，真难得相信他会有那样的干劲。正是这样的飞奔，锻炼得他腿脚飞快，成了秦村跑得最快的人之一。当然，前提是他得吃饱喝足，过够了烟瘾，或者就是烟瘾上头，迫不及待地要赶紧来上那么一口。

何福田是见不得吃烟的人的，他时常在清明会和腊祭大礼上训诫那些肩负秦村未来的年轻人，要他们孝敬父母，要勤劳持家，要学好，万万不可沾染烟赌嫖。所以对于李家钰字娃儿这个典型，他甚至都动了要用古老的秦村家法来收拾的心思。只是后来他提倡种烟了，也就不好再提说。那阵子何福田和云长将军正如胶似漆，好得就差没穿一条裤子了。云长将军那些派遣到秦村的手下，都是秦村的座上宾，其中好些都是善使双枪的双枪将，一手火枪，一手烟枪。他们因此和李家钰字娃儿顺理成章地成了好友。叫他们非常惊奇的是，李家钰字娃儿在制烟泡、装烟、点火这些方面具有非常了得的本事。他们形容，同样的烟，同样的烟枪，只要由李家钰字娃儿来经手，由他制烟泡、装烟和拿捏火候，会让这烟更加其味无穷，美不胜收。

所以后来秦村来了会吃烟的贵宾，大都由李家钰字娃儿作陪，帮忙制烟泡和点燃，同卧烟榻，一起烧烟吃烟。有时候李家钰字娃儿还要指导来客们以更加正确更能体味无限美妙的方法来"品吸"他们的"秦烟"。再后来，何福田学会了吃烟，李家钰字娃儿就被特别地重视起来了，成了他一刻也离不了的人物。那时候何福田陷入了大麻烦，焦虑，彻夜难眠，就靠着不停地烧烟吃烟来提神。李家钰字娃儿心头很不安，劝他，福田爷，烟可不是这样吃的哦，这是大烟哦，不是纸烟，这样吃，是容易出人命的哦。何福田对他的善意提醒表示感谢，却依然如故。他实在找不到排解愁困的办法，也不敢不时刻保持清醒。

后来云长将军的兽兵进村进行清洗的时候，李家钰字娃儿也跟一帮子幸存的年轻人逃进了深山。那些兽兵将秦村的老小全部押到村子里，找了几个嗓门大的人喊话，一救三，一命换三命！意思是那些逃跑的年轻人，只要回来一个，就可以救三条人命。如果点到姓名，在限定的时间内不出来的话，就从他至亲的人杀起，一二三，连杀三个。第一轮完了，第二轮开始，继续点名，不来就接着杀，直到杀光为止。

第一回叫了两个人的名字，等了三天，也不见出来。第三天傍晚，他们就开始杀。杀了六个人。第二回叫了两个人的名字，没出来，还是杀了六个人。第三回，又叫了两个人的名字，其中一个就是李家钰字娃儿。等到第三天傍晚，他们将李银泉两口子拖出来，因为再也找不到李家钰字娃儿的至亲，都死光了，就随便拖了两个他们家的邻居。这时候，李家钰字娃儿出来了。

主持杀人的兽兵跟李家钰字娃儿是很熟悉的，同为烧烟之人,可没少让李家钰字娃儿给他制烟泡、装烟和看火。他说,咋办?杀了你,这世上就少一个会装烟的人,那多可惜啊。不杀的话,我又咋个交差呢?李家钰字娃儿说,你如果不杀我,放我一家人一条生路,我有个好东西给你。他拿出个金锅银杆翠玉嘴儿的烟枪,这可是福田老爷自焚前送给我的念想啊。

那个兽兵很喜欢那烟枪,也敬佩李家钰字娃儿,我敢断定,只有你一个人敢出来舍生取义,有你这样的人,这秦村还完不了!他说,你伸出手来,不,扣扳机的那只手。李家钰字娃儿伸出手来,他一刀劈下去。就这样,李家钰字娃儿用一只手和一支金锅银杆翠玉嘴儿的烟枪,保住了自己和双亲的性命。

诚如那个主持杀人的兽兵所言,此后又杀了一阵,始终无人出来。直到地动爆发,大家仓皇逃命,这"一救三"的杀人事才被迫停止。

无人不对李家钰字娃儿刮目相看,称赞感叹之余,更多的是失望,咋都不学学他呢?咋能都眼睁睁地看着至亲被害而不现身吭气呢?有人说,他们是被吓破了胆。有人说他们早不知逃往何处去了,哪里顾得上至亲,哪里顾得上秦村?

何陆侯重复了那个兽兵的话,秦村有李家钰字娃儿这样的人,还完不了!

安子谦听了这故事,对李家钰字娃儿十分敬佩,更因为他在村口救了自己,自然更是充满了感激和渴望亲近的心情。安子谦躺在病榻上的那些日子,很希望能见一见他。李家钰字娃儿偶尔也来一趟何家药铺,为他的父母讨要些药物。听到他的声气,安子谦在里间喊他,说想跟他讲讲话。李家钰字娃儿只叫宝儿娘传话过去,喊子谦爷养好病,现在没有那个空闲也没有那个心情说话,以后有的是时间。

那些日子,李家钰字娃儿正绞尽脑汁,想方设法要让父母身体好起来,他要带他们出秦村。他跟他的父母说,只要出去,我保证叫你们过上好日子。李银泉说,太阳不止照晒秦村,天下都大旱呢,你一只手,管好你自己就好了。李家钰字娃儿一笑,得意地说,就算一只手,我也把烟枪耍得比谁都好。爹啊娘啊,这世道越是艰难,这烧烟的人就越多!只要有烟馆的地方,就有我钰字娃儿的活路,这普天之下,没人制烟泡可以比我好,没人装烟赛过我,也没人会我那看火的手艺!只要有烟馆,爹啊娘啊,我担保你们吃香喝辣,安度晚年!

眼下,李家钰字娃儿突然来到安子谦跟前,还没开腔就先落了泪。他一把抹去,说,子谦爷啊,你看,能不能给我爹娘办个像样点儿的丧礼呢?

9

李银泉曾经是秦村为数不多的出佃户,他从父辈手上继承了李家大湾四百多亩旱地和三百多亩水田,还有大片的山林。但因为年轻时不学好,没少惹祸事。他当年将土镇的娼妓偷偷藏在箩筐里请张大汉担回家中的事,前几年还有人当成笑话来讲。李银泉的爹是被他气死的。他卖了三十多亩土地将爹厚葬,那是一场铁门槛也不敢攀比的风光大葬。葬了父亲后，李银泉就开始学好了，可惜的是，他已经将那近千亩的土地和山林败得只剩下百十亩了。在铁门槛里头的账簿子上，他还欠下一大笔银子。李银泉精心耕种，省吃俭用，不光还清了欠账，还将父亲留下的祖屋修缮一新。他总算是给自己赢回了点儿好名声。他也总是感叹自己年轻时真是太浑蛋了，要是早几年懂事就好了，而且，他断言，自己一定会遭报应。

报应来了，就是他的儿子钰字娃儿。因为他事先的警醒，在儿子的教育方面特别注意，所以钰字娃儿再怎么浑蛋，也没有他当年出格。在酒色方面，钰字娃儿并不见得有多喜好，这差点成了李银泉的忧虑，觉得他都那么大年纪了，咋个一说亲事就不耐烦呢？而且也不去逛窑子喝花酒，这对稍微有几个钱的青年男人来说，是不太正常的事情。

后来钰字娃儿被逼急了，说，要论我喜欢的动心的女娃子，还真有一个，子谦爷家的若兰啊，长那样子的，我看着就顺眼。李银泉也喜欢若兰，也喜欢安子谦这样的家庭，就亲自找上门去。若兰娘首先是动了心，觉得李银泉家底子还不错，再怎么着，也有百多亩好田地嘛，宅子也是那么宽敞，都是青砖大瓦房呢。安子谦压根就瞧不顺眼钰字娃儿，说讲不清哪天脑壳发昏，眨巴眼就败干净了。但是，还是不好拂了李银泉的热情，面子上得讲得过去，就说感谢李家老哥看得起，只是我要找个上门女婿，你舍得钰字娃儿来当我安家的这个门闩子么？李银泉做了让步，说，一个村子，这么近，两头占嘛。安子谦说，生的娃娃都姓安，你没意见哇？李银泉不吱声了。

自安葬父亲后，李银泉就变成了秦村公认的老好人了。他的本分和他之前的那些做派相比，简直天壤之别。尤其是他在对待耕田种地方面的认真和踏实，叫安子谦都大受感动。因为年少时在酒色上的犯傻，李银泉的体质一直都不是很好，但他始终坚持下田劳作，他干活儿快不起来，但认真仔细，掉落的每一粒粮食，都要像老大娘绣花一样，慢慢地拾掇起来。有人曾见他将掉落在桌子缝隙里的一粒米饭，拿牙签剔出来，咀嚼有声。因此被人编排出了一个关于他如何吝啬的笑话，说落在茅坑沿上的饭粒，他也要捡起来吃了。他倒并未申辩，好像那事情是真的发生过一样。

何福田动员大家种烟的时候，李银泉是最早也最积极响应的一个。他的反应有些出乎大家的意料，也不在情理之中。他大声说，这是好事情嘛，咱们秦村这些土地，什么粮食都肯出，一定也是最肯出烟的。他显得很激动，两眼放光。

何福田并不是第一个动种烟这个心思的。第一个想在秦村土地里种烟的，其实是李银泉。

钰字娃儿迷上烧烟的时候，李银泉并不知道那黑黄黑黄的像膏药又像水糖更像牛粪的东西是怎么做出来的。只觉得它太贵了，家里很难承担那份开销，而且那不是啥好东西。因为他听人讲过，大清国就是被它烧没的，烧那东西最容易败坏身子骨，更容易败家。他是亲眼看见那些烟鬼瘾犯了时的可怕情形，也看见他们为了筹上一点烟钱六亲不认，卖儿鬻女出租妻子的。他害怕儿子钰字娃儿将来落到那种田地。于是就开始了琢磨。首先，钰字娃儿这烟是戒不掉的，这必须明确，再说，又为什么一定要叫他戒掉呢？相比自己年轻时的五毒俱全，无恶不作，儿子不就这一点恶习么？再说了，土镇、爱城，哪个有钱人家没几杆烟枪？那些招摇过市的姨太太们，花枝招展的，一张嘴就暴露了她们的另一个身份，烟鬼。那黄斑黑褐的牙齿，没个三五年烟龄，又怎么可能熏到那种程度？如果烧烟真的那么可怕，是什么削骨毒药，为何她们的容颜还都那么艳丽？精神头儿还那么足？个个都像五月里盛开的花朵。所以李银泉在归纳一番之后，得出了结论，烟鬼之所以成为烟鬼，还不都是因为穷。有钱人烧烟是消遣，是解愁，跟喜欢听戏捧角和嗑瓜子打牌并无分别，如果烧烟真烧到身子有点不舒服了，还有人参汤和炖膀蹄。对于家境不富裕的人来讲，这烟才是削骨的，败家的，是毒药，是要命的。

后来，李银泉听说了这烟的来历，竟然是那么简单，简单得叫人不敢相信。他首先想到的就是种上一大片。就像收红苕苞谷那样，收上一大谷仓，看他钰字娃儿能吃多少！

秦村出烟的第一年，李银泉就囤积了一大批。尽管那价格可不低，但相比在土镇和爱城烟馆购买那又便宜太多了。更何况这可是自家土地里出的，是自家亲手去割的烟果子，收的浆，亲眼得见熬出来的。乡间有句老话，自家土地里出的不算钱。其实李银泉是生怕来年不让种了，所以才囤积备荒。云长将军听说了这事，以为他是要囤货居奇，将来售卖做生意。一问，说是给自家儿子备着的，让他将来慢慢吃。云长将军很感慨，得慈父如此，夫复何求啊。这事倒是让钰字娃儿十分感动。一看囤积了那么多的烟，尽是他的，钰字娃儿两眼通红。李银泉说，你想吃就吃吧，自家田里出的，只是要晓得饱胀,别贪嘴,别搞得身子不对头。

这囤积的一批烟,在第二年翻春就给李银泉赚取了一大笔。因为秦村的"秦烟"声名大振,开出的价码比"云烟"最上等的货色都还要高出两成。李家钰字娃儿觉得这是个大商机,竭力劝他父亲售卖,说等到下一批烟出来再囤积就是。李银泉不干,说今年的种子都还没下地呢,万一不出苗呢?都卖了你吃啥?但是耐不过钰字娃儿。刚运到土镇,就被蜂拥而上的烟贩子围住了。

这桩生意也让秦村人都觉醒了,觉得这囤烟卖烟真是个好赚钱的营生。都开始打主意。但却叫何福田和云长将军产生了警觉,他们这样子搞,我们还有啥搞头?于是就在秦村搞起了禁运禁销,如有私自囤烟贩烟者,绝不轻饶。李银泉在烟出来的时候再三哀求,要囤积一点,以供钰字娃儿所需,人家不准许,这可惹恼了他。他说,我可是个老好人,你们逼得老好人起恶心!这样子搞的话,明年我的土地里,一棵烟苗子也长不出来!何福田晓得他可不是随口乱说,就出来给他讲情,让他写了保证书,签字画押,自己吃,绝不外售。这才批了些烟给他。

但凡酿酒人家,个个都是好酒量,因为家中到处都是酒坛酒罐,随意舀一勺,喝一口,酒量就灌出来了。李银泉家也一样,囤积那么多烟,他和老伴闲来无事,也像那些酿酒的,随意来上一口。这在当时的秦村可是个普遍的情形。大家天天和烟打交道,尤其是烟熬出来那阵子,都很高兴,因为马上就要见到钱了,为了庆贺,不烧上几烟枪,那就太不像话了。

遇到父母烧烟,钰字娃儿会上前认真侍奉,给他们调制烟泡,装烟,看火。教他们怎么吃,什么姿势,哪一口需要慢吸,哪一口又需要猛咂猛嘬,才会让烟锅里的烟发挥出它最大的美妙。每当此时,李银泉和老伴都会相视一眼,彼此心领神会,感叹养了个好儿子。有时李银泉还会落下泪来,因为他想起来自己年轻时候的所作所为,为自己当年的浑蛋懊恨,那时候真是太不懂事了,都没能让父亲过上一天这样快活称心的日子。

何福田和云长将军开战的时候,李银泉劝钰字娃儿,要他千万不要参与,说我们家就你一根独苗苗,你还是躲起来吧,要出点啥事情,我们咋办?我们又怎么对得起列祖列宗?再说何福田外头雇用了那么多枪手,秦村还有这么多人丁,不缺你一个!钰字娃儿说,这种状况下,我咋可能后退呢?我堂堂男儿汉,又是最好这一口的秦村资格最老的烟客,不主动站出来,冲到前头去保卫秦村,保卫烟,那还是什么男子汉?是什么烟客?人都算不上!

10

那日钰字娃儿下山救了父母,李银泉虽然感激涕零,还是不等儿子手臂的血止住,就狠狠给了他一耳矢,骂道,就你娃聪明,有孝心么?人家那些躲在山里不出来的都是贪生怕死之辈?人家才是聪明人呢!才是有孝心的人呢!一命换三,你换下我们这把老骨头有什么价值?又有什么意义?你不在了,我们李家一门也就此断种了。我们死了,你活着,就会有后嗣，有希望。你连这个都搞不懂？

钰字娃儿说，看着父母受难而不救，就算活下来，又跟畜生有什么区别？就算养上一大窝笼子女，又跟养一大窝笼畜生有什么区别呢？要活一起活，要死死一处，这才一家人，一家人要的就是整整齐齐。

李银泉大哭，说钰字娃儿呢，你以后莫要这样搞啰，这样搞，我们李家真的要断子绝孙的哟！

吃烟久了，李银泉对为什么讲烟是削骨毒药这个说法有了切身的体会。他和老伴的体质大不如以前。以前瞌睡香甜，吃啥都是香的。自烧烟以后睡不着了，心头总觉得欠那一口。既然欠一口，就吃吧。吃了，还是睡不着，欠第二口。而且吃啥都寡淡无味，以前最好的就是那一口老腊肉，现在味同嚼蜡，似乎拌点儿烟膏进去，才会有点胃口。老伴早已治愈多年的老哮喘也患了，何陆侯冷笑着警告他们，吃嘛，你们以为烧的是烟，其实烧的是你们的阳寿！但是烟枪已经搁不下去了，舍不得了啊。李银泉和老伴都很享受一家人聚在一起烧烟吃烟的其乐融融的感觉，烟云缭绕，奇异香气中，每个人的脸上都是那么和善、亲切和满足，尽管是以身体的快速枯朽为代价。

对李银泉老两口摧毁最厉害的，当然还属兽兵的到来和那缠绵的雨季。李银泉跟老伴讲，如果说那缭绕的烟云掏空了他们的躯壳，那么云长将军的兽兵那些兽道兽行则是将他们空空的躯壳撕成了碎片。儿子用他的深情厚爱和无微不至的照顾把碎片缝缀到了一起，好歹算张人皮，有个人形。但是，现在这熊熊的冒着烟儿的烈日，就要将这张人皮烧成粉末了。老伴说，你讲得不对，我们是两团乱麻，是两块泰山石，我们缠住了儿子的手脚，我们压在他身上，他才寸步难行。李银泉说，是的呢，我们咋个能这样呢？我们这不是强迫儿子祸害掉自己么？

李银泉和老伴商量了好久，也没找出一个解决问题的好办法。绝食倒是用不着的。尽管已经没什么吃的了，但是钰字娃儿还是会想方设法搞到一些能吃的东西，看着他们塞下肚皮。如果不吃，那就分明是让钰字娃儿跟他们着急。毒药，那是根本不可能有的了，连吃好病的药都没有，又何处去找那吃死人的药呢？投河，河里哪里有水呢？白果井都干枯了。拿刀子抹脖子，可是锋利的刀子都被兽兵们当成武器搜去了，剩下的这把烂菜刀，又锈又钝，别说抹脖子，给只鸡都别想杀死。想来想去，他们只想到一个勉强还行得通的办法，这办法对于他们来说，因为可行，似乎还不错。

钰字娃儿的娘虽然手脚无力，但还是勉强可以爬动。她去找来破衣烂衫，撕成布条，搓成绳子。钰字娃儿看见了，问她，娘，你这是干啥呢？娘说，我搓几根绳索，等咱们往外逃的时候，你可以绑在我们身上，万一坠落悬崖，你一把就能把我们拽上来。钰字娃儿愣了愣，说，还是娘想得周到哇，你可要搓牢实一点啊。李银泉很高兴，说，我帮忙呢，牢实！

冬至节这天，钰字娃儿的娘打开那扇唯一还没被兽兵们拆毁踹倒的房门。李银泉一拃一拃地仔细丈量了老伴和自己的身高，还估摸了重量。在老伴的搀扶下，他艰难地站起来，把自己一点一点挪到门口，背靠着门板。老伴抛了绳索过来，自己走到门后。绳索搭在门上，两人扯着绳子托了托，都牵住了绳子头。李银泉指挥老伴挽好了绳套。他说，你先把脖子伸进去，先别踮脚，你的手比我有力气，我叫你拽，你就使劲拽。我比你重，你得先使劲把我拽离地，估摸着等我咽气了，你再松手，踮脚。我死了后，尸体会比活着的时候沉，就很容易把你拽起来。

钰字娃儿的娘说，好，我准备好了。李银泉说了声好，踮起脚来，讲了生命中的最后一句话，我可怜的钰字娃儿哟，拽！

第七章　旱2年（上）

1

和去年一样，立春无雨。雨水无雨。谷雨无雨。小满无雨。夏至无雨……

"立春晴，雨水匀""雨水日晴，隔日甘霖""过了惊蛰节，春耕不能歇""春分大风夏至雨""芒种南风扬，大雨满池塘"……这些世代相传的谚语，也都不管用了。

夏至无雨，小暑无雨……眼下又该是什么节气？又是几月初几？谁还记得住呢？成天都是这鬼天气，旱、旱、旱……日子早混淆成了一团糨糊。该落雨的节气不落雨，节气还管什么用？既然不管用，记住又掸屁疼！

日子混淆了，那么时间呢？好在还有日出日落，还有白天黑夜。安子谦每天都会在卯时初刻起来，坐在床头。外头乌漆麻黑，没有鸟叫，没有风声，一切都像是永久地死去了。

安子谦在黑夜里寡寡地张合着眼睛，听着自己的心跳，因为饥饿，心跳急促，如同戏台上那密集而轻巧的鼓点，撬哥儿已经得手，正扛着包袱卷儿蹑手蹑脚而去，包袱卷儿里装的，是他人生里所有值钱的东西……

安子谦也不晓得枯坐了多久，腿脚麻得很厉害。他搬动双腿下了床，去扒拉开灰堆，灰堆还是热滚滚的。他抓了把茅草，塞进灰堆里。过了一阵，就闻到一股柴火味道，烟子开始呛人了。接着，冒起了火星子，燃烧起来了，火光照亮整个屋子。

安子谦撑起身子，放下梭筒，鼎锅的屁股挨着了火苗。

他们已经一年多没有使用锅灶了。能找到的一点吃食，大都是搁进这个鼎锅里，夜里一边烤火取暖，一边听着鼎锅咕嘟咕嘟地炖煮。

梭筒这东西，在这之前，秦村是没人使用过的，甚至都没有人见过。是安子谦寻找若兰的时候，夜宿一家老猎户学来的。用一根酒杯粗大的黄荆木条，笔直地挂在房梁上，这就是梭了。筒就是用竹筒套在上头，里头有个马口，这是个很奇妙的机关，可以使其上下调节高度。安子谦没怎么费力就制作好了。秦王氏见了，直夸安子谦聪明，说火大了，可以往上梭一截，这样鼎锅里的东西就不会熬煳了。火小了，往下梭一点，火苗子正好舔在鼎锅的屁股上。何陆侯问究竟是怎么个东西。安子谦详细讲了，何陆侯也夸他，说这个发明真是好，一定要传给后辈，叫他们都掌握这好方法。

夜晚是他们三个最快乐的时光。他们可以忘记所有的烦恼，忘记拉命的小鬼就站在身后，忘记身上的病痛和难熬的饥饿，忘记曾经的悲惨遭遇和眼下这更加凄惨的处境，一边享受那点火光和在锅中翻煮的食物，一边听安子谦讲外头的情形和他在寻找饮食过程中奇妙的险象环生的经历。

火光和放梭筒的咔咔声惊醒了秦王氏和何陆侯，病痛让他们整夜都难以入睡。而吃下肚皮的那些东西，仿佛已经变成了古古怪怪的妖魔，在肚腹里折腾出奇奇怪怪的难受，反酸，恶心……令身子不停地出冷汗、战栗、发麻和眩晕。但是谁也不吱声，不愿意动动身子，担心弄出声响来惊动了身边的人，只有紧闭双眼或者干脆瞪大，看着这无边无尽的黑暗。后来终于浑浑噩噩打了个盹，仿佛只一眨眼工夫，又仿佛隔了好几辈子。现在，又都清醒了。

天亮了么？何陆侯问。

没有呢，外头乌漆麻黑。秦王氏说。

自从搬到这里，秦王氏就成了何陆侯的眼睛，因为何陆侯已经变了个人。当药铺还有点药，他还被人当成个抓抓匠的时候，就算何陆侯眼睛被抠掉，他吃饭连筷子都喂不到嘴巴里，只能使手抓的时候，仍然保持着多年来一直坚持着的仪态，严肃，寡言，说一不二，而且从不开口求人，似乎只能让这个世道欠他的。药没了，等于药铺就没了。药和药铺都没了，人也都死光了，逃光了，他不再被需要了，又何苦再摆出一副普救苍生、济世救人、高高在上的样子呢？抓抓匠死了，过去的那个何陆侯死了，或者说，摆在抓抓匠面上的那个何陆侯死了，而深埋在骨头里的那个何陆侯回来了。

他完完全全变成了一个老人。他原来鄙夷的那些老年人才有的毛病和缺点，全都招牌一样挂在他的身上。啰唆就是其一。当一个瞎子啰唆的时候，这个世界在他的口中都是零碎的，变形走样的。他过去的那些长者的睿智都不见了，他好像活回去了，成了个碎娃儿，无话找话，就像是故意要人注意到他。

鼎锅里还有一些昨夜里剩下的东西。随着沸腾,那令人不是很舒服的酸臭味儿散发出来。

子谦,你今天早上还要给我们吃这东西么?何陆侯问。

你想啥时候吃呢?安子谦问。

大清早的,你就不能给我们整点好吃的么?可口的么?何陆侯问。

在梦里给你准备了那么多,你还没吃够吗?安子谦说,现在醒了,就只有这东西了。

都啥东西啊?这都啥味儿啊?我咋一闻这味道,肚皮就拧巴呢,就想要反胃呢?何陆侯说。

见安子谦没吱声,秦王氏就应声答话,子谦爷昨天晚上都讲了,有臭牡丹的根,还有面葛的根……

臭牡丹,一听就臭,怪不得呢。何陆侯嘟哝道。

臭牡丹其实一点都不臭,花开一大簇,好看得很呢,根又白又嫩,炖鸡吃,还可以医治掉茄蛋呢。哎呀,陆侯爷,你是抓抓匠,你该晓得的呀。秦王氏说。

何陆侯叹口气,我眼睛被抠了,啥也不晓得了。

安子谦没工夫听他们多讲,天已经麻麻亮了,他得赶紧出去。他老了,行动迟缓,加上饥饿,体质太差,动作就更慢,像只蠕动的老母虫。这人一旦行动迟缓下来,时间就变得飞快了。要想多做点事情,那就得打紧安排。他得趁着日头没起来,先去看水,再去寻吃食。他舀了些汤水,递给秦王氏,秦王氏摇头道谢,说,子谦爷你快吃吧,别管我们,饿了,我会想法弄到我们嘴里的。

安子谦确然是没有那么多时间来料理他们，不管太阳多酷烈，早上这会儿工夫还是很有利于寻吃食的。因为有那么些植物的小苗，会在清晨如那苦命的小童养媳，从那些枯萎的藤蔓里露出一丁点儿活气。只要有一丁点儿绿色，就证明它底下的根茎并没有在漫长的雨季里泡烂沤死，在这漫长干旱季节，还幸存一点希望。倘若出门晚了，太阳一照晒，那嫩黄的小绿芽儿就会发白干枯，和那些枯藤枝蔓一般无二，难以辨识。而不加分辨的挖掘，总是失望多于希望，太耗费气力，而这，也是安子谦不敢冒险的地方。他年岁太大了，晓得气力是多么金贵的东西，他必须倍加珍惜。

臭牡丹的根茎不鲜嫩，也不粗大，甚至都比不上面葛根，但它是一味好药。它健脾，养血，平肝，清热利湿，消肿解毒，还止痛。而葛根呢，含有很多淀粉，耐饥饿。这些东西有个正确的吃法，就是拿刀砍碎，然后细细磨成浆，再过滤，澄一澄，就可以得到淀粉。如果来不及，就把浆水使大火熬煮，加上点儿草木灰水，就成了又软又糯的糍粑，吃起来很有嚼劲，味道也还不错，而且更加耐饥。但这样搞需要大量的时间和精力，而这两样东西都是安子谦现今最稀缺的。

他只能胡乱将面葛根和臭牡丹根乱刀砍碎，放在鼎锅里，加水熬煮。汤水中因为含有一点淀粉，而不至于那么清汤寡水。虽然气味不是那么好闻，也难以下咽，但它却是可以保命的。那碎葛根和臭牡丹根并没有因为长时间的熬煮而变得有多么软乎，不过，相比于生的，还是容易下口得多。在吃食这些根茎的时候，需要有耐心，得小口小口地啃食，然后慢慢咀嚼，将里头的汁水吸出来，再嚼巴嚼巴，像啃甘蔗那样，完全吸食得没味儿了，才把渣子吐掉。对于牙口好的年轻人来说，这可能是比较容易的，但是，他们三个都是老年人啊，牙齿快掉光了，仅有的那么两颗，也摇摇甩甩，不光是个摆设，而且还相当碍事。

2

安子谦喝了几口汤水，又拿了几疙瘩葛根和臭牡丹根，前往寻找吃食的路上，可以零嘴儿一样咀嚼吸食掉它们。咀嚼很费力，腮帮子又累又酸，含在嘴巴里都不想动，可是又影响了呼吸，吐出来吧，那当然不行。他从来没想过吃食竟然也会这么叫人受累，也需要耗费大量气力，可要不吃的话，他知道，一天都别想熬过去。

出门的时候何陆侯照例要吆喝一声，嗨，子谦啊，给我们整点好吃的东西回来啊。

站在门口，外头还没有完全放亮。这样的晨光对于目光明亮的年轻人来说，那真是太美妙了，脚步轻盈地就融入了新的一天。可是对于安子谦这样老眼昏花的老年人来讲，虽不至于寸步难行，却还是件困难的事，因为蒙蒙眬眬不实在，这是很危险的，万一踩虚脚了呢？万一被啥鬼东西绊倒了呢？人老了，骨头就像鸡蛋壳一样脆。安子谦可不敢想象自己断条胳膊断条腿的下场。他张望着天空，指望太阳早点出来，却又害怕它出来。

何陆侯和秦王氏在里屋讲话。他们的声气还算响亮，这是睡了一夜的缘故，他们在黑夜里稍微恢复了点儿精气神，但随着白天的到来,随着烈日的高升,随着饥饿的加剧,他们的声气也会如那外头田野上的草木,渐渐萎缩枯黄,而身体则像霜打的蛇,僵硬在那里。等到安子谦傍晚回来的时候,他们已经不肯多讲话了,勉强地打招呼,也像是拼着全身气力吹气似的,将犹如游丝的几句话艰难地吹出来。直到他给他们喂下滚烫的热水和滚烫的饮食,他们才会慢慢活泛起来。

子谦啊,你咋个总是整那么些难吃的东西回来呢?这样根,那样根,你就不会搞点嚼得动的东西?何陆侯的声气含混不清,他的嘴里噙着一块葛根。

现在哪里有啥嚼得动的东西啊,都被太阳晒硬了。秦王氏说。

村口不是有口大堰塘么?里头的水葵叶鲜嫩鲜嫩的,我们以前时常采回来烧汤吃呢,滑滑溜溜的,味道鲜得跟鸡蛋羹一样。其实,水葵是我们秦村的喊法,古书里是有记载的,那叫莼菜,乾隆皇帝下江南就爱吃那玩意儿啊。

何陆侯满脑子还是瞎眼之前的翠绿一片,在雨中,湿漉漉水花花的,看起来是那样鲜翠动人,似乎随便采摘一把塞进嘴里就会酥软融化。在漫长的雨季里,被搜刮殆尽的无粮无米的乡亲们,当饥饿来临的时候,那些生在水中的物什,确然帮助他们度过了艰难的时光。水中不光有鲜嫩的水葵,还有水花生那甘甜的嫩芯,还有淤泥里的茨菰、生长在水岸边的茂盛的猪鼻孔、泥鳅串、水芹菜……这些东西是不怕涝的,雨水越多,它们的生长就越是欢腾。而水中那些活物更是好营养好滋味,水蚂蚱、水蛆虫、蚂蟥、青蛙、螃蟹、黄鳝、泥鳅、螺蛳和各种鱼儿……水越丰沛,这些活物就越多。

那会儿，因为水中东西吃多了，大家浑身都是一股子水腥气，像才从河水里捞出来的肿胀的死尸，张口出个气，都是一股子泥腥味儿和鱼腥味儿。现在那恶心的记忆却成了令人回味的好时光。现今的情形呢？何陆侯看不见，所以就得靠秦王氏一点一点给他讲。

可是秦王氏又怎么讲得透呢？她虽然看得见，只能说啥都枯了，黄了，焦了，死了。太阳像烈火，到处光秃秃，真是寸草不长啊。她置身在这老屋那厚重青瓦的庇护下，这昏暗之中，对那干旱，除了饥渴绝无切身感受。所以不管秦王氏讲得多么仔细和认真，何陆侯都难以体会。他总是在下一句问话里产生新的问题，新的疑问。这些问题叫秦王氏难以应付，好在他们都是闲着的，除了忍受饥饿应对病痛，也没别的事可做，那就当成闲扯吧。

秦王氏说，哪里还有水呢，满堂在家的时候就跟我讲，白果井都枯了。

何陆侯问，不是还有条大河么？以前可是滚囤包的水呢，水源在大山里头。

早断流了。秦王氏说，河里的鹅卵石都快被晒化了。

咋会呢？那么大一座山，里头就没储存点水？咋可能断流呢？何陆侯很纳闷的样子，说，扒开点沙子嘛，说不定水就在沙子底下淌呢。

安子谦听不下去了，你这个瞎子哟，蛤蟆和青蛙都干得上树自杀了！

3

在秦村的田坝中央，有一口叫白果井的古井，大家都说那是秦村的第一口井，是秦村第一代先民开掘的。井是用条石砌的，四四方方，并不深，但是水非常好，甘洌透亮，荇草随着泉水的喷涌轻摇慢舞，像袅绕的女子。每天正午是泉水喷涌最厉害的时候，可以看见随着泉水的喷涌，四周的细沙也随着上下挥洒。井水中，有那么几条不知何年何月就生活在里头的金色鲤鱼和银色鲫鱼，它们被大家称之为千年鱼。安子谦听父亲讲过，说他还是个小碎娃子的时候，就见过那几尾鱼，长到现在还是那么小半拃长。此外还有一些筷子头大小的细长的银色小虾。安子谦刚接下挑水桶的时候，曾经将水桶用石头压住桶底，沉入井中，要捞出那几条千年鱼来看看。用了一个中午的时间，他只捞到一条小虾。叫他惊讶的是，虾子并非银色，而是透明的，可以看到里头的脏腑。他不敢伤害它，小心地把它捧回到井水里。

这口水井，在整个秦村有着重要而神秘的地位。每到大年三十和七月半，一大早，大家就会排着队前来挑水。哪怕是像铁门槛这样宅邸中有好几口水井的人家，或者像住在山边上的尹家，也会前来挑水。用挑回去的水煮祷头，敬奉先祖。因为大家相信，先祖在世间的时候吃的喝的就是这口井里的水，请他们品尝当年的味道，是子孙们最好的孝敬，会让他们更加保佑子孙，赐福子孙。

白果井的神奇之处并不止于此，它还能预测天气和福祸。

如果发现井水浑浊，那就预示着三日内必有洪水。如果遇到井水出现红色并伴有血腥味儿，那就意味着村中将有灾难降临。若兰失踪后第三天，井水起红，一股血腥味儿，安子谦只道是自己远行的凶兆，却没想到秦村和他一样，都陷入了无尽的灾难之中。

白果井之所以叫白果井，当然是因为它旁边有棵白果树了。秦村先民在挖好井后，可能觉得路人在解完渴后，还应该有个纳凉的地方，就栽了一棵白果树。

白果树是在安子谦曾祖父那一辈人的时候折断的，留下一截树桩。树桩有好几人高，空心的，随着雨水的灌注，空心越来越大，有人就在上头盖了个茅草棚，在下头开了洞，它就成了一间小屋，供大家避雨纳凉。

也不知道是哪个神仙讲的，说白果树可以治病。于是无论是妇科病，还是阳痿不举，或者是娃儿夜哭，甚至是心头不安，眼皮跳，出虚汗……都会跑到井边，拿刀劈下一块一块的白果木，再舀一罐子白果井水，回家熬煮着喝了，消病去灾。

这事情惹得何陆侯的父亲大为不满。那会儿他刚接手药铺，血气方刚。凡有人前来求药，他必然要问人家，用白果木熬水喝没有？如果说没有，他会很乐意地给人家抓药。如果回答说熬水喝了。他则会搁下拿起开方子的毛笔，说你再去砍一大块，多熬点，熬浓点，万一灵验了呢？不就省下药钱了么？

大家终于对白果树熬水治病失去了兴趣，但是那几人高的白果树桩，只剩下平地的一个树蔸了。安子谦年轻的时候因为好奇，专门去丈量过那个树蔸，想以此得出传说中的白果树究竟有多么巨大。白果树蔸和边上的泥土已经成了一个颜色，需要很认真地分辨，才分得清木质和泥土的差别。经过安子谦的丈量，树蔸有五个人合抱那么大。这让安子谦很惊叹，他想着白果树挺拔的样子，树冠至少有半亩田那么大。

在秦村人的印象中，白果井是绝对不会干涸的。历史上秦村从未遭遇过这么大的干旱，有过那么几次干旱，也不过是秦河水小如涓涓溪流，许多人家的井水塪到了桶底。而白果井，井水一如往常的满盈盈的，涌动的泉水将细沙吹拂，漂起落下，千年鱼在苄草间游荡，苄草像身姿袅绕的少女……

听人讲，白果井其实已经预示了这场干旱的来临。就在安子谦回到秦村的前一天，有人听见呵呵的笑声。那声音就像是从一个又深又大的喉咙里发出来的，响亮，悠长，那绝不可能是人发出来的，因为人发不出来那么大的笑声，笑声里还夹杂着哗哗声，如同一个人一边仰天大笑还一边在口中含着一大泡水仰脖儿漱口。

大家分辨出了声音来自大田坝。惊骇之中，有胆大的人飞奔了去看。发现声音来自白果井。而此刻的白果井，井水随着逐渐细弱下去的声音正慢慢地塪下去。突然，随着一连串如同癞蛤蟆的叫声，井水冲天而起，有如一道水剑刺向天空。井水回落，水花四溅。大家小心地探出头去，看见井水正慢慢地恢复平静。

只是，井面上漂起了几片红色和银色，那是千年鱼的尸体，还有一片细密的小虾尸体。而在岸上，刚刚溅落的两条红鱼正在跳动，发出啪啪声。他们上前捡起鱼，不敢往井里投。就那么捧着，眼见它的小嘴一张一合，慢慢不动，也死了。

大家由此断言，还有更大的灾难就要来了。然后安子谦出现在村口，也就从这一天起，就没再落过雨。

4

干旱到来的最初的那段时间，白果井水和往常一样清冽透明。只有细心的人发现，泉水似乎停止了喷涌。接着大家又发现，挑水之后，它不再那么容易恢复盈满，挑走一桶，它就塌掉一桶。

丰盈的白果井水，在干旱之下和这秦村所有的生物一样，也在快速地萎缩，干枯。尽管如此，它还是像位慈爱的母亲，拼着最后一点性命，从那涌动了千百年的泉眼里往外浸着水渍，一脉一线，如同临终者口中断断续续的遗言。吮吸她奶汁长大的这些秦村儿女们，这些从兽兵和旱涝的魔爪指缝中脱逃的幸存者们，一个个形容枯槁，神色悲凄，他们拎着水桶，端着瓦盆，抱着水罐，站在井口边，谁都清楚，井里的那点水都不够一勺。可是他们已经没有气力去别处寻水了。他们急切地要喝上一口。他们舔着灰白起痂的嘴唇，艰难地吞咽着。他们就像秦村所有的生物一样，已经蔫巴了，萎缩了，干枯了，如果再没有水的浸润，就死了，焦了。

烈日高悬，除了死守这口垂死的井，别处还能寻到一丝生机么？

之前安子谦从未来白果井抢过水。他担着水桶，慢慢走来慢慢行，前往秦村村尾，沿秦河河谷，去两叠水。

两叠水，是秦河往东奔流，在距离秦村差不多十里地的地方，出现两个连在一起的落差，形成的两个瀑布。河水断流，瀑布不再，曾经淌水的地方一片雪白。从一旁的山道上，攀缘着下到第二道瀑布下面，从上头高悬的岩石上，一线泉水滴答，滴落在下面的洼地里。必须用小勺子一点一点小心地将水舀起来，动作不能太大，会搅起泥沙。一洼水舀完，要等好一阵子，才又蓄得起来。只是这样的等待太费时间，来时上午，回家可能已是次日凌晨。安子谦实在没有那么多的时间，也没足够的气力，他在想，等到秦村的人都逃光了，情形应该好点儿了吧，起码没那么多人来争这口水了。

现在秦村就只剩下他们三个老不死的，还有赵百乐父子和神龙见首不见尾的李家钰字娃儿。安子谦到白果井看过，如果他们几个都节省一点的话，白果井淌出的那点水还是勉强够饮用的。但是它却被赵百乐父子给霸占了。他们霸占的方法很简单，就是跳到井里，拿锄头胡乱挖了几下，就说淘井了，淌出的水是他们的功劳，别人要打水，必须得给他们一点报酬，否则，滚远点儿吧！

所谓别人，都还有谁呢？李家钰字娃儿？人影都不见。何陆侯和秦王氏躺在那里一动不动。这别人，不就是他安子谦么？

看着赵百乐父子那凶神恶煞的样子，安子谦并未与他们争执，只是冷笑一声，担着水桶离开了。

赵百乐对安子谦、何陆侯和秦王氏充满了仇视。仇视的原因，是他们将宝儿娘交到了秦满堂手里，而不是交给他们。

秦满堂带着宝儿娘和秦满如离开秦村的第二天，赵百乐和他儿子莽子娃儿就趁着安子谦不在，跑到药铺，对躺在那里的何陆侯大声质问，为什么不把宝儿娘交给他，如果嫌他老——可是他老吗？瞧面相，他咋个也比秦满堂看起来年岁小啊。而且，他还有儿子呢，莽子娃儿刚长抻展，细皮嫩肉的。他一眼瞧见卧在一旁的秦王氏，恍然大悟似的叫道，哦，我搞清楚了，原来你们是换着来的呀！秦满堂把他娘给你，你把宝儿娘给他两兄弟，哎呀，陆侯爷，你这调换生意可是亏大了啊，你咋个不留着宝儿娘呢？年轻，手脚也麻溜，这个死老婆子咋个比得上她呢？哦，肯定是宝儿娘嫌你瞎眼了，又挣不了钱了，硬要离开你的，是不是？

老天爷啊，这都啥光景了，你咋个讲得出来这些话哟。秦王氏呻唤道，你就不怕死了，阎王爷割舌根么？

何陆侯气得直哼哼，根本讲不出句完整的话来，只是一个劲地叫嚷，滚，滚！

赵百乐父子并没有立即滚蛋，而是在屋子里四处搜罗。莽子娃儿以为鼎锅里煮的有什么好东西，舀了一勺子，刚吞进嘴里就吐了。

最后，除了莽子娃儿拿走了宝儿生前耍的一个拨浪鼓，他们什么也没要。安子谦说，他们啥也不缺，使的用的都比我们的好，当然，吃的也比我们好！

5

安子谦径直从村子中央经过,他早就放弃了在村子里寻找吃食的想法。赵百乐父子俩每天都像搜山的狗一样在村子里游荡,贪婪的眼珠子四处睃视。他们随意出入那些空空荡荡的房屋,不甘心地在里头扒拉,他们到那些寸草不生的田地里溜达,倒不为寻找吃食,而是为了丈量,盘算着当干旱结束,这些田地里可以栽种什么。赵百乐讲着,他的莽子娃儿嘿嘿傻笑着,赵百乐越讲越兴奋,他何曾拥有过这么多土地?整个村庄都是他的了。暴雨结束了大旱,土地里开始冒着苗子,这一片是烟苗,这一片是苞谷,那一片是稻谷……牛羊满山坡跑,鸡鸭满天飞,他要娶三妻四妾,儿孙茂密得跟土地里的庄稼一样……

田块荒芜许久,若搁在平日,只怕里头已经生满了杂草,兔子都钻不进去。干旱最大的好处就是寸草不生。土地从来没有如此干净,呈现出泥土本身的灰白色、红褐色,一根草都没有,光光洁洁的,就像新嫁女那漂亮柔美的小腹。偶尔刮起一股风,轻拂起一阵尘土。

安子谦想了想,还是拐了个弯儿,他要去裤裆地看看。

裤裆地在萎缩,在龟裂,布满了宽大的裂缝,深不见底,像是可以吞没一切。

那块石碑躺在那里,老样子。

安子谦领下那錾刻的活儿后,何陆侯问他有什么要求。安子谦说讲烧酒吃食都不实际,来点儿有用的吧,看能不能在石碑上搭建个棚子遮风避雨,我啥时候得闲,都可以去敲上几锤子,錾上几錾子。本来觉得这是件简单的事,却没想到竟然无人应声。何陆侯问咋回事,回答说麻烦。而且,他们进一步说,这往石碑上錾刻字的事情,其实也大可不必。有啥用呢?人都死了,家也没了,都逃难去了。活不活得出来还都说不定呢,刻字在那里,给谁看啊?

这可把何陆侯给惹恼了,骂他们没脑子,没心机,活得就像猪一样。谁说不是呢?这村里的人,平常只晓得耕田种地,喝酒骂女人,一个根本不是笑话的笑话,他们可以翻来覆去讲上大半年,还为此开心大半年,一旦遇到点儿什么麻烦事,他们就只晓得搓手,眼巴巴地张望着那几个平常指示他们干这干那的人。秦村遭遇这么大的劫难,他们家中也差不多都快死光了,但是,他们绝对不会过多地迁怒别人,他们对于亲人不是那么爱,对于祸害他们的人也一样恨不起来,他们把落在头上的灾祸,大都归结为是命不好,是命中注定……

何陆侯这一通骂,大家都散了,这搭建棚子的事也就没了影。何陆侯气得直呻唤。安子谦安慰他,陆侯先生,你放心,我答应你的事早晚都会办到,只要还有一口气在,我就一定叫那块碑上刻满你想要的字!

经暴烈的日头一晒,再经风一吹,它似乎比原来干净多了,似乎都有了玉石的质地呢。安子谦想在上头坐一会儿,歇口气,但是它已经有些滚烫了。安子谦抹了把汗水,呼呼喘息着,往秦河走去。

安子谦顺着秦河,来到两叠水。他仰着脑袋,仔细观察,水应该是顺着石坡一路淌下，淌进石头缝，再滴落下来的，一串串，一滴滴，被阳光一照耀，就像珠子一般晶亮闪烁。到正午太阳大的时候，珠子就断了，不再滴落了。安子谦想过原因，那一定是在淌过石坡的时候，被太阳晒干了，晒死了。到半下午的时候，它才会再次回复叮当水声——活了过来。

下面的小沙窝是很难蓄积住水的，因为稍微多出一点儿就渗走了。安子谦曾经在下面放过一回瓦罐和一回木桶，指望可以盛住。结果等他回头来看，瓦罐碎了，木桶被扔得老远，成了碎片。这会是谁干的坏事呢？安子谦想不到。他想到了一个好办法。他挖来泥巴，将那个沙窝刨大刨深，然后用泥巴将四周厚厚地糊上一层，再用泥巴将底子踩瓷实，这样，渗漏的问题就解决了，水就可以盛住了。

当他站在那个沙窝跟前，不禁喜出望外。见效了。那个泥巴糊的水塘，满满盈盈，尽是清凉透亮的泉水。他大步过去，捧起甘洌的泉水，喝得直打饱嗝，然后又洗了把脸，抹了个身子，真是舒服多了，轻快多了。又坐了一会儿，畅快淋漓地撒了泡尿，这才动身去寻找吃食。

6

那些高大的树木和干旱到来之前并无什么差别，还是那么高大青翠，从它们身上一点也看不出涝旱的严重。仰望着它们，安子谦想起了这个世道上那些有钱有权有势的人家。他们和这些大树一样，高高在上，根基深而牢固，不管这世界正遭受瘟疫、战火还是涝旱，也不管路上有多少饿死的尸体，街角有多少卖儿卖女的，他们的日子从未有过多少改变，餐餐山珍海味，跳舞、看戏、耍牌、烧烟，各种气派，各种享乐，分毫不减。他们就如这高大的树木，土地里的水分全被他们贪得无厌地吸食光了，而那些矮小的树林草木，全都因为根系浅薄，死的死，枯的枯。

在经过这些枯死的刺架子、林棚子的时候，安子谦放慢了脚步。他在一架枯死的刺架子上发现了几根藤蔓，那残存在枝头的灰色的椭圆的叶子告诉他，这是野毛薯。这个发现让他一阵欣喜。他小心地扯着干枯的藤蔓，一路往下理，终于找到了它的根。它的根在一处石缝里，这让他很沮丧。因为他不可能撬得开这么大一块石头，取出生长在底下的野毛薯那肥大的根茎。

野毛薯是个美味。它的藤蔓和根茎看起来都和山药差不多，所以也被称作假山药。就是这个假字，叫好多人不敢吃它，加上那黏糊糊的汁液，碰在手上刺痒难受，更让人觉得这不是啥好东西。其实，这玩意儿挖出来丢进火堆里，烧熟就可以吃，甜甜的，绵绵的，比红瓤的红苕和白心的芋头还要好吃。也就前几天，安子谦突然想到了这种东西，好像在山边的坡地上有不少。如今他终于见到了一棵。有了第一棵，那就一定还有第二棵。

没走多远，他还真就发现第二棵。这一棵的位置生得好，就在一个土坎上。但是为了挖出它，安子谦还是耗费了一个时辰。他终于见到了它的本尊。只是就短短的一截，一拃多长。下面还有一大截的，已经腐烂。这就是野毛薯的生长特性,每过几年,它们下头的根茎就会烂掉,重新长出来,这就是所谓的回苗和涨头。

他娘的哟,运气咋个这么差呢?不过这还真是一个好的开始。安子谦掂掂那一拃多长的像个小棒槌的野毛薯,笑骂一声,陆侯先生,你个老瞎子,今天晚上有口福了。

回到药铺已经天黑。这路上安子谦走得小心翼翼,生怕不小心摔倒。但他还是在药铺门口摔了一跤。绊倒他的是一只已经破成几块的水桶。安子谦长抻抻地躺在地上,他知道,那该死的赵百乐父子,今天一定是趁他不在又跑来了。他动动胳膊,疼,但能伸展自如,再动动腿,也没什么,就是膝盖疼得厉害,摸了一把,好像破皮了。再扭扭脖子,也没啥。

屋里传来何陆侯的喊声,是子谦么?

安子谦想要应声,这才发现,刚才这一跤子,虽然没伤到筋骨,但是震痛了脏腑。人老了,先老的并不是腿脚,而是肚腹里的脏器,它们才是最不经事的。安子谦双手撑地,慢慢坐起来。小口小口地呼吸,要让这气息去调匀刚被那一跤子摔凌乱的脏器。其实,都是饥饿惹的事。如果脏腑里有东西,眼睛看东西肯定不会昏花,这不还没有完全黑透么?再说,如果脏腑里有东西,不是那么空空荡荡,就算摔下去,有东西瓷实在那里,也不至于晃荡零碎。

见不应声,何陆侯料定了外头的响动是赵百乐他们发出的,他拼着老命似的大声叫骂道,狗日的,还有完没完呢?来嘛,来把我们两个整死嘛!整死我们,你们也算是积德行善!来嘛,赵百乐,你个狗杂种!

安子谦挣扎着起了身,挪动两步,到了屋檐下,扶住了墙,腿脚就省了不少气力。他站在那里,慢慢调匀了呼吸,脏腑里好受多了,膝盖也似乎不那么僵直刺痛了。他进了门槛,骂道,陆侯先生,你这个老瞎子,叫唤啥嘛,省点口水子,养精神嘛!

赵百乐成了这里的常客。何陆侯说,光是今天,他两爷子就来了两趟。先是莽子娃儿,在屋里翻腾,还想把鼎锅拿走呢,是秦王氏央求,他才留下的。

安子谦发现那口鼎锅没有挂在梭筒上,而是丢在角落里。安子谦上前捡起来,拍打着上头的尘土。

得洗洗,他在里头屙了尿。秦王氏说。

安子谦听她的声音有些异样,看着她。秦王氏狠狠地骂道,以前咋个就没看出来,赵百乐是这样一个畜生呢!

火燃起来了。火光中,安子谦看清了秦王氏的神情,她很痛苦,又很愤怒。咋个了?安子谦问,他干了啥子坏事情?秦王氏别过脸去,双手撑着身体,慢慢往后靠,靠上了老墙。她仰起头,什么话都不想再讲的样子。

那个畜生,他想往她被窝里钻。何陆侯咬牙切齿地骂了几句,说,她都可以当他妈了呀。

安子谦不知该说什么了。他往火塘里添了些柴火。发现那只装水的瓦缸已经碎了,五花八牙地散落在地上。而他藏在那堆柴火里的水桶也不见了,里头可是大半桶水啊。水呢?桶呢?

被那个畜生拎走了。秦王氏说,他先找到一只,把里头水喝了,扔到外头,又找到这只,见里头水多,没舍得扔,就拎回去了。

安子谦藏了好几只水桶，这些水桶和里头的水都是大家离开的时候相送的。干旱季节，水和粮食一样重要，这可是别离时的重礼啊。安子谦把那些水藏起来，以备自己万一身子不舒服，弄不回来水时，也好应个急。他去移开杂物堆，在底下，还有一个瓦罐，里头是满满一罐子水。只是盖子不知道怎么挪开了。他抱着罐子，小心地从杂物堆里捧出来，鼻子闻到一股子腐臭味儿，是从罐子里出来的。他凑到火光前一看，里头浮着两只死耗子，已经生蛆了。

一罐子水，全坏了。安子谦说，这是我藏起来的最后一点水，完了，今天晚上只好熬一下了。

安子谦回到火塘前，见何陆侯和秦王氏都死气沉沉，默不作声。安子谦摸出那截野毛薯，埋进火堆。不一会儿，就散发出了一股香味儿，醇香，甘甜，这才是饮食的味道啊。

何陆侯抽抽鼻子，咂着嘴巴，你这弄的啥呢，熟了没有？

安子谦笑起来，你这个老瞎子，鼻子比狗还灵呢。

秦王氏没有说话，她还淹没在赵百乐带给她的耻辱中。

熟了没有嘛。饥饿的何陆侯已经被那浓郁的香气惹得坐卧难安，喉咙里都快伸出手来了。

老瞎子，你是饿死鬼投的胎么？安子谦笑笑，问秦王氏，你闻出来了么，这是啥东西？秦王氏看了何陆侯一眼，安子谦说，你莫指望他，他哪里晓得这些呢，他几时摸过锄头，钻过山林。秦王氏认真地闻了闻那香味儿，说，有股麦香呢，还有股红苕的甜腻，是芋头吧。

野毛薯。安子谦说，假山药。

秦王氏点点头，讲起了一件和假山药有关的事。说那时候刚跟秦满堂的爹结婚,分了家,新挖茅坑,就挖出了胳膊粗一条条的东西。说是葛根吧,比葛根粗大,还嫩,锄头一碰就烂了,露出雪白的瓤。她觉得那应该是可以吃的,秦满堂的爹笑话她,说那么多粮食都吃不完呢,你咋吃这东西,万一有毒,闹死了呢。于是就扔了。后来才听说,那是野毛薯,跟山药一样好吃。

安子谦说,他在寻若兰的路上,吃过几回,不管是火烧,还是炖煮,味道都好过红苕。

何陆侯答话说,哦,假山药啊,其实那也算得上是药的,和山药有一比,健脾止泻,益肺滋肾,解毒敛疮……在秦村的竹林山林和房前屋后,是随处可见的。他问安子谦挖了多少回来,还赞叹安子谦聪明,竟然想到了那东西可以入食——

这秦村,怕只有你想到了呢。如果把村里的假山药都挖出来,只怕够我们吃上好一阵子呢。

你想得倒是美啊,比做梦还美呢。安子谦笑一声,讲了他挖这野毛薯的经过。野毛薯之前在村里是随处可见的,现在为啥稀罕呢。这东西怕涝,落那么久的雨水,根茎早就沤烂了。现在只有在山林边的坡地里,可以找到一点藤蔓。但是很难吃准下头是不是涨头或者回苗了。由于这东西最喜钻土,所以要挖出来是很费力气的,也很考验器物。他下一步是要想法找到自己的那把锄头,有了它,事情就好办得多。到时候,别的不敢讲,隔三岔五吃上一点烧野毛薯还是可以的。

7

一拃多长的一截野毛薯，安子谦将它分成了三份。何陆侯的那一份，他刚拿到手上，也不顾烫不烫，就迫不及待地塞进嘴里，嘴巴都还没囫囵圆乎，就吞下了喉咙。然后又伸出手，问安子谦，还有没得啊？秦王氏探长身子，要把自己的那一份给他，安子谦挡住。安子谦说，今天没有了，等明天嘛，明天可能会多一点的。何陆侯蠕动嘴巴，悻悻地说，味道都还没细品。安子谦将自己的那一份再一分为二，塞了一半在自己嘴中，抓过何陆侯的手，将另一半搁在他的手心里。

这一回，何陆侯吃得很慢，像是要咂摸出它所有的味道。

秦王氏捧着那点野毛薯，不往嘴里送。她低垂着头，呆呆地看着那跳动的火苗。

有水么？安子谦，就没有一点水吗？何陆侯问。

安子谦记得早先都已经说过了，没有水了，今天晚上只有熬一熬了。太黑，他也没办法去外头寻水。明天中午就会有水喝了，你可以饱饱地喝上一肚子的。安子谦决定跟他们好好讲讲自己在二叠水修建的那个水潭子，那毕竟是自己的得意之作，而且，那么多那么清亮的山泉水，虽然路程稍微远一点，可那是取之不尽用之不竭的啊！

我觉得吧，子谦，你得想想该咋个对付赵百乐那狗东西！何陆侯说，他是越来越坏了，早晚他会趁你不在，把我们砍成坨坨吃掉的。何陆侯说。

我在又算什么呢？他一耳矢就会把我抽成个陀螺。安子谦说，不过你们放心，我明天啥时候就去找他好生谈一下。安子谦看见秦王氏捧着那点野毛薯，还望着火堆发呆，过去拿手戳了她一下，嗨，表嫂啊，你一口吃了它吧，吃了就早点歇息。秦王氏点点头，捧着那点野毛薯，就那么躺下了。

安子谦站在床边，他是很想跟秦王氏说说话，摆谈几句的。但却不知道该说啥。何陆侯还坐在那里，火光映着他那张光洁的脸，使得他就像一截在火边等待燃烧的老树蔸。何陆侯也是很想说点什么的，似乎也不知道该说什么，就那么悻悻地坐在那儿，脑壳一会儿转向这边，一会儿又转向那边，不时伸出手来，用那跷起的兰花指，保持着一如往常的优雅姿势，挠着那发痒的脑袋。

安子谦回到床沿上坐着。他觉得很累，也很饿，而且竟然还渴，嗓子都冒烟了似的。他还没办法歇息，他还有很多事情要做，有很多事情要去想。他做的第一件事情，就是去找来一只水桶，脑壳伸在水桶前，对着火光映照，看出了很多缝隙。安子谦抓过来一床破棉絮，扯出一团棉花来，撕成棉绒，再捻成一条条棉线。在他随身的口袋里，有一把小刀子正好派上用场。他用小刀子将棉绒条子嵌进缝隙里，这是个细致活儿，一点没塞好，就装不住水。一边塞堵，一边对着火光发现还有没有缝隙，直到桶里黑乎乎的什么也看不见了。

安子谦已经没有力气担起一挑水了，他只背得动一桶。为防止水溅出来，他还需要个盖子。瓦罐确然是个好容器，只是太小，装不了多少，而且本身就太沉。

水桶有些大，要找个合适的背篼。背篼倒是有好多个，大家用不上了，就当成别离时的人情，都往这里送。最后他选了个稍微大点儿的，秦村不是有句老话么，小无使处大中用。水桶搁在里头，四周可以塞上点柴草。他还找到了个盖子，这是何陆侯家以前盖米缸子的，刚好。

安子谦把水桶放进背篼里，背上试了试，还不错，只是背篼绳子太细，勒肩膀，毕竟是这么远的路啊。安子谦将背索解下来换了根粗的布绳。他想起了李银泉夫妇，想起了钰字娃儿……这娃儿跑哪里去了呢？

——安子谦想了许久，最后回答李家钰字娃儿，他没办法帮他的父母办个体面的丧礼，秦村现今可是啥都没有，抬丧的人都凑不齐。他安慰李家钰字娃儿说，娃儿，你已经做得够好的了，你爹娘这样做也是为你考虑，为你好。你莫要乱想，把他们入土为安，就早些离开，等到以后天下太平了你再回来，给他们重修坟茔，请大戏班子，请道士和尚，设坛超度，都是可以的。

李家钰字娃儿听了安子谦的话。不过，他决定还是把父母送进他李家的祖坟山。安子谦帮他掘的坟坑。因为没有棺材，李家钰字娃儿就在里头搁了口柜子。这是一口朱漆柜子，是他娘的嫁奁，百年香樟木，板材厚实，做工精细，这么多年过去了，掀开柜盖，一股悠远的馨香沁人心脾。李家钰字娃儿说，他娘生前是最喜欢这口柜子的，专门用来搁她的珍爱之物，绸缎被，绣花衣，他小时穿过的衣物……可恨的是，这些好东西都被云长将军的兽兵给搜刮走了。还好，这口柜子因为沉重，被掀翻丢在一边。

李家钰字娃儿将所能找到的李银泉夫妇生前用过的衣物，统统铺垫在柜子里。安子谦说，娃儿，你得留点，你以后还用得上。李家钰字娃儿说，我恨不得把自己也装在里头呢。他最后搁进去的是两支烟枪，一支是自己用的，一支是父母合用的。

　　那天的太阳一如往常。李家钰字娃儿背着他的父亲李银泉，穿过光秃秃的田野，前往他们李家祖坟山。接着，又背着他的母亲，走走歇歇，一路还哭着，呼唤着爹娘……

　　赵百乐远远地站在土包上，手搭凉棚，朝李家钰字娃儿张望。莽子娃儿想要跑过去看热闹，被他爹一声呵斥，收住了脚步，不甘心地慢慢退回到土包下头，也学着他爹的样子，手搭凉棚，四处张望。

　　和秦村大多数人一样，赵百乐原来也是看不起李家钰字娃儿的，时常取笑奚落他。自从李家钰字娃儿为救父母而断臂之后，他们也开始敬畏他了，而且，他们竟然不敢靠近他了，只要远远看见李家钰字娃儿，他们就会避开。这是一个奇怪的现象，不光赵百乐，秦村好些人都是如此，就好像李家钰字娃儿身上突然有了一种叫他们感到不自在，感到害怕的力量。

　　为什么李家钰字娃儿让他们感到不自在呢？安子谦躺在床上，用了好一阵子才想明白。李家钰字娃儿做出了他们做不出的事情。他们能做出来的又都是些什么事情呢？赵百乐因为老爹吃饭太多，就摔了他的饭碗。某家儿子欺瞒父母年老不记事，抵赖说口粮早就过了秤……李家钰字娃儿让他们感到羞愧。那么赵百乐又在怕什么呢？他在怕李家钰字娃儿身上的正气,他是贪婪的,是无耻的,是肮脏的,是阴暗的,他怎么能见得光明?又怎么能见得磊落?钰字娃儿已经不是原来的钰字娃儿了,而赵百乐,也早就不是原来的赵百乐了。他们现在应该是两个对立,一正一邪,水火不相容!赵百乐如此作恶,李家钰字娃儿怎么能装瞎看不见?他应该站出来主持正义的!从赵百乐那鬼鬼祟祟、畏畏缩缩的鬼样子来看,他已经输了,是呢,邪怎么能胜正呢?

但是,李家钰字娃儿现在哪里呢?安子谦现在很需要他,既然他不肯远走,那么,他就应该好好留在秦村,他才是秦村最需要的人啊,就像那个兽兵和何陆侯都曾经讲过的,他在,秦村就不会完。

安子谦已经打定主意,要找到他。

这时候,一阵窸窸窣窣的声音,秦王氏下了床,爬过来,将那点野毛薯塞到安子谦嘴巴边。她还在爬,半个身子已经上了安子谦的床。她的脑壳抵在了安子谦的脑壳上,嘴巴凑到他的耳朵边,她颤抖着声音,悄声说,子谦爷啊,你帮我个忙吧,把我弄死吧!

8

这个夜晚安子谦几乎是彻夜未眠。都大白天了,他还是没法子起来。他又渴又饿,头昏脑涨,浑身疼痛,好几次试图要爬起来,只是稍微一使劲,眼前就冒金星。

但是,安子谦知道,他必须起来,要去寻吃食。不然的话,不消自己动手,秦王氏就会第一个死去,接下来可能是何陆侯，也可能是他安子谦。

秦王氏已经坐起身子，仰靠在老墙上，微微喘息。昨夜里，安子谦和何陆侯轮番劝她，要她想开点，莫要和那头畜生计较。何陆侯突然扯大了嗓门说，子谦，你讲一下，赵百乐是咋个成了那个样子的呢？我是见过他祖上两代的，也是看着他长大的，他几时就成了这个鬼样子呢？

安子谦又何尝没见过赵百乐祖上两代呢？秦王氏又何尝不是看着赵百乐长大的呢？因为一方远亲的缘故，赵百乐还应当喊秦王氏婆婆。他在小时候就常这么喊，一口一个秦婆婆，亲热得很。在秦村，一旦闲暇，或者在酒宴欢庆时节，大家聚在一起，是很喜欢攀亲的，李家表婶，张家表姑爷……竹箅亲，扯得远，攀得深。就算不是亲，这一个村子里，抬头不见低头见，比亲还亲啊。而且这起码的尊重的德行，那也是应该有的啊。

秦王氏何时受过这等污辱？那些兽兵到来的时候，为了显示自己对这片土地的绝对处置权力，为了尽可能多地给这片土地制造不堪回首、不堪重负的耻辱，他们开始毫无顾忌、毫无廉耻、毫无人性地宣泄他们的兽性。他们曾经是要打秦王氏的主意的，但是一见秦王氏的惨象，又脏又臭，又老又瘦，下不去手。反而使得她成了秦村为数不多没有遭到摧残的女人之一。

但是现在，赵百乐，这个平日里抬头不见低头见的乡亲，这个相逢一笑都还要打招呼的远亲，怎么就向她这个垂死之人伸出兽爪呢？

那年他害病，脑壳都耷拉起了，他娘抱他到药铺抓药，走我们家门口过,我看着可怜,给他娘儿母子煮了碗糖蛋,还送了他们一升白米。就这样,他娘跟我攀亲,喊我表婶,他喊我婆婆。就那以后,他隔三岔五就往我们家门口跑。那阵我没开怀,就稀罕个碎娃儿,见他一口一个婆婆,喊得亲热,有啥好吃的都给他,就没见我吝啬过。实在没啥给的,红苕也要烧一根给他……你说,他咋个做得出来这种事情呢?秦王氏哭诉着,声音虽是哭腔,但是眼中无泪,因此,秦王氏的两眼又红又肿。她说,眼前原本清清楚楚的东西,这两天正变得模模糊糊,她也快成瞎子了。

何陆侯要她别着急,说没有眼泪是因为她身体里没有水分了,人都干涸了,三天五天不见得尿一泡,不见眼泪也是正常的。至于看不清楚东西,自然是跟没有眼泪有关,也是因为她怄气太多,伤了肝,而肝是主目的……

何陆侯感叹,说现在没有药,要是搁往常,他一味药,煎水一碗,喝下后马上见效。而眼下唯一的办法就是躺在那里,什么也别想,也别去怄,闭目养神,相信过不了几天就会好起来的。

安子谦也劝她,和何陆侯你一言我一语,要秦王氏宽心,不要去和那畜生计较。是啊,他都是畜生了,计较有用么?可是接下来该怎么办?忍受么?随他胡作非为?他接下来又会咋个对他们呢?多半会拿他们当牲口一样对待!

这几年,安子谦可算是没有少见这世间的悲欢离合,各种丑恶事那是扑面而来,各种美善的事,也时常叫人满眼泪光。见多了,听多了,好多事情从心里一过,马上就想明白了。

这世间，有权有势有钱的人高高在上，他们是从来不会拿下面这些贫穷者、苦寒者当人看的，不在乎他们的饥饿，不在乎他们的苦痛，更不会在乎他们是不是有想法。他们会因为肉塞了牙缝而难受半宿，也绝不会为了倒毙在路口的死人皱一下眉头。富人打死穷人，丢一把银圆了事，别指望申冤，什么一命抵一命，根本就不存在公平，顶多哭号得凶一点，央求的声气再高一点，借此指望可以再多要几个子儿。倘若富人的人性未泯，还有那么一丁点儿同情心，多赏几个钱，那还真就是赚了，值得庆幸。安子谦可是目睹过这样一件事，在一个叫充国的地方，有个老头子的儿子被一个富家子打死，老头子要去告状，都说算了吧，人家上头有人，官司莫打贼莫做，两头都是败家路，他被喊到茶馆里，边喝茶边调解。东讲西讲，富家子慷慨地表示愿意出一百银圆，而老头子也表达了他绝不再追究的诚意和对富家子慷慨的谢意，亲手捧起一杯茶，奉送到富家子跟前。怀中抱着装满银圆的钱袋子从茶馆里出来，老头子猛然想到这就是他儿子的命啊，不由得悲从心来，痛哭流涕。随同的一起帮腔要价的扎场子的亲友们都劝他，说好了吧，一百个银圆呢，上回人家打死的那个，才赔了五十呢，这可是多了一倍哟。大家簇拥着老头，进了一旁的烧酒馆。他们喝酒，兴高采烈，仿佛是为了庆贺刚刚获得一场了不起的胜利。席间，那些亲友们各自大声武气地炫耀和表白，他们在要价方面讲了哪些有用的言语，私底下又帮忙出了多少力气……还都跟老头子说，一百个银圆呢，你哪一世见过这么多钱？可得拣好啰！回去后把房子修一修，再买两块地，张寡妇讲好了，只要你有钱，她是肯定嫁给你的。你还不完全老，还可以再生养一两个儿子的。老头子竟然腼腆地笑了，刚才的悲凄荡然无存，羞羞答答扭扭捏捏像个不谙世事的小伙子。安子谦听见身旁那个教书先生模样的人叹气道，要真是有点血性，哪怕是兽性，也该一哄而上，将那富家子啃食了！见安子谦看着他，他瞪大了眼，我讲错了吗？就算是动物，也晓得报仇雪恨呢！咳，这世间的好多人啊，早就不拿自己当人了！安子谦本来是不想回话的，可是心头堵得慌。他在离开的时候，还是忍不住讲了，他说，先生，你讲错了，这人啊，一穷，就不是人了！教书先生愣怔了一下，大了嗓门辩解说，我不是说他们不是人，我是哀其不幸，怒其不争！

你没讲错的，穷人、弱人，就不是人，就不配当人。不是么？安子谦看着教书先生惊讶的白俊的脸，说，这世间的好多事情，你在你的书房和书本里可是看不透彻的。他指着那个已经有些忘乎所以的老头，你瞧他，他还是那个哭兮兮的可怜的人么？只要他再有一些钱，他必然会买下一些枪，然后他会变得跟那个富家子一样，搞不好他也会打死别人家的子弟呢，而且那些围在他身边劝他酒逗他乐的人，到时候就都是他的爪牙和帮凶！

那个教书先生很痛苦，却不得不认为安子谦讲得有道理。他默默地点头，别过脸去，再不愿意看见这一切似的，厌恶地闭上了眼睛。

9

　　安子谦说，是秦村这个样子叫赵百乐变成畜生的，是我们太弱了，他才有机会成为这个鬼样子的。

　　咋个不是这样呢？何陆侯很愤怒，却又无可奈何地说，而且他只会越来越恶，总有一天，他会吃人的！

　　安子谦是想到了这一点的。赵百乐祖上虽然在一些事情和做法上不是很干净利落，招人口舌，但是总归起来却并不太坏。当然他们也不可能坏得起来，因为那时候大家都不坏，世道也不太恶毒，规矩的围栏还勉强立在那里，仁义礼智信都还像模像样地被大家捧在手心里，供奉在神龛上。

　　自打兽兵封锁了秦村，赵百乐就开始变了。他认为自己一家是完全可以逃离秦村的，只消给云长将军讲一声，听说云长将军本姓赵，一笔难写两个赵字嘛，五百年前本是一家呀！直到隔壁他的亲房被兽兵们一刀割了喉咙，他这才收了那颗自觉与众不同的要与云长将军一家亲的心。要晓得隔壁的亲房因为割烟手脚快，还曾当面受到过云长将军的夸奖啊。在与兽兵对战之初，秦村的人们群情激奋，视死如归，再没有比保卫家园更崇高和伟大的事了。那时候赵百乐的表现自然是见风使舵，昂扬的斗志还是激励了他，他是要积极参与的，但是遭到了人家的奚落，似乎这件伟大而光荣的事情只要有他一家子的参与，就会堕落和不干净。这时候他才猛然意识到，这么多年来，从来没人将他们看成自己人，他们是另类，是秦村的羞，是秦村的疤，如果说秦村是面光洁的镜子,那他就是沾在镜子上抠不掉的鼻涕。他猛然清醒,既然这样,我又何苦去为不属于我的东西卖命呢?他开始躲得远远的,搓着双手,看着炮火纷飞,看着他们前赴后继地去送死,看着他们鲜血横流,悲恸大哭,看着房屋被炮弹炸飞,粮仓里的谷物随着雨点在空中散落。这时候他们又揪住他了,说他是怕死鬼,是懦夫,秦村养育了他们赵姓人家,滋养得他们一家人白白胖胖,怎么可以在秦村遭遇灭顶之灾的时候,还忍心袖手旁观?为了保卫他的家园,为了保卫他的财产,这么多人前赴后继,好多人家都死绝了,他怎么可以躲着,藏着?

就是这一番话,叫赵百乐更加看清楚了形势。这一切,对于自己多么有利啊。再打激烈些吧,再打凶狠些吧,打吧,杀吧,一个不剩!他绞尽脑汁也没想出那句很有名的话。直到有一天,几个人谈论起,希望用秦村的所有金银请陕西的将军发动对云长将军的战争,有人冒出了那句"鹬蚌相争渔翁得利",他才恍然大悟般朝自己大腿猛击一掌,激动地喊叫起来,就是这个道理啊!

从这以后,赵百乐就更加站得远了。有人受伤,奄奄一息,想喝一口水,天上大雨滂沱,他只消用手捧起一把,喂到那人嘴边就可以了。但是他不,他袖着两手,目光冷淡。有个碎娃子躲避炮弹,掉进水洼,他站在岸边,看那个碎娃子慢慢停止了扑腾,沉入了水底。兽兵杀人的时候,大家都躲藏起来,掩住双眼,不敢看,也不忍看,他却像个戏园子的看客,眼睛都不眨,生怕漏过了精彩。他是从里头看出了门道的,怎么轻巧地打折腿骨,怎么毫不费力地砍下脑袋……他越来越心硬，越来越残忍，越来越无耻。

秦村能逃的人都逃走了，空空荡荡的秦村就剩下了这几个走不掉的人了。不过秦村还由不得赵百乐胡作非为，他算不得秦村之王，秦村不止他们三个活着跟死了没多大差别的老年人，还有一个真正的刚强汉子——李家钰字娃儿。他在，秦村就不会完！可是，他在哪里呢？

安子谦挣扎着起了身。李家钰字娃儿是必须尽快找到的。可是眼下更重要的事，是尽快寻点水和吃食回来！

安子谦跟何陆侯和秦王氏打招呼，说自己要出去了。只有何陆侯应了声，他说，好啊，我等着你给我带山珍海味回来！

安子谦打给秦王氏的招呼，她没有应声。昨天晚上对她的劝慰，安子谦和何陆侯开始话还很多，而秦王氏一直都没怎么说话。劝来劝去，何陆侯和安子谦突然就觉得没意思了，再也找不到话说了。如果未来还有点指望，那么还值得熬一熬。如果这日子过得不是这么生不如死，倒是还可以惜一下性命。生不如死，毫无希望，那还真不如就此死去，死了干净，一了百了！这不仅是秦王氏的问题，也是他安子谦和何陆侯的问题啊！

见秦王氏不应安子谦的招呼，何陆侯不安地叫唤起她来，表嫂，表嫂……

秦王氏一直闭着双眼，她慢慢睁开，她说，我在呢，陆侯爷。

你倒是给我讲讲，安子谦说的那个青蛙爬上树自杀的事，是不是吹牛哦，真的么？

10

安子谦背着水桶,刚出何家药铺那已经成了一片废墟的龙门子,就感到一阵眩晕。他想靠在那半堵残存的老墙上,结果眼睛昏花,没拿准距离,手滑空了,身子一晃,跌坐在地上。

他想再爬起来,可是心悸厉害,出不过来气,眼前金星闪烁。安子谦不敢冒失,他只有安静地躺着,尽量让呼吸变得顺畅一点。可是不起作用,心悸还是很厉害,身子像被拆卸了骨头,瘫软如泥。安子谦以为自己的大限到了。总不能就这么躺在墙根下,像条老狗一样死去吧。要死,也得让死相好看点儿啊。安子谦想起秦村那句说一个人不甘屈服的老话,"要死也要跳三蹦"。他深呼吸一口气,挣扎着,老牛脱枷一般,甩掉套在身上的背篼,将身子往后挪,靠在那堵老墙上。太阳刺眼,令人眩晕。安子谦看见一个人影,正向自己走过来。他心想,那就是前来索命的吴二爷和鸡脚神?或者黑白无常?那么也该是两个,咋个一个呢?呃,该不会是赵百乐那畜生吧?如果是他,他会对自己咋样?见死不救也就罢了,该不会就在一旁像看戏一样看他咋个咽气吧?他妈的,这也好啊,总算是遇到个送终的呀!

安子谦正胡思乱想着,来人挡在了他跟前,遮住了阳光。终于可以睁开眼睛了,却看不清楚,眼前昏暗一片。他听见来人在喊自己,子谦爷,子谦爷……声音遥远,空洞,一点都不真切。安子谦眼睛迷糊,心头却敞亮,他晓得,来人正是自己念想的李家钰字娃儿,他听出了他的声气。

子谦爷,你这是咋个了?你是病了么?李家钰字娃儿在安子谦身边蹲下,他戴着顶草帽,背着个背篓,背篓是老藤编的,刷了厚厚的桐油,亮光闪闪,这是他家的祖传之物。他放下背篓,身子垫过去,让安子谦靠在身上,用半条断臂撑住他,另外一只手给他揉了揉胸口,抓过背篓来,拿出个水壶,送到安子谦嘴边。安子谦闻到一股水的清凉气息,精神为之一振。一口水下肚,他不由打了个战栗。再喝一口,就不肯喝第三口了。

有的是呢,喝吧。李家钰字娃儿拍拍背篓,里头还有一大罐呢。

安子谦感激地笑笑,他想说点什么,只是实在没有力气了,力气都被刚才的挣扎耗尽了。

李家钰字娃儿塞给安子谦一把香喷喷的炒小麦。安子谦抓起一撮,喂进嘴里。刚才没吃的,饿得心慌,这下见了吃的,更是心慌。安子谦知道,自己无论如何也不能狼吞虎咽,得慢慢咀嚼,等到完全嚼细了,才缓缓吞下喉咙。饥饿并未使他失去理智,他很清楚,这可是小麦,囫囵下去,肚腹里跑一圈,出来还是囫囵的。只有细嚼慢咽,才好消化,才最养人,也才最扛饿。

安子谦终于缓过劲来了。他被李家钰字娃儿搀扶着,来到一旁那丛早已枯黄的竹林里。靠在竹子上,阳光斑斑驳驳地洒在身上,他细嚼慢咽着那香气扑鼻的炒小麦,不时抿上一口清凉的泉水。这是安子谦从来不敢奢望的场景,这么长时间了,还是第一次尝到粮食的滋味啊。

李家钰字娃儿说，他昨天在山边上远远看见了子谦爷，喊了几声，当时风大，声音被吹散了，子谦爷并没听见，勾着脑袋，默默地走了。

娃儿啊，你这是第二回救我了，我该咋个报答你呢？安子谦说。

子谦爷，你帮我也不少啊，帮我收殓父母，帮我挖坑，帮我掩埋……没有你，我一只手又咋个做得了这些呢？李家钰字娃儿说，我今天来找你，是想请你帮我个大忙啊！

我这么大岁数了，饿得半死不活的，又做得了啥呢？

帮我做枪。

安子谦一愣。

李家钰字娃儿说，我要除掉一个人。

哪个？

赵百乐！

第八章 旱2年（中）

1

青蛙上树自杀开始于安子谦回来那年深秋。那年的晚秋作物失败后，已经有人开始了逃荒。但是更多的人却还不甘心地在田地里兜着圈子。土坷垃干得踢一脚就会冒烟。他们蹲在地上，扒拉着泥巴，看土地已经干旱到了哪一层。他们焦灼，哀叹，抹着眼泪，谁也没有注意到田土之外的那些细微变化。

李家钰字娃儿的手臂还没好利索，他像婴儿一样被父母疼爱。经此一劫，李银泉两口子大彻大悟，事事都看开了。李银泉正准备做出一个重大的决定，将土地房产全部贱卖，然后一家人出走秦村，去别处安家落户。李银泉说，留下来不光他们是死路一条，而且还会拖累儿子，不如卖掉这些累赘了他们世代几百年的东西，换个地方，哪怕是做点磨豆腐的小买卖，落得两手轻松，人生自在。他的老伴打断他的话，问，别说卖了，你出门去问问，看白送人有没有人要！你说，现在哪家子不嫌田地太多？李银泉一想，确实如此啊。种庄稼的时候和收粮食的心情一样，嫌少，嫌不够，恨不得大半个秦村的土地都是自己的。现在为找水救苗而焦头烂额，谁不后悔种多了呢？不救吧，可惜，心疼，种子不都蚀了么？早晓得还不如炒熟吃了呢。救吧，又怎么去救？水渐渐比油贵了呢。

李银泉家倒是不为救苗操心。因为缺少劳力，而且在秦村也无人可雇，他家的那大片土地就都荒芜在那里了，这也就省下了种子。

那些兽兵们低估了秦村人对于未来生活的希望和决心，他们可以摧毁秦村人的肉体，剥夺他们的生命，但是无法摧毁和剥夺他们要在这片土地上生存繁衍下去的决心和勇气。而这勇气和决心，就体现在他们保卫种子的态度上。

每当收割，秦村人首要的一件事，并非吃喝庆贺，而是以慎重的态度，从那些丰硕的粮食堆里找出颗粒饱满的种子。很多人家，比如安子谦，早在收割之前就已经完成了这个重要的劳作。安子谦会选择个好天气，甚至是黄道吉日，神情庄重地将那些长相漂亮的粮食单独挑拣出来，用专门的簸箕晾晒，而且还会在神龛上供奉一阵子，让它们享受和先祖一样的香火祷头的侍奉。此刻的粮食已经不再担负喂养人的简单责任，而是被赋予了另外一种更加神圣的使命——种子。

兽兵进入秦村，对秦村大肆杀戮。他们不会蠢到不由分说地一把火就烧掉房屋，也不会笨到什么话都不讲就砍脑壳。在进行屠杀之前，他们会四处搜刮，把一切好看的，可用的，值钱的……统统据为己有。他们威胁说，再不交出粮食和钱来，就挨炮挨刀！怕死的秦村人交出了钱和粮食，但却深藏着另外一样比粮食和钱更宝贵的东西，那就是种子。

曾经有兽兵在何陆敏家搜出了一大包粮食，它被埋在灶膛底下的灰堆里。兽兵认为何陆敏不老实，是可恶的对抗，要砍下他的脑壳。何陆敏叫屈，说那咋是粮食呢？那是种子啊！

就算没有兽兵的入侵，种子也被珍藏在远比金银和粮食更安全的地方。就算是饿死，一个正派的秦村庄户人家，也绝不会残忍到去吃食种子。一般来讲，死亡是个持续时间有些长的过程，除非意外，它绝不会是一个说来马上就到眼门前的结果。而且就算来得跟兽兵的刀枪一样快，也还有各种可能的变数呢。比方李银泉和他老伴就是个例子，不是眼见就要被炮打脑壳了么？李家钰字娃儿站出来了，说，放开我的爹娘！他们就又幸存下来了。只要有一口气在，你就需要种子，你不能把种子变成粮食，这是绝对不可违背的规矩，关乎道德人性。你要是把它变成粮食吃到肚子里，它就成了臭不可闻的屎，就没有了生根发芽，没有了繁育和收获。

在对待种子的态度上，李银泉是做得最好的，跟安子谦差不多有一拼。挑选种子是他每年储藏种子之前最重要的事情，他绝不允许种子里有瘪颗和谎子。因为土地宽了点儿，而这个事情他又不放心别人来做，所以他花在上头的时间也就多了许多。李银泉时常说，他的眼睛就是这么瞧花了的。在储藏种子方面，李银泉也比秦村大多数人更慎重一些。听说兽兵就要攻进来了，他虽此前未经战火，但是对于"兵之灾"，还是从戏文和评书中深有感受的。那些天，李银泉所有时间和精力，都用在了藏那些种子上头。这是一件烦的事，种子比金银财宝更难藏。因为你不光要做到不被人发现，还要做到不发潮发霉，不被虫蛀，不被耗子祸害。李银泉是个聪明人，他砍了很多竹子回来，打通关节，把种子灌进去，然后用蜡封口，再沉入由香喷喷的粮食化为臭不可闻的粪便的茅坑里。他这样劳心费神叫老伴很难理解，说你为啥不在藏金银和粮食上头下功夫呢？李银泉说，我们有多少金银和粮食，这是谁都晓得的事，既然众所周知，那就别想藏住，该被他们拿去，那就拿去吧！金银和粮食是从土地里长出来的，只要还有这些种子，它们还会再从土地里长出来！

当暴雨停歇，太阳普照大地，所有的幸存者都开始找出珍藏各处的种子，要将它们播撒进土地里，化作令人期待的收获。李银泉无力耕种，而且也丧失了对这片土地的热情，他准备将土地荒芜，远走他乡。荒芜的土地不需要种子，那么，那些藏在茅坑里的种子，就不用去通过生根发芽来实现它们的使命了，它们安静地躺在粪便当中，等待打捞，等待转换成为另一个角色——粮食。

李银泉和老伴拖着伤残病痛的身子，将竹筒打捞了一些起来，埋在柴草堆里烧。随着一阵啪啪声响，香气袭来，种子转换成了救命的粮食。李银泉既悲伤，又欣喜。悲伤的是他作为一个本分了这么多年的庄稼人，这还是第一次吃掉留给土地的种子；欣喜的是，这么多的粮食，完全可以保证儿子不至于挨饿太厉害，不会像其他的受伤者，因为缺少吃食而很快死去。

李家钰字娃儿并不晓得这些吃食的由来，一直以来，在父母的呵护下，他从来没有为温饱操过心。当然，现在也似乎不用。他每天的日子就像又回到了十多岁时候那种二杆子的时光，从早到晚无所事事，就那么在村子里东游西荡，那只空空的袖管在身前身后甩来甩去。

不经意间，李家钰字娃儿看见一个干枯的树丫上挂在一只青蛙，虽然身子已经干枯了，但是它的那两条细长的小腿还在微微抖动。这是谁这么狠毒啊？秦村遭受这么大的血光灾难，他的心肠都还没软下来？李家钰字娃儿以为是谁恶作剧，逮了青蛙，学那些兽兵的刑罚。往前没两步，他又看到一只。这一只已经完全枯焦了。他一连看到四五只，全是挂在树枝丫上的，有的卡在丫口，有的被断枝穿身。李家钰字娃儿心想，这秦村里，谁这样狠心肠而且还有大把时间来干这个。随着越见越多，李家钰字娃儿意识到自己冤枉人了，这不是人干的。他回家把这当成费解的稀罕事，讲给了父母。李银泉先是默不作声，他的神情很凝重，许久，他才说，这旱灾短则一年，长则三五年。

李家钰字娃儿问他为啥可以这么肯定。李银泉说，你明后天再仔细看看，看还会死多少青蛙。李家钰字娃儿去看了，发现越来越多。有的树枝上竟然有五六只，一些死去多时，一些刚刚才挂上去。

它们是自杀的。李银泉说，青蛙虽不是水中之物，但却是离开水就活不长的东西。它们遇到干旱或者寒冬，为了保命，就会往地下的洞穴里藏。"青蛙开口早，稻米一定好""青蛙叫，大雨到" "蚂蚁搬家猪叼柴，燕子扑地大雨来"……这些谚语，是世代庄稼人总结积累的宝贵知识，也是一个庄稼人必须具备的常识。所以，庄稼人是很尊重那些鸟兽昆虫的，很多时候还把它们当成指引生活的老师。这世间上的鸟兽昆虫都是有灵性的，而这里头，青蛙的灵性又最高，它们预知这干旱持续的时间一定会很长，长到它们熬不下去。所以，晚死不如早些了断，于是它们就纷纷自杀……

这年冬天，无雨无雪也无风。一切都在寒冷中更加干巴、紧缩、坚硬、锋利和易碎。

李家钰字娃儿还发现了另外一种动物的自杀，蛇。它们钻出洞穴，把细长的身子暴露在寒冬里，迅速僵死。

每到太阳出来，李家钰字娃儿就到处去寻那些冻死的蛇，像捡麻绳一样把它们丢进背篼，然后升起一堆火，焦香的肉味儿真是美妙极了。

2

李家钰字娃儿向安子谦他们展示了他身上的伤痕。那只差不多已经痊愈了的手臂，茬口上又流出了鲜血。伤处有十多处，不过都不是很严重，青紫、擦伤、破皮……最厉害的一处，是后脑勺上的一个小口子，还在不住地冒血。

这些伤是赵百乐父子俩给李家钰字娃儿造成的。他们刚刚发生了一场冲突，起因是赵百乐要扒掉李银泉夫妇的坟墓。

他总是以为你在坟里头陪葬了多少好东西嘛。安子谦说。

不！李家钰字娃儿说，我觉得他和他儿子，那该死的莽子娃儿……李家钰字娃儿摸了摸后脑勺，还在流血，他倒吸口凉气，又咒骂了一句，说，我觉得他们想要吃掉他们！

这让安子谦和何陆侯大吃一惊，一直微闭双眼的秦王氏此刻也瞪大了眼睛。

李家钰字娃儿从背篼里摸出一截铁管，黑乎乎的生满了锈蚀，还有三颗黄灿灿的子弹。他掂着那三颗子弹，说秦村到处都是弹壳，但是像这样底火帽儿还在的子弹，那可就稀罕了。他让安子谦看子弹的底火帽儿，你看清楚了，子谦爷，这底火帽儿是饱满的，没有用过的。他拿起那截铁管，示意安子谦将子弹放进去。他说，这就是枪管，把子弹放进枪管里，卡住，再做一个撞针，对准底火帽儿使劲来这么一下子，子弹头就会飞出去，就可以取人性命！

安子谦似懂非懂。何陆侯在咀嚼炒小麦，他吧唧着嘴，鼻子里发出满足的哼哼声。子谦爷，你明白了么？李家钰字娃儿问。安子谦说，嗯，拿东西一锥这个底火帽儿，子弹……嗨，安子谦冲何陆侯吆喝道，你别咂嘴行不？别咂吧这么响好么？终于来点好东西了，你咋吃得跟头猪样呢？何陆侯嘿嘿笑。安子谦扫了一眼秦王氏，秦王氏又闭上了双眼，刚刚塞给她的那把炒小麦，还紧紧地握在她的手心里。

对，是这样的，一击底火帽儿，子弹就飞出去了，就可以取人性命。李家钰字娃儿捡起一块木炭，想在屋里找个地方画给安子谦看。但是屋子里不是很亮堂，也找不到合适的地方当画板。他把安子谦请到外头屋檐下，在地上给安子谦画出了他想要得到的东西。一根细长的铁钉，把它塞进一段比铁管稍微细点儿的木棍里……做好的样子，就活像一根碎娃儿们玩的滋水筒。李家钰字娃儿比画说，他可以走近赵百乐身边，握住铁管儿，使劲往身上一顶，借用撞击的力道，推动铁钉,击中子弹的底火帽儿,发射出弹头。

安子谦想了想,觉得做起来似乎并不难。李家钰字娃儿很高兴,这几天你帮我全力来做这事,吃的喝的,就包我身上。

安子谦问李家钰字娃儿,你有多少吃的喝的?李家钰字娃儿说,如果只是他一个的话,够三个月。如果加上他们三个,节省一点,可以撑一个月。他还表示,等除了赵百乐,他就搬过来和他们一起住,到时候他可以和安子谦一起去寻吃食,只是希望子谦爷莫要嫌弃。安子谦非常高兴,觉得只要有钰字娃儿在身边,大家齐心协力,再熬三五个月也是没多大问题的。看来,那个兽兵和何陆侯都讲对了,只要李家钰字娃儿在,这秦村,它就完不了。

回到屋子里,何陆侯和安子谦开始了热烈的议论。听着何陆侯响亮的声音,安子谦很感慨,假如不缺吃食那该多好啊,他们都能熬过这可怕的旱季,不管是一年还是两年,肯定能熬过去。只是干旱后头紧跟着的又会是什么呢?苦难该不会那么容易到头的吧!

你真相信他讲的么?何陆侯问。

安子谦晓得何陆侯问的什么,但还是明知故问,我相信他讲的什么?

赵百乐啊,他真的……吃人?我是不相信的。你不是讲他天天在村里搜东搜西的么?他们怎么会缺吃食呢?同类相食,那可是畜生也做不出来的事情啊。何陆侯说。

他早就是畜生了。安子谦说,我不觉得钰字娃儿说假话,他咋个可能说假话呢?

自古正邪不两立，我担心李家钰字娃儿整不过赵百乐父子。他那身板，从小就毛病多，又烧这么些年的烟，现今还缺条胳膊……

我这不是正帮他么？安子谦四处寻找。他需要一颗李家钰字娃儿描述的那样长短粗细的钉子，而且以洋钉子最好。

他应该找我帮忙嘛。何陆侯说，莫看我眼睛瞎了，要弄死一个人的办法，还是有的。

什么办法？安子谦见秦王氏一直闭着的眼睛也睁开了。

狼毒，还有乌头，你去挖点回来，我教你咋个做，一小杯就可以要掉他的狗命！

安子谦叹口气，先人板板呢，你眼睛被人抠瞎了，耳朵还没整聋嘛。都跟你讲好多回了，现在外头没有一根活的苗子了，都死了，死干净了！

3

安子谦以为很快就会搞成功，因为他已经找到了一颗无论长短还是粗细都很合适的洋钉。就在他刚完成一半的时候，赵百乐带着他的儿子莽子娃儿上门来了。

赵百乐说他这些天很忙，因为他察觉到李家钰字娃儿正在准备报仇，要收拾他。不过，我觉得你有些奇怪！赵百乐指着安子谦，都三天了，子谦爷，你好像都还没出过门呢。你咋不出门去寻吃食呢？咋个不去找水呢？你们这些日子都吃的啥？你们咋个都还没饿死呢？

安子谦不答话，就看着他。

这屋子里也太暗了嘛，啥也看不清。赵百乐操起一根竹竿，连敲带捅，将屋顶掀开了一个大窟窿，瓦片砸在地上，四处飞溅。阳光涌进屋子里，就像爆炸了似的，刺得安子谦眼睛都不敢睁。

你咋能这样呢？你这是胡搞啥呢？安子谦大叫道。

又不落雨，怕啥嘛，白天晒点太阳，晚上吸点露气，对人也要好点嘛。赵百乐像有了新发现似的，凑到安子谦面前看看，又凑到何陆侯跟前看看，还将秦王氏掩住脸的破棉絮托开，啧啧地咋舌道，没想到哇，还以为你们都饿死了呢，气色还这么好，瞧瞧，白白净净，都吃的啥呀？才几天啊，就变成个富态样，要再过个把月，你们还不都胖乎乎的要飞起来了？嗨，都吃的啥呀？有好吃的也给我们尝尝啊，秦村就咱们这几颗人了，要同甘共苦啊，有吃一起吃，有喝一起喝啊！

赵百乐那张有点浮肿的脸突然拉下来，他像发疯似的，挥舞着他的棒子，在屋子打砸起来。莽子娃儿也动起手来。他们打掉了鼎锅，掀翻了小桌子，踢碎了水罐子……屋子里东西乱飞，烟尘滚滚。

父子俩气喘吁吁，终于歇下了手脚。赵百乐还气愤不过，跳上床去，踹了秦王氏两脚，又蹦到何陆侯那张床上，冲那白花花的脑壳挥舞了两耳矢。

说，吃的啥呢？哪里来的？赵百乐双拳使劲一捏，关节嘎巴响。他这个动作太像那些准备施暴的打手了。安子谦心想，这畜生，是从哪里学到这个动作的？是不是天底下的畜生都是这个样子？一旦成了畜生，这个动作就无师自通了？

赵百乐呢，你这是搞啥子嘛，你咋个跟我们动手呢？你祖上先人哪一个害病不是在我何家药铺拿的药？那年你害秋痢，不是我，你咋个活得出来？还有你这个莽子娃儿，害寒老二，也是我医好的嘛。你有点良心好不好？你还算不算人哦？何陆侯长声夭夭地说道。

你们咋个对我，我就会咋个对你们！事出总是有因的！哪里会有无缘无故的仇恨？赵百乐的神情语气和缓了许多。你们莫要欺哄我，给我讲老实话，你们是不是跟李家钰字娃儿合伙起来要收拾我？

你这是啥子话？你咋会这样子认为呢？我们为啥要合伙收拾你？安子谦站起来，靠在老墙上，手伸进怀里，把刚才的活计往胳肢窝里藏了藏。他真后悔，如果自己多熬一个夜，东西也就做出来了，可以抵在这畜生的腰眼上，轰一声，看他再咋个混账！但是眼下，莽子娃儿手里拿着一把长柄弯刀，扛在肩膀上，刀刃在阳光下闪着明晃晃的光芒。而赵百乐手上那根酒杯粗的木棍，正被他抡过来、抡过去。安子谦尽管愤怒，也不得不压住火气，眼下的情形，他们三个老东西，除了忍气吞声还有什么选择？

子谦爷，你还要诓我？真把我们当瓜娃子了？赵百乐冷笑起来，提起木棍在地上重重一顿，他的喘息已经平复多了，好像正在蓄积气力，要再砸第二场。

他说，你想吃掉他的父母。何陆侯突然发问，是不是真的？

赵百乐愣了一下，随即就爆发了，像个泼妇一般，又是跺脚，又是喊叫，受够了委屈似的。李家钰字娃儿那狗日的乱说啊，老天爷呢，这个你们都要相信啊？我咋个可能去吃他爹妈呢？我咋个会想去吃人肉呢？也是现在哟，要是搁以前，传出去还有我们一家人的活路么？

你说，扒坟是咋个回事？安子谦问。

赵百乐像冷不防被戳了一下，又愣了一下。他再也受不了似的，咆哮起来，李家钰字娃儿这样讲的？我扒他家的坟？我要吃他爹妈的肉？就像突然意识到自己这样歇斯底里毫无必要，他突然住了嘴，沉默片刻，冷笑一声，骂道，日他妈，我就是扒了他爹娘的坟又咋样？他娘的，我早想扒掉他爹娘的坟了！老子就看不顺眼他龟儿子那假惺惺的样子，秦村死这么多人，有几个是送上祖坟山的啊？还使柜子当棺材，去他娘的个脚，做给哪个看啊？

赵百乐叫嚷的样子让安子谦想起了当年因为他老父亲吃饭太多，被他摔掉饭碗的情形。赵百乐的老爹老来糊涂，可是在这件事情上却清醒得很，没事就在村里东游西荡，逢人见人就讲饭碗被赵百乐摔掉的事，当时赵百乐的可恶，都讲了哪些恶躁的言语……赵百乐从此就被戴上了顶不孝之子的帽子，更加为大家所不齿了。

赵百乐的气话讲够了，也累了，一阵唉声叹气，言语小声了，也柔顺起来。他说，其实哪里在扒他李家的坟嘛，从他家祖坟山下路过，李家钰字娃儿突然就跳出来了，言语狠毒地骂他们，说他们扒了他爹娘的坟……还问我，是不是要偷他的爹娘。我啥时候受过这个冤枉？我说就是，我偷去做腊肉！就这话，他就说我要吃他爹娘的肉？对不对？他娘的啊，我就算是要吃人肉嘛，我也会选点新鲜的吃嘛，咋个会去吃死了那么多天的吊死鬼呢?

听赵百乐前头那些话,安子谦还是预备要跟他好好摆谈几句的。人心都是肉长的,说叨说叨两句,万一他肯听劝呢?但是他后头那两句话,以及他在说那话时的寒冷的眼神,还有那些冷笑,叫安子谦打消了想法。

如果饥饿真逼到只有同类相食才可以活下去的话,安子谦和何陆侯是谈到过这个话题的,意见一致,那就干脆地毫不犹豫地死去吧!这才是尊严,是人性!怎么能用同类的骨肉去换取苟延残喘呢?想都不应该那样去想,那是耻辱,是禽兽之道!

安子谦和何陆侯都很清楚,赵百乐不会。他现在不吃,是因为他还有吃食,还没被饥饿逼迫到那一步。他早晚会吃的。前一阵子,他油光铮亮的样子就曾经叫安子谦有了糟糕的想法,觉得他可能吃了很多肉食,他还跟何陆侯讲过,何陆侯也跟他一样的判断。可这已经被太阳烧焦了的秦村,可怜的人是唯一的活物,哪里又去寻带血肉的东西呢?后来他们侥幸地想,赵百乐原来就胖鼓鼓的,多半是太阳晒出了油脂。现在从赵百乐这些恶毒的行径可以判断,他已经做好了吃人的准备,他当然不会去吃吊死的李银泉,但他会吃掉他们。安子谦心想,干旱还在继续,赵百乐手上的吃食只会越来越少,而他们三个老东西,还勉强活着,只要还有一口气,就可以保持着新鲜……

说吧,你们是不是都商量好啦?要咋个对付我?赵百乐扛着木棒,从屋子这头走到屋子那头。

我们都老成这样子了,能咋个对付你?安子谦说。

那个狗日的都给了你们些什么好吃的？赵百乐拎起棒子，这里戳戳，那里戳戳。

他是给了我们吃的，是可怜我们老了。何陆侯说，他不像有些畜生，没良心……他听见赵百乐的脚步声腾腾地冲过来了，脑袋往前一抻，来哇，对准来哇，现今打死，看上哪块割哪块，新鲜着呢！

赵百乐一脚踏上床沿，正要发火，扭脸一眼看见安子谦正弯腰捡什么东西，赵百乐伸出手去。

安子谦紧紧握着，往身后藏。

你给不给？赵百乐掂掂棒子。

安子谦只好给他，是那个洋钉子做的顶火。那截铁管虽然别在裤腰上，但是子弹掉了出来，发出了声响，黄灿灿地滚到了赵百乐跟前。赵百乐眼珠子瞪得像牛卵。他不是个笨蛋，一眼就瞧出来了，安子谦这是在造枪火。

这就是冲我来的？赵百乐掂掂那颗子弹，难以置信似的。子谦爷，你真想弄死我？我们可是乡里乡亲呢，连句红脸话都没讲过呢！你要弄死我？

红脸话没讲过，那是以前，那阵你还叫赵百乐。安子谦耿直了脖子，神情凛然地看着赵百乐，现在你不是赵百乐了，你欺辱秦王氏，她年岁比你娘都还大，你还打陆侯爷……你没良心了，你变坏了，变恶了，你三天两头来祸害我们，你连我们这么大岁数的人都不放过，你撒泡尿照照吧，看看你现在都变成了什么鬼样子！你连畜生都不如啊！我也是老了，要再年轻十岁，我根本不用做这个，我一锄脑壳劈死你！

4

赵百乐和莽子娃儿前脚刚走,李家钰字娃儿就进来了。他是看着赵百乐他们进屋的,他也听见了他们撒野的声响。但是他只能听着,只能看着,他根本不敢和他们正面相对。上一回的冲突给他造成了很大的伤害,让他清醒地认识到,他根本不是他们的对手。他只能智取,只能借助武器。他以为安子谦他们全被打死了。当他悄悄钻进来,发现他们都还活着,皮毛未损,不禁感到意外。

这还不够?安子谦指着屋顶的大洞,指着满地狼藉,捡起那只被砸瘪了的鼎锅。早晚的事!安子谦叫嚷道,他早晚会弄死我们,吃掉我们!

李家钰字娃儿又留下了一些水和炒小麦。他说他原来还是想多给一些的,就担心落在赵百乐手上,等他们吃完,他会再来。

安子谦向李家钰字娃儿保证,三天之后,他就会做好那个东西。他拿出那截铁管,说好不容易才保住这东西,现在就缺一颗洋钉子和一颗子弹。

李家钰字娃儿摸出一颗子弹,递给安子谦,宽慰了他几句,就离开了。

一连几天,屋子里都很清静。赵百乐和莽子娃儿都没来打搅,他们就像突然消失了,不见了踪影。李家钰字娃儿也纳闷,说这俩家伙都哪里去了呢?到处都不见。他送了更多的水和炒小麦来,这让何陆侯感觉很好,喝着水,嚼着香得要命的炒小麦，他还哼起了小曲儿，无话找话地要跟秦王氏摆龙门阵。秦王氏总是躺着，很少坐起来。她也几乎不再回答何陆侯的问话，有些厌倦了似的，扯起破棉絮，掩盖住了头脸。

安子谦很着急，因为制造一点都不顺利。他倒是找到几颗洋钉子，不是不够长，就是不够粗。李家钰字娃儿劝他莫要急，说现今赵百乐两爷子都不见，正好有时间来整这个。安子谦感觉李家钰字娃儿其实比他还要急，看得见赵百乐在眼前晃动还好点儿，看不见就有些慌神——谁晓得他们躲在哪里搞什么鬼名堂呢。

他们该不会跑出去了吧？李家钰字娃儿说。

安子谦说不会。他给李家钰字娃儿讲了赵百乐那天离开时撂下的狠话——

你们见到李家钰字娃儿那家伙的时候，带个口信给他，我跟他结死仇了，不是他死，就是我亡！临出门的时候，莽子娃儿又要拿走那只鼎锅。赵百乐一脚将鼎锅踢到安子谦跟前，你留着，等我整死李家钰字娃儿，我请你吃肉，新鲜肉！

安子谦要李家钰字娃儿特别小心，最好不要轻易过来，讲不清楚赵百乐两爷子是不是就埋伏在路边。

李家钰字娃儿明显也很担心，明的我不怕，我就害怕他们来暗的。不过他更担心安子谦的制造，一定要整好啊，可千万不能拜堂脚转筋啊！

你放心吧。安子谦讲，吃了这么些天的粮食，觉得都长好多肉出来了，必须得动动了，如果再这样子下去好吃好喝的供养着啥也不干，只怕会胖得啥也做不了。所以，安子谦要李家钰字娃儿不用再送水了。他给李家钰字娃儿兴奋地讲了在两叠水建造的水潭,清凉丰盈。安子谦希望李家钰字娃儿到两叠水去见面,他要招待他洗个通透安逸的澡。听安子谦这么讲,李家钰字娃儿也很高兴,说等他手臂好透,他也会去背水,背很多回来,让何陆侯和秦王氏都洗上一个澡。

何陆侯呵呵直乐,说要是秦村的年轻人都像钰字娃儿这样,就算天塌下来也不害怕啊!

送走李家钰字娃儿到门口的时候,钰字娃儿转身用那只残存的左手,跟安子谦比了个打枪的动作,子谦爷,我等你了!

我晓得,我晓得。安子谦真是觉得歉疚,在心里骂自己没用。

安子谦送李家钰字娃儿出了院子,站在坍塌的龙门口,目送他远去。此时正是黄昏,晚霞把秦村映照得一片金光灿烂。李家钰字娃儿那只老藤背篼映着霞光,尤其耀眼。

5

安子谦彻夜未眠,手脚很顺利,他做好了顶火,很兴奋,把东西递给何陆侯看。何陆侯两手摸了一阵,也不觉得有啥玄奥和了不起,他甚至怀疑起这玩意是不是真的可以发射子弹。真的能打死人么?他要安子谦测试一下。安子谦不敢,说本来只有三颗子弹,被赵百乐拿去了一颗,如果测试废掉一颗,那李家钰字娃儿手上只有一颗子弹了。要晓得,赵百乐可是两爷子啊!

何陆侯不赞同将莽子娃儿和赵百乐等同起来看，说他虽然眼睛瞎了，但是很清楚莽子娃儿和他爹赵百乐是完全不同的。但凡瓜娃子，都不是坏人，就算坏，也是被人怂恿起来的。莽子娃儿确实做了些可恶事，很招人厌，那还不都是他爹赵百乐指使？不做就要挨打，他有啥子办法呢？只要他爹不在身边，他还是听得进去人话的。何陆侯举了个例子，说那天莽子娃儿看上了那个鼎锅，表嫂几句话一劝，他不就放下了么？何陆侯断定，只要他离开赵百乐，只要有个好人稍微领一下，这莽子娃儿，是可以成为一个大好人的。瓜娃子嘛，就相当于一张白纸，你要把黑墨往上涂，它就是张黑纸，你要肯往上头涂红，它就是张红纸——

你记住，一定要把我讲的这番道理，跟钰字娃儿说清楚。

安子谦说好。

那你现在可以试一发了嘛。何陆侯说，你无论如何也该试一下的。万一临到拜堂脚转筋咋办？何陆侯跟安子谦讲了可能发生的情形。李家钰字娃儿和赵百乐狭路相逢，或者，李家钰字娃儿打了埋伏，拿着安子谦做好的这个枪火，瞄准赵百乐的脑壳，宣告了他的罪恶，要代表天地人间的正气，执行对他的惩处，结果，哦嚯，屁都不响一个，咋办？总不能说等一下，我回去喊子谦爷重新整一下再来。逃都来不及，被回过神来的赵百乐挥手一棒子，哦嚯……何陆侯摊摊两手，子谦，你不是让他白送一条性命？

安子谦心想，不就是这么回事么？这可是件要命的事情呢，差错咋个也不能出在自己手上啊！

试一把嘛！子谦！何陆侯竟然像个又胆小又兴奋的碎娃

家，伸出两根指头，堵住了自己的耳朵眼。

事后安子谦觉得自己真是鬼把脑壳摸着了，咋个听何陆侯的怂恿呢？要试也该把东西送到李家钰字娃儿的手上，让他去试嘛！自己试了就算数了？李家钰字娃儿试的话，他也才晓得感觉咋样啊，该咋个瞄准，该用多大气力。

在何陆侯的一再催促下，安子谦都没怎么细想，就将子弹卡住，将顶火放进去，双手抱住铁管，像个气力不济的碎娃儿玩滋水筒，深吸一口气，将肚皮鼓起来，嗨一声，将铁管使劲往肚皮上一抵，只听得啪一声，安子谦只觉得身子一震，手上一麻，那子弹就像无头的苍蝇一样，在屋子里乱飞，溅着火星子……它最后落在了什么地方，安子谦根本没看清楚。如果不是满屋子的火药味道，他都没搞清楚究竟发生了什么。

打出去了么？你真了不起啊！子谦，你是个天才呢！何陆侯向安子谦翘起了两手的大拇指，啧啧称赞，你成功了呢，子谦，我都不敢相信，你这个老东西，还造得出来军火！这下好了，那头畜生性命不长了！

秦王氏从被窝里探出半颗脑袋，微笑着向安子谦表示祝贺。

安子谦将他的发明藏起来，他担心刚才的声响会惊动赵百乐。他想，就算舍掉性命，也要保住它，万不可叫这武器落入赵百乐手上。安子谦既激动又兴奋，想马上就出门，去找李家钰字娃儿。但是外头还昏天黑地，等到天明还有一阵子。安子谦无心睡眠，往火塘里加了几块柴，火堆一下子旺了起来。

何陆侯还沉浸在激动里。他再次叮嘱了安子谦一遍，一定要把他的话带给李家钰字娃儿，放过莽子娃儿。但是他又猛然明白了似的，觉得这叮嘱大可不必，因为，李家钰字娃儿只有一颗子弹了嘛！

如果他非得开枪的话，肯定是冲着赵百乐嘛，何陆侯问安子谦，你说我讲得对不对？

我在想啊，不该刚才的浪费！安子谦说，万一他第一颗没打准呢？

那是必须打准的！何陆侯说，他哪里有第二颗子弹呢？他只有一次机会，必须打准，你告诉他，必须——打准！

第二天一大早，安子谦就背着背篓，背篓里装着那只水桶，高高兴兴出了门，去寻找李家钰字娃儿。他先去两叠水，清清凉凉一潭水，上头漂浮着几片枯叶。安子谦尽管又渴又累，却没舍得动这一潭水。他觉得李家钰字娃儿就在来的路上，很快就到了。他想叫李家钰字娃儿喝第一口，再抹上一个透心凉的舒舒服服的澡，这是自己送给他的第二个厚礼啊，也算是对他这些日子侍奉给他们炒小麦的回请吧！

第一个厚礼，当然是那支抵火枪了。抵火枪，是安子谦在前去两叠水的路上，给自己这美妙的杰作起的新名字。他觉得这个名字很形象，很有意思。为了防备可能遇上赵百乐被抢了去，他都没敢带在身上。

安子谦等了好一阵，也不见李家钰字娃儿。他趴在水潭边上，轻轻拂开漂浮的落叶，清凉的水气扑面而来。安子谦往前爬了半步，脑袋凑近潭水，嘴巴噏着，噏到水面，就像喝一碗热油滚滚的鸡汤，小口啜饮着，让清凉的泉水顺着咽喉，慢慢淌进肚腹。安子谦觉得，在这大旱的日子里，自己可能是土镇，不，可能是整个爱城最幸福的人了。试想一下，这烈日炎炎，赤地千里，又有谁会有这福分面对这样一潭清凉透底的泉水呢？

安子谦喝饱了泉水，把身子翻过来，扯开衣衫，探起脑袋，看着微微腆起的肚皮，双手拍拍，摩挲一阵，搂着它，就像搂住了个愉快的心情，迷迷糊糊就睡着了。

等到醒来，安子谦看看日头，觉得这应该是半下午了。李家钰字娃儿呢？他咋还不出现呢？安子谦没敢再等下去，他担心回去的路会被黑夜藏起来，他可不敢想象自己跌倒的情形。他装了满满一桶水，期望回去的路上，可以碰见李家钰字娃儿。

安子谦看那满凼凼的一潭水，为没有请到李家钰字娃儿美美地喝上一肚皮，再抹上一个澡而多少觉得有些遗憾。回去的路上，安子谦谁也没碰上。到了何家药铺，安子谦放慢了脚步，他可不希望自己这辛辛苦苦背回来的一大桶清泉水，落到赵百乐那畜生手里。

屋子里没有动静。

赵百乐没有来。何陆侯说，除了太阳把外头不晓得是石头还是泥巴晒得龟裂的声音，啥动静也没有，就像全都死了。死干净了！

安子谦让他们喝水，尽管喝。因为他明日还要早去，去背水。安子谦觉得，李家钰字娃儿明天一大早肯定会在两叠水等他。

结果，除了背回一桶水，安子谦等于是往两叠水白跑了一趟。他四处看了，除了自己留下的痕迹，到处都是干干净净，不像有人来过。

一连几天，安子谦都没见到李家钰字娃儿。同样，赵百乐两爷子也不见踪影。何陆侯推测，他们可能已经同归于尽了。安子谦不相信，因为李家钰字娃儿在没有得到他制造的这个抵火枪之前，是没有那个能力和胆量和赵百乐两爷子对抗的。那么，他们都去了哪里呢？会不会是赵百乐两爷子去追赶李家钰字娃儿去了？钰字娃儿虽然没有右手，但是腿脚还是麻溜的，他钻进山林，赵百乐两爷子在后面紧追不舍……然后，他们就都迷路了，出不来了？

这些天里水倒是不缺，尽管喝。可是炒小麦早就没了。何陆侯忍不住念叨，说这个李家钰字娃儿咋回事呢？没事嘛，就来报个信嘛。如果死了的话，也该托个梦呀，让大家晓得咋回事啊。这样老鸹等死狗，要等到啥时候嘛！

你是盼他呢？还是盼他的炒小麦呢？安子谦笑道，饿得受不了是不是？我明天就出门给你寻吃食吧！

秦王氏窸窸窣窣从被窝里钻出来，叫安子谦到她跟前来。她从被窝里抓出一把炒小麦，要他递给何陆侯。接着，又摸出一把，要安子谦吃。

咋回事啊，表嫂，这些天，你都没吃么？安子谦问。

我平时饭量都不大。秦王氏笑笑，她的声音很细很弱，像蜘蛛丝。她说，不是有句话，男饿三天女饿七么？

你得吃东西啊。你这样算咋回事呢？

平日里，秦王氏就像害怕阳光的样子，总是将自己捂在被窝里，安子谦少有时间看清楚她。现在，借着燃烧起来的火光，安子谦见她皮泡眼肿，伸出手，在她额头摁了一下，深深一个窝。常言道，男怕穿靴女怕戴帽，讲的就是蛊病。男人脚肿，女人脸肿，都是病入膏肓的表现。

莫事，可能是这些天水喝多了，又不动，没咋消水。秦王氏说。

安子谦晓得，她是不肯吃食，是故意消耗自己的性命。她深深地将自己埋在被子里，病痛也不吭一声……她的这些举动已经表明了，她想让自己尽快地死去。

安子谦只觉得心头一阵难受。

秦王氏又笑笑，一边慢慢往被子里钻，一面将那破棉絮往头顶上扯。她要把自己完完全全掩埋起来，像一场安葬。

安子谦抹着眼泪水，突然发现这眼泪水竟然多了。看样子跟这些天好吃好喝有关啊。人这玩意儿，一旦不怎么缺吃食，情感也就渐渐会丰富起来，心肠也会慢慢软乎起来。

何陆侯咀嚼正香呢，突然察觉到气氛不对，问安子谦，咋回事？出啥事了？刚才表嫂讲啥了？表嫂，你刚才讲啥呢？我都没听见。

安子谦说，你再把你那张老猪嘴吧唧响点嘛。

何陆侯不好意思地笑起来，香呀！

这时候外头突然传来一阵脚步声，何陆侯以为来者是赵百乐，慌忙将手中的炒小麦一把全塞进嘴巴里。安子谦也慌忙站起来，做好应对的姿势。

进来的竟然是李家钰字娃儿。

李家钰字娃儿呼呼地喘息着，他总是背在身上的那个桐油浸了的老藤背篼不见了，显得他身子就更加单薄了。他吞吞发干的喉咙,问安子谦,有水没有?

安子谦忙递给他。

李家钰字娃儿猛灌几口,终于缓过气来。他伸展了一下身子,告诉了他们一个消息,莽子娃儿死了。

咳,你咋对他下手呢?何陆侯感叹道,这天底下,瓜娃子再坏,也坏不到哪里去呀!

我没对他下手。我见到他时,他已经死了,还被吃掉了大半截!李家钰字娃儿声音还打战,他在竭力克制,又连着喝了几大口水,还是没办法让自己镇静下来。安子谦见他这个样子,完全是被吓怕了。要晓得钰字娃儿可是见过大场面的,什么炮打脑壳、挨飞子儿、三刀六眼的事情啥没见过呢?从阎罗王的门槛上都不晓得往来好多回了,听说被那个兽兵砍手臂的时候,眼皮都不带眨巴一下的。他咋个就吓成这样子了呢?

怕是这世间真的有妖魔鬼怪呢!李家钰字娃儿讲,这些天里他一直没有去两叠水,倒不是害怕中赵百乐的埋伏。论伏击什么的,他可比赵百乐他们懂太多了,前些年他跟着何福田他们可没少干这样的事,而是他总是觉得在背后有一双眼睛在瞄着他。他本是不害怕走夜路的,现在,天不黑,走在路上背皮就莫名其妙地发麻,发凉,老是感觉有双眼睛阴阴邪邪地盯在脊梁上,扭头一看,又啥都没有。

听他这么一讲,安子谦感到自己似乎也曾有过这样的感觉。

关键的还不在这个。李家钰字娃儿讲,他基本是每天都要去爹娘的坟头前看看的。因为无事可做,因为心头烦乱,因为实在不晓得接下来该咋个打算,就倚在坟头前,像坐在爹娘的怀抱里,曾经遭受的那些罪一下子就风轻云淡,不算个啥了,觉得其实自己还算得上这秦村最幸福的人。那么多的家庭,秦王赵陈,唐张魏吴……就只有他李家钰字娃儿亲手安葬了父母,还给父母守了三,做了七,还可以天天坐在父母坟头前,跟父母讲讲心头的话,讲到伤心处,还可以把眼泪水洒在坟头前。

可就在他将被赵百乐他们挖烂的父母的坟头修整如初的第三天,他发现,坟头又被弄垮了一大半,都露出那口大红漆的柜子了。这让他很愤怒,发誓要将赵百乐千刀万剐!这也太可恶了,难不成这烈日炎炎下,父母早已腐烂的尸体,他们也要吃么?看来他们现在不是冲吃人肉来的,而就是要猖坟,就是为了要对付他,为了要泄愤,搞不好他们还想学那戏文里头的演的,掘坟鞭尸呢!

这王八蛋赵百乐,这狗日的赵百乐,这畜生赵百乐,他咋就这么阴毒可恶呢?他咋就不肯放过死人呢?他咋不肯放过自己呢?李家钰字娃儿真想马上就找到他们,弄死他们!他已经从上回挨打上吸取了教训,他不是他们的对手,他只能智取,只能借助武器!

李家钰字娃儿一边哭,一边向父母赔不是,责怪自己没出息,父母都入土了,还要遭此欺辱。他发誓一定雪耻,提了赵百乐的人头到父母坟前祭奠谢罪。他用了差不多一整天的时间,才将那被毁坏的坟头修缮完好。

可是,等到第二天他再去看,坟头又被毁坏成了昨日那般糟样。李家钰字娃儿差点没被气晕过去。他强忍怒气,将坟头再次修缮。而且他在那里守候了一整天。他已经做好了打算，无所谓有无武器，也不管自己是不是打得过他们，如果他们胆敢再来，他就要舍命一拼。哪怕被他们砍掉脑袋，也要咬下赵百乐一只耳朵，他要用自己的性命来保卫父母的坟墓，保卫父母和自己的尊严。所谓士可杀不可辱，自己一直坚持的不就是这点尊严么？

李家钰字娃儿在李家祖坟山住了两天，也不见赵百乐父子踪影。因为缺水，因为接连两天粒米未进，李家钰字娃儿饿得眼睛冒花儿。他扭头看父母的坟墓，完好如初，坟头的土被太阳晒得雪白，泛着光芒，叫他感觉恍惚，怀疑自己前几天是不是看走眼了，是不是一切坏事都还没发生，是自己脑壳出问题了，胡思乱想出来的？

李家钰字娃儿回去喝了水，吃了点东西，又好好歇息了一觉。在睡梦中，他听到父母的呼唤，他应着声，四处寻找他们。猛然间，他意识到父母已经死了，被自己背到祖坟山埋了。他想到了坟头，想到那被毁坏的坟头，那露在泥土中的红色柜子……他醒过来，一身冷汗。

刚到祖坟山，眼前的一切就惊得他像遭了雷击，好半天才回过神来。为了确定这一切并非做梦，他掐了自己几把。为了确定这一切并非自己胡思乱想出来的，他冲着天空那炫目的太阳大声哭喊了几声，又冲着四周呼喊着赵百乐的名字咒骂。他在祖坟山奔跑，哭喊咒骂赵百乐和他的祖宗八代，他用最凶狠的言语，最难听的骂人话发泄着心头的愤怒，激将赵百乐，要他拿出胆量和自己来一场公平的决斗。

回答李家钰字娃儿的是秦村死去一般的沉寂。

李家钰字娃儿再次将父母的坟茔修缮完好。然后，他砍了些毛竹，用了好几天来设计和制作机关。所谓机关，不过是一个放大了的捕鼠器。此前他从未见人做过捕鼠器，在愤怒之心的激励下，他不仅完成了设计，还以一只手完成了整个制作。它看起来是那么庞杂，笨拙，松脓垮兮，稍微有点眼水的人，一眼就可以看出那是机关，而且就算中了机关，也不可能造成多大伤害。但这是李家钰字娃儿唯一能想到和做到的应对之策，这相当于一个态度，告诉那个欺人太甚的畜生，他李家钰字娃儿并非只是一味忍受，而是也能做出反击。

而就在此前两个时辰，李家钰字娃儿前往祖坟山，他在父母的坟茔前，看到了骇人心魄的情形——

坟茔完好如初。他的机关似乎起了作用，因为竹竿乱七八糟到处都是，而地上躺着个死人。死者莽子娃儿。致死莽子娃儿的似乎并不是他的机关，而是另有东西。因为莽子娃儿的胸膛被挖开了，脖子被咬断了，肚腹空空荡荡，看起来像是个壳，两条腿被啃食了大半……

有什么东西吃了他！李家钰字娃儿颤抖声音说，除了妖魔鬼怪，还有啥东西会有那么好的牙口？

6

这天晚上李家钰字娃儿就住在何家药铺，因为他哪里也不敢去。他真是被吓坏了，李家钰字娃儿，这个连死都不惧怕的秦村最勇敢的年轻人。

背水太累，安子谦双眼沉沉，很快就睡着了，但是又很快被惊醒了。何陆侯也不晓得梦见什么了，大喊大叫，声音里充满了恐惧，像是有什么东西正追着咬他，而他无处可逃。

安子谦往火塘里投了些柴，火光起来。他看见何陆侯尽管已经从噩梦中醒来，却还惊魂未定，两只手在床上摸来摸去，像是在寻找可以驱赶和防御的武器。问他梦见啥了，他啥也不肯讲。

秦王氏和往常一样，被那床黑褐色的破棉絮掩埋在里头，只是，今天晚上似乎要掩埋得深一些。

李家钰字娃儿瞪着那双大眼睛，火光在里头跳跃着，显得很深，很远。

一直挨到太阳现身，李家钰字娃儿才肯出门。安子谦已经想明白了，他之所以这个样子，其实想来叫人既可怜又心酸，他经历了这么多，哪一件都是要命的，都是叫人发疯的，也是搁在现今这个情形下，不停地死人，各种杀戮，各种死法，各种生离死别，早叫人心肠麻木了。要是搁在平日，谁受得了？摊谁的脑壳上，谁都得疯！李家钰字娃儿一直受着，忍着。

安子谦不清楚在自己这瘦弱的躯壳里，究竟蓄积了多少悲痛和怒火，也不清楚沉淀了多少怨恨和耻辱，更不清楚究竟是啥东西将这些悲恸怒火兜住的，又能兜多久。他更不敢想象，假如某一天兜不住了，决堤垮堰时会是种什么情形。会疯掉么？会像李家钰字娃儿这样，战战兢兢，满脸恐惧，没有日头照耀，都不敢出门么？

今日的日头有些古怪，咋是血红血红的呢？安子谦看看太阳,又看看身前身后,在它的照样下,这地上,这地上所有的物件,都血红血红的呢。李家钰字娃儿见他还没跟上来,也看着东方的日头,也看看身前身后,还伸出手臂,摊开手掌,看阳光照耀在上头的颜色。

安子谦觉得还是应该回去一趟,背上水桶,等去了李家的祖坟山上看了,要是没什么事情的话,还必须去一趟两叠水,再背上一桶水回来。屋里的水已经喝光了,不管什么妖魔鬼怪,也不管恐惧害怕,只要还有一口气在,就得时刻为这张嘴考虑。

安子谦背了水桶出来,跟站在前头等他的李家钰字娃儿说,等会儿你跟我去趟两叠水吧,好好洗个澡,洗洗身子,也清清头脑。

李家钰字娃儿答道,要得!他还在对着太阳照那只手,手心手背翻来覆去,上头像是有什么答案,就快被他看出来了。

一个人影从一边的土堆上慢慢站起来,抖落了身上的阳光。是赵百乐。他手上拎着那根棒子,腰间还别着一把大弯刀。他下了土堆,迎向李家钰字娃儿。安子谦愣了下,大声喊叫,嗨,嗨……

李家钰字娃儿的两眼,还落在那只手上。那只手对着太阳,阳光透过他叉开的指缝,照在他的脸上。

赵百乐在李家钰字娃儿前头站定,抡起那根棒子。棒子划破了血红的阳光,像只冲天而起的黑鸟,羽翼上闪着红色的亮光,扑向李家钰字娃儿那颗头发蓬乱得像个鸟窝的脑壳,受惊了似的,又腾空而起,飞溅起一片红色的薄雾。

安子谦就站在那里,看着赵百乐一棒子又一棒子地锤击着李家钰字娃儿的脑壳。那颗蓬乱头发下面的脑壳,表现出了和李家钰字娃儿一样的顽强和坚硬,它并没有那么容易被击碎。尽管赵百乐使出了全身的气力,两只脚都蹦跳起来了,它还是扛住了很多下猛烈的棒击,发出砰砰声响。终于,它扛不下去了,开始碎裂,成了片,成了沫,混合着皮毛血,四处飞洒。

安子谦抹了一把脸,看着两手,湿漉漉的,红彤彤的。他也像李家钰字娃儿那样,两手对着太阳,翻来覆去地看,看指缝间红色的太阳和太阳光,看两手湿漉漉的鲜艳的红。

赵百乐走过来,掀开水桶盖子,将一副热气腾腾的肝肠和一条白生生的腿放到里头,喑哑着声音说,背回去吧,趁着新鲜,好生吃饱肚皮。

安子谦站在那里,赵百乐把着他的肩膀,将他调换了个方向,在背后搡了他一把,他才晓得起步。何家药铺就在前头,不过三两百步的光景,安子谦却走了一个上午。

7

安子谦没有进龙门口,他在那堆废墟上坐了一阵子。记得前头的田坝里有个炮弹坑,就把水桶里的肝肠和断腿丢在里头,手脚并用,连蹚带刨,将四周泥土掩向深坑。然后像只垂死的老狗一样,趴在坑边呼呼喘气。

他本来是想回去跟何陆侯他们讲讲这个事情的。可是,该咋个讲呢?他的心里又慌又乱,真是六神无主。还是饥渴给了他主见。因为口渴，他的舌头都僵在口腔里，像正在变成石头。他费了好大的气力，才搬动它，卷动一下，发出了一声咳嗽。他从地上爬起来，背上水桶，他终于晓得接下来该往哪里去，该去做什么了。

前往两叠水的路上，安子谦总是犯迷糊，老是觉得自己是不是走错了路，他已经不认得那条自己走过无数次的路了。一回回走错，又一回回在天空中太阳的指引下回到正确的道路上。而且他的两条腿很不对劲，踩在地上，就像踩在棉花团上，软绵绵的，使不上劲，不是跌倒，就是两腿发软，要往地上瘫。

终于赶到两叠水，天已经黑了。借着被太阳晒得发白的沙石滩泛起的微光，安子谦来到了那个自己得意的创造跟前，但是眼前的情景却叫他绝望。因为那个小水潭已经不见了，成了一地的乱石堆。他趴在地上，不甘心地两手摸索，摸到了一点湿痕，他趴在上头，呼吸着凉气，闻到了淡淡水腥味儿。

上头有水滴落下，掉在安子谦的后脑勺上。他仰过身子，水滴落在了脸上。他动动身子，水滴落在眼窝里，再动一下，终于落在了口中。

水滴很小，很轻，都溅不起声响。安子谦张着嘴巴，等着，一滴，两滴，三滴。僵死的舌头总算活过来了。他吞咽一口，身子抽搐了几下，想哭，却没有那个气力。

月光出来了，挂在树梢头。

水滴渐渐大了起来，也滴沥得多了起来。安子谦翻身起来，双手接住水滴，他开始洗手，洗脸。他感到头脸上尽是毛发和碎骨渣子，索性脱了衣裳，赤条条地站在水滴下，让水滴啪啪嗒嗒从头顶落下。他低头看着自己，浑身湿漉漉的，在月光下闪着灰色的光。他转动身子，两手上下抹着，感到身子终于活泛过来了，两只眼睛也清凉了，可以看清楚东西了。他将乱糟糟的石头铺平，又去河岸边捧来泥巴。

这样子清凉的夜晚可真适合干活儿啊。没用多大会儿工夫，安子谦就把水潭子修整好了。而且还蓄积上了水。随着潭里积水越来越多，终于映出了一个圆满的月亮。

等到天亮，水潭蓄了大半潭的水。安子谦清洗了水桶，灌满了它。又去捧了泥巴，将昨夜有疏漏的地方，重新做了加固和完善，又美美地喝了一肚子的水，这才背上水桶，踏上回去的路。

中午时分，安子谦回到了何家药铺。听到脚步声，何陆侯沙哑着声音唤他，是不是子谦啊？嗨，你咋个一天一夜都不落屋呢？还以为你被妖魔鬼怪吃掉了呢？嗨，子谦，出个气嘛，是不是你哦？

安子谦轻轻咳嗽了声，算是应答。

搞了一天一夜，总要整点啥好吃的来嘛。何陆侯搓着手，兴奋地等着安子谦给他奉上美味。这个老瞎子啊，他成天就陷落在饥饿和黑暗里，真是什么都不知道啊！安子谦心头阵阵难受。他倒了一碗水，递到何陆侯手上。何陆侯咕咕咚咚喝了，伸出手来，问，就没点啥吃的？

安子谦端着水，站在秦王氏床前，先是唤了几声，表嫂，表嫂。秦王氏没动。安子谦弯腰凑近了喊，她还是没动。何陆侯说，我喊了一早上，她都没理我，昨晚上倒是跟我讲了几句话，说李家钰字娃儿死了，秦满堂也死了，秦满如现今跟宝儿娘在一起。我说了她几句，我说你在打胡乱说讲啥子，她就不开腔了。半夜又叫唤起来，惊乍乍的，平时哪里有那么大声气呢？我问她咋个了，她说来了好多人，何福田、若兰娘、李银泉……都是些死了的人。我说表嫂呢，你咋个了哦，是不是做噩梦了。她说真的好多人啊，还有李家钰字娃儿，给了她好多炒小麦，她都藏在那里，说够我们两个吃好几天的。我说老嫂子呢，这屋里除了你的喊叫，哪里还有啥嘛，脚步声都没一个，你开我这个瞎子啥玩笑呢？我耳朵还是有用的嘛。

安子谦放下碗，生怕惊动秦王氏的熟睡，轻轻地要扯下那床黑褐色的破棉絮，却发现秦王氏紧紧地抓住它。安子谦捏了捏她那双指关节像树瘤般肿大的手，冰凉僵硬。他心里咯噔了一下，在床沿边坐下。

屋子里突然安静下来。何陆侯也觉察到了异样，他唤了安子谦两声，见不答应，就叹口气，说，她走了是不是？咳，我昨晚上就晓得了，她要走了，只是不想承认这个事情。她走了，我也要快了。何陆侯不再说话，倚靠在老墙上，过了一会儿，无声地滑进被窝里，双手摆在身侧，仰着面，抿紧了嘴唇，一动不动。

安子谦握住秦王氏的手，坐了一阵，心里说，老嫂子啊，你把手松开吧，让我把你殓了吧。

秦王氏的手竟然慢慢软乎了。安子谦扒开棉絮，看见秦王氏青灰一张脸，颧骨高耸，面颊凹陷，嘴巴张得大大的，两只眼睛微睁。安子谦在她的脸上抹了好几把，都没把她的眼睛合上。只好由她了。在她贴胸的地方，有一只鼓鼓的储壳子。安子谦伸手去拿，掉出几粒炒小麦。平常给她的，她都是塞几粒在嘴里装样子……全都攒在这里，如果她都吃掉的话，又咋个会死呢？她是早打定了主意要死的，找安子谦帮忙，他没有答应。她也知道，死，在眼下这种情形，是一件很难的事情，就没有再去求他，默默地自己完成了死这件事。

安子谦将她的衣裳收拾了一下，让她看起来穿戴还算整齐。秦王氏是个喜欢体面的人，尽管药罐子不离身，但是这么多年来，只要是要露面见人，她还都要花费些时间和精力将自己收拾得干干净净，头发梳理得光光生生。因为吃药太多，跟人讲话，怕人家嫌弃满嘴药气，她会叫秦满如去外头的田坝里扯上些薄荷回来，嚼上几片薄荷叶。

秦王氏就是这么一个在乎自己也在乎别人的人。眼下她死了，身子都僵硬了。安子谦觉得，她一定还是很在乎死后样子的。他叹着气，跟秦王氏讲，老嫂子啊，你是个喜欢光生的人，可是眼下这世道都成这鬼样子，我想帮你，也办不出来个啥啊。我老了，都死大半截了，眼花了，气力也不济了，我就给你梳个光光头吧。

安子谦到处找梳子，找不到。就跟何陆侯说，你把梳子给我用下吧。何陆侯说，你咋晓得我有梳子呢？说着，从怀里摸出一把小牛角梳。安子谦拿过来，梳子精巧，透亮。这是宝儿娘的嫁妆吧？何陆侯说我还看得见那阵，就揣身上了，她也不知道哪里去了，找了一阵，找不着也就算了。我一直藏着，你咋晓得？安子谦说，我见你偷偷用过。何陆侯说，你见我用过,那么宝儿娘也肯定见我用过的……你拿梳子干啥?安子谦说,我给老嫂子梳个头,她喜欢光光生生的。何陆侯说好,劳神你了,我瞎了,啥都看不见,啥都做不了。

安子谦将那一储觳子炒小麦递给何陆侯,这是老嫂子节省下来的。何陆侯捧着那一小袋炒小麦,在鼻子底下闻闻,碎娃儿似的,抽抽噎噎哭起来。

安子谦给秦王氏梳了头,将她裹进那床黑褐色的破棉絮里。他已经想好了殓葬她的方法了。绝不能入土的。他的脑壳里一直浮现出两叠水,那被刨得一团糟的水潭,想着李家钰字娃儿跟他讲的那被三番五次扒开的坟茔,想着莽子娃儿被开膛破肚的死相……他想,这一切,绝对不会是什么妖魔鬼怪干的。只有一样东西,就是在若兰失踪的那个夜晚,他撞见的那头野猪!一想到它那深陷的阴暗邪恶的小眼珠子在火光中闪着血光瞪着自己的样子,就叫安子谦背皮一阵阵发麻,似乎已经感觉到它就藏匿在身后某处正看着自己!这样的干旱季节,它跟人一样也饿极了,也在到处寻找吃食。

黄昏了,到处都是红彤彤的,像被这一天的烈日烤熟透了,碰一下就会像熔化的铁水一样到处流淌。

安子谦来到那个掩埋李家钰字娃儿肠肚的炮弹坑。他仔细看了四周,没有痕迹。他本来打算明天早上再来看看,看是不是能验证自己的判断,但是觉得这样不好。就扒拉开泥土,取出李家钰字娃儿的肠肚和那条腿,拿布包了,吃力地拎着,拎回到何家药铺的院子里。

安子谦用了大半个晚上,才将柴火堆好,将秦王氏背到上头,将李家钰字娃儿的肠肚和那条腿放在秦王氏身边。安子谦说，表嫂啊，麻烦你个事情，你把这些东西带给李家钰字娃儿一下，再转告他一声，明天我就去找他剩下的那些，就算拼了老命，我也要给他全都找回来，让他完完整整的。

安子谦点着了火。柴火天天被日头暴晒着，干脆透了，闻起来就有一股子火焰气。这下见了火，马上就不管不顾，不遮不拦地暴脾气发作了似的燃烧起来。火焰冲天而起，发出呵呵声，像是终于得到解脱似的纵情欢唱，又像是号啕大哭。熊熊的火光映红了秦村的夜空。翻卷起来的火星子冲上云霄，布满天空，就像闪烁的星星。

何陆侯在屋子里用那扯满了哭腔的声调喊魂，表嫂呢，你慢慢去哦，钰字娃儿呢，你慢慢走哦……

8

火光熄灭，灰烬冷却。

安子谦和何陆侯坐在屋子里，秦王氏曾经睡过的那张床上放着一个瓮，里头装着她的骨灰。在旁边是个布包，里头搁着钰字娃儿的一点骨殖。

何陆侯问安子谦，秦王氏讲的那些会不会都是真的？秦满堂已经没了，宝儿娘现今跟着秦满如一起？何陆侯喋喋不休地讲着，说他也很快就要死了，因为这些日子他也老是做噩梦，梦见的也都不是什么好东西好事情，梦见最多的，还是自己的事情。以前的，现今的，各种发生过的没发生过的，各种荣耀的和后悔的，包括那些埋在心底的羞耻。

安子谦没有搭理他。他已经做好了准备，要出去寻李家钰字娃儿。他在想赵百乐现在应该在什么地方。他对赵百乐还是放心的，觉得他不会伤害自己，如果他要动手，他早就下手了。他要带着李家钰字娃儿的那点骨殖去见他。有句老话，说一个人如果坏事做尽，死后的尸体野狗都不吃。而一个人如果正直善良，他的骨殖就算是深埋地下千百年，挖出来也会是洁白如雪的。李家钰字娃儿的骨殖，被火炼得雪白。他要叫赵百乐看看，告诉他，一切都可能是场误会，而引起误会的，应该就是那头畜生！它第一次出现，就死了好几个人，若兰也不见了，秦村从此陷入了灾难……它躲藏了这么长时间，现在，它又出来了！

安子谦给何陆侯准备了一大罐水，放在他的身边。安子谦说，如果我回不来，你又咋办呢？何陆侯也叹口气，你回不来，我就去找你嘛，你担心啥呢？反正也就那么一条独路，走到头了，大家就又碰面了。安子谦拍拍他的脸，老哥呀，对不起你了，我无论如何也要去找他的，把他找到了，我就回来。何陆侯说，你去嘛，你去嘛！

安子谦出了门。

在那个土包上，安子谦见到了赵百乐。赵百乐坐在土包上，怀里抱着那根木棒，望着白花花的太阳，发着呆，嘴里却念念有词，嘟嘟哝哝的声音，安子谦却听不清他到底说的什么。

李家钰字娃儿丧命的地方，地上还有暗红的血迹，一边枯树枝上，还沾着几缕随风轻舞的头发。

你咋个了？安子谦见赵百乐目光恍惚，像是丢了魂魄。接连唤了几声，赵百乐都没听见，继续嘟哝。安子谦提高声气,见他还没动静,就上前拍了他一巴掌。赵百乐惊叫一声,竟然瘫坐在地上。他的样子就像是见到了鬼,一脸的惊惧,浑身哆嗦。

是我。安子谦说。

赵百乐慌乱的眼神,这才慢慢定下来,落在安子谦脸上。子谦爷,他喊道。安子谦点点头,是我呢! 赵百乐流出了眼泪水。他说,我看见它了,它把我儿掏出来,啃光了……

从赵百乐那断断续续的梦呓般的惊惧恐慌的声音里,安子谦晓得了事情经过。

今天一大早起来,赵百乐就往赵家祖坟山去看他的儿子。儿子一夜不在身边,赵百乐悲痛难忍,也一夜未眠。前往老坟山的路上,赵百乐恍惚如梦,不敢相信儿子真的就这么死了,也不敢相信自己会有那般凶狠,那般疯狂。但是他一点儿都不后悔,人就该这样,你和我就善,你凶我就狠,有初一就该有十五,这是因果,一报还一报!

还没拢祖坟山,他就听到了响动。会是谁?谁会起来这么早?谁会跑祖坟山来?秦村到了眼下这个地步,还会有谁?还能有谁?儿子倒是时常跑祖坟山来耍,没有旱灾之前,祖坟山的林子里到处都是鸟窝,他喜欢爬树掏鸟蛋,掏出来就塞嘴里。有时候鸟儿都快破壳了,他也不嫌弃,丢进嘴里生吞,还摸着喉咙讲,鸟在这里动呢。指着肚皮说,它在这里唱歌呢。

难不成是莽子娃儿?他没死?一切都是梦一场?他又往前走了几步,听见嘎巴嘎巴的咀嚼声,很响亮。谁在吃什么?还这么香甜?

莽子娃儿。他喊了一声。

咀嚼声停了。真是莽子娃儿么？真是梦一场么？赵百乐叫唤着，高高兴兴地往前走，钻进了那片枯死的林盘。他突然听到呼呼的喘息声，抬头一看，看见一双小眼睛，闪着阴恶的寒光，一对长长的獠牙，刺刀一样抵在眼前。野猪，半人多高，有如一堵门板，横在他的面前，正扭着那狰狞丑恶的嘴脸看着他，嘴脸上红红的，沾满了血沫。赵百乐看着它，吓得一动也不敢动。而那头野猪对他的出现，倒是丝毫不觉惊讶的样子。

他们就那么对视了许久，最后，野猪哼哼两声，像个酒足饭饱的有钱人，甩甩小尾巴，迈着不紧不慢的步子出了林子。

赵百乐已经意识到野猪干了什么。他跑到墓地，发现昨日安葬儿子的坟墓被刨出了一个大坑。儿子是棉絮裹着入的土，如今棉絮像一团抹布一样被扔弃在坑边，儿子还只剩下一点碎骨渣子和满地的血污。

是它干的。两叠水的水潭是它拱掉的，李银泉的坟茔也是它拱了的，莽子娃儿的死也是它干的……你冤枉钰字娃了啊！安子谦叹息着，望望天空，如果苍天真的有眼，它会怎么看这件事情呢？

我来就是跟子谦爷讲这个事，只是走到这里腿脚就没气力了。赵百乐晃晃悠悠站起来，眯缝两眼，扫视着秦村，说，这里不是我们的了，是它的了，它那么大，獠牙像刺刀那么长，它想干个啥，它就可以干个啥。子谦爷，我来就是跟你报个信，求你回去帮我跟秦王氏讲一声，就说我错了，我对不起她，本来是该当面磕个头的，可是我没脸，我坏事做尽，总算得了报应。老天爷啊,他还是长眼的!

不用跟她讲了,她死了。安子谦说,我烧了她一夜,就担心把她入土,会被那畜生掏出来。

赵百乐点点头。

我跟你有个事情讲。安子谦说,让我把钰字娃儿带回去吧,他在哪里?

赵百乐指指他家的方向,在我家里呢。他干哕了一下,含着眼泪,悲凄一笑。

总还剩下点儿吧?就把剩下的都给我吧。安子谦说。

不用了。赵百乐说,我会赔他,我用我的骨肉血,来把他凑囫囵了。

安子谦从赵百乐那渐渐从恐惧中脱身出来的平静的神色里,已经猜出来他接下来想要干什么了。

我来,还想问问子谦爷,我屋里有些东西,都是我从各家各户搜罗出来的,有些还是抢的偷的,你们可能用得上,你们要是不嫌弃的话,我就去搬出来,搁外头,你空了来拿。

不用那么劳神的,就搁家里吧。安子谦说,到时候等他们各家各户都回来了,你还他们手上就是了。

赵百乐哭起来。他想起了自己曾经的那些狠心肠,那些恶手段。他跪在地上,冲安子谦磕头,那就劳烦子谦爷了,你帮我还他们手上吧。安子谦要上前拉他起来,说,娃儿呢,哪里有人不犯错呢?人不犯错,咋个到老?赵百乐退缩着,不让安子谦碰他。我脏得很,我臭得很,别脏了你的手!赵百乐哭喊着。

安子谦满眼泪水。他将那包李家钰字娃儿的骨殖放在地上,赵百乐,你既然说要给他凑个囫囵,这是他的东西,就麻烦你给他一个好下场吧。

我会的,子谦爷,我会的。赵百乐捡起那包骨殖,抱在怀里,嘟嘟囔囔地念叨着,转身走了。

9

安子谦这么快就回来了,让何陆侯既觉得意外,又感到高兴。他问安子谦是不是找到钰字娃儿了,赵百乐把他都怎么了?当安子谦将一切告诉何陆侯之后,他们都陷入了沉默。直到黑夜到来,两人都没说一句话。

安子谦一直不肯上床睡觉,他在等待一件事情的发生。他很想穿过田坝,翻过山头,前往赵百乐家,去劝劝他。可是又有什么用呢?赵百乐已经做好了选择,而这样的选择,未必然不是最好的。

他看见了火光。

安子谦说,老瞎子,来,我给你讲,现在都发生了什么事情。

何陆侯说,你讲嘛,我听着的。

现在,火光越来越大,秦村的天空红彤彤的,全被烧着了。火光映遍了秦村,也映到了你我的脸上,我们的脸上,也红彤彤的,也像是被烧着了。

哦,晓得了。

睡嘛。

睡吧。

第九章　旱2年（下）

1

秦村大多数人家的宅院，都不是一两代人修建起来的。他们的财富来自土地和庄稼，而土地和庄稼出不了暴发户，节衣缩食，集腋成裘，所以他们才有"兴家有如针挑土"的感叹。数代人之功，终于落个宅院，也就等于落了个世代繁衍生息的根基。在秦村，修建时间历时最长的，当然是原来的何家药铺，现今的铁门槛。此外，还有几个大院子，如张家大院子，李家大院子。

赵百乐家的宅院不大，也毫不起眼，普普通通一个正房，左右厢房，正面看起来，一个品字的结构。但就这么点儿房屋，他们家也是三代人的努力，而且除了正房是瓦房，左右厢房还都是茅草屋顶栅泥墙，连一道像样的围墙都没有。而且房前屋后也不像村里其他人户家子遍栽竹子，广种香樟，更没有那个本事将宅基地逐年向外扩张，将林子向外延伸，成为一处绿树翠竹掩映中的体面的庄户人家。

他们家的宅院前后都是坦坦荡荡的土地，这些土地都是别人家的耕地。正是因为这样,在过去的岁月里,赵百乐家总是和人家口舌不断,几乎每年都会在种子下地和庄稼收割的那些季节里,被人牵扯到铁门槛来,请秦村当家人何福田评判讲理。

原因很简单,虽然赵百乐家房前屋后没有自己的林子也没有自家的土地,但是家中的鸡鸭却不肯少养,而且还都不带圈舍。

对于赵百乐一家来说,鸡鸭可是油盐钱的保障,拎二三十个鸡鸭蛋去一趟土镇,这一两个月的盐巴也就不用焦愁了。但是庄稼却是庄户人家的心头肉,尤其是才出土的苗子,就要收割的粮食,要是被牲畜糟蹋了,那是绝不可能忍受的事情。在纷争的口舌里,赵百乐一家的理由是鸡鸭有脚,来去自由,他们不好管。听的人起了恶意,说,你管不住它的脚是吧?好,我来管我的地。于是就在土地里撒下闹药。鸡鸭活蹦乱跳地进去,回家就扑棱扑棱死了。

何福田自然要一碗水端平,就说,赵百乐,你家口粮都成问题,喂那么多鸡鸭干啥呢?不晓得家有千担粮,不喂长颈项?赵百乐不依。何福田摆摆手,不耐烦地说,你莫讲了,我何家世代当家人,哪一个不为你家的鸡鸭事操心?你现在打的算盘,你祖上也都打过的。要我讲明白么?你一没粮二没食,养那么多鸡鸭,无非是为了让它们到外头别人家的土地里觅食饱肚,然后回家把蛋下到你家的窝里,如果你家房前屋后那些田土的人家都是瓜娃子,你们这样做还真是个聪明人的主意。如果他们真有那么笨的话,那些田土早就跟你姓赵了,你又何苦劳神去养鸡养鸭呢?

赵百乐年轻气盛,我看你不是姓何,你姓李,姓王,跟他们合伙了来欺负我。何福田打着哈哈,一副大人不记小人过的宽容神情。他说,赵百乐啊,你如果真想过上好日子,就脚踏实地,好好整几年,等手上有几个钱了来找我,我作贱价,卖点好田好地给你。

当赵百乐拿了钱去跟何福田买田土的时候,何福田说,他可以帮忙周全,将他家房前屋后的土地调调、匀匀,而且在价格上再帮忙讲讲、说说,保证落到他手上,从此跟他姓赵。但是赵百乐却看不上眼了,嫌弃那是"鸡啄地",他要那河滩地,这可真是出人意料啊。

赵百乐曾经许下誓愿,要在多少年后,将世代居住的这个赵家小院,从被人挤压欺侮的这片洼地搬出去,搬到村子当中的敞阳地带,比照着何家药铺的规模重建。他讲这话的时候,正是他家蚕桑事业蓬勃兴旺的时候,当时可没人敢说那是大话,何福田闻听后都流露出了敬佩的神情。

现在,安子谦站在这已经成为一片废墟的宅院面前,心头不胜悲凄。一阵风刮来,那白色的灰烬从黑色的墙土之间飞扬而起,空气中弥漫着呛人的烟火味儿,随着烈日高升,呛人的味道越来越浓烈,嗓子眼刺痒难受,却又咳嗽不出来。

在院落对面的田块里,堆放着一些桌椅板凳、水桶、箱子……其间混杂着一些草席、棉絮和锄头、爬犁、锅铲、铜盆瓦罐。这些东西,都是赵百乐和莽子娃儿以偷抢的方式从村里各家各户搜罗过来的。他原来跟安子谦说的是放在院坝里,大概是担心房屋燃烧起来,火星子过来,引得它们也着了火,这才摆放得远远的。

这些日常用品，有好些都是因为世代使用而广为人知，因而成为他们的家族标志。比如那张八仙桌，因为精美的暗八仙雕刻，曾经受到在席桌上饮酒的何福田的夸赞，夸赞的话语家喻户晓，成了张家人的骄傲之物。还有那个刘大汉家的杀猪板凳，黄家的可以承载住一个壮汉的大秧盆……安子谦竟然意外地发现了自己的心爱之物，那把被自己起名叫喜儿的七斤大锄头，可是要预备好好花上点时间去寻找的宝贝，却在这样的场合下意外地相见了，真是叫安子谦既激动又感慨。

安子谦用了七天时间，将那些东西一样一样搬回了何家药铺。本来是想搬进房子里的，可是这些房子哪一间不是歪歪扭扭摇摇欲坠？安子谦只好在外头拿晒簟搭了个棚子，指望有朝一日这些物件的主人们陆续归来，还能物归原主。

这七天里，安子谦又去了两趟两叠水。水潭子还在，只是水滴越来越小，不过要舀满一桶，倒还不是件难事。只是水潭边留下的几枚粗大的脚印叫安子谦见了心头很是不安。那是猪脚印。没有什么疑问，它们就是那头畜生留下的。之前从未注意，不过也难发现。太阳将土地晒得梆硬，铁锤也难砸出个印痕来，而且人饿得两眼昏花，又哪有精力去仔细地东瞧西瞅呢。只是如今陡然发现了，再一看身前身后脚印，好像无处不在。

安子谦认真看了它留在水潭子边的脚印，新鲜得似乎都能闻到它身上的臊味儿。它应该是头夜里才来过。安子谦舀满水，不敢片刻逗留，慌忙动身，返回药铺。

那些日子，何陆侯的胃口突然变小了，也突然就安静下来了。安子谦以为经历了那些事情,他的心头还没过那个劲,就跟他打趣说,你要像这样节俭的话,如果我还能再从李银泉的茅坑里掏出些粮食,咱们这辈子也就不愁了。

这话当然有些言过其实了。安子谦并未从茅坑里捞出多少竹节出来,他已经快要刨到头了。

炎炎烈日下,李银泉家的茅坑干得就像旱地。粪皮子落了底,刨起来跟烂泥没什么区别,但却是比新鲜大粪还要奇臭无比,让人干哕不止。每次下茅坑刨竹节,安子谦都觉得这太像个笑话了,讲出去谁都会笑死。谁说不是呢?原来种庄稼的时候,最喜欢用的就是又浓又臭的粪水,因为有句老话,叫"越臭的粪就越肥",如果屙屎不臭,那只能说肚里没油水。现在这不也是同理么?如果不是这浓稠的大粪的掩盖,这秦村,又怎么可能存在这最后一点粮食?

在这些竹节里,并不止是小麦,还有大米、豌豆和黄豆。这让安子谦喜出望外。他将竹筒里的粮食倒出来,铺在阳光底下晒了,再装进口袋,用储存种子的方法将它们小心地收贮在各处,然后一点一点放进鼎锅里,煮熟了,很像回事情地吃掉它们。

这才是饭啊。他跟何陆侯说,快起来吃饭啊!何陆侯哼哼唧唧,一动不动。安子谦的手刚一碰上他的额头就吓了一跳。他的额头烫得就像外头暴晒了一天的鹅卵石。你咋个了?咋烧得这么厉害呢?安子谦看见他眼角有粒白色的东西,还以为是眼眵,手刚碰上就觉得不对,这东西怎么肉乎乎的,似乎还在蠕动?拿起来凑眼前一看,纳闷了,这咋看起来是颗蛆虫呢?哪儿来的?他被接下来的发现吓坏了,因为,还不断有白色的蛆虫从何陆侯的眼角往外爬。

安子谦扯掉塞在何陆侯眼窝里的两团布，立即就闻到了一股腐臭味。那深不见底的眼窝里，白色的蛆虫被突然涌入的光亮惊扰了美梦似的，不安地蠕动起来，往更深处钻。何陆侯两手抱住脑袋，紧咬牙关，鼻腔里传出一阵阵沉闷的呻唤声。

老伙计呀，疼的话，你就叫唤出来啊，你这么强忍住干啥呢？安子谦心肝颤颤地跟何陆侯讲。何陆侯点点头，推开他，两手摸索着，要找回那两团塞眼的烂布，堵住那恐怖的黑洞。

安子谦将何陆侯搬动着调了下个儿，让穿过房顶窟窿的阳光照在他的脑袋上。他找来两个小木棍，他问何陆侯，你忍不忍得住？何陆侯摇摇头，又点点头。安子谦摁住他的脑袋，将木棍伸进眼窝里，将那白色的蛆虫一条一条往外挑。何陆侯紧咬牙关，双手把住床沿，浑身颤抖，整个床都在摇晃，他低低地哀号着，呻唤着。

老伙计啊，你在我面前装什么硬性呢？想叫，你就叫唤啊，你不是说过，叫唤有时候比药还管用么？安子谦揩了把眼泪水，扯着哭腔说，你有啥不好意思的呢？又不是小伙子，咱们都老了，这个村子，现今也就我们两个老东西了。

何陆侯哆嗦嘴唇，松了牙关，嘴巴越张越大，啊，啊……声音也越来越大，终于将积压了这么久的痛苦喷涌了出来，那是一声声嘶力竭的惨叫——

妈妈呀！

2

秦村确实如赵百乐所言，成了那头野猪的秦村。安子谦曾经设想过和它碰面的情形，可能会是在两叠水，他刚下去，正舀着水，它就来了，恶狠狠地站在他的面前，亮出那白森森的刺刀般的獠牙，他已经放弃逃跑的想法，丢了勺子，闭上眼睛，等它冲上来爽快地给自己一口。也可能会是他正行走在路上，突然听到一阵响动，没等回过神来，就见一道黑影冲向他，长长的拱嘴将他撩起来，抛向空中，在落下的那一瞬间，他看见它正张开那血盆大口。每一次设想的碰面，都是一场惨死。安子谦很清楚，它的凶残狠毒和那些兽兵一样，遇到它的下场也和遇到那些兽兵一样，不要企图有什么好的指望。时间过去了这么久，尽管安子谦感觉到它的无处不在，但却从未看见过它，哪怕它的影子。

你不要指望碰到它。何陆侯说，你要活下来，活久点，你的事情可是多着呢，重要着呢。

安子谦默不作声，他站在何陆侯跟前，等待太阳移动，将明亮的光线透过头顶的窟窿，落在何陆侯的头上，照进那深不见底的黑洞里，让那万恶的蛆虫无处可逃。为了对付它们，他专门削了两根细长的筷子，筷子头还刻了许多小齿，以便更容易地钳紧它们。但是，他却难以抑制住两手的哆嗦和心头的慌乱，就像即将揭开盛满死亡的汤盘的盖子。

最近这些日子，安子谦都已经陌生了的那个何陆侯，又回到他熟悉的这个躯壳上来了。或者说，自从秦王氏死后，何陆侯又变回了那个他熟悉的何陆侯——何家药铺的抓抓匠。他的话又开始像他人生最得意的时候那样少，那样不动声色，仿佛随便一个动作，一句话，都蕴含着他在这个天地人生中萃取出的精华，是那样富含深意，对面前的人将产生了不起的指引作用。过去秦村好多人都说他这是拿腔拿调，见不得，认为是种假正经。安子谦也曾经这么认为，都还劝过他，说你总这样一天到晚端着，就不累么？

现在，何陆侯终于给安子谦这位老伙计做了解释。我那不是拿腔拿调，而确实不知道该怎么说、该怎么办，因为我发现医书上讲的那些药和方子根本治不了面前遇到的病症，就像祖上传下来的人生之道无法解决摆在你眼前的家庭问题。我也知道成天端着很累，但是我没办法放下来，因为一旦放下来，我就不知道把自己摆在哪里。我从来没有认为我是什么正人君子，但是我得装成个正人君子呀。我之所以装个假正经，是因为我内心里头装了那么多的坏东西，如果我不装，我就真的成了个不正经，那一肚皮的坏东西释放出来，毁掉的又何止是我。我撑的可是百年老药铺啊，就算千辛万苦，就算多难受，那也得装啊！你以为我不知道当个坏人的轻松？坏，坏到顶，烂，烂透底！你听听，多舒坦透彻啊！再说我那阵话多吧，那是因为宝儿娘走了啊，她带走了我最值得缄口的东西。你知不知道，我的老伙计！

安子谦说，我还以为你是害怕表嫂秦王氏孤单寂寞，无话找话让她高兴点呢。

谢谢你把我想这么好。何陆侯笑笑，因为疼痛，因为两眼黑洞，他的笑很瘆人。这时候阳光穿过屋顶那个窟窿，照到了何陆侯的头上,照进了那个黑洞。安子谦看见了那些蠕动的蛆虫。

讲点啥呀,陆侯先生。安子谦爬上床,蹲下,抱住何陆侯的脑袋,将它固定在双膝之间。

等等动手吧。何陆侯说,我要跟你说说那个一直吓唬我的梦。

陆侯先生,说吧。安子谦松开他的脑袋。

其实我老早就晓得它会来的。那天晚上唱《青陵台》的时候,狂风暴雨,野物出来伤人的时候,你不就听我讲过么?我说报应来了,恶报开始了。我还叫人在你走后的第二天就去土镇和爱城进了一批药材,他们后来都夸我有先见之明。其实我是盼着血光之灾到来呢!当何福田跟云长将军闹翻天的时候,我就跟那些把祸事当乐子看的小碎娃儿一样按捺不住兴奋。这不正好验证了我的判断么?何福田不是不听我的警告么?秦村人不是都贪图得要命么?那么好啦,种瓜得瓜种豆得豆,报应真的来了!所以,当秦村杀了云长将军的人,将入侵者挡在秦村之外的时候,我一点都不高兴,觉得云长将军没出息。后来,秦村开始死人了,死一个的时候,我觉得这并不够,老天爷真有眼的话,就教训得再狠一点!我那阵真是有种幸灾乐祸的心肠啊!这个时候,你说,我跟那头野猪有什么区别呢?我跟那些兽兵,又有啥不一样呢?我觉得,那些兽兵,那头野猪,就是我的执念,是我祈愿来的,是我盼来的,是我唤来的,或者就是我幻变过来的!

陆侯先生,那些都跟你有什么关系呢?你几斤几两我还不清楚?你没那么大能耐!你就算把口水子说干,这事儿啊,它也扯不到你身上！安子谦说，你是个好人，你是我这辈子最佩服的人！

我就是那头狠毒阴险的扒人坟头啃食人肉的野猪！何陆侯声嘶力竭地喊叫起来，脖子上的青筋因为愤怒和激动鼓胀得都快要爆裂开了，而那怒气和激动的针尖却在此时刺破了那鼓胀得像只大尿脬的疼痛，疼痛突然炸裂开来，瞬间灌满全身，他吸了口气就再也呼不出来，抱住脑袋，浑身抽搐。安子谦面对着这位已经散发着尸臭的蠕动颤抖的老伙计，除了两手哆嗦，就是呆呆看着，此外他什么也做不了。

我就是那头野猪啊！终于呼出了口气，何陆侯呻唤起来，接连几声，似乎安子谦不予认可，他就不会息声。

好，好，你就是那头野猪！安子谦因为无可奈何而感到更加悲哀痛苦。

我梦见在啃食自己。何陆侯呻唤着说，我眯着一双小眼睛，甩着长长的拱嘴，龇着长长的獠牙，我一口一口地啃自己，嚼自己，骨头嘎巴响，我还吃掉了宝儿……何陆侯抽噎起来，他开始渐渐平静下来。

从坡屋顶透过来的阳光，缓慢移动，就要偏过何陆侯的脑袋了。

呃，老伙计，我们是不是可以开始了。安子谦拿起那双筷子。

不，不，何陆侯挡开安子谦的手，说，就让我把它们养在脑壳里吧！

3

尽管何陆侯被疼痛折磨得彻夜惨叫，安子谦还是不肯答应他的请求。何陆侯自己也做了很多尝试，使用的东西都是绳子，因为那是唯一可以找到的而且自己也觉得很理想的东西。他以为把绳子在脖子上套个圈儿，两端绑在脚上，双脚使劲往前蹬，这样就可以顺理成章地把自己勒死。昏过去的时候脖子上的绳子自然就松了，他又慢悠悠地活了过来。他又在床框上系了个套，脑袋伸进去，身子坠下床去，结果折腾了许久，搞得痛苦不堪，还是没有成功。他哭着咒骂自己没出息，敬佩和羡慕李银泉，也觉得愤愤不平，他怎么一试就成功了呢？

何陆侯也咒骂安子谦，各种难听的话语，目的就一个，要安子谦帮他的忙，哪怕只是搭把手，起个头。比如，给他在房梁上系个绳套，帮忙把脖子伸进去。你咋就这么狠心呢？我要是眼睛好，哪怕只看得见一点光影，我也不会求你个老东西！

安子谦劝他，讲了一番道理，说，命是有头有尾的，是个完整的东西，里头啥东西都有，有乐呵就该有苦痛，有跑得快的两腿就该有满地爬的病害，你咋只想着过二三十岁的快活日子，不肯要现今的苦痛呢？如果真是这样随由你做主的话，那"生死有命"这话不就没有道理了么？陆侯先生，你会死的，只是死这个事情不能由你来做主，当然也不能由我来做它的主，你就等着吧，其实我们都要不了多长时间！

但是何陆侯一刻也受不了。他骂安子谦说得轻巧，吃根灯草，说如果落到他身上，他只怕把自己吊死十八回了。安子谦沉默了一阵，说，你以前不是讲过的么，我也是死过十八回的人了，那还真是的。只是无论怎样，我都没想到要自己弄死自己，而是想着怎么不死，怎么活下来！

何陆侯停止了呻唤和叫骂，他们都沉默了。好一会儿，忍无可忍的何陆侯又呻唤起来，惨叫起来。他跟安子谦说，其实他也想活下来，可是活不下去啊，这疼痛太大了，大到他的身体和那颗心根本就装不下，而且太硬了，硬到他在它面前，根本就是豆腐渣。安子谦说都是他脑壳里的那些蛆虫在作祟，他要捉去那些蛆虫，说这样可能会减少一些疼痛。但是何陆侯怎么也不肯，骂安子谦假惺惺，如果真要帮他，就利利索索地给他来一下子！安子谦说，我从来没想过要杀人，更何况是我的老伙计啊，搭把手不行，想一想都不行！

去你的吧！何陆侯绝望了，你也别打我脑壳里那些虫子的主意，让我好好养着它们，喂得肥肥的，让它们有气力钻我、啃我、吃掉我，也算我没白养活它们一场，也算是它们对我的报恩吧！

何陆侯所受的苦痛，安子谦感同身受。每当看见他被疼痛折磨得死去活来的时候，安子谦就忍不住动了要帮他的心思，但是转念一想，他都被折磨成这样了，皮包骨头，气息奄奄，可能明天都熬不过去，又何苦急在这一时呢？死是他自己命里的事，他安子谦又凭什么去帮这个忙？又有什么资格？再说这是帮忙么？这可是杀人呀！当看见何陆侯熬过那一阵疼痛，安然入睡的时候，安子谦就觉得庆幸和后怕。幸好没有脑壳一热去下手帮忙，害怕自己万一下手了呢？面前这个交道一辈子的老伙计，现在不就成了一具冷冰冰的尸体了么？而自己不就成了杀死朋友的凶手么？他记得寻找女儿的路上，在一个教堂领取救济时那个洋教士讲的话。洋教士带着几个人收殓一具盗贼的尸体。盗贼偷了一个老人的东西，并且杀害了老人。他被愤怒的百姓围住，棍棒相加。都以为他被打死了，结果又缓过来。只是手脚全断了，口鼻流血，求生不得求死不能，哀求好心人帮忙，给他个痛快。有人见他实在可怜，耐不住哀求，就帮了他的忙。洋教士说，不管是出于什么理由还是借口，剥夺一个人的生命权力就是最大的不可饶恕的罪行！正义不行，蓄意也不行！那么谁来做这个主？洋教士指指天空，说，上帝！

安子谦看着天空，心里默默念说，如果真的有上帝，求求你赶紧来吧，到这个倒霉的叫何陆侯的人跟前，是死，还是活，快点给他拿个主意！

何陆侯迟迟死不下去，他的疼痛日渐加剧，就像铜锅遇到了铁刷把，他的命也似乎随着疼痛在一点点加剧，一点一点变得更硬。而安子谦也每天挣扎在要不要帮忙的犹豫不决之中，周而复始，痛苦难堪。

4

这天早上，安子谦在何陆侯新一轮哀号声中醒来，他已经习惯了何陆侯的呻唤和哀号，不管他的叫唤声有多大，也不管他在床上的挣扎有多剧烈，安子谦尽管辗转反侧，但最终他还是会沉沉地睡过去。

何陆侯已经不再叫骂安子谦,也不再求他,他已经对他绝望了。何陆侯开始骂自己,骂天老爷,因为总是死不下去,又因为不晓得几时才会死。他的脾气坏透顶了,对自己,对天老爷,口出秽语,极其难听。有那么两天,他不肯吃食和饮水,还摔了安子谦递给他的水碗,撒了递到他手上的炒小麦,一刻不停地继续叫骂。但最终还是没能把绝食坚持下去,因为水和炒小麦可以缓和疼痛,让它变得不那么尖锐庞大。只是在每次吃食和饮水之后,他都把这当成是对去死这个决心的背叛,为自己的妥协行为感到羞耻,为自己意志力的薄弱感到惭愧,于是就更加凶狠地咒骂自己,一边拿拳头耳光抽打自己、惩罚自己,如果气力不够舞动拳头耳光,他就撕扯头发,掐肉抠脸,搞得遍体鳞伤,鲜血淋淋,直到将水和炒小麦生产出来的那点气力耗尽,气息奄奄,垂死地躺在那里。这还不算完,因为他口中还在继续骂着,骂自己、骂老天爷——

老天爷,你个砍脑壳的,都死了嘛,你也让我死嘛!你留我在这世上干啥呢?你为啥不让我也死呢?你为啥这样害我哟!

何陆侯,你砍脑壳的,啥子冤孽事做多了嘛,你咋个死不下去呢?你这个丧尽天良的东西啊,人家医不好的病你说医得好,本来该三剂药吃好的病你硬要拖到六剂药,你赚黑心钱,你祸害儿媳妇,违背人伦不是东西,你这千夫指的浑蛋,秦村都该活着就你该死的老浑球,老杂毛,老不要脸,你还有脸活着?你咋不两脚一蹬就死了呢?你这样死不下去为的啥呢？死嘛，何陆侯，你两脚两抻两扳就死了嘛，你都臭了，你都长蛆了，你死嘛！

但是这天早上，出奇的安静让安子谦感到诧异。他以为何陆侯这是号叫不出来了，挣扎不动了，就要死了。当他走到何陆侯跟前时，发现他醒着，呼吸匀称，嘴唇嚅动，无声地念叨什么。安子谦正要转身离开，何陆侯伸手一把就捉住了他的手腕，让安子谦很惊讶他的准确和有力。

它今天要来。何陆侯说。

谁？安子谦心头一凛，哪个？

我梦到它了，长长的獠牙，长长的嘴筒！何陆侯的手有点哆嗦，它一嘴就掀开了我的肚腹，就像撕扯帘布一样轻松。它先吃掉我的肝肠，你如果走不远，你会听到它拌嘴的声响，它会一边吃我，一边甩着嘴，像个挑吃嘴，嫌这嫌那，把这屋子里糟蹋得到处都是血沫。

安子谦笑了，老伙计，你忘记了，你是瞎子呢，你咋看见的？

何陆侯愣了下，我看见了，它都啃完我大半截了，我还有口气在喉咙里没咽下呢。

你以为你是甘蔗呢。安子谦说着挣挣手，他要出门去，再去背些水回来。

莫要让它啃吃我。何陆侯不肯撒手，又回到了往日的哀求，他说，老伙计啊，求乞你，莫要让我落到它的嘴巴里了，来，给我来个爽快，就一下嘛！

安子谦再挣挣，何陆侯没有坚持，就撒了手，不再言语，双手摆在身子两侧，安安静静躺好，那静静的神情和姿势真像是在等待死亡的到来。可是，死亡在哪里呢？

安子谦离开的时候，还是做了些提防，用板凳和椅子将门口封堵了，又在上头放了那面铜锣。这面铜锣是戏班子遗留下的，它已经被那些调皮的碎娃家敲破了，挂在树丫上，风从裂缝中刮过，发出嗡嗡的呜咽之声。安子谦想了想，又在铜锣面上放了几样铁器和石块，这样，铜锣掉下来，就会发出更加响亮的声响。不过安子谦也知道，如果它真的要闯进来，就算声响再大，也不可能吓住它的。它是那么巨大，人的血肉将它的胆子喂养得肯定比它的身躯还要巨大，它可以摧毁这村里的一切，它是这村里的主宰，是真正的秦村当家人。

安子谦并非没有想到在某个深夜或者昏暗的清晨，它会觅食到何家药铺。和他们一样，它也一定饱受饥饿的折磨，为了一口吃食也会不择手段甚至铤而走险。为了防备它，安子谦想了很多方法，只是没有一个行得通，它太大了，太凶悍残忍了，除了枪炮，根本不大可能对付得了它。好在安子谦并未在何家药铺附近发现它的足迹，这既让他稍微有些放心却又时刻都在提心吊胆。因为他知道，这畜生就像挂在半空中的灾祸，早晚有一天会掉在他们头上。

它会在什么时候光临何家药铺呢？来品尝他们这两个老不死的喂养了这几十年的身躯呢？会是今天么？安子谦觉得今天不会。

这畜生已经毫无顾忌了，秦村上下，到处都是它走过的足迹和活动留下的痕迹。安子谦发现它频繁出现在两叠水后，就不敢再贸然前往了，水潭子被破坏是个原因，而最主要的原因还是不想和它狭路相逢。安子谦现在的取水地回到了白果井。白果井那一线水脉，完全够得上他和何陆侯的饮用。

白果井底大概是秦村最舒坦的地方，是那么湿润。每次安子谦下到井里就不想再出来。但是今天他没有在里头多待一会儿，因为早上听了何陆侯的那番话就开始心神不宁，感觉今天似乎真的会有什么不好的事情要发生，而且眼皮也开始跳起来。

在背着水桶上井台的时候，刚踏上第一个梯步，脚下一滑，摔了个仰面八叉。水倒了，桶破了，脑壳不晓得磕碰到哪里，摸一下，竟然见红了。安子谦抖抖衣裳，看着散架的水桶和满地的泥水汤，叹口气，这下好啦，眼皮不跳了嘛。

上下井的梯子也不晓得是哪个做的，可能没考虑到会长期使用，以为只是应个急，所以梯步之间的距离太宽，上下脚都很吃力，而且也没使钉子，只是用篾条绑扎。好几步梯子都松动了，垮垮兮兮得很不牢靠。如果上下井都是年轻人的话，那当然没问题。

安子谦站在井底，望望天空，又看看脚下，拎上手的背篓又放下来。绑扎梯步的篾条松了，桶破了，回家箍的话得使用新篾，这不正好余下两圈么？他把箍桶篾退下来，沾上水，让它柔韧起来，索性将梯步全拆了，重新绑扎。

当安子谦踏上井口的时候，太阳已经偏到了山上。穿过田坝，走过龙门口，当安子谦站在何家药铺门口，看见挡在那里的板凳和椅子被扔在了一边，铜锣滚落在屋檐下，哐啷的响声似乎才刚刚散去。安子谦脑子先是一蒙，随即就清楚明白地知道，那头畜生它来过了。

5

安子谦没有看到满地血污,只看见狼藉一片。他睡的那张床被掀得掉了个儿,秦王氏的那张床腿子断了,瘫在那里。火塘被拱出个大坑,杂物被掀得到处都是。何陆侯的床被掀翻了,他缩在角落里,蜷成一团。

安子谦费了好一阵工夫,才把东西都规整起来,摆回原来的位置,他抑制不住心头的颤抖。它不就是一头猪么?不就是一头畜生么?害怕它干什么?自己还有什么没见过?怎么能因为一头猪恐惧成这样子呢?猪跳槽拱圈,哪家哪户一年也会遇上几遭啊,自己怎么能因为一头猪就这样六神无主呢?

安子谦最后归置的一样东西是毫发无损的何陆侯。没想到何陆侯却不让他碰自己,一挨着他,他就像被烙铁烫住了似的浑身颤抖,惨叫声声,反而将安子谦吓得也跟着哆嗦。到了傍晚,等安子谦从一番胡思乱想中回过神来时,发现何陆侯已经自己爬回到了床上,像被收殓好的尸体,规规矩矩地躺在那里。

它跟你讲话了?安子谦在他的床头前坐下来,你说的那头野猪,它跟你讲话了?

何陆侯突然伸出手,一把捂住安子谦的嘴巴,他很紧张,侧耳聆听,仿佛正有什么动静传来。安子谦也紧张起来,可是他什么都没听见。

它在外头,何陆侯松了手,压低嗓门说,刚刚过去了,它还会来,大后天,专门来吃我!听何陆侯的声气,不像是糊涂话。安子谦摸摸他的额头,也没发烧。就稳稳屁股,继续坐着,等他接下来的话。

有蛆虫从何陆侯的眼角爬出来,蠕动着,似乎察觉外头并不合适游荡,扭动肥大的身躯,要退回去。安子谦一指头弹飞了它。

何陆侯说,安子谦刚走一会儿,它就来了。它并没有急着进屋,而是围着房子兜了一圈。然后又在门口伫立许久。他听见它在冷笑,笑安子谦的那些布阵。它走过去,甩开长长的拱嘴,将那些椅子和板凳撩起来,重重地砸在地上。不过铜锣的响声还是叫它愣了下,却也因此激怒了它。觉得受了惊吓,很没面子。它冲过来,发疯似的,一阵乱拱乱掀。

何陆侯等着它扑向自己,把自己撕成碎片。终于就要死了,他还是感到害怕。可是,屋子里却突然安静下来。因为它一通脾气,火塘里的柴火灰扬满了屋子,呛得他们都忍不住咳嗽起来。咳嗽了一阵,它笑起来,慢慢地走到他的床前,俯下身子看着他。他还在不停地咳嗽。剧烈的咳嗽让眼洞里那些吃饱喝足正在眯眼打瞌睡的蛆虫们感到不安,四下乱窜,有的往外爬,被刺眼的太阳一照,又慌忙折回身子,有的往更深处钻,平常就算争抢食物也没发生过如此激烈的骚动。因此,何陆侯遭受到了这么长时间以来最为剧烈的疼痛。这是一种如同铜墙铁壁一样坚固密实的疼痛,将他牢牢地罩在里头,箍在里头。疼痛将除疼痛之外的任何东西都排斥在外,包括眼前被啃食的恐惧和求死的迫切。他所有的气力和全身每一滴血、每一片肉、每一寸骨头,都在为展现疼痛的巨大和强烈尽着最大的努力。他号叫，颤抖，那张床在他身下像是不堪重负似的，发出嘎嘎的绝望的呻唤声，马上就要散架了。

他的样子叫它觉得奇怪，它凑近他，抽抽鼻子，说，你都死半截了，你都臭了。

疼痛还在加剧，闪电一般，穿过每一滴血、每一片肉、每一寸骨头，让他的身体透亮得就像一盏燃烧的煤气灯。

他妈的够了。它忍无可忍，一嘴将床掀翻，他被抛向空中，重重地跌落在地上。它愤怒地骂道，装给谁看呢？

说来也怪，这一摔，就像把那些疼痛摔散了似的。他的身子突然一松，脑袋阵阵酥麻，竟然感觉不到丝毫疼痛了。

这不就对了么？装给谁看呢？它对他刚才拙劣的表演感到好笑，也觉得生气，哼哼两声，冷冷地问，咋回事？

什么咋回事？他反问。

你的眼睛里，那些蛆虫正往外探头探脑，像是要离开你，却又不甘心。它说。

他正要回答说不知道，却突然听到了那些蛆虫的议论。一帮蛆虫说，逃难吧，难道还等着被那头大野猪吃进它肚皮里化成粪渣不成？一帮蛆虫说，着什么急呢，咱们使劲往脑子里钻，他这脑袋可是快七十了，硬着呢，像个铁蛋子一样，不是那么容易啃开的。于是，他就照了蛆虫的原话做了回答，还讪笑说，没想到吧，这些小偷一样的蛆虫，讲话还这么有意思呢。

它悲悯地看着他，说，何陆侯，我们也算是老相识了，可我从来没想到你会这么死，我也没想到，我会吃到你的头上。

何陆侯叹口气，觉得这确然是够悲惨的了，他本来是想哀求几声的，看它是不是能放过自己。可这样活着又有什么意思呢？好不容易有人愿意帮自己实现死亡的愿望了。再说，求它就管用么？它可是头凶悍的野猪呢。咬死吃掉那么多人，何曾发过一点善心？不过，它说的老相识，是什么意思呢？

哦，你还是年轻人的时候我就认识你了，你那时候背着个背篓，拿着药锄，走起路来，完全是一副自命不凡的样子，其实看起来很蠢。哈哈，你这自命不凡的东西，现在咋个就成了这样一堆臭肉呢？

你是在山上看见我的么？他问。

不然呢？它说，我下山也是这几年的事啊，咳！它的声音小起来，一声叹息之后，就像多愁善感的人一样，陷入了回忆和沉思。好一会儿，它觉得还是应该讲给他听听，就说，因为它刚刚娩出的崽儿全被云长将军杀死了，而它因为上了年纪，再也不可能生养出崽儿来了，所以悲愤交加，一时昏了头，就冲下了山。它那是第一次进村，第一回看见那么多的人和漫天的火光。那天晚上电闪雷鸣，每一个闪电都像抽打在它的身上，每一声雷鸣都像是爆炸在它的心里。为了发泄愤怒和悲伤，所有挡道的无论猪狗还是人，它都毫不留情。它第一次觉得自己是所向披靡的。它在秦村疯狂地跑了一夜，又在山林里跑了七七四十九天，等待完全精疲力竭，躺在地上爬不起来了，这才安静下来，回到一头野猪该有的生活。

何陆侯说，你冲到秦村杀人，是为了报你崽儿的仇么？那跟我们秦村人有什么关系？那是云长将军他们干的！我当时就警告他们，我说打猎是有规矩的，捕大留小，咋个忍心对那么小的崽儿下手呢？他们说小的才嫩。

不，算不上报仇。它说，我的家人除了少数几个死于野兽之间的争斗，其他的基本都是死于猎人之手。不管是死于野兽间的争斗还是死于猎人之手，我们从无怨言。所以平心而论，我是没有报仇之心的。我只是觉得我再也养不出崽儿来了，我感到愤怒。而现在，我的下山进村就完全是因为饥饿。

何陆侯和那头老野猪的交谈完全像一对朋友。再好的朋友也有把话讲尽的那一刻，况且他们的交道其实还很短暂，彼此并无多少相交的话语。所以当彼此都住了嘴，场面落入寂静的时候，何陆侯就想，现在不正是死的好时候么？那么就让它帮忙一口咬断脖子吧，下口请尽量用力些、利落些。

咬断脖子可不是我们做野猪的习惯，那是豹子和野狗们的把戏。它说，我们平常并不是以捕猎活物为生的，我们大多数时间都在地里拱食，蚯蚓啊，灰灰菜啊，栗子啊，菌子啊……

那你准备怎么吃掉我？将我一顿乱拱乱撕扯？搞成碎片了才吃？何陆侯觉得新一轮疼痛袭来了，他希望它能帮忙马上截断这遭罪的日子。

我今天不饿。它打了个响亮的嗝，一股子新鲜的血腥味儿喷在何陆侯的脸上。我刚刚吃掉大半个人，从土镇来的，年轻人，那肉紧实得像栗子，鲜嫩多汁得就像四月的山桃，口味好着呢！它又打了个嗝，说，我顺道来看看你，顺便报告你，我大后天才来吃你！

6

何陆侯越讲话越多，他的样子像吃多了酒似的很亢奋，声音很大，滔滔不绝，但已经没有刚才讲得那么好了，开始前言不搭后语了，口齿也不清楚了，声音也时高时低，以至于听起来怪腔怪调。安子谦摸了他一把，他又开始发烧了，像块马上就要着起来的炭头。而疼痛也正快速地回到他的身上，要不了多久就又会牢牢地将他罩住，箍紧。安子谦倒了一大碗水来，扶起他，帮他往嘴里灌。何陆侯艰难地吞咽着，仅剩的两颗牙磕碰着碗沿，噼啪乱响。

我没有装给你看。何陆侯用下巴推开碗，别过脸来，凑在安子谦的耳朵边说，我是真的疼啊！

疼你就叫吧！安子谦说，你以前不是说过的么，对于止痛，呻唤有时候比吃药还好使么？

何陆侯已经叫不出来了，他已经没有气力来展示疼痛的威猛和剧烈了，他瘫软在床上，昏死了过去。

安子谦看着他，如果不是偶尔的惊颤，他的样子可真像已经收殓好的尸体啊。他要这么死了才好呢，那不光是他的福气，也是他安子谦的福气。他想起何陆侯刚刚说的话，感到愧疚。他之所以习惯何陆侯的哭喊号叫，无视他的疼痛而沉睡入梦，所持的态度无非是对一个打鼾者的容忍，无非是觉得自己对疼痛是有充分了解和体验的。每当看见何陆侯哭号喊叫最厉害的时候他就在想，有这么厉害么？谁没经受过疼痛呢？有那么几次，当他心烦意乱的时候，确实想过何陆侯是故意装出来给他看的，或者，故意把疼痛装得那么巨大，目的不外乎就是让他帮他去死么？

疼痛不可怕，死亡不可怕，活下去才是件可怕的事。安子谦说，活下去是件比死更艰难的事，背水找吃食，你觉得都是很容易的事？这么难的事我都在努力去做，而且还都给你办得好好的，你怎么有脸面让我帮你死！安子谦越是不肯答应，何陆侯就越是要将那疼痛通过哭喊叫骂和呻唤及各种各样的折腾，表演出它的巨大和凶猛来。安子谦冷冷地看着他，心里说，如果疼痛真的有那么凶猛和巨大，你才不是这个样子。它只会叫你呻唤两声，轻轻地就拿掉了你所有感觉，你能做得出来的，怎么可能会是喊叫和呻唤？——只有昏死！

就像现在。

傍晚时分，何陆侯从昏迷中醒过来。这期间安子谦一直坐在他的身边，趁着他一动不动，收拾了那些贪婪的蛆虫。它们是那样肥大，就像有钱人数银圆的指头，又白又胖。他将它们放到外头那被太阳炙烤了一整天的石板路上，它们只蠕动几下，就瘪下去死掉了。只是安子谦不大可能完全清除它们，它们已经察觉到这突如其来的危险，所以拼命往更深处钻。这些日子，何陆侯不知是出于慈悲还是速死的目的，养着这些蛆虫，坚决不准安子谦动它们。结果这种纵容的后果是里头烂成了一塌糊涂，为了容下不断增多的数量不断长大的身躯，它们拼命开拓空间，它们一边吞噬，一边四处钻洞。

安子谦就算伸进去半截筷子，也触不到底。而里头黑乎乎一片，根本没办法让筷子头捕捉住它们。直到他夹出来一段白色的看起来像是豆腐渣一样的东西,他才不甘心地放弃。他以为那是脑子。他觉得何陆侯的脑袋已经被这些蛆虫吃空了。

何陆侯说,我还是疼啊。

你叫唤吧。安子谦感到何陆侯的体温下降了些,已经不那么烫手了。他要喂他一些水和吃食。安子谦说,你吃些东西吧,喝点水吧,这样你才有力气叫唤。叫吧,呻唤吧!

何陆侯说,他不知道这世上的疼痛有没有一种比他正遭受的更疼痛。之前的疼痛只在脑壳里装的,像一只胡作非为的老鼠。渐渐地,它长大成了一只整日彻夜发情的猫,接着就成了一条疯狗、一头牯牛……这几十年的行医生涯中,他一直都在用各种草药帮人将壮如牯牛的疼痛消解成为听话的猫犬,最后化解得无影无踪,成为一道不起眼的疤痕,一段模糊不清的关于疼痛的记忆。他从来没有想到自己身上的疼痛居然会长这么快、这么大,而且到了现在,它们竟然不止虎狼这般凶狠,还像隆隆的碾砣,将他碾得细如沙,平如纸,它们还化为毒蛇的牙,黄蜂的针,密布他的全身。现在,他的每一寸皮肉、骨头,甚至毛发,都在被噬咬。

那么多的那么凶狠的疼痛,汇合起来,该有多么汹涌啊。安子谦觉得,就算绞尽脑汁也难以想象。安子谦说,对不起了啊,老兄,疼痛在你身上,它是你的,我没办法替你啊。它不是担子,就算我多愿意,也没办法换到我肩上啊!

我晓得。何陆侯说。

那么,你就叫唤吧。安子谦说,叫唤比止痛药还管用!我试过的。

从今天起,到死,到被它咬碎嚼烂吞进肚腹里,我都不会再叫唤一声了。何陆侯说,我要忍下来!你看,我现在就很疼痛难受,我是不是都没叫唤?我梦见宝儿娘了,我还梦见若兰了!我原来总觉得老天爷对我不公平,别人说死就死了,哪里遭受过我这么多疼痛啊,总也死不下去。原来这一切都是有深意的呢!我把蛆虫养在脑壳里,求速死是其一。其二也是想积德赎罪。它不立即吃掉我也是有深意的,多活几天,不就是为了叫我多受几天的苦痛么?我要把这几天的疼痛都献给他们,宝儿娘、若兰,还有你,我的老伙计安子谦!今天的疼痛,我要献给宝儿娘,我疼了,她就不疼了,灵验不灵验,就看我叫唤不叫唤。我不会叫唤的。今天不叫唤,明天也不,后天更不会。安子谦,我的兄弟,我多疼一点,你将来在这世间就少疼一点。就算我听见它把我的骨头嚼得爆竹般响,我也不会吭一声的!

安子谦看着他,揩了把眼泪。

这天晚上,安子谦彻夜未眠。除了他锯木头、钉木头的声音,秦村就像死去一样。何陆侯躺在床上,还是那副已经收殓好了就等待安葬的样子。

这少有的安静夜晚,安子谦格外忙碌。他要用木头将所有的门洞都封堵起来。木头不难找,钉子有些麻烦,得从那些被扒下来的椽子上去找。无论是方棱的土钉,还是圆形的洋钉,在乡村都是稀罕之物。每当拆下椽子,拔出铁钉总是一件很重要的事。当房屋被炸毁拆除之后,每一个房屋主人在一场痛哭之后,首先想到的就是从那已成为一堆废墟之中找出那些还用得上的东西。作为建设房屋最不可缺少的钉子,谁能容忍它被遗弃在一边生锈呢?它们被从废弃破烂的椽子里拔出来,就算眼下修不起房屋,它们也会被珍藏在家中最重要的地方,既是一种激励,也是一种希望。

到天明时分,安子谦终于将所有的房门都封堵了起来。使用钉子当然容易许多,而且也牢固一些。但是钉子太难寻了。所以他用了篾条。先在门正中横一根木头,再竖一根木头,就成了一个牢固的十字架。然后,再采用编扎篱笆的方法,绑扎上木头。看起来密不透风,撞击一下也很结实呢。其实安子谦心头很清楚,这只是求个心里安稳。如果那畜生真要来,只怕这堵老墙也未必挡得住它那又长又尖如同铁镐般的拱嘴。

安子谦本来是想再花上点时间将散架的木桶箍好,但已经没那个心思了。在封堵门洞的时候,他老在想何陆侯讲的那些话。尤其那句从那头老野猪嘴里出来的什么已经啃食了个土镇来人……这让安子谦心神不宁。何陆侯发着高烧,一会儿野猪跟他讲话,一会儿蛆虫又在议论,听起来可真像是胡说八道,而且安子谦起先还真当他在胡言乱语。可是,当他说这是在替他们受痛并且绝不叫唤的时候,他有些怀疑那不是胡言乱语了。这一夜,何陆侯饱受疼痛但从未发出一声,让安子谦渐渐对他讲的那一切,开始信以为真了。

如果真有土镇来人,那么他会是谁?

安子谦解开两根木棍,从缝隙里将自己塞进屋里。他将何陆侯从昏迷中摇醒过来,问他,它说没说,它在哪里吃掉那个土镇来人的?何陆侯双唇紧闭,好一会儿才说没讲。安子谦放下他,听到他说,不能出声,不能出声……就又昏迷过去了。

安子谦钻出缝隙,将孔洞原样封堵好。他别上莽子娃儿留下的那把大弯刀,将那面铜锣系上绳子,挂在脖子上,迎着辣烘烘的太阳,出了何家药铺龙门口。每走两步,他就拎起那面大铜锣,用弯刀重重地敲两下,铜锣发出刺耳的炸裂声——

咚,咚……

7

安子谦回来的路上,不停地敲着铜锣,每敲击一下,他就高举起铜锣,让那洪亮激越的声音,尽可能地传到更远。声音未落,他又敲击第二下。咚咚的声音在这连续的敲击下,成了耀眼刺耳的雷电,爆裂灼人的阳光,在它的震颤之下,都变得昏暗了许多。

轰响的声音在龙门口戛然而止。

封堵在门口的木头被甩得七零八落。

何陆侯还在。除了他和他躺的那张床没有动,屋子里所有被安子谦规整好的东西,又回到了昨天乱七八糟的鬼样子。就像故意跟他恶作剧,那头畜生还啃烂了安子谦睡的那张床,还将床上的被褥撕得稀烂,使得那张床看起来就像一具枯朽的骨架。

屋子里烟尘尚未散去,阳光透过来,光线里尘埃滚滚。

何陆侯刚从疼痛里脱身。他气息奄奄,跟安子谦说,你前脚刚走,它就来了。它说这里阴凉,床铺柔软,它还睡了一觉。它说让吃食陪伴着睡觉真是享受。只是有一样它不满意，觉得心烦，就是你敲那么大的响声干什么呢？给谁听呢？还指望吓住谁么？你不要敲了。它说，如果你继续敲的话，它会先对你下嘴。它本来可以再多养你些日子的，但是为了图耳根子清静，只好那样了。它看着我的样子，觉得奇怪。它说你咋不叫唤呢？不呻唤呢？你不是讲过么？在疼痛面前，呻唤和喊叫，有时候比止痛药还有用么？我说，我不会再呻唤了，不会再惨叫了。我发现，只要我不呻唤和惨叫，疼痛就失去了疼痛的作用了，它的本意就改变了，就算它再凶猛，再巨大，再猛烈，我都觉得它是湿润的，暖和的。它很惊奇，说咋会这样呢？如果我啃你的话，你也能做到不呻唤、不惨叫么？我说当然能做到，我现在非但不害怕疼痛，反而担心疼痛来得不够激烈，不够凶猛，持续的时间不够长。它说如果我一点点啃你，嚼你，让你听着骨头在我的牙齿间碎响，让你听着我吞咽的声音，你也不会？我打断它的话，我说，不会，你不用恐吓我了，你要不相信的话，马上就可以试试！它竟然有些慌张了。它搞不清楚我怎么就成了这个样子，刚才它还晃着庞大的身躯，一步三摇，像个高高在上的大官一样，迈着威严的步子，慢慢来到我的跟前，鼻子里发出轻慢一切的哼哼声，那双小眼睛充满蔑视和鄙夷的冷光，似乎用它那一双小眼睛的光芒，就可以控杀天下的一切活物。但是现在，它竟然慌张了，搞不懂是咋回事。尤其是听到我说你想怎样就怎样吧，那是你的事，我已经无所谓了，我不过是你的一顿肉餐嘛，事情就这么简单。它几时见过这样的摊牌？它一下子更慌张了，更加不明所以了。咳，它毕竟只是一头猪嘛！

趁着下一场疼痛还有一会儿才猛烈，何陆侯主动要求，他需要喝上一点水，然后他将满怀热情地去迎接新一轮疼痛。等一碗水下喉，何陆侯才猛然记起，安子谦从进家门到现在都还没吭一声呢。咋样啊，老伙计。他问。

安子谦递给他一样东西，要他看看这是什么。何陆侯说，你这不是开我的玩笑么？我又没长眼，哪里看得见？安子谦说，你刚才不是讲得油淌油滴么？你连它走路像个大官，小眼睛尽是轻蔑的眼神都看见了，又咋看不清楚这是个啥东西呢？

有些东西就算两眼明炯炯也看不清楚的，而有些东西是必须要拿心坎上的眼珠子才看得见的。何陆侯一边说着，一边摸着手上的东西。他摩挲一阵，又放到鼻子底下闻闻，说，这是不是你讲过的那片龙鳞？

安子谦沉默了。

你找到他了？你的女婿，苏永昌，他就是那个土镇来人？何陆侯问。

安子谦从他手中拿过那片龙鳞，合在两掌之间，一屁股在那张散架的床上坐下来。他跟何陆侯讲，他并没有费多大工夫就找到那个地方了。就像何陆侯刚才讲的那样，靠双眼是很难看清楚事情的，他是凭感觉，直接去了村头，然后沿着那条旧路，一直往前。旧路虽然被毁，但是痕迹还在。这条道路也是他当日回来的时候所走过的，那时候雨水把浮土全泡酥散了，从上头轻轻地就滑了下来。如今干透的泥土比过去更酥松，一脚下去，噗地冒起一股尘土。因为泥太酥松，很难立住脚，而手边又没有什么可以拉扯的，所以，当安子谦爬上那片浮土坡，人累得就像那片浮土般酥散。

他一直有种不好的预感，觉得何陆侯，不，那头老野猪讲的是真的，它确然是啃吃了一个人，冥冥之中，他觉得土镇来人就是苏永昌，而且就是在前头那片林子里遇害的。

安子谦敲响铜锣。铜锣的声响在山间回响，震得枯枝落叶哗哗响起。

他看到了两件破烂的衣裤，上面沾满了血污。经太阳一晒，衣裤就像布壳子一样硬。接着，他看到了一棵倒下的树。从断茬上的印痕来看，树不是被风刮断的，也不是因为枯朽断的。断茬上有啃的齿痕，它是被啃断的，是那头畜生，是那头在何陆侯跟前讲了很多话的老野猪！

——它的突然出现，叫土镇来人魂飞魄散。但他马上就迫使自己镇静下来，"一猪二熊三老虎"，这句猎人总结出来的谚语是深入人心的。土镇来人已经想到了该怎么对付它。在片刻的对峙之后，他开始狂奔，飞快地爬上一颗碗口粗的树，将自己固定在树枝间。别说一两个时辰，大半天他也可以撑住。他看着脚下那头野猪，惊奇于它的巨大。这么大的猪，没个十年八年，没有百十亩地的苞谷红薯喂养，就别想长这么大。他也庆幸自己手脚快，要慢半步，就被他一口咬住了，自己的这条小命也就玩完了。

突然，他感到树颤动了一下。往下一看，野猪正在啃树。这棵碗口粗的树，枯干已经有些时日了。它一口下去，就见白色的木屑飞溅。随着身下的树越颤越厉害，没过一会儿他就感到了树的倾斜。他想再往上爬爬，可是上头是天空和刺眼的太阳。往下，是那头大野猪。它正哼哼叫唤着，往后倒退,然后站定,竟然像牛一样蹬蹬后腿,接着像碾砣一样冲过来,撞在树上。他差点被弹射出去。他被吓得喊叫起来,天啊!慌忙之中,只能紧紧抱住树干。而就在此时,树倒下了,他像颗被割断藤蔓的瓜,砸在地上,溅起一阵尘烟。

就在那片尘土中,安子谦看见了那片幽蓝的龙鳞。

龙鳞是我送给他娃儿的,要他磨成个小玩意儿带在娃儿身上,算是个念想,也可以保平安。安子谦说。

我晓得。何陆侯说。

娃儿还好不好呢?他那么纯善的一个人,咋能就这么被那头畜生给啃吃了呢?安子谦说,他那么艰难地走到这里来,还不都是为了我么?他来看我还在不在?他专程来还给我龙鳞?

何陆侯已经不能开腔了。他咬紧牙关,嘴唇紧闭,将所有的疼痛都关在身体里。他浑身颤抖,忍受着犹如千军万马奔腾、冲撞、厮杀的疼痛。他的嘴角微微上扬,要在这场除他之外,无人能体会的巨大的疼痛面前,保持胜利者的微笑。

8

何陆侯很激动,不过,他改了个时间,请安子谦再宽限一天。他说,他已经为宝儿娘受了一天,接下来就该是若兰和他安子谦了。

何陆侯说,想到它在自己面前那惊慌失措的样子,尤其是它那个像把子儿全都输干净的赌棍的垂头丧气的样子,心头都忍不住想笑,就升腾起要将这疼痛像那些蛆虫一样继续养在身体里的冲动和勇气。他说，他可以替秦村那些还活着的人继续忍受疼痛，替土镇那些活着的人，替爱城那些活着的人……如果可以，他想替天下所有的人来承受住疼痛，所有的人，所有的疼痛，也不管多巨大，多硬性，他都愿意，也可以承受！

你把自己当成个圣人啊！安子谦说。

我就不能做个圣人么？何陆侯问。

你当然能，你已经是圣人了。安子谦说，不过我担心那头老野猪！那头老畜生，你说它是个输光了的老赌棍，我说它是个奸诈的老浑蛋，它才不会让你那么轻松地赢呢。再说了，你在它跟前叫唤不叫唤又有什么区别呢？叫唤，是它饱腹的一砣肉，不叫唤，也是它饱腹的一餐肉食，它啃得满嘴鲜血，才不会想你是不是在替人受难，是不是要做圣人呢。它就是一畜生，为了吃饱肚皮，它就像那个要把所有口袋都装满钱财的云长将军，什么凶残的事情都做得出来。

对于这一点，何陆侯是表示赞同的，觉得他们确然是没有什么区别。

那么我们为啥还要用自己的血肉去喂饱它呢？我们为啥还要在它面前表现得像一坨任它宰割吞食的熟肉呢？安子谦说。

你讲啥？你讲我们？你也想要死了么？何陆侯问。

你觉得有它在，我还活得出来么？安子谦苦笑说，我可是真正地见过它的，见过它有多大，獠牙有多雪亮，拱嘴有多长。

子谦啊，老伙计，老兄弟，你那么聪明，那么能干，你可是死了十八回都没死下去的人啊,你一定有办法对付它的。我是眼睛瞎了,宝儿娘一走,突然就掏空了我的身体,不然,我是怎么也可以帮上大忙的。何陆侯想了想,想出个自己觉得很不错的主意。他说,你看这样可以不可以呢?你设个陷阱,让我来当诱饵,等它进来吃我,你封了门洞,突然点火,这样,既烧死了它,也顺便给我办成了个火葬。

安子谦说,你这主意看起来不错,只是它又怎么可能轻易地掉进陷阱呢?它可是头老野猪呢,什么样的艰险没见过?它活了那么久,可不全都是靠吃野菌子长这么大的!它虽是猪,可它有云长将军的奸诈和凶残!再说我又怎么可能拿你去当诱饵呢?

你得活下来!何陆侯握着安子谦的手,你还有那么多的事情要去做呢!你得把我们的名字刻在碑上,你得等到旱季结束,大雨来临。

安子谦叹口气,不愿意再答话,因为他害怕自己耐不住何陆侯的说叨,就又去做出承诺。要死的人最后讲的话,比他一生的言语都要有分量。

你得答应我啊!何陆侯晃着安子谦的手,那动作在安子谦看来就像个讨要糖吃的碎娃儿,你不答应他,他就不肯撒手。安子谦拍拍老伙计的手,掰开他的指头,你不是想让我帮你的忙么?好,我现在就答应你!我们赶紧把这事情办了,我担心那头老野猪随时都会冲进来!

好吧。何陆侯在沉闷片刻之后,还是向安子谦表达了他的欣喜和感激之情。你能帮我,你不知道我这心头是多么高兴啊,由你亲手送我离开,我是真心感谢你的,安子谦,我的老伙计，我的好兄弟！

当听说安子谦要用抵火枪送他，何陆侯不干了。他说你怎么能用那么好的东西送我呢？用不着的嘛，你随便找根棍子，或者绳子！你该拿抵火枪去对付外头那个大家伙！安子谦说，你以为我没想过么？它皮毛那么厚，一天到晚擦树止痒，桐油松香落身上，起了厚厚的垢甲，比将军的盔甲还要厚，只怕子弹打在上头，还会回弹呢！好啦，咱们就不要去讲它了，好好办咱们的后事吧！

盼望已久的死亡终于就要到来了，何陆侯既激动，又忐忑不安。他觉得还有很多话要讲，可又担心会打搅到安子谦。安子谦很忙碌，两脚不沾地。因为看不见，何陆侯也不清楚他究竟在忙些什么。

安子谦在火塘里生着了火，然后将外头的柴火搬进来，差不多堆满了半个屋子。他喘口气，给何陆侯送去一碗水，叫他先别着急喝，等自己再端一碗来。我们碰个杯嘛，他说，以水当酒，祝贺我们两个老伙计终于过完了这一辈子！

碰了杯，喝光了水，何陆侯搁下碗，说，我的好兄弟，那就麻烦你了啊！我先下去，好与不好，我都会叫你梦见我的。说着，他准备躺下，来领取他的死亡。

不，你得靠墙坐着。安子谦说，我要认认真真地跟你讲个事情。

何陆侯摆着头，不，老伙计，你不能这样……

只能这样了。安子谦说，我是必须跟你一起走的，这事情算是临时起意吧。你别想劝我了，我清楚自己在干什么，也晓得该咋个整！

何陆侯一拍大腿，安子谦，你龟儿子晓得个屁啊！还有那么多事情都没做呢！你咋个能走？我着急走，就是想让你把手腾出来，去做你该做的那些事情啊！

安子谦说，我晓得自己的能耐，我的老伙计，我对付不了那头老野猪，我早晚会是它嘴巴里的吃食。何陆侯说，你就不会躲起来啊？安子谦苦笑说，往哪里躲呢？躲得了初一，还躲得了十五么？何陆侯叹息说，我看你也是早就打定了不想活的主意！

安子谦没有否认，也不想在这些事情上跟他揪扯。这么长时间以来，安子谦可没少在这些问题上花心思，他一直在为錾刻那块碑的事情做准备，既然答应了的事情，做不做得到是一说，做不做又是一说。他虽然也想去做的，可是哪里有时间和精力呢？先前的吃喝是个大问题，送走了秦王氏，何陆侯又迫不及待地要走了，自己可以不管不顾了，看似轻松了，但现在却冒出了头大野猪，如何从它嘴巴里逃脱，是个更大的问题！安子谦疲惫了，厌倦了。錾刻什么名字呢？讲什么秦村的故事呢？有意思么？如果天下太平，如果有吃有喝有闲暇，干干这样的事谁不说好呢？但是眼下这境况……想起来都觉得是个笑话。火塘里的火已经熊熊燃烧起来了，再不动手，就要来不及了。安子谦说，抵火枪里只有一颗子弹，只能死一个人。我先把你送走，然后，我也会学你的样子，受一场疼痛，我要把这疼痛送给我的女儿，我的若兰，如果她还活着，我希望她在这世间少受苦痛，让我来替她受了！

何陆侯抽抽鼻子，你要咋个死？这么大一股烟火味，你是要把自己烧死么？

安子谦说，我弄了柴火，这屋子都快堆满了。我把你送走，再收拾收拾，火就该烧过来了。

不行！何陆侯伸手摸索，抵火枪在哪里？你给我，让我先送你走！我来等火过来。你安子谦就是个怕痛的货，你道我讲的假话？你看你当年脚伤了那阵，疼得龇牙咧嘴，如果不是若兰在旁边，你只怕早就像个娘们样地哭起来了呢。让我送你走，疼痛我来！保管若兰在这人世间不再受苦痛，她的苦痛，今天都叫我替她受尽！何陆侯揪住安子谦，要夺过抵火枪，要先帮安子谦完成他的死亡。

安子谦说，你莫急，我把它递给你，你抵住枪尾，抵在胸口上，我抵住枪口……我们都老了，没气力了，可能得一起使劲，才能抵上火。

何陆侯说，好嘛，就按你说的来，来呀，我的老伙计！

安子谦递给何陆侯的是枪口那头，而他紧紧握住抵火这头。他跪在何陆侯跟前，看着他。何陆侯也紧握枪头，因为挪了位置，枪口抵偏了。安子谦移了移，让枪口抵在他心脏的地方。

那么……咱们就先走一个啊。安子谦说，老兄，你还有什么话要跟我讲没有？

你呢，老弟，你有啥要跟我讲的没有？何陆侯问。

其实两人都有一肚子的话，可是现在就这么一点时间了，火就快烧过来了，也讲不出个啥了。再说，即便讲，不还都是过去那些翻来覆去说过的话么？

老兄，上路啰！

老弟，上路啰！

两人都铆足劲，身子往前扑，把枪往身上使劲一抵，戳得皮肉生疼，但是，它却没响。

两人都愣住了。

咋回事？何陆侯摸到了枪口，老伙计，不是说先让你走的么？你咋把枪口对着我呢？该是对准你才对头的呀！

安子谦拿起枪，检查了一遍。没问题的呀，子弹卡在里头，抵火也好好的，咋不响呢？只好再来一遍了。何陆侯摸索着，见对着自己的还是枪口，不干了。他叫嚷起来，不是讲好的么？你这老东西，你是不经疼的，我还不了解你么？来，他把枪掉个头，自己拿住抵火那头。

枪还是没响。

你看！安子谦，咱们两个只能走一个了！何陆侯兴奋地叫嚷道，这是天意，是老天爷替咱们，替秦村拿的主意啊！你留下来，子谦，我的好老弟，我的老伙计，你要努力活下去，把该做的事情做了！

火已经从火塘蔓延到那些柴草上去了。火苗一挨着干透的柴草，可真像是久别重逢的情人啊，马上就纠缠成了一团。

我咋没想到过这样的死呢？这样多好啊，谢谢你了，安子谦，我的好兄弟，我的好伙计，我从没想到要离开药铺，我这下是真的如愿了！何陆侯的脸被大火映照着，红彤彤的。

安子谦跌跌撞撞冲出了房间。他站在院子里。火苗从门洞里扑了出来，发出呵呵的声响，多像是纵情开怀的欢笑啊。

安子谦捡起地上的铜锣，敲击起来，响亮的声音中，是他的哭腔——

陆侯先生，我的老伙计，你走好啊！

第十章　旱 3 年（上）

1

安子谦以为它很快就会对自己下口，但它却迟迟不来。真不知道它在等什么。

自从何家药铺化为一片灰烬，安子谦就开始居无定所。他背着李家钰字娃儿留下的那个刷过桐油的铮亮反光的竹篾背篓，里头装着找到的吃食，和同样是李家钰字娃儿留下的军用铝皮水壶，还有一口被何家药铺大火锻炼得发红的黄铜鼎锅，腰上别着赵家莽子娃儿留下的那把大弯刀，胸口前挂着那个已经被敲得瘪得不成样子的破铜锣，肩头扛着那把名叫喜儿的七斤大锄头，整日里游走在秦村，累了，就找个阴凉地儿歇息一会儿，眯上一阵瞌睡。遇到天黑，就近找户人家子，房屋还在的话，就进屋子去，没有房屋，就在废墟上寻上些柴火，生上一堆火。心情好与不好都没关系，只要还有那个气力，还有那个心劲，他就会举起铜锣，咚咚咚地狠劲敲上一气。他就是要这样，用这样的声响告诉那头畜生，他还活着，还能搞出这么大的动静，发出这么大的声气，秦村，还在他的手板心里。

安子谦时刻都在想着它的出现及自己将如何对付它。虽然难以逃脱成为它饱腹的吃食的命运，可总不能听之任之，真的就成为砧板上由它啃，任它嚼的肉吧！当然了，也不能为了不让自己成为它的吃食而弄出一堆柴火，将自己化成焦煳的炭头吧。再怎么样也得跟它斗上一斗，要不然何以为人呢？那也太没颜面了！

狗怕三抓。再厉害的狗，只要你弯腰做出从地上拣东西的动作，它都会害怕得连忙后退。那么猪怕什么呢？安子谦小时候只有过放牛放羊的经历，成家后，养猪又都是女人家的事。不过遇到卖肥猪和杀年猪的时候，他是必须下手的，往秤上挂，往杀猪板凳上摁。杀猪匠似乎讲过，猪最害怕打它的拱嘴。真这么讲过么？安子谦不确定。应该是有道理的。猪的拱嘴长，上面半片是鼻腔，下面是嘴巴，鼻腔皮薄中空，就像人的鼻子一样，最不经挨，轻轻一拳头，就会鲜血直流。安子谦想好了，就照它的长拱嘴下手，猪不是人，两手一挡就是一道门，它可什么都没有，只要照准了，击中鼻子，那还是容易的，只要狠狠给它一下，管保叫它眼泪鼻涕长流，看它还怎么冲自己下口。只是，怎样才可能准确地狠狠地击中它呢？安子谦根据它可能冲向自己的位置、姿势，想着各种对应的方式，而且更进一步的设想，假如击中长拱嘴之后如何再进行后面的打击，想来想去，还是照着拱嘴下手吧，那里皮肉薄，又刚受伤，叫它痛上加痛，惨叫声声！

有时候，安子谦很长时间都会沉陷在这样的狂想和虚幻的胜利之中，而且就像挑衅似的，将那面铜锣重重敲响，一边敲击,一边呐喊、吆喝、歌唱,围着火堆转圈儿,不时踢一脚那燃烧的柴火头,让它卷起火星,飞向黑暗的夜空。

安子谦估摸着,它可能就在不远处张望着他呢。他是它在秦村最后一餐肥美的饮食,它咋可能不闻不问呢?它肯定就像他当年面临就快熟透的庄稼一样面对着他,迫切期望的心情和复杂的担忧自然也一样,庄稼就要成熟了,白面馍馍就在嘴边了,都闻着香气了,可是又担心老天爷突然会降雹子,或者连绵雨季,随便做个梦都会瞎琢磨半天。忐忑难安的心啊,就害怕到嘴的丰收被捉摸不透的老天爷给收了,这样的事情不是没有遇到,夏收遇雹子,秋收遭梅雨,就像那句老话,煮熟的鸭子也会飞了。

想到这里,安子谦就非常兴奋,装着跟跄的就要跌入火堆的样子,他知道,每当看见他这样,它的那颗心必然会猛然悬起来,就差一声尖叫了。他跌进火堆烧成炭,它吃什么呢?他可是它最后一餐肉食啊,给不给它吃,这权力可是同样握在他安子谦的手上。

它在哪里猫着呢?它受不了铜锣的响声,肯定不会太近。可它又操心它的肉食,肯定又不会太远。究竟在哪里才合适呢,对它来说,这可真是一件烦心的事啊!

一个深夜,安子谦从梦里醒来,看着还燃烧得旺旺的火堆,听见柴块子燃烧时发出的声响,突然想起了应该给它起个名字。

在刚刚的睡梦里,安子谦梦到了它,梦见它蹲在自己身边,如果不是那长长的拱嘴和白森森的獠牙,那样子真像是一条听话的狗。

他问它，你是来吃我的么？它不答话，眨巴着那阴郁的小眼睛。它的眼角全是眼眵，因为时间太久没有清理的缘故，都成黄褐色的了，结了痂，堆在眼角。几只苍蝇绕着那两堆眼眵飞来飞去，像在乞求它的赏食。你是准备在白天，还是黑夜里来吃我？他问。它还是不答话。他突然意识到，这是头猪呢，畜生咋会说人话呢？可是瞧它那神情，它是听得懂他在讲什么的。你多半会在白天来吃我对不对？黑夜里你是不敢来的，我有火。老猎人都讲了，你们这些野物畜生最怕的就是火，对不对？我有火，想有多大的火就可以有多大火，因为我有烧不完的柴火。你瞧，所有的树木都干枯了，随便放倒一根就可以烧上一整夜，火苗可以冲上天去！他望望天空，在空中，星星闪烁。那可全是腾上去的火星子，它们还在继续燃烧，闪着光亮，在天空飘来飞去。你如果是冷不防地冲过来，一口咬死我也就算了，否则的话，我会叫你吃大苦头的。他扬起那把莽子娃儿留下的大弯刀，在手中挥了挥，说，哪怕我喉咙里还有一口气，我也会让你倒上大霉，晓得么，不管你是白天还是黑夜，不管你是来明的还是暗的，我有一百种方法来收拾你！他的目光落在它长长的拱嘴上，忍不住就要将那些好对策脱口而出了，这让他一惊，差点就从睡梦里醒过来。它叹口气，起了身，走到他身边，像条狗一样伸长脖子，长长的拱嘴差点就碰到了他的脸上。它闻着他，发出嘶嘶的抽气声，像在检查吃食的新鲜程度。不过它并没做什么，就掉转身子，一步三摇地远去了。这个时候安子谦才想起来，大弯刀就在手上。为啥不趁着它那长拱嘴伸过来的时候照上面狠狠来一下呢？那么近，下手力道大一些、狠一些，是完全可以叫它吃上大亏的，没准儿还会就这么轻易地收拾了它呢，如此好的机会就这样错失了，安子谦受不住这强烈的懊悔，叹口气醒过来。

该给它起个什么名字呢？或者说叫它啥好呢？安子谦的脑壳里总是浮现着它转身离去时扭动身子一步三摇的样子，还有那根晃动的与巨大身躯极不相称的小尾巴。

当太阳东升，燃烧了一夜的火堆，终于只剩下了一堆白色的灰烬和几缕青烟，安子谦撑着身子从地上爬起来，抻抻腰杆，抖抖腿，甩甩胳膊，正弯腰去拿那只背篼，愣住了。他看见了火堆边上，印在灰上的几个脚印。是猪脚印。它们是那么清晰，就像一对对牛角卦。

安子谦在脚印跟前蹲着，看它们的朝向，再看自己昨夜躺的位置。看来它是真的来过的。在火堆边像狗一样蹲着。离开的时候，长长拱嘴是真真切切伸到了自己的脸上，像检查新鲜程度似的闻着自己……

安子谦感到脸上黏糊糊的，摸摸，再伸到鼻子底下闻闻，好像一股骚臭味儿。这是它的哈喇子么？这股骚臭味儿，在这一整天里始终在安子谦的鼻子底下挥之不去，而脸上黏糊糊的感觉，也因为无数次地擦来擦去，变得湿嗒嗒的，都开始刺痛了。

再不能揩它擦它了，安子谦将手伸进袖管。

这时候一个古怪的名字，就像一泡从天而降的鸟屎一样，突然就掉在了安子谦面前——

臭口水。

2

安子谦再次敲打铜锣的时候，就呼喊起了臭口水的名字。他就像个调皮的碎娃儿叫唤小伙伴父母的名讳，要以此逗惹小伙伴生气。他叫唤着，敲着铜锣，在土包上蹦跳，在火堆边跳跃——

臭口水，你躲在哪里呢？你出来呀，你有本事别等我睡着了见我呀，你有本事别到我梦里来啊，咱们面对面，臭口水，咱们面对面决一死战！

这天中午，当他从一个上午的敲打铜锣和呼喊中停歇下来时，感到又累又渴，心头又烦又躁，水壶已经没水了，嘴巴嚼着几粒生豌豆，硬得像铁砂。他垂头丧气地在阳光底下走了一阵，实在遭不住晒了，就站到了一颗大柏树下。

在秦村，这应该不是最大的树，也不是最大的柏树，不过小盆口粗。但它长对了地方。在这片田野里，它那么笔直，树冠就像一把巨大的伞盖，老远都可以看见它。安子谦望了望，左右看了看，搞清楚了这棵大柏树可是有故事的，和那个有名的"六尺巷"好有一比。安子谦记起了唐杨两家持续了几十年的争吵，记起了已故当家人何福田的智慧。它见证了唐杨两家由亲到仇，再由仇到亲的过程。而这个过程被一再演绎，广为流传，成了可以和"六尺巷"媲美的美谈。不得不承认，年轻时的何福田可真是个有头脑的人啊。

田坎左边是唐家的田，田坎右边是杨家的地，那棵柏树就生长在田坎上。柏树还是棵小苗的时候，谁也没有在意它。

当它长到茶碗大的时候,唐杨两家都看见了它。他们都说这棵树是他们家的,但都没有太认真,因为一棵树伤了和气,太不值当。当它长到碗口粗的时候,争执就开始了,因为它够得上做一席板凳的材料了。但争执并不很厉害,它只是让两家人赌气,不相往来,在背后说对方坏话,还没有为了它付出鲜血的地步。到了盆口粗的时候,它不光够做四条板凳还够一张饭桌的材料,争执开始变成了吵闹、骂架,双方都像气头上的公鸡,都扬言要砍掉这棵树,如果对方胆敢的话,将不惜生命论个输赢。随着吵骂日益激烈,整个村子的人都觉得这个事情该有个了结。而唐杨两家,已经觉得这树并不重要了,重要的东西早已变成了别样——脸上的颜面,胸间的那口气。他们开始为了颜面和那口气更加频繁和激烈地争吵,而且都在积极地准备你死我活的争斗工具,刀子、木棒、矛头、火铳……双方除了请亲戚朋友来帮腔扎场子,还花大价钱从外头雇用了狠角色,好酒好菜养在家中,只待时机一到就让对方尸横一地,血流成河。这个时候,有人跟何福田说,该你这个当家人出面去断一断了。何福田说我去做什么呢?他们既然没有把我放在眼里,猪拱死狗,狗咬死猪,管他们的呢,干我啥事?

何福田这话传到两家人耳朵里,都觉得还是应该去找找当家人。既然是当家人,何不让他断断,看他怎么讲,看他这碗水怎么端平,也省得说不懂规矩,先占个理。

既求到门上,何福田不能不管。那时候何福田刚刚接班不久,年轻轻的,讲出的话连院里的老仆人都不爱听。他怎么断,怎么端平这碗水呢?关键是那根本就不是一碗水,而是一盆熊熊烈火啊。

何福田说,左为上,右为下,左为先,右为后。这棵树生在杨家的左田坎上,理应归杨家。但是如果将田坎一分为二画根中线的话,这棵树的一多半树荫都下了唐家的田。如果没有唐家一田肥水的滋养,也不大可能长这么快、这么高、这么大,笔笔直直,抻抻展展。可真是棵好树啊!如果我断它一分两截,谁得大头,谁得小头,抓阄来定,想来谁也说不出个反对的意见。但这样可是对那棵树的不恭不敬,更是不公啊!它正值生长茂盛,有如人之壮年,却因为两家人的好勇斗狠被砍断,再怎么也是一件惋惜的事。唐杨两家当家人,各位乡亲,我有个解决方法,说出来请细听,看合不合情,通不通理。

都叫嚷请讲。

何福田说,唐杨两家,田挨田,地接地,祖上还曾经结过姻亲,生亲满月还都有个亲热走动。在没有这棵树之前,每到夏种秋收,相帮互助,从来没有听说有过红脸话,更没听谁讲过是非。但是现在呢,两家人刀枪棍棒已排好了阵仗,就缺几口棺材了。且问唐杨两家当家人,就算抓阄断了这棵树,你们两家还能回到往日和睦吗?还能做到往日的亲善么?唐家好斗,杨家好气,即便今日偃旗息鼓,难保他日不会为了别的事再生争斗之心,毕竟裂隙已经摆在这里了,没有好的办法,它只会越裂越开,最终连成一排坟坑。所以,我想,这棵树就不要动它了,让它生长在这田坎之上,继续往上长高,往大长大,那么什么时候砍它呢?总不能让它永生永世生长下去吧?那与他们两家之后的日子又有何益处呢?

且等到唐杨两家的碎娃儿长大吧！如果能在这一辈结下姻亲，那就这一辈结！这辈不能就下辈，下下辈！这棵树呢，就专门用来打嫁奁，打一套！喜床一张、八仙桌一张、板凳四条、喜柜一口、箱子一口……木头不够，我铁门槛来出，我不光出木工，还出漆工，口说无凭，马上立据，唐杨二家，意下如何？

不等唐杨表态，乡亲们齐声叫好！

字据立好后，唐杨两家喜滋滋地签字画押，作为见证的众乡亲，也都高高兴兴地在上头摁下红亮亮的指印。唐杨两家将备在那里准备大胜之后庆功宴饮的酒肉都搬到了一起，将何福田请上首席，众人都称赞他，说他英明，不仅化干戈为玉帛，还叫唐杨两家从此亲如一家。

随着这棵树的继续长大，担心它会因为田坎太窄根基不稳而被风刮倒，两家人都往田坎上培土。原来窄窄的田坎，现今成了大道。而这大道上，曾往来不少外乡人，他们都来此观瞻这棵大柏树，将它和那六尺巷好有一比。

唐杨两家已经生养了两辈人，都没结成姻亲。就在前些年，唐家生了女，杨家生了儿，一出生就去看了八字，般配得很。都说这棵柏树活不了多长时间了，有惋惜的，也有激动的，说一段美事，总算有幸目睹。记得从来不在这事情上表态的何陆侯也罕见地感慨，说那树要是砍倒的话，十足的可惜，它应该永生屹立。

如今，唐家那个女被兽兵奸杀，杨家那个儿被兽兵打死，侥幸活下来的几个人，也远走了他乡。

树还在这里呢，屹立着呢。只是枯死了。枯死的柏树可比活着的时候好看多了，树叶都在，而且都变得黄灿灿的，在阳光底下闪着金光呢。

安子谦放下背篼，取下铜锣，让自己一身轻轻松松的。然后依靠着这棵表皮异常光滑的柏树，准备好好歇上一歇，等心头的烦躁在这阴凉的树荫底下稍微平息下去一点，再去寻水。

而就在这时，他看见了臭口水。

臭口水从一片树林出来，摇晃着那如同门板一样的宽大身子，慢慢下了山坡，走上了对面的一根田坎，那根田坎很窄，它走在上头，身子左右摇晃，像个耍把戏的在绳索上卖弄它巧妙的平衡绝技。它埋着脑袋，长长的拱嘴犁头一样抻在前头，这里嗅嗅，那里闻闻，喷出的气息，吹拂起阵阵浮尘。它也在东张西望，不时还停一下脚步，定定神，再往前走。正值中午，太阳太闪耀了，什么东西在阳光底下都是灰白一片，袅绕着白炽炽的火燎子，在这样的阳光底下，安子谦从来不敢睁大眼睛，看什么都尽量眯缝着，尽管如此，还是令人感到眩晕。看来臭口水也是如此，因为它竟然脚下一晃，身子一个趔趄，滑下了田坎，而且还瘫在那田沟里，趴了好一会儿，才挣起身子。安子谦这才看清楚，它是那样的枯瘦，尤其是那肚皮，简直就是一张被掏空了的包袱皮。

它终于爬上了田坎，立定身子，叹口气，继续往前走。

安子谦抓起了弯刀，又抓起了那个铜锣，他本想趁着它走到对面的时候，举起铜锣使劲敲上几下的，就在要落手的时候，他忍住了。

他咳嗽一声。

臭口水一时没搞清楚声音来自何处，立定身子，左右看看。它并没有看见树荫下的安子谦，还以为刚才那声响是幻听。叹口气，摇晃身子，继续向前。

安子谦再咳嗽一声，同时敲响了铜锣，响亮的声音中，他吆喝道，嗨，臭口水，你的眼睛也瞎了么？我在这里呢！

突然的声响惊了臭口水一跳，它看见了安子谦，他在树荫下，那瘦小的身子正蹦跳着呢，挥舞着弯刀，敲打着铜锣。雪白刺眼的太阳，这破响刺耳的声音，还有安子谦那小丑般跳跟的鬼样子。这一切，完全激怒了臭口水。它哼哼两声，吧唧吧唧已经大半天没有开口的都快生锈的嘴巴，卷吧卷吧那长长的獠牙，甩甩耳朵，下了田坎，往安子谦这边来了。

安子谦早料到它会这样，他并不害怕，他早想好了，让它看看自己的能耐，让它看看，谁才是这秦村的主儿，谁才配得上在这片土地上称王！他丢了铜锣，丢了弯刀，从田坎上薅起一把茅草，又从柏树上撕下一把如丝绸般柔软的树皮，在手中揉揉，掏出火镰，只轻轻一下，就点着火把。

臭口水埋着脑袋，长长的拱嘴锛锄似的往前探着，都快犁着地了，它的那双阴郁凶狠的小眼睛翻着白眼珠，紧紧地盯着他，踩着稳稳的脚步，那原本晃荡得像条空口袋的身子，也绷得笔直，像一把宽面窄刃的砍刀，就要迎面而来，将他一剖两半。

安子谦随手将火把靠近那颗大柏树，火苗伸长舌头，一下就舔着树皮，就像终于尝到了甜头似的，贪婪地拥抱住了整个树干，并且迅速往上攀缘。

来呀，安子谦抓起大弯刀，一脚将背篼踢了出去，再一脚将那面铜锣踢飞出去，落在臭口水跟前。臭口水几时受过这样的挑衅啊，它气极了，愤怒地哼哼几声，长长的拱嘴埋得更低了，身子拉得长长的，像支绷在弦上的利箭。

你个老东西，真是活腻了，本来是要再养你些时日的，不知好歹！臭口水轻晃了几下脑袋，它已经瞄准面前这个干瘦的老家伙了。它会使出全身气力，冲上田坎，长长的拱嘴会准确地戳中他的肚皮，它那两柄锋利的獠牙，会像切豆腐一样划开他的肚脐，然后顺势将他往空中一撂。他就像个大包袱一样飞上天，里头的肝肠会哗的一声落下来，落在它的面前，它会在一阵喘息之后，才开始不慌不忙地进食。吃掉肝，吃掉肠，他这么老了，肠子一定不好嚼，又皮又绵。他还不会立即死去，会呻唤着在地上爬，身后是一溜长长的血痕，他想逃离它。他后悔不迭，开始意识到自己真是愚蠢到家了，平日都是避之不及，今天为何要招惹它呢？是因为饥渴，因为这鬼太阳的暴晒昏了头吗？臭口水有些犹豫了，难不成今天真的要弄死他，再吃掉他？这个村子里，这方圆百十里地，就他一个活物了，就剩下他们两个老东西了，如果弄死他，吃掉他，也就剩下自己了，形只影单，而且似乎也从此失去了这最后一点趣味，往更严重方面说，就等于失去了希望，那么等待自己的一定是比他好不到哪里去的下场……

可是又怎么能忍受他这样的挑衅呢？按理说自己都这么老了，所谓的急性激情早就该凉透了。还有什么没看透的呢？还有什么值得愤怒的呢？子弹能够跑多快，骨头究竟有多硬，还有什么是不知道的吗？一切都是为了活下去，说得更确切一点,一切都是为了再苟延残喘活几天日子!

可是他也是个老东西啊,都老成那样了,难道他就没有看透?他就不知道盐有多咸、醋有多酸?他为啥还要这样挑衅?他这兴高采烈又蹦又跳的鬼样子可不大像是活腻了来求死的呀,他分明就是要跟自己干架的样子嘛,还挥舞着大弯刀呢。老东西,你就是拿着把连子发,我今天也要把你开肠破肚,把你这老骨头嚼成粉末,化成大便,拉在这村庄里最显眼的位置。

就在它要发力猛冲过去的时候,突然听到安子谦又一声喊叫,而且举起了一只手,叫它往上看,往他的头顶上看。

他的头顶上是那棵大柏树的伞盖一样的树冠,灿烂金黄。

嗨,臭口水,看见了么?安子谦把那把大弯刀丢在它跟前,空着两只巴掌,摆出拥抱的姿势,好像在欢迎它的长拱嘴和獠牙。

就在它将目光收回,重新瞄准他那枯瘦的身躯,正要再次发力冲向他的时候,只见他脸上的笑容突然拉下来,两个巴掌击到一起,随着"啪"的一声响,他的口中也发出了一声怪叫,"轰"!它看见眼前一道火光,接着一声闷响。响声和火光腾起一股声浪,竟让它心头一阵骇然,不由得后退两步——

那棵大柏树的树冠熊熊燃烧,火苗冲天而起,发出洪水席卷般的呵呵声,四周的空气也被点燃了,咝咝作响。

安子谦站在那冲天燃烧的巨大火把之下,双手伸展,昂首挺胸,满脸的骄傲和欢喜,像个伟大的胜利者。

臭口水何时见过这样的场景?它退缩着,尾巴夹进了屁眼儿，耳朵耷拉着，抑制不住两腿哆嗦，浑身战栗。它看见那该死的干瘦的老东西，突然挪动了脚步，双手高举起那冲天燃烧的火把，喊叫着冲向了自己。臭口水心头一慌，兜转身子就开跑。它听见火苗燃烧的呵呵声如同惊涛骇浪，如同狂风吹过松林般在身后响起……

当它钻进山林，回过头去，看见安子谦并没有追来。他围着那个燃烧的大火把，正高声喊叫着，蹦跳着，手舞足蹈，如泣如诉，如痴如醉，如癫如狂。

3

水在田花了三个时辰，才让安子谦相信这是白天，不是黑夜，他也没有做梦，而自己也不是出现在他睡梦里的人物。他拿出罐头和压缩饼干让他尝尝，尽管都这样了，安子谦还是吧唧着嘴巴说，他不相信这是真的，这样好吃的东西只可能出现在睡梦里，咋会出现在这样干旱的季节里呢？

水在田说，是真的，罐头是真的，我是真的。安子谦说你是真的？你咋可能是真的呢？你是咋到的秦村呢？路全断了，方圆几百里都是一片死绝地，天上没有一只鸟，地上没有一只兽，哦，不对，还有一只。他直勾勾地看着水在田，我搞得清楚，你是第一回出现在我梦里的！

水在田摸出一张纸，慢慢打开，指着上头的圈圈和线线说，看清了吗？这是地图，我是靠着地图找到这里的。他四下张望了一眼，这地方可真偏啊，就算发生了那么大的事，如果没有地图，也没人晓得它的准确位置，更不可能有外地人能找到它。

安子谦根本不理会他在讲什么。他在吃东西，吃得一点都不认真，掉在地上的也不捡起来，一点也不珍惜。更过分的是，他竟然把吃了一半的罐头给扔了，拿起了那盒压缩饼干，吃了一口，因为太噎又随口吐了，他将手上那个只咬了一小口子的饼干，像扔个土坷垃似的扔了。

水在田毕竟是个见多识广的人，而且又有一肚子的好学问，什么事情，无论表象多复杂，都可以准确地看到内中的本质，看到真相，并且找到最合适有效的应对方法。他知道，安子谦的表现是因为他还没有分清现实和梦境。也就是说，他正混淆着呢，正把这一切当做梦呢。既然是梦中饮食，吃多少也饱不了现实的肚皮，如水中月、镜中花，有什么好珍惜的呢？他走上前去，将被安子谦丢弃的饼干和罐头捡起来，他抓住安子谦的膀子使劲晃了晃，这不是做梦！他拿起罐头，在安子谦眼前晃晃，这是真的，上海产的。又拿压缩饼干凑他鼻子底下，让他闻闻。这是德国产的，都是好东西，都是真的！

任凭水在田做什么，安子谦都只是看着，客观而公正的神情，像看一场与己无关的表演，实在觉得过意不去了，就嘿嘿笑两声。

水在田想到了那个鉴别梦境与现实的古老办法，虽觉得不算高明，而且使用于眼前这个老人明显很不合适，可是，又有什么更合适、更好的办法呢？他抡起巴掌，照安子谦脸上抽了几下。啪啪几声脆响之后，安子谦愣住了，长时间地瞪着水在田。那模样像是傻住了。

许久了,他的眼睛都还没有从水在田的脸上离开。水在田感到很不自在。水在田本来是在这个办法实施之后还有一番话要讲的,他要通过这一番话,让安子谦确认自己已回到了现实,并且顺便对刚才那不得已而采取的办法致以歉意。但是被安子谦这么一看,心头竟然一慌,就全给忘记了。

水在田的目光与安子谦对视的时候,安子谦就挪开目光,而当水在田的目光移开的时候,他的眼睛又快速地回到了他的脸上。如此反复几次,水在田忍不住笑起来,说,你这是干啥呢?咋这样看人呢?

从安子谦的神情,还有那欲言又止的样子,水在田心头一阵欣喜,到底是古老方法有效。安子谦从梦境回到了现实。

我晓得你是谁了。安子谦看着他脸上的坑坑洼洼。

不早跟你讲了么?水在田说,我们是老熟人了,我原来叫王麻子,现在叫水在田。你这时候才反应过来啊,哎呀,你这梦也做得真够深的了,这也难怪啊。水在田叹口气,看着安子谦。安子谦垂下双眼,又垂下了脑袋,不跟他对眼,等到水在田的眼睛离开,目光才又回到他的脸上。

这也难怪啊,水在田继续说,你孤身一人,在这样的环境里,艰难地生存到现在,都还活得好好的,这已经是个奇迹了。干旱,毫无生机,所有的房屋,因为炸毁、焚烧、地震……全成了废墟。到处都是森森白骨,这简直就是人间地狱啊!在这样的地狱里,如果没有强大的信仰,而不依靠虚幻的梦境来搁置那颗千疮百孔的心,只怕肉身早就腐朽成白骨了,又如何还能存活到现在,不容易啊,奇迹啊!

王麻子啊!安子谦看着他,伸出手,比着枪的样子,对着他的脸，啪啪啪连开了三枪。

他终于不再拒绝与水在田的对视，他的目光在这傍晚的金色余晖的映照下竟然那般亮净，仿佛都可以倒映出他的影子。王麻子，你是受云长将军的命令过来的么？你是来抓人的么？你该不是冲我来的吧？你要带走我，还是要枪毙我？他扫了一眼地上自己遗落和吐掉的食物，说，你既然要整死我，又何苦要喂我好吃的呢？是不是想从我嘴里套出什么话？实话跟你讲，我啥都不晓得，就算晓得，我也不见得会跟你讲！你是不是已经料到我会这么硬性？你是见识过我的，所以才拿好吃的喂我，要把我养得有血有肉了，让我经受得起糟蹋了才来收拾我，对不对？你没有整对！我都这么老了，不经事了，你只消一拳头就可以让我没命的。吃多好都不行，老了，寿限到了，没有用的，你还是省省吧。

水在田哑然失笑。他跟安子谦讲，他来秦村不是受云长将军的指令。而且你也不会死的，你康健着呢，爹，你的寿限也还长着呢，你要好好活着享福！

当眼前这个人言语亲切地叫自己爹的时候，安子谦忍不住就想笑。当他说要自己好好活着享福的时候，安子谦再也忍不住了，大笑起来，指着他，你这是搞啥呢？我哪里钻出来你这样的儿子？你当我真的是疯了，傻了吗？叫两声爹就行了，说两句好听的就管用了，就那么容易上当受骗？我可不傻，也没疯！云长将军叫你来干啥？是不是杀人灭口的？安子谦指着秦村，又指指天，愤怒地说，杀了我，他干的这些事就没人知道了吗？老天爷都看着呢！

水在田两手摊摊，苦笑说，我咋会是云长将军派来的呢？

管球的呢！安子谦无所谓地冷笑一声，你想咋样就咋样，随便来！他拍拍干枯的胸脯，一脸轻蔑和无所畏惧。

云长将军死了！

死了？安子谦本来就要转身离开的，又站住脚步，吃惊地问，多久死的？

两年了。水在田说。

咋死的？是被雷劈死的，还是被鬼掐死的？

是被炸死的。

咋让他死那么轻松呢？该扒掉他的皮，抽掉他的筋，拆掉他的骨……再让他死嘛！哦，不能就这么让他死！得慢慢地叫他死，死上一百回，不，一千回！被他害死多少人就让他死多少回吧！安子谦觉得这样也不足以公平，他点点头说，还好，有地狱，有阎王殿。他会下地狱的，会被十殿阎罗好生收拾的！上刀山、下火海、煎油锅、拔舌、抽筋！

他会的！水在田说。

咋啦？安子谦看着他，一声冷笑，你不用这个鬼样子，不用当我的跟屁虫，少在我跟前耍这套把戏，王麻子，你啥时候这么油滑，这么不要脸的呢？我原本还觉得你这坏人，多少还坏得有点体面，咋就这么下贱了呢？

水在田笑了，让你从梦境里走出来，站在现实的面前，我花了近四个时辰。现在，天都快黑了，如果照刚才那个进度让你相信我是水在田，而不是王麻子，恐怕得等到天明吧？

打死我也不信，安子谦说，太阳从西边出来，我也不相信！

如果我说云长将军是死在我们手上的呢？水在田像是担

心这个话讲出来分量太重,安子谦承受不住会跌倒,要上前扶住他。安子谦推开他,却被他紧紧地托住胳膊肘。如果我说云长将军是死在我和若兰手上的呢?

安子谦在一愣之后,还是要挣开。他已经判定了,这浑蛋还想继续骗他。

你的第一个孩子是夭折的,他叫喜儿,你一直很想他,你想要个男娃儿。所以当若兰出生的时候,你还是想在若兰身上用那个名字。结果被若兰的娘臭骂了一顿。后来你打了把锄头,七斤重,就给你那把锄头用上了那个名字。水在田抱着安子谦的肩膀,亲切地看着他,这些话,除了若兰,你总没有给别人讲过吧?还有,若兰说你是一个特别护疼的人,那年你伤了脚,一个人在床上痛得掉眼泪,见了若兰过来,你连忙掩饰说,灰尘迷眼睛里去了。

你是不是逮住若兰了?严刑拷打出来的这些话?安子谦抹着眼泪。

我怎么会打她呢?水在田说,爹啊,她可是我的革命伴侣啊,我的妻子啊!

4

水在田说他在没见到安子谦之前,就听说了若兰的故事,当然,若兰那时候的名字并不叫若兰,而是个代号。他还清楚地记得,若兰的代号叫喜儿。

喜儿?

对,水在田说,若兰还没正式加入组织,就策划了一次大行动，她烧掉了云长将军在暑袜街的仓库。安子谦说，这不是那个点灯者江上粮的主意么？水在田说，你听到的都不准确，这里头的话有些长，我尽量简明地讲给你听，我是清楚事情始末的。安子谦说，如果你真知道的话，你就从头给我讲，越详细越好！

我会的，水在田说。

那个点灯者，他的名字叫江上粮，他的父亲曾经给云长将军当过司机，为了救主，赔上了自己的性命。所以云长将军一直对他很好，送他留学，还给他不少钱，而且还许诺将来会给他一个要职。所以尽管江上粮抓、吃、骗、拿、赊，烟、酒、赌、嫖什么都来，可谓劣迹斑斑，组织决定还是发展他，因为只有他是接近云长将军的合适人选。

根据组织上的部署，那时候的云长将军还是可以合作的朋友，准备更进一步发展他，只是没想到他后来越来越反动。而江上粮也一直不把组织的规劝当回事，屡教不改，不仅让组织失望，也让一直很器重他的云长将军对他心生厌恶。

江上粮那几年做的唯一有用的事就是发现了若兰，并将她介绍给了组织。当然，他的初衷并不是这么高尚，甚至有些卑鄙，他觉得若兰漂亮单纯，容易上当受骗，他已经厌倦了城里窑子里的娘们儿……

这个狗日的！安子谦愤恨地骂道。

若兰确实很听他的话。他都没想到会那么顺利，若兰就跟他走了。若兰听信了江上粮的甜言蜜语，她也相信了江上粮跟她讲的那些打倒军阀，打倒列强，解放穷人，建立新社会的话。而且她也以极大的热情，投入与江上粮开创新生活新秩序的生活和工作中去。水在田说,那时候,因为江上粮的种种劣迹,组织上已经和他疏远了,少有联系。就算他主动联系,组织上也很谨慎,不敢轻易相信。但是这头若兰却天天催他,要求见组织上的人,要领取任务,要干一番轰轰烈烈的大事情。江上粮被逼得没办法,也是出于面子的需要,只好撒谎,说组织上已经同意了给他们安排任务,叫他们耐心等待时机。等了一阵,还是没有动静,若兰就有点怀疑他了。其实这个时候,江上粮已经打妥当了主意,要带若兰远走他乡,去国外,因为他欠债太多了,赌债、嫖资、烟钱……他再不想办法还债,或者远走他乡,很有可能会陈尸街头。他去找云长将军,以为可以借得出几个钱,却不料被云长将军狠狠地抽了一顿耳光,还塞了一嘴马粪,因为他在秦村给自己丢了脸,拐了秦村的女人走。云长将军本来是要将他五花大绑送回秦村的,但是担心他会因此丢了性命。再怎么怄气,也不能叫救命恩公断后啊。

钱没讨到一个,还被塞一嘴马粪,成了尽人皆知的笑话,江上粮对云长将军充满了怨恨,无论如何,他也咽不下这口恶气,就想到了报复。可是该从什么地方下手呢?他想到了云长将军在暑袜街的仓库。

暑袜街不仅有云长将军的仓库,还有他私设的牢房和训练营,那些投效他的人往往会被他集中在这里,参加一阵子兵法和操典上的培训,再送到他的队伍上去。一些被他逮捕的人,也往往是送到这里,严刑拷打,挤出所有的秘密后再处死,扔进垃圾车,丢到城外的乱坟岗。而他的仓库里,除了烟,还有买进卖出的枪械弹药和军粮、急救的药包,以及洋酒、洋烟、洋布等紧俏的走私物资。

这些年里因为大烟查禁很厉害，禁种禁运，烟价一直走高。很会搞营生的云长将军自然不会放过囤积倒卖大赚一笔的好时机，抛出了洋货和军火，大量采购各地的上等好烟，坐等行情暴涨，实现一本万利的盘算。因此，那仓库里的烟堆得就像小山一样。

江上粮跟若兰说，组织上已经下达任务了，烧掉云长将军在暑袜街的烟，免得流出去祸害百姓。若兰说，就我们两个么？江上粮说，这个任务属于重大机密，担心人多口杂，走漏风声，命令我们两个来完成。若兰格外高兴和激动，二话没说就应承了，她决定办好这件事情，作为献给组织的礼物。

可是防备森严的仓库怎么进得去呢？又怎么烧得了呢？这个时候江上粮才意识到自己给自己出了个难题。就在他打退堂鼓的时候，若兰给出了方案。若兰说，根据她两天的观察，每到晚上，看守仓库人就只有几个人，而这时无疑是最容易下手的好时机，至于怎么进去，她也想到了办法。

这天晚上，深夜了，她用提篮拎了烧酒和下酒菜，到仓库门口，跟守库的人讲，老爷讲了，他们值班辛苦，叫每夜送些宵夜和烧酒进来，让他们好生吃喝，尽心尽责，尽好本分。大家都很高兴，说将军赚了这么多钱，现在总算坐在磨盘上想转了。

人多菜少酒也不够，这天晚上他们都没尽兴。第二天晚上若兰送去了足够多的酒和菜，还特别在酒里掺和了安眠药。

云长将军自然不好意思在外头讲，被烧掉的是烟，当然谁也不是笨蛋。因为在整整三天三夜的燃烧中，整个省城都弥漫着一股怪异的香味儿。这三天三夜的省城，大小烟馆全都没有了烟客上门，烟鬼们都去了火场，聚在那里，脑壳伸得像长脖子的乌龟，微闭双眼，使劲地呼吸着那四处弥漫的烟气，那贪婪销魂的样子，真是让看的人可笑又可悲。有几个烟瘾大的，觉得这样不过瘾，要钻进那滚滚浓烟里去吸，不知道是烟劲太大晕了头，还是其他的意外，让他们掉进了火坑，被烧成了炭渣。

云长将军把这场大火归罪于平常与他并不那么怨恨的共产党，而且发下誓愿要与共产党势不两立，不共戴天。

水在田说，一直以来我们都在争取云长将军，而且还有过几次颇为成功的合作，面对他的责难，组织也觉得冤枉，因为从没安排过这样的行动。当时大家还想，会不会有人从中故意嫁祸呢？组织安排人前去云长将军府上，要当面跟他解释，谁想这云长将军竟然将来人当场枪杀，还命令手下，不光在省城，还在其他防区和所有势力可以到达的地方，大肆缉拿共产党人，抓住了就杀。到后来只要是觉得像共产党人，也不经审讯，不问青红皂白一律杀掉。他这样做可把一个人喜欢坏了，这个人就是南京的蒋介石。一直以来，蒋介石觉得西南西北的军阀们虽然表面上尊重他为当家人，是一国之君，对他却从来都是阳奉阴违，表面一套，背地里一套，尤其是在他提出要剿共灭共这个大是大非的问题上，军阀们很不听话，甚至背后还吃里扒外。那些明修栈道、暗度陈仓的事，可是天天都有报告。他几时见过像云长将军这样对共产党下如此狠手的人？当听到云长将军那番"势不两立，不共戴天"的剿共宣言之后,更是喜不自禁。从此对云长将军高看一眼,视为心腹。而云长将军自然也从此官运亨通,铁了心地和蒋介石这个大反动派站到了一起。

就在组织上一头雾水,搞不清楚咋回事的时候,江上粮带着若兰找上门来了,要寻求组织的帮助,躲避云长将军的缉捕。那时候,组织上有些人还对云长将军抱有幻想,觉得这是个好时机,将江上粮和若兰献给云长将军,讲明白这一切与组织无关,都是他们擅自行动。可这样搞,是不是此地无银三百两?谁会相信呢,云长将军一定会觉得共产党是在把他当碎娃儿耍。再说了,共产党组织哪有把自己的同志往敌人手上送的呢?要晓得那时候云长将军已经逮捕屠杀不少共产党人了,有些还是全家灭口,手段之残忍,骇人听闻。只是,江上粮讲的会是真的么?烧掉防备森严的仓库,真如若兰所讲的那么轻松么?

这个时候,水在田被上级组织紧急派遣,对江上粮和若兰进行秘密审查。

水在田说,如果这事情搁在以前,江上粮肯定会被执行枪决,因为他未经组织同意就擅自行动,搞出那么大的事情来,破坏了组织的整体部署,后果之严重简直难以估计。根据水在田的调查,江上粮之所以搞出那么大的动作,无非是想引起组织上对他的注意,也是借此向组织证明他是可以搞成大事情的,是有能力的,是可以胜任重大任务的。如果组织上不敷衍他,不疏远他,积极地安排他参加组织活动,让他明白组织的工作安排和行动方向,让他知道组织正在积极争取云长将军,他又怎么可能去对云长将军下手呢?水在田据此建议,要处理江上粮,就得从先从他的上级处理起走!

安子谦眨巴着眼睛说,瓜娃子也看得出来,你这分明就是在开脱他们,袒护他们嘛。

水在田说,是啊!我说现在正值用人之际,人才难得。江上粮虽然未经组织同意,擅自行动,破坏了组织的大局安排,但也表明了他与反动派势不两立的决心,表现出了他可以担当重任的工作能力。而事物要以辩证的方法来看,也就是要一分为二地看待问题。尽管火烧暑袜街仓库的行动彻底激怒了云长将军,将他激怒到和大反动派头子蒋介石站到了一起,成为他最忠实的走狗和打手,对我们的统战工作来说是一个很大的损失。但是此事在国际国内的影响却是巨大的,就连法文和英文报纸都报道了此事,说,中国共产党火烧大毒枭的烟土仓库是对人类的一种功德,是向邪恶宣战。而老百姓更是将此事作为美谈,说国民党沆瀣一气,当警察的和贩烟的、当兵的和种烟的,当官的和开烟馆的全是一家亲,倒霉的永远都是老百姓。只有共产党才有这个狠劲和勇气,敢真刀真枪地和这帮祸国殃民的坏人干。所以,在这样的革命浪潮低迷的时期,表面上是输掉了云长将军的合作与支持,实际上却是赚了个盆满钵满啊。

水在田说,根据我对云长将军的了解,这个人贪婪、阴险、狠毒,他的骨子里绝无积极之革命之思想,平常表现出来的只是一种假象,是为了搏取好处装出来的。他的骨子里全是反革命的东西,他囤积烟土,在遥远的山谷里蒙骗善良百姓种烟,这就是证明!

你讲得真好啊,安子谦感叹道,我可是好久都没有听到有人这么利索地讲话了。我觉得我满脑子的神佛正在陆续归位，我就要完全清醒了。

我讲那些话，自然是出于公正的，当然也是为了若兰。水在田看了安子谦一眼，深叹口气说，随着我的调查越来越清楚，我就越来越喜欢上了若兰。她当时已经怀孕了，不能让她生的孩子是个没爹的娃呀！

5

这么些年，这是安子谦最欢乐的一个夜晚。他的脚步轻快得像只猴子，他不停地将水壶塞给水在田要他喝两口，他要以此向这位带来好消息的老朋友表示感激之情。

他一会儿叫水在田走前头，一会儿又自己冲到前头去，他并不完全轻松，时刻都保持着警惕。他说我倒不担心我自己，我是担心你被它祸害了。

你怎么知道？水在田把手放在裤腰上，那里别着一支压满弹匣的手枪。

我当然知道了，我可是跟它斗来斗去，斗这么久了。我终于把它收拾住了，但是它并不完全怕我，我也不敢指望它完全怕我。它毕竟是畜生嘛！可它绝对不会怕你的！你是生人，你摸不清楚它的底细，就没办法跟它斗。它很老了，可它本事大着呢，毕竟是畜生嘛，对不对……

这时候水在田才意识到，安子谦跟他讲的可能不是一个人。

不是人，咋会是人呢？说了嘛，是畜生，野兽。安子谦说，它叫臭口水。他颇为自得地说，我给它起的名字。它时常趁着我睡熟，把长长的拱嘴凑到我脸上，就像面对一盘熟透了的卤肉。它淌我一脸的口水，臭烘烘的，恶心死了。它还会跑到我的梦里来，还那样子，闻我，就像对一盘熟透了的卤肉，淌我一脸口水，怎么也擦不掉，恶心死了！

你说的究竟是什么东西？水在田问。

臭口水嘛？安子谦说，那头大野猪嘛，母的，活了好几十年了。它最后一窝猪崽子就是被云长将军他们杀死吃掉的，如今它再也生产不出来了，脾气坏透了。

水在田听得似懂非懂，见安子谦讲得认真，只能随着点头表示明白。安子谦一再叮嘱他，别以为自己有枪就掉以轻心，那可是狠角色，拱嘴像锛锄，獠牙象刺刀，一口就可以豁开肠肚，而且他要水在田向他保证屙屎撒尿也得让自己陪着，因为稍不留意，就可能把小命丢在这里。

我在你身边情况就不一样了，安子谦说，对我，它还是忌惮的。

我记得了，水在田说，我向你保证。

那么，你告诉我，若兰到底生了个男娃还是女娃？安子谦说，你讲的你们成了夫妻又是咋回事？

夜才黑，等不到天明，我会把一切都告诉你的。水在田关切地搀扶着安子谦，说，你累了吗，要不？等等我再讲给你听？

听人讲话只用两只耳朵，咋个会累呢？安子谦不耐烦了，戳了水在田一下，你快讲哇！

上级看了我对江上粮和若兰所做的审查报告，就把我调离了原来的工作岗位,给我重新安排了工作。这个工作需要我将自己和过去完全割裂,也就是说,从那一天起,我将不再是我,不是水在田,我成了另外一个人。水在田说,组织上给这个人安排了一个完整的过去,这个过去是完全不存在的,因为这个人都是完全不存在的。这么做只是为了蒙骗敌人,叫他们相信站在面前的这个人是自己人。

安子谦听懂了,为了刺探情报,里应外合?

是的。水在田赞叹道,你真是个了不起的老人,我还担心你理解不了呢。

我可是从你们手上过了好几回的!安子谦颇为得意,他像是猛然记起似的,你快讲,若兰生的是娃还是女?

我当时并不知道。水在田说,我在领受了新的身份和任务之后就断绝了和老组织的所有联系,新的组织会设法避免所有在我往昔生活和工作中出现的人物再出现在我新的生活和工作中,当然也绝不允许我去打听往昔的人物和事情,我们就像生活在两个世界里,他们在我的梦里,我在他们的记忆里。只是他们即便是在我的梦里,我也不能在梦中呼叫他们的名字,无论多么想念她,因为那会让我掉脑袋,让计划失败的。所以就算我再怎么忘不了若兰,也只能是默默地去想想她,暗中祝愿她顺利生产,幸福快乐。

听你这些话……你抓住我的时候就已经晓得我是谁啰?安子谦问。

是啊。水在田说因为他对若兰进行过审查,作为对组织的忠诚表现,若兰将家中的一切都向他做了交代,所以他称得上对若兰知根知底。当他见到安子谦的时候,真是十分激动,真想把一切都告诉他,让他坚持,好好活下去,他的女儿还活着,活得好好的……可是他什么都不能讲,连一个有点意味的表情都不能做。

就算你不能直接放了我,你也不应该把我送到云长将军那里去啊?安子谦记起了那阵子的生活,那些绝望和恐惧就像蛆虫一样在他脑子里涌动。他为水在田的做法感到不解和生气,你不晓得他是个畜生吗?不晓得他有多么可怕吗?

我当然知道,水在田说,上级在读了他做出的关于江上粮和若兰的审查报告后,认为他对云长将军是有研究的,而且料定他是最了解云长将军的人,是一个还没有与云长将军打过交道就已经钻到他肚子里的人。组织上希望水在田真正地钻到云长将军的肚子里,成为那位在肠肚里翻江倒海扯肝揪肠的孙猴子,将云长将军完全掌控在手心里。

云长将军是个非常狡猾的家伙,几乎是从不相信人。水在田要接近他的身边,实在太困难了。一直苦于没有机会的水在田,遇到了安子谦,尤其是听安子谦说他和云长将军喝过罂蜜酒的时候,觉得时机来了。

根据他的判断,得到安子谦后,云长将军一定会非常高兴,而且短期内他还不会对安子谦下手,因为他以为一切都在他的掌握中,而他又是一个极善于伪装和喜欢表演的家伙。

当水在田将安子谦送到云长将军府上的时候,云长将军并没有表现出高兴,反问水在田这他妈的什么意思。

水在田说,此人自称和将军喝过酒,是故交,所以前来求证。如果是故交,那他就脱了共产党的嫌疑。云长将军说,他如果是我的故交,就不能是共产党了吗?水在田说是与不是，将军一句话，所以才来。云长将军不耐烦，说弄出去打了吧。水在田说，我送他来还有一层意思，我虽不怎么读报，也知道那些报道和传闻都是中伤和诋毁大帅英名的。如今爱城故人来访，还是个种庄稼的老汉，不也从另一个方面展现了将军亲民爱民犹如一家的风范吗？云长将军眼珠子一瞪，说你他妈什么东西，就这么惦记着我的事？水在田说我是做情报审查工作的，有时候不去过问，这样那样的消息都会往耳朵里钻。他清楚如今天下对将军有很多误解，什么滥杀无辜，什么鱼肉百姓，只是觉得有这么一个来自土镇的庄稼老汉到将军府中做客，乃大好事一桩。那些诋毁和中伤在这件好事情面前不攻自破，而他之所以擅自送人过来，完全是出于对将军的敬仰。

你这样投机想要点什么呢？

请将军给我效忠将军、报效国家的机会！

云长将军哈哈大笑，终于表现出了开心和高兴。说他还没有见过这样懂事的耿直得不要脸的人。

水在田就这样留在了云长将军身边，而安子谦也成了云长将军的座上宾。

6

这天晚上安子谦招待水在田入住何福田的折桂楼。他们乘着暮色，穿过田野，站在龙门口前。

你肯定听说过这里吧，这就是何福田的府邸，当年那些烟种就是从这里被全村的乡亲领着，种到外面田地里去的。

收割的烟浆也是从这里运进去，在里头通宵达旦地熬制，制成烟膏后，再从这里运出去，到土镇码头上船，行销到全国各地。

这个我是晓得一些的。水在田说，我一直在调查云长将军，我写了不下十万字的关于他的情况汇报，国外好多报刊用的材料都是我提供的。

那个七公子是你的人吗？安子谦的眼前，现出白衣白衫白帽白手套，英姿飒爽地骑着高头大马在园子里奔驰的七公子和她那和善的微笑。

什么七公子？水在田问。

云长将军的七姨太，时常陪他去南京的。

不，她不是。水在田说，我们跟她没有任何联系，她不是组织的人。

如果不是她，我肯定就死在里头了。安子谦站在片瓦无存、一堆灰烬的何家府邸跟前。那场大火燃烧了四五天，火星子飘出去还点燃了后院那被炮弹炸塌的一片房屋。

你说什么？水在田走过来，站在安子谦身边。

截至现在，你都死了多少回？安子谦带着水在田，在铁门槛待了一阵，本想是跟他讲讲这铁门槛的来历和那些故事的，转念一想，算了。就进了里院，朝折桂楼走去。

死亡对于每个生命来说只有一次，我不可能死多少回的。水在田说，不过。我是时刻准备着牺牲自己的。

我死了好多回，都没死下去。安子谦回头望了一眼倒塌的围墙外的药铺，那里头埋着个人，也死了好多回，他总算死下去了。

我知道。水在田说，很多人为了活下去，忍辱负重，艰难地、痛苦地挣扎，我们呢，为了信仰，为了理想，一样无惧生死，只要能够实现我们的目标，哪怕是死一百回，死一千次，也在所不惜，也是感到高兴的。

安子谦的眼前拉洋片一样，现出了他在各处看见的那么多的插在矛头上的人头，挂在城楼上的人头，刑场上，那么多的身首异处的尸体……他们是那么年轻，脸上连一点褶皱都没有。死都死了，还有什么理想信仰呢？就算是天天摆酒，天天吃肉，你们也看不见啊！再有经验的庄稼汉，也不敢保证他撒下的种子会在秋天获得收成。

水在田笑了两声。就像突然意识到这是个严肃的话题，需要自己严肃回答，马上住了笑，说，你讲得对！就像那些庄稼人一样，如果他不是相信这片土地一定会在秋天有收成，又怎么会花那么大力气去耕种，去撒下那么多的种子，去付出那么多的汗水呢？

他不撒种子，不流汗，他和他们一家人就没有吃的，就会饿死！

一样的！如果我们不去献出生命和鲜血，这个国家、这个民族一样会饿死，我们很多同志是不可能看到革命成功那一天的，但每一个立志于革命的同志都是笑着走向刑场的。水在田突然站住脚，没有跟着安子谦往前。安子谦走了两步，发现他没有跟来，就停下脚步等他。

你还记得那天早上吗？那天早上枪毙的四个人中，有两个是我们的同志。水在田伸出两根指头在眼前晃晃，头天晚上，在送饭的时候，我单独跟他们会了个面，那个会面是他们的最后机会。他们知道第二天就会被枪毙，在这以前他们受尽了折磨，在施刑者看来，必须将这世间所有的痛苦都灌注到他们身上，目的只有一个，摧毁他们的意志，让他们投降。他们挺过来了。他们刚被抓进来的时候我一眼就看出来了，他们肯定能挺过那些严刑拷打。他们虽然年纪不大，但是革命经验丰富，是真资格的老牌的革命人士，就算把那些严刑拷打从头到尾在他们身上搞上一年半载，也不可能摧毁他们那钢铁般的意志。但有一样东西可以，那就是死亡。这是个法宝，灵验得很，也是绝招，用完就用完了，不可能再来第二回。很多革命同志在这个东西面前就没能熬过去，因为，他们以为，随着肉体的被消灭，就真的什么东西都被消灭了。

我站在那两个同志跟前，我当然不可能说出我的真实身份，我还是以政治训练处王副处长的身份。我说，这是你们在这世间最后一餐饮食啦，看看，有肉，有酒，闻闻，多香啊。我说，这也是你们的最后机会了，明天随着一声枪响——从物理学和身体构造学来说，你们甚至都听不到枪响，声音跑不过子弹的速度——随着一声枪响，这肉啊，这酒啊，这香味啊，就通通没有了。还有你们拿鲜血和疼痛浇灌的理想与信念，全都烟消云散了，这个世界，从此与你们无关！

他们怎么说？安子谦忍不住问道。

他们说，谢谢你的提醒。我说，这就是你们的回答吗？他们说，如果你还有兴趣听点真话的话，我们愿意跟你探讨探讨。那声枪响的确会让很多东西消失，但有一样不会，那就是我们用鲜血和生命浇灌的信念和理想，它会在我们消失后不久的某个秋天，或者某个春天，可能是早上，也可能是黄昏，开出胜利之花的！我说，你们就这么确定？他们说，当然。我们相信，是因为有那么多像我们这样的人前赴后继，它凭什么不实现？那一天凭什么不到来呢？我们相信！我们甘愿遭受痛苦，是为了后来的人不再遭受痛苦，我们现在为了革命，为了胜利之花的盛开乐意去死，是为了后来人不再因为饥饿和自由去挣扎，去死。想到那一天的到来，当胜利之花盛开，当人们都高举丰收的酒杯，脸上洋溢着吃喝不愁的欢笑，人人都是那么自由、健康、快乐，就算被你们枪毙一百回、一千次，我们还是改变不了我们的喜欢，这就是我们活着的意义，也是我们死亡的意义！相信胜利，相信未来，为了民族，为了人类！

尽管水在田在极力压制着自己的腔调和声音，但还是无法改变激动的神情。安子谦听得很认真，每一句话、每一个字，都钻进了耳朵，透进了皮肉，让他的心肝颤颤，背皮一阵阵酥麻。而水在田在讲到最后的时候，都哽咽了。他说，我忍不住想要冲过去给他们最后的拥抱和亲吻，向那两位同志表达致敬和感谢，他们是绝对不会叛变的，他们早做好了牺牲的准备。正因为如此，我特别痛苦，如果可以选择，我会用自己的生命去换下那两位同志！

安子谦让水在田后背抵在墙角里，摸出枪来对准前头，他要出去多拾掇些柴火。这个夜晚足够长，他想要水在田继续讲，讲很多。这就需要光亮，需要温暖，需要更多的持久的耐烧的柴火。他说你如果看见它了，你不要有半点迟疑立即开枪，不然它会像把菜刀一样，不等你眨眼，就把你豁成两片!临出去之前,安子谦用棍子将火堆拢拢,让火苗更旺些。

狗日的,所有的野物都惧怕火,就它不怕,时常趁着火光钻到我的脑子里,我的梦里。安子谦拿指头戳了戳脑门。

我趁着送最后的饮食去见他们,是有另一个目的的。不少人接受不了死亡的摧毁,突然叛变,我自然不会给他们叛变的机会,一样立即将他们处决。随着黎明到来,太阳升起,死亡降临,死亡在杲杲阳光之下,有了两种不同的方向和意义。一个死亡是叛徒的死亡,是属于可耻的敌人的死亡。一个死亡是高尚的、崇高的、自由的死亡,两种死亡都得让我来执行。两种死亡都需要我毫不犹豫地执行。拔枪,瞄准,果断地扣动扳机,不能表现出丝毫的犹豫和同情。

他们看见了我的痛苦,他们是经验丰富的革命战士,尽管痛苦在我的眼神和脸上只是稍纵即逝,还是被他们捕捉到了。我在这个时候违反了纪律。这之前是从来没有发生过的事。我告诉了他们我的真实身份,我是他们的同志。他们在片刻惊愕之后,马上意识到这可能是个圈套。这是多么让人痛苦的事啊!我是他们的同志啊!我要亲手送他们上路,在这最后的片刻,我们竟然无法进行同志间的最后话别……他们是经验丰富的革命战士,我正经受的事情,他们也一定经受过,我正在遭遇的痛苦,他们也一定遭受过。他们马上就意识到误解了我。他们说,我们相信你,同志,你正遭受着严酷的考验,也在面临着严峻的战争,你不知道,尽管这严重违反了纪律,但是我们是极其高兴的啊,同志,还有什么比亲爱的同志来做最后的送别,更让人感到温暖的呢,还有什么比死在自己同志的手里更幸福的呢？同志啊，你不要犹豫，要果断些，坚决些，不要在敌人面前表现出软弱，你要以送别的欢喜心态将枪口瞄准我们的心脏，我们会以迎接胜利礼炮的欢喜来迎接你的枪声！我们不会死去，我们是播撒下的革命种子，种子死了，会生长出更多的绿苗和希望！我们中弹的心脏不会停止跳动，它会随着你的心脏一起跳跃。会随着我们前赴后继的革命同志和战友们一起跃动，在胜利那天我们会相聚在广场上、田野里、森林中、天空上，汇聚成巨大的洪流，成为新世界幸福的欢乐的声响！

就像你看见的那样，我在第二天执行枪决，不，送别战友的时候还是差点出问题。水在田很痛苦，他又像那天清晨一样浑身战栗起来，他抱着脑袋，痛苦不堪地捶了两下。安子谦看见他的眼中泛着泪光，被火映得闪闪亮亮。咳，水在田叹口气，身子仰靠在石墙上，望着天空。安子谦往火堆里投了几根柴火，腾起一股烟火，卷动着噼啪炸响的火星，冲向深不见底的夜空。

我的情况引起了组织的高度重视，如果再这样下去的话，早晚会出更大的问题。我也向组织汇报说，我很难再继续这样的工作，这样的折磨和考验远远超过了敌人，因为我自己成了自己的敌人，你能想象吗？

安子谦想了想，点点头。

那时候我们的工作正处于紧要关头，我的任务无人顶替，只能由我去完成。组织在认真研究了我的情况之后，决定给我安排个助手，这个助手也就是我的家人，她将和我组建一个临时家庭，她将在生活上照顾我，在心理上对我进行一些疏导。她将以革命伴侣和战友的身份和职责对我进行鼓励，坚决我的斗争意志，并协助我完成任务。在那冰冷黑暗的环境里，我太需要战友了。想到我即将有一个温暖的家，有一个随时向我敞开的怀抱，一张温柔的床，我就激动，我可以和她讲我心底的秘密，在采取行动之前我可以听她的建议，我可以钻进她的怀里放声大哭。我天天盼啊，盼她尽快来到我的身边。她来了，笑盈盈的，你晓得她是谁吗？

若兰？

对，是她！

7

那个江上粮呢？安子谦问。不管水在田讲得多么激动，他们此后的工作开展得有多么顺利，取得了多么了不起的成绩，出于一个当父亲的心情，安子谦一直耿耿于怀，女儿若兰怎么可能同时有两个丈夫？他感到难以容忍，更不可能理解。他终于忍不住了，打断了水在田的话，大声问道。

他们早就没有在一起了。水在田说，尽管江上粮是若兰走上革命道路的启蒙者、领路人。但是若兰的觉悟却是江上粮达不到的。所以，若兰在参加了组织安排的学习后，做的第一件事情就是和江上粮断绝关系。江上粮表示反对，三番五次地找到组织，组织出于关怀，也给若兰做了不少工作。若兰坚决不同意，而且向组织表达了她对江上粮的不信任，预言江上粮早晚有一天会叛变，他的叛变会对组织造成极大的破坏。

后来发生的事情，证明了若兰的判断。

讲到这里，水在田突然失去了兴趣似的，无论是语气还是言语，都能感觉他的疲惫和厌倦。他说，在一次普通的世风纠察中，江上粮被当成毫不起眼的嫖客，给捉进了警察局，几个穷疯了的警察只是为了捞几个小钱，讹诈他是共产党，鞭子都没有打到他的身上，他就招了……

因为他的叛变，我们有好几十个同志遇难。这个贪生怕死、毫无廉耻的叛徒分子，在新主子那里表现出了从来没有过的工作激情，他没日没夜地抓捕我们的同志，破坏我们的组织。因为他的勤劳和凶狠，他很快就获得了重用和高升。随着他的不断重用和高升，对我们的危害就越来越大。

如果不是他的刀尖就快要逼到我和若兰的鼻尖上了，我们还不会除掉云长将军。云长将军对我们太有用了，他就像个送邮政的，源源不断地将南京高层的秘密送进我们的口袋。一旦我们暴露，云长将军也就失去作用。作为罪大恶极的反对派，云长将军最后归宿当然是被毁灭。

但是随着云长将军的灭亡，我和若兰的任务也就算完成了，为了完成任务而组建的家庭，尽管完美地实现了它的使命，但是因为新的革命的需要也不得不解散。我和若兰接受组织的安排，分赴新的工作岗位，但是我们的心从来也没有分开过，始终在一起！

在前不久，我们的申请组织上批准了，我们是名正言顺的夫妻了。所以，水在田看着安子谦，他的眼中是一片被火光闪耀的泪光，你现在是我名正言顺的岳丈！

水在田摸出一瓶酒来，拧开盖子，双膝点地，恭恭敬敬地奉上酒瓶，哽咽说，若兰时常跟我说起你，说天底下最对不起的人就是你！我安慰她，我说有朝一日当我见到你，一定要满满地敬上一杯酒，请求你原谅我们的不孝！自古忠孝不能两全啊，爹，你受苦了！

安子谦双腿发软，也要往下跪，他到底还是稳住了，他接过酒瓶，并没有往嘴里送。他的咽喉发紧，心头堵得很。他想哭，他满脸的泪水，他抓过水在田的手，我的若兰呢？她在哪里？她怎么没回来？那个娃儿呢，被那个坏人带走了吗？

水在田正要回答，突然传来了几声枪响。

他来了！水在田掏出手枪，身子贴在墙上，移动到门口，向外窥探，寻找射击的目标。

安子谦揩了把眼泪，看看天空还昏黑着呢，太阳出来还得两个时辰。他举起酒瓶，喝了两口，浑身马上就烧乎乎的，喉头顿时松了，心头舒畅了。他终于哭出了声，嘤嘤的，像个碎娃儿。他一边哭一边说，不就两句话吗？我的若兰为什么不回来？那个娃儿呢？被那个坏杂种带走了吗？你咋不趁着我活着之前，两句就讲了呢？

娃儿是个男娃儿，始终跟着若兰的，坏人带不走他！有枪打过来，子弹溅到石头上，小鸟儿一样啾啾地叫。你快趴下！水在田吆喝道，见安子谦不理他，他冲外头放了两枪，然后扑过来，将他压在角落里。娃儿好好的，跟着若兰在一起。若兰么，我与她失去了联系！水在田冲着外头大声叫道——

是江上粮吗？

刚才那是什么鬼东西？江上粮大声吆喝，又接连放了几枪，不过不是打向这里。

水在田叫道，可能是臭口水吧！

什么？

臭口水！

第十一章 旱3年（下）

1

江上粮人多枪多。到黎明时分，他们将水在田赶出了折桂楼。水在田本来是要带安子谦走的，只是他们的子弹太密集，进攻很凶猛，而安子谦也料定江上粮还不会杀了他，所以就蜷缩在角落里，抱着脑袋。

如果不是江上粮眼疾手快，将率先冲进来的小张的枪猛地抬起来，安子谦肯定就被打死了。

一路上都在讲，凡事要动脑子。江上粮很生气，训斥道，整个晚上，你们听到几个人在开枪？对方一支枪在响嘛。开枪的这个人已经被我们打跑了，可以视为危险基本解除，而且，在射击目标之前，你也应该分辨出目标是不是对你构成了威胁嘛，万一他是个高价值目标呢？呃，他还真是个高价值目标啊！

江上粮认清楚了眼前这个蜷缩成一团的老人，上前将安子谦从地上扶起来，还亲热地帮他摘去头发上沾着的草叶，跟他的两个学生介绍说，这是我的老丈人，你们都称呼他为老太爷吧。

老太爷好！

那两个学生一个叫小张，一个叫小袁。他们显得既兴奋，又惊惧，保持着操典里标准的"巷战姿势"，猫腰躬身，手枪握在胸前，两眼警惕地睒视，时刻准备向目标射击。

安子谦也认清楚了眼前这个人，江上粮，那个可恶的点灯者。和上回在布壳街他家里见到时相比，眼下这个家伙身板倒是厚实了许多。

昨天晚上那是个什么鬼东西？江上粮说，它从黑暗里冲出来，拖走了我一个学生，小梁。

臭口水。安子谦说。

什么臭口水？江上粮不明白。

一头野猪。安子谦说。

江上粮半信半疑。安子谦本来是要跟他讲讲的，只是觉得有些累，一夜未睡，又喝了些酒，脑壳昏昏沉沉的，就又钻到墙角里，蜷成一团。我要睡一觉，他说，如果你要开枪打死我的话，记得把我喊醒啊！

你说啥？

要打死我的话，记得喊醒我再开枪！安子谦转过身子，面向墙角，呼呼睡去了。

江上粮留下小张和小袁，他要亲自去找找那个被什么鬼东西拖走的小梁。老师，你留下来吧，让我们去。小袁说。江上粮说，还是我去吧，出门十个人，就剩下你们俩了，再不能出事了。

江上粮正说着，小袁已经猫腰出去了，见小张还愣在那里，冲他招了下手。

江上粮到达爱城的时候，还有六个学生，逗留了三天，就死去一个，失踪一个。前来秦村的时候，小心了又小心，还是摔死一个。摔死的这一个，是他们当中枪法最好的。而刚刚被拖走的小梁是他们的班长，特别聪明，被大家戏称为"军师"，一脑瓜子的好主意，按捺不住地往外冒。昨夜进村时，小梁制订出非常漂亮的进攻计划。他先用一个时辰进行了观察。他料定，若兰并没有回到秦村，回到秦村的可能只是水在田，而且也可能不会有什么帮手。随即他根据火光判定了水在田藏匿的位置，决定采用突袭的方式，在黎明前进攻，因为那时候人的防备意识最薄弱，绝对可以胜券在握。

但是小张却提出了相反的意见，他认为若兰和水在田已经会合，而且他们肯定还带有手下，没准儿他们还想盘踞在这里，搞成一块根据地。谁都知道小张这是危言耸听，除江上粮外，他跟所有人都唱对台戏，突出自己的意见和与众不同的身份。当他讲出这一番见解后，问江上粮，老师，你觉得呢？江上粮没有回答，只问他，你有什么好建议？小张说了两个字，进攻！

就在他们矮下身子，潜行到距离火光两百多步的位置，刚准备进攻的时候，一阵声响传来，接着就见一道比黑夜还要黑的黑影，从他们身边闪过。

什么鬼东西？小张叫道，大家一起开枪。有的向火光开枪，有的向黑影开枪。等快冲到火光前的时候，江上粮发现，身边只剩下小张和小袁了，自己最倚重的小梁呢？他被那个什么鬼东西拖去了？

咋可能会是野猪呢？江上粮小心地从断壁上往外张望，查看水在田可能躲藏在什么地方。野猪咋可能拖人呢？我只听说过豹子拖人，老虎拖人。若兰讲，你们这一带大山里是没有老虎的呀。

在往角落躺下之前，安子谦确实头昏脑涨，眼皮都抬不起，瞌睡上了头，像有千斤重。可是刚一躺下脑壳就清醒了，尤其是当听到江上粮提到若兰，他不由得打了个激灵，翻身坐起来，眼巴巴地看着江上粮，你来这里，就是为了打死她吗？

你先睡嘛，休息一阵，我们等会儿慢慢会讲的。江上粮又换了个地方往外张望，他的脑袋在那坍塌的墙垛上探一下，又赶紧缩回来，如此往复。安子谦躺回去，这一回，他还真的就睡着了，还做了个梦，梦了很多事情和人，乱七八糟的，等眼睛睁开，就全都混淆成了一团稀泥。

安子谦以为自己只是打了个盹儿，江上粮却说他太能睡了，这一觉，已经是下午三点了。江上粮为了表明自己所言非虚，伸出手，让他看手腕上的表。

小袁趴在墙头，警惕地向外张望，不时换一个地方。小张蹲在身边，正在往一个小本上记东西。

小袁突然低声叫道，有情况。

江上粮和小张从地上跳起来，掏出枪，趴在墙垛上向外窥探。在我三点钟方向，靠近那堆砖头的地方。小袁说。三个人张望着，大气也不敢出。这样过了许久。

没有找到吧？安子谦问。

没人回答

肯定找不到的,都被吞下了肚。安子谦说,你们来得正好,它已经好一阵子没有吃东西了。

看清楚了么?是人还是什么鬼东西?江上粮问。

看不清楚,小袁回答说。

小张突然开了枪。他一开枪,小袁也跟着开。就像炒黄豆。江上粮跟着打了几枪后,喝停了他们,别浪费子弹,以后看准了再开枪!

江上粮留下小袁继续放哨,他猫腰回到安子谦跟前,从口袋里摸出罐头,掀开铁盖,请安子谦吃。安子谦接过来看着罐头上的花色,说,你们吃的都是一个样。江上粮说,这么说,我爱城的那两个学生,也都是死在他手上的,狗日的水在田!

安子谦不饿,尝了两口就放下了。接过江上粮递过来的烟,一边吸着,一边眯缝眼,仔细打量着他。

除了身板厚实,这家伙变化还是挺大的。眼珠子还是那样贼亮贼亮的,只是颜面坏了。右脸倒还算光洁,左脸从脑门到腮帮子全是紫红的瘢痕疙瘩。好在他蓄了一头乌黑长发,勉强可以遮掩住一点儿。而且只要他一开口说话,就金光闪亮。尽管安子谦也算是见多识广了,但还从来没有见过满嘴金牙的人。还有他手上那比茶碗小不了多少的金光闪烁的大金表及全身漆黑的毛料制服,使得他看起来既邪恶又正经。

你咋成了这副鬼样子?安子谦问。

江上粮讪笑两声,人是要变的嘛。

安子谦告诉他们,这村里确实是有头巨大的凶狠的野猪,它神出鬼没,总会在你最不想见到它的时候和它相遇。至于为什么叫它臭口水，安子谦没有心思再讲，因为他在说这些的时候，那个小张一脸哧笑地看着他。他大声武气地问江上粮，他是被全吃了呢，还是留下了一些？

江上粮回答说，只把肚脐吃光了，还啃了些肚皮上的软肉。

安子谦问剩下的呢。江上粮说来不及掩埋，就近收拾了些柴火烧了。说着他指了个方向。安子谦看见不远处有青烟升起，叹口气，这是最让它恼火的地方了，它肯定以为是我出的主意，又要怨恨我了。

2

到黄昏的时候，安子谦已经和这个胸口前别钢笔的叫小张的娃儿很熟悉了。小张也抽烟，江上粮抽的时候，总不忘记递给他一支，有时候还会上火。小张动作还不太熟练，不过很喜欢装模作样，一点燃烟头，就大口大口地吸，因此老是被呛着。

小张说他还是第一回下乡，也是第一回跑这么远。安子谦指指一边的江上粮，说，你们叫他老师，他教你们什么呢？小张用手比个枪的样子，指头抵在脑门，口中放了声，啪。

杀人？安子谦问。

小张点点头。

他咋教人干这个？这个挨千刀的！安子谦咒骂道。

小张笑起来，我们是青年干部培训班的学生，这是我们的实习课，江上粮老师是我们的实习老师。

你莫要跟他学这个，娃儿，你应该去正经的学校，去那些教娃儿写字的学校，给人看病抓药的学校。安子谦看着他别在腰间皮带上的那只瓦蓝蓝的手枪，说，娃儿，丢了吧，丢得远远的，它会让你很快就没命的。小张摸出那支手枪来，抽出弹匣，里面压满了黄澄澄的弹头圆润、底火饱满的子弹。他压上弹匣，把枪在眼前晃了晃，这是我父亲留给我的遗物，他可没少用这支枪打死敌人，他希望我继续他的事业。

安子谦问，你爹多大死的？小张说，四十。安子谦又问，你多大？小张说，二十岁。安子谦突然很生气，说，活该你爹短命，活该你短命！

小张很生气，你这个老头，好好的，咋个骂人呢？

安子谦也觉得自己不该这样，动枪动刀的关键时刻，咋能骂人呢？刚刚那话分明是诅咒人家嘛。于是抱歉地笑笑，我也是为你好嘛！

小张说他觉得安子谦身上有股神秘的古怪的力量。他问安子谦，可是听说过巫蛊？安子谦说不晓得你讲的啥。小张说，他小时候曾经听父亲讲过，在他的老家，专门有一种人是可以通鬼神的，从事着吃死人的职业。也就是将那些客死他乡人的尸体，施了道术，往家里吃。有时候遇到打仗，一群死人有三五十个，行走在道路上浩浩荡荡。而他就觉得安子谦是有这样本事的人。安子谦故意逗惹他，你咋知道呢？小张说我不敢肯定，但是我从你对待那头啃人的野猪上，我就觉得你是。

到底还是碎娃儿啊。小伙伴被野猪拖走，啃成那样，眨眼他就像是忘记了，还闲扯起了这样的玩笑话。年轻好啊，不管喝多醉的酒，天一亮就醉过了，不管多深的刀口，几天就好了。哪怕是爹娘死了也那样，哭两场，揩掉眼泪水，往前的脚步倒像是没了羁绊似的迈得更加有力、更加快了。上了年纪就不行，一场酒醉三天，之后见了空酒瓶也心有余悸，挑掉脚上一个毫不起眼的鸡眼，搞不好会跛一两个月。

听说这个地方先是涝，后是旱，持续了好些年，你看，目之所及，不见一点绿色，别说鸟不拉屎，连鸟影都不见一个，一切都像死去了多时。你咋活下来的呢？你的食物在哪里？你的饮水在哪里？你怕是一年半载不吃不喝也没事吧？

安子谦笑起来，你当我是老妖怪是不是？搁以前呢，一两天不吃食都挺不过来，自从你们把这个世道搞这么乱以后，吃的喝的被你们抢了，道路也被你们断了，我们就不得不硬撑了，能撑过五六天的就算有本事，我呢，我现今可以撑七八天。我说碎娃儿，你莫跟我闲扯了，快些离开这里吧，回去念个正经书，在这里你三天也撑不下去的。安子谦看着面前这张俊秀的娃娃脸，那明亮的眼珠子，那嘴角青青的小胡子，我咋越看你，越是替你那短命的爹心疼呢？

没事的，小张指着角落里的包，我们带着足够的粮食和子弹。

安子谦瞟了一眼角落里的那几个包，望了望天空，叹口气，不屑地说道，还不是当个屁疼！

什么？小张问。

我说就算你们再带那么多的粮食和子弹，或者再来你们这么多人，你还是会死在这里的。安子谦闭上眼睛，像在聆听某处的声音，随即睁眼，看着墙外说，它说它很怄气，把它的吃食毁了,那么嫩的娃娃,就像雨后的菌子一样肥美可口。

你真能跟它通灵?我就说嘛,它既然这样缺食物,咋不吃掉你呢?小张像是有了惊人发现似的,很激动,眉飞色舞地说,我听我父亲讲过,在他们老家那里有一种人专门替妖魔鬼怪蛊惑人,比方怂恿人下水,给淹死鬼找替身。把陌生人往山里带,推下毛狗洞,给毛狗精当饮食,有些山精树怪还和搞巫蛊的人合体,一起祸害人。我父亲说一旦有人被怀疑上了,就得设坛请正神辨识自证。怎么辨识自证呢?有的是将碓窝烧红,然后戴在那人的头顶上,如果他能跳完十八路加官,自然与邪魔鬼怪无关。还有的是将铧犁烧红,如果他能赤脚穿上铧犁走完东西南北四方罡步,自然他也就自证清白了,比较常见的就是竖一架刀山,他如果赤手光脚地爬上去而毫发无损的话,那么还讲什么呢?其实大家的眼睛都是雪亮的,只要怀疑上了,他多半就跑不脱,碓窝和铧犁还没烧红,他们就原形毕露了!说吧,你的女儿若兰她是不是已经回来了?水在田真的只有一个人吗?还有这个村子里是不是还藏着别人?小张的话越说越硬,脸上的笑容也慢慢地泅进了那越来越板正的皮肉里。让安子谦感到惊异的是这娃儿是咋个了呢?年轻轻的一张可爱的脸,如何突然就变得冷冰冰了,阴邪了,那一嘴洁白的牙齿,如何突然就变得尖利了?

你不要欺哄我。小张说,我是受过专业训练的,我才不相信什么野猪吃人的鬼话呢,另外你莫要叫我什么娃儿、碎娃儿,我叫张一民,张飞的张,一支手枪的一,三民主义的民!

在停顿片刻之后,这叫张一民的小张,阴邪的冰冷的双眼瞬间散发出温和的光亮,而那张冷酷无情的脸,马上就绽放出了天真的热烈的笑容,快得像那川剧的变脸绝活。说吧,若兰是不是已经回来了?村里除了水在田是不是还有别人?最要紧的是那个小孩,他藏在什么地方?

安子谦愣了愣,突然意识到,搞这么久,弯子转这么大,竟然他妈的是为了闹这一出!他有种上当了的愤怒,破口大骂起来,江上粮,你他妈的给老子滚过来!

3

在回答江上粮的问题之前,江上粮需要先回答安子谦的问题,这不是可以讨论的问题。对于在这片如同地狱里存活了这么久的老人来讲,他就是规则,他就是理由。

这他妈的究竟是怎么回事情?江上粮你他妈的究竟干了些什么,现在又是在干什么?若兰呢?那个娃儿呢?安子谦挥舞着双手,唾沫星子乱溅,使得江上粮不停地扯着他的破衫子,要他蹲下来,说水在田可能正藏在某处,等着有人冒头就放冷枪。被拉扯烦了,安子谦一屁股在墙角里坐下,揪住江上粮嚷嚷道,给老子从唱大戏那天晚上讲起,讲你是咋个把若兰给我骗走的!少给老子再编,如今老子可没那么好骗了!

江上粮首先承认对不起安子谦,上回在布壳街讲的那些确然都是欺骗他的,那时候他和若兰刚刚干了桩惊天动地的大事情,要真照实讲出来,那还不把他们吓死。江上粮说若兰和他在一起，一是受他的真心真情感动，二是要参加革命，他也压根儿没有用上蒙骗的伎俩。

若兰是你女儿，你对她还不清楚么？她是那么好骗的？她如果好骗，我又咋个会落到现今这个地步呢？江上粮讪笑道。

他倒是讲的实情，若兰咋个可能是那么容易被欺骗的？她从小就喜欢听那些绿林好汉杀富济贫的侠义故事，痛恨自己的女儿身，小小年纪就瞧李家钰字娃儿不顺眼，说如果我也像他是个男的，不干出一番事业来，都不好意思在这个世间走。所以，当点灯者给她讲起鉴湖女侠秋瑾如何为了推翻清朝政权和千年封建统治而无惧生死；圣女贞德十七岁就指挥国家大军对抗英军的入侵，成为法兰西人民心中的自由女神；农民之女叶卡捷琳娜一世敢于战斗，最终使自己从女奴成为女皇……若兰听得可是热血澎湃。而当她听点灯者讲，在他们的同志之中有不少像若兰这样的女青年，下了绣楼，远离父母，参加秘密革命，誓要叫天地换新颜，若兰更是激动不已，真有我这样的女的参加？点灯者说，当然。而且还举了三个例子，有两个是成功的，有一个是失败的。失败者被押到刑场杀害，年轻的鲜血特别红，洒了一地，刺眼得叫人不敢直视。并不是人人都有那个胆量参加革命的，那毕竟是拿自家的鲜血叫敌人的旗帜改颜色的事啊。若兰说我倒是不怕死，我只是害怕我爹到刑场来看我，我死了，他咋办啊？点灯者一声哧笑，你以为我就没有父母吗？我的那些已经牺牲的战友和正在战斗的同志没有父母么？如果人人都想着自己，想着不叫父母难受，想着承欢膝下，爱惜自己的鲜血和头颅,那么这个混乱的世界将永远混乱下去,被欺辱的将永生被欺辱,贫穷的将永世贫穷!巾帼英雄为什么叫巾帼英雄?就是因为她们敢于辞别父母,敢于奉献自己的鲜血和头颅,比如花木兰,比如秋瑾,比如圣女贞德。点灯者说,我认识好些个女子,她们的家庭都是锦衣玉食,家产万贯,她们实在想向花木兰和圣女贞德学习,追求自由,拯救劳苦大众,创造新世界,将自己的名字和故事写进历史,永世流传和歌颂,可遗憾的是她们虽有心,却被条件束缚了。若兰问他怎么回事。点灯者看着她的脚,你有一双好脚。若兰的脸倏地红了。点灯者说,这样一双好脚,应该走遍五湖四海,应该去追逐自由,去追随真理,去踏出一片江山,他日归来,故土早将她的名字镌刻在牌坊上!

若兰心中的革命之火就这样熊熊燃烧起来了。点灯者说,她开始将自己的命运和这个国家、这个民族的命运紧紧系在了一起。在离开秦村的路上,她连头都没有回一下。她很激动,对前面的道路信心满满。她跟我讲,她突然意识到自己很伟大,她不再是那个总被父亲惋惜不是男娃儿的不能支撑门楣的女娃,她是革命的圣徒,她将远离炉灶火塘和那酸臭的猪食锅,她将不会像母亲那样在丈夫的唉声叹气中缝补破烂的裤子,为没有生出个男娃子而终生受人白眼和抱怨,她的名字将不再是"某家某人的婆娘",而是叫安若兰,一位荷枪持刀杀敌无数的革命圣徒!

所以,江上粮说,若兰之所以离开家,离开秦村,有五成是为了投身革命,还有三成是为了逃避她不喜欢的生活和婚姻,剩下的两成才是他们的爱情。

她就那么相信你讲的那些鬼话么？安子谦想起若兰那不管不顾、头也不回离开秦村的样子，心头就阵阵难受。

我讲的不是鬼话，是我们当时正为之奉献和奋斗的信仰，如果真的是些鬼话，我们何至于落到现在这种地步啊！江上粮一声长叹，不住摇头。

你接着往下讲，后来呢？安子谦问。那个叫张一民的碎娃儿看不惯安子谦这种态度，说你有什么了不起的？不要再倚老卖老了，你想知道什么？我告诉你！说着就要过来。江上粮冲他摆摆手，叫他也去小心盯着外头，以他对水在田的了解，他多半会在今天晚上搞突袭。

江上粮说他一眼看见若兰就喜欢上了她，就打定主意要带她离开这里。而且从第一眼看到她，他就决定去过一种新的生活。江上粮以诚恳的语气向安子谦表达了歉意，因为他在此后两天里确实以一种下作的手段开始了对若兰的勾引。但是，若兰对他许诺的有钱人的生活嗤之以鼻，对他讲的什么大城市、游艇、洋装毫不感兴趣。若兰越是这样，越是让江上粮对她刮目相看，越是动心思要将她诱拐到自己身边，可是她究竟喜欢什么呢？直到他讲出自己曾经的身份，若兰的眼睛马上亮了。若兰说就在去年，她随母亲去土镇扯布，看见爱城来了一辆洋车，车上排着两个站笼里关着一男一女，两个看岁数跟她差不多大的人，在站笼上，还高高地挑着几颗人头，一串儿像藤上的葫芦。押解的几个兵轮流用大喇叭吆喝，说这是共产党分子，制造了爆炸，伤及了多少无辜，罪大恶极，为了警示百姓，震慑乱党分子，其中一个将在午时于十字街口斩杀，以儆效尤。砍那个男的脑袋的时候，他大声呼喊，呼喊出的不是求救饶命，而是打倒帝国主义、打倒土豪劣绅、共产党万岁。当这个男的脑袋被挂在站笼上那一串人头上的时候，鲜血滴沥了那个笼子里的女人一头，她不仅不害怕，还唱起了歌，引得叫好声一片。若兰说，车子开走了半晌，她还站在那里挪不动脚，就像被那辆车带走了自己的魂魄。

那应该是去年五月的事，爱城发生的革命暴动，失败后，有二十多位革命同志被捕。这些革命同志分别在大河两岸的一些重要城镇被处决。在土镇被处决的同志名字叫刘均平，时年十九岁，安镇人。那位唱歌的女同志是在花荄被处决的，时年十八岁。

若兰激动地说，对，那个男的就叫刘均平。他们念他的判决书的时候，街头闹得很厉害，但是这个名字我听得很清楚，刘均平，对，是他！

这简直就算个证据，更像是个接头暗号。证明了江上粮共产党员的身份，也让若兰对他刮目相看。而从若兰亮晶晶的眼中，江上粮也找到了下一步将会非常热切的话题，更坚定了要带走若兰的信心。

临走的时候若兰问他，需不需要我带上一些钱？江上粮说，我不需要，但是革命需要。

若兰的革命激情很高，江上粮说他本来是她的领路人，但是在和她成为革命伴侣之后，她反过来成了他的鞭策者。江上粮坦言，自己走上革命之路，主要是因为无路可走，那时候他在国外穷得叮当响，而参加革命聚会，就可以吃饱饭甚至还有洋酒咖啡，时不时地还有人资助经费，明里暗里，他可没少没往自己口袋里揣。后来那些慷慨的资助越来越少,革命同志也开始对他横挑鼻子竖挑眼,于是他就动了想退出,去换种生活方式的念头。而带走若兰,就是他规划的新生活的开始。然而,当若兰成为他的革命伴侣之后,他就再也不可能离开革命了,因为他离不开若兰,而若兰呢,除了许身给他,她还许身给了革命。当若兰看出他在革命方面所表现出来的冷淡后,非常正式地跟他讲,如果在革命和伴侣之间选择,她会毫不犹豫地选择革命。所以,他要是不热心革命,那么就请他离开自己。因为担心失去她,江上粮说他不得不表现出革命的坚定和热情来,不得不随她一起去烧烟,去爆炸,去做各种各样他原来想都不敢想的危险事。江上粮说他每日里提心吊胆,害怕极了,因为他知道,早晚有一天,他们会像刘均平一样被当街砍头。但是他却不敢在若兰面前表现出害怕来,那会让若兰瞧不起他。那个时候,若兰由于几次行动的成功,更加醉心于革命斗争,老是嫌弃办下的事情太小,革命的进展太慢。

好在她终于就要临产了。江上粮原以为,当了妈妈的若兰会因为母性收敛一些革命的火爆,却没有想到她竟然因为每日的哺乳对娃儿和他充满了怨恨,认为这耽搁了她的革命工作。而且她也在这个时候,似乎瞧穿了他,认为结婚和生育是他给自己设下的阴谋诡计。她说,革命者是不能有家的,更不能有孩子,那会让她分心,搞不好还会成为她的把柄和软肋,因为反动派会以此来要挟她。如果真是这样,你会怎么办?江上粮问她。若兰说,当我还不清楚革命究竟是怎么回事的时候,我就毫不犹豫地抛开父母,离开秦村。而现在,我已经是一位坚定的革命者了，我的选择你还不清楚吗？

讲到这里，江上粮沉默了一会儿，又继续说，我说若兰，你想不想知道我的回答？我的回答是，为了你和孩子，我可以放弃一切。若兰问，包括你的信仰吗？我说你和孩子就是我的信仰。若兰问，那么组织呢，那么共产主义呢？我说我从来没觉得组织比你和孩子更亲，也更值得相信。我也从来没有觉得我的信仰有多重要，我之所以现在还在这条道路上，是因为你在这条道路上，我之所以现在还在坚持这份信仰，是因为它是你在坚持的信仰。若兰说，你会因为救我而叛变吗？我说我会。若兰咬牙切齿地说，如果真有那一天，我会亲手枪毙你。我说如果真有那一天，我做我的，你做你的，我们做的都是本分。

安子谦听到江上粮的声音里一股凄凉。

天已经黑透，寒气上来，有些冷。安子谦让生一堆火，江上粮不让，说火光会暴露目标，水在田的枪法好极了。安子谦说我来解决这个问题，他推开江上粮的阻拦，探出脑袋冲着外头大声吆喝，水在田，今天晚上休战，不准打过来，我有些事情要和江上粮讲，你听见没有？没想到水在田竟然在远处大声回应说，听到了。好了，他听见了。安子谦跟江上粮说，生火吧。突然记起忘记叮咛个事，安子谦再次探出脑袋，大声吆喝，你也生堆火吧，靠在墙角里睡，提防着臭口水。水在田回答道，好嘞。

张一民不停地问小袁，听清没有？他大概躲在哪个位置？小袁回答说我没听清。张一民问安子谦，你能不能再跟他喊上一阵，让我们找准他的位置？

你这娃儿，都讲好了，不打了，你还想生啥子事情嘛？安子谦说，你莫要瞎打主意，早晚害死自己！

张一民问江上粮，老师，真的要生火吗？

江上粮说，我们人多，希望他不乱来。

火生起来了，江上粮摸了些饮食出来，摆在火堆边，请安子谦边吃边听他讲。

江上粮说，若兰把我讲的话报告给了组织，而且判定我终究有一天会叛变革命，她建议将我开除出革命队伍，以防止将来因为我的叛变给组织和革命造成重大损失。组织跟我进行了长时间的谈话，我说只要若兰还在革命队伍里，我就不会离开，因为我离开了队伍，就等于离开了她，而我是离不开她的。当我拖着疲惫的身子在半夜回到家里，却见我孩子的摇篮里空空荡荡。我以为我的孩子会在若兰的怀里，却见若兰的怀里抱着革命书籍。孩子呢？我问。她回答说，被我安排人送走了。我以为她把孩子送回了秦村，我说怎么也不跟我商量一下呢，秦村的情况很糟糕，你又不是不知道。若兰说不是秦村，是一个你不可能猜到的地方。

4

就在安子谦告诉江上粮若兰从未回来，而水在田是只身来到秦村的这个消息后，外头响起了一阵枪声。江上粮叫了几声小张，不见回答，又叫了小袁，也不见回答。江上粮急得直跺脚，说坏事了。拔枪刚要往外走，小袁回来了。他捂住淌血的胳膊，说张一民同志牺牲了。

江上粮愣了下神，骂了句他妈的，在墙上捶了一拳，就再没有语言了。

你们是咋回事嘛，不是说了停火的嘛。咋个还跑去找麻烦呢？安子谦抱怨道。

小袁递给安子谦一卷绷带，把受伤的胳膊亮出来，嘶嘶地吸着凉气，来，麻烦给我包扎一下。他扭脸看着江上粮，都是他的主意，我说了该给老师请示一下，他说不用。我们摸过去，一阵乱枪，结果躺在火堆边的根本不是水在田，是个穿着他衣裳的草人，我们中了他的埋伏。

咳，你们咋斗得过水在田嘛，这下好了，这下好了……江上粮嘟哝着，像个看着满田庄稼坏了的庄稼汉，一脸愁苦和无奈地抱着脑袋，蹲在地上，仿佛已经六神无主了。江上粮突然打了个激灵，像猛然记起了什么，他问，小袁，他是被打死在屋里的还是屋外头的？

屋里的，小袁说，就在火堆边。

安子谦知道他在担心什么。屋里屋外都没有用，这个村子已经是它的了，它想在哪里吃，就在哪里吃。安子谦站起来，我去给你把他拖回来吧。

小袁不让。说他去了肯定就不会回来，他挡在安子谦跟前，看着江上粮，等他拿主意。

你还会回来吗？江上粮问。

我会在那头待一阵子，问他几个事，然后我就把死人给你拖回来。安子谦看着小袁，你还有只手能动，去找些柴火回来，要硬柴，得赶紧把死人烧了。不然，它很快就会把他抢走，吃进肚腹里。他又看看江上粮，语气和缓地说，都这样了，就那样吧。

江上粮说，好吧。

安子谦吆喝了两声，水在田，我过来了。

水在田坐在火堆边，正在拆他的枪，用一个小布片仔细地擦着。他的面前摆着子弹，在火光的照映下，金灿灿一片。张一民的尸体躺在火堆边，火光映照着那张俊白的脸。

不是江上粮叫他们来的，江上粮在跟我讲话，他们偷着跑过来的。安子谦说。

我知道。水在田说，其实江上粮并不是个太坏的人，他的问题出在选择上。民族独立，国家富强，人民幸福，本来是我们奋斗的共同目标，只是他们在奋斗中夹杂了太多的私利。本是骨肉兄弟，却不得不刀兵相见，你死我活啊！

安子谦指着火堆边躺着的张一民，你晓得他么？水在田说，我当然晓得。他现在死了，江上粮的日子就更加难过了。

你给我讲讲是咋回事吧。安子谦在张一民身边坐下，撩起他的衣裳，盖住那张俊白的脸。

水在田说他曾经参加过两次在南京举办的秘密培训班。有一对曾经在德国和苏联留过学的夫妇，男的叫张生，女的叫徐曾，都是臭名昭著的特科专家，也是声名狼藉的刑讯专家。而那次培训的内容，也不单单是怎样用手段和方法将被捕获的敌人的秘密毫无保留地掏出来，而是更为高级的培育和转化手段。在抓获敌人高价值人员后，由专门的人员组成专门的单位来对他们进行审讯，而这种审讯也不是简单粗暴地拷打，是很讲究的，讲究到就算要割掉他的指头，也叫他感受到你的仁慈。到了最后，他会主动地要求和过去的一切决裂,站在你的身边,对你百依百顺,视你为亲人。

为了让他的学员更好地理解他们的教学,他们决定亲自搞个实验。水在田说,他们需要的实验对象很快就运到南京,从职务上看,这个人算不上高价值人员,但从掌握到他的档案来看,他是干过一些大事的,比如烧毁成都暑袜街云长将军的军火库。

你说的是江上粮么?安子谦问。

是他。因为若兰的建议,江上粮逐步退出了机要中心,到了后来,他只承担一些筹集工作,比如从一些特别渠道搞药品和布匹什么的。这次被抓纯属偶然。而他之所以被送到南京当秘密培训的实验对象,是因为张生和徐曾夫妇看上了他的档案。

张生夫妇要他们的学员研究江上粮的档案,问从里头可以看出多少有价值的东西来。一番讨论后,大家回答,这个江上粮早期也曾经有过成功漂亮的行动,按照惯常的人才提拔和使用,他本应该在更重要的位置上。为何落到采买员这个不太起眼的地步?共产党在用人方面历来都是赏罚分明、公平公道的,如果不是我们搞错了,那么他就是在这不起眼的岗位上,承担着不为我们知道的更大的秘密工作。

其实这一切都是他妻子的安排。张生夫妇说,在送到南京来之前,江上粮已经过了几次堂,他把认为该交代的都已经交代了。接下来我们请他再讲一遍吧。

江上粮被礼貌地请进来,捧着热茶缸,他就像跟朋友们围炉夜话似的,讲起了他是怎么认识若兰的,后来她又是怎么认为他革命意志不坚定并将孩子送走的,还怎么态度坚决地将他从机要中心撤出的。他讲得很详细。可是细心一点就会发现，在涉及若兰的具体事情上头，他就含混多了，而且一口咬定他早就失去了若兰的消息，不然他又怎么可能出现在妓院里呢？

张生夫妇认为江上粮明显在说谎，他不可能不知道若兰的消息。他是深爱着若兰的，而这种爱将成为他对抗审讯最有力的支撑。从江上粮的种种表现来看，他对共产党的信仰老早就不坚定了，之所以还留在共产党的组织里完全是因为对若兰的爱。但是若兰对他的回应却明显是不公平的，比如向组织建议将他调离机要中心，搁置在毫不起眼的单位。在别的男人看来，妻子如果这样做那肯定是受不了的。江上粮却不，他反而认为这是妻子对他的完全理解和充分的爱。在这世上有一种夫妻，你越是对他坏，他越是对你好。江上粮就是这样，若兰越是要离开他，他越是觉得自己离不开若兰，这种强烈的依赖感，也让他对若兰产生了一种非常特别的情感，就像很多情侣，为了叫对方心疼自己，而不惜给自己制造折磨和痛苦。张生夫妇把这归结为受虐和施虐，一种畸形的心理疾病。江上粮就明显的有这种疾病，而这也正是他们需要的，可以利用的。

为了验证他们的说法，张生夫妇决定搞一个实验。他们成立了一个刑讯组，用尽一切方法只为叫江上粮开口讲出若兰的藏身之处。在动刑之前这对夫妇就断言，他绝不会开口，哪怕要掉性命他也不会，他不会为自己的政治和革命信仰而被撕掉一小片指甲盖，但他会为了若兰的生命安全流干最后一滴血。他们的刑讯越凶狠，他保护若兰的想法就越坚定，因为疼痛会让他产生一种真切实感的保护行为。刑讯越厉害，他这种感受就越强，如果要掉他的生命，他的荣耀就会达到顶峰，他会觉得是自己的牺牲换来了她的新生，他的生命已经进入了她的生命里，他们再也不会分开。

实验验证了张生夫妇的说法。当然，要撬开他的嘴并不是没有办法。而这个办法的第一步就是损毁他认为的他在妻子心中的形象，改变他的相貌，让他觉得他的妻子认不出他来。这可以让他产生一种从来没有过的恐惧，如果抓住这种恐惧并且继续扩大，再让他保持在一种害怕的环境里，同时予以适当的同情和一点帮助，他可能就会真正地成为我们的人。

在接下来的一段时间里，大家领略了张生夫妇的厉害。他们拔掉江上粮的牙齿，并且在事先明确告诉他，这只是第一步。接下来，可能会割掉他的鼻子和耳朵，在施刑的过程中，施刑人员一言不发，压根儿就不问他问题，对若兰这个名字更是不提。使得整个施刑过程完全就成了破坏，而且他们不停地叫江上粮看镜子里的自己，让他看见自己在一点一点变得丑陋。

张生夫妇说，失去若兰，会让江上粮感到整个受刑过程毫无意义。当拔掉江上粮的牙齿后，他受不了，开始含混地说话，呼叫若兰。而张生夫妇要求完全不予理会，他们要通过接下来的一系列实验重新塑造江上粮，让他变成一个真正的高价值的目标。

他们继续一言不发地用烙铁毁掉江上粮的左脸。通过镜子，江上粮知道，如果右脸再毁掉的话，就算他的亲妈重见光明，也认不出他来。江上粮崩溃了，他大声吆喝若兰，但无人理会，就像完全听不懂他的话。他突然觉得失去若兰了，剩下的只有他的恐惧。

这个时候，张生夫妇来到江上粮跟前，一个给他被烙掉的脸上抹烫伤药膏，一个给他盛稀饭，因为他失去了牙齿，嘴巴瘪着，像个老太太。

当江上粮主动将若兰的藏匿地址写在纸上，递给张生夫妇的时候，已经是几个月后。张生夫妇没有看那张纸片，而是放在火上烧掉。他们告诉江上粮，那是你最爱的人，你就继续把她藏在你的心里吧。江上粮失声痛哭。后来张生夫妇给江上粮镶了满嘴的金牙，并且对他委以重任，告诉他，如果想让你的若兰瞧得起你，你就好生干出点动静来，叫她不敢轻视你的存在。而且，他们向江上粮许诺，如果抓住若兰，也绝对不会去伤她半根毫毛。

让她知道你有多爱她吧！他们跟江上粮说。

5

张一民被架上柴堆。江上粮举着火把，犹豫了好一阵，才将火把投进柴堆里。

夜空中弥漫起一股焦煳的肉味。安子谦看见臭口水在焦枯的林子里焦灼地兜着圈子，发出愤怒的哼哼，长长的拱嘴伸进土里，将尘土扬得老高。火越烧越大，传出皮肉的开裂声，油脂燃烧出的香气更加浓烈。江上粮被烈火炙烤着，身子不由得直往后退，退到一堵断墙上，他顺势在墙根下蹲下身子，手里握着枪，耷拉在膝盖上，仰着脖子，看着腾上夜空的火星子。

安子谦进了里屋，从那就快要熄灭的火堆边找到瓶酒，拎到江上粮跟前，递给他，喝点吧。

江上粮接过酒瓶，回了一句谢谢，却没有往嘴里喝。他呆呆地继续望着冲上夜空的那些火星子。这天空真黑，深不见底。而这漆黑的夜，被这熊熊燃烧的火堆烧出了一个窟窿，中心明亮刺眼，让人不敢直视，边界却混淆得一片模糊。小袁趴在一堆柔软的草上，手里举着枪，警惕地注视着那混淆模糊的边界，时刻准备向越过黑暗进入光明的一切开火。

你就闭上眼睛睡吧，江上粮说，今晚上不会再有事。

但是小袁却无动于衷。

我他妈的叫你去睡！江上粮道，马上就要天亮了，你明天还有重要的事要做！

小袁有些不情愿地从地上爬起来，将枪别进腰间，单手将那些草拢到一起，抱回到屋子里，把草垫进墙角里，蜷下身子，然后拔出手枪，依旧保持着随时开枪射击的姿势。

你也去睡吧，跑一天了，累了。安子谦说，这里我看着。

他都跟你讲了什么？江上粮问。

安子谦指着正在火堆上滴着的油脂，熊熊燃烧的张一民，说，讲你是他们一家最亲的人，他爷爷死的时候，你虽连一面之缘都没有，却像个老娘们儿一样哭得死去活来，还执的是三叩九拜的孝子贤孙的重孝大礼。他们对你也不错，给你置办了大房子，还为你娶了房女人。当然，你也很厉害，抓了很多若兰和水在田的伙计，你整人的那一套听说连你的再生父母张生夫妇都自叹不如,是这样么?

江上粮悠悠地回答说,他真这么讲的?

他还说,若兰确实对你刮目相看了,说怎么也想不到你现在办事的能力有这么厉害,说你简直是张生夫妇的王牌,就没有你破不了的共产党组织,没有你撬不开嘴的共产党人。说死在你手里的共产党人起码有上百人,不过和你的那些同伙相比,你还算仁慈的,你不会杀碎娃儿,也不会杀老人,你对他们很优待,会给他们买糖吃,送他们走的时候还会给他们拿盘缠。

这倒是事实,他没说假话。江上粮说,不过那些老人和孩子最后还是都死了,我前脚放他们走,后脚就有人去杀他们。他指着那具在火堆上滴着油脂正不断蜷缩着变小的尸体,说,他们赞赏我对那些老人和孩子的做法,也赞赏我对那些即将处决的共产党人的仁义。一般来说,我会告诉那些即将被处决的人,他们将在何时何地以什么样的方式被处决,最后一餐他们想吃什么喝什么,想不想看戏,想不想听小曲儿……只要提出来的,我是一定会设法去办到的。

你这一套是跟你的师傅张生他们学的吧?安子谦问。

你也是死过好几回的人了,你觉得被这样对待不好么?江上粮问。

我听水在田说,你还会专门在他们的墙壁上挂一面钟?

是啊。江上粮说,这样做的目的,是叫他们不要浪费时间。

安子谦笑了,好多人是不是没熬到枪响?

他们现在好多人还都活着呢。江上粮说,他们现在有的在做生意，耕田种地，娶妻生子。

你以为你做得很漂亮？

两头的人都这么认为。江上粮说，南京这头不断地要求给我升官晋爵，都被我拒绝了。而在若兰那里，她满脑子都是我。如果她一晚上能做一百个梦的话，可以肯定，这一百个梦里都是我！江上粮扭头看着安子谦，曾经有个机会，若兰说我们可以和好如初。

安子谦点着头说，我晓得，我晓得。

江上粮故作吃惊地一笑，你晓得？哦，你不晓得，他们不会讲真话的！江上粮说，若兰让人给他带信，如果他愿意，她想见见他。然后他们就见面了，他什么也没带，连半点防备都没有，如果若兰要他死，他愿意死在她的手上。除了一个小男孩，若兰什么都没带。那个小男孩叫他爸爸，还向他展示了自己的才能，一口气背了好几首唐诗。江上粮听得泪流满面。若兰捋起他的头发，轻抚他的左脸，淌着眼泪连声向他说对不起。若兰带着孩子就要离开了。江上粮哆嗦着声音，试探着问他们下一次见面的时间和地点。若兰觉得难以回答，他们的孩子却突然挣脱若兰的手，过来牵着江上粮，摇晃着问他，爸爸，你为什么不跟我们一起回家？江上粮哽咽说爸爸回不去了。若兰上前抱住他说，回得去，家永远在那里，大门永远是向你打开的，只要你愿意。

也就从这一天起，江上粮转头开始为若兰工作，有了他的帮助，若兰他们很快就转守为攻，反败为胜，而云长将军的被杀，是他奉上的最大的礼物。也就这个事情，让张生夫妇产生了警觉，而若兰他们也盯上了张生夫妇。

这天恰好是江上粮的重生生日。生日宴会上，张生夫妇向他敬酒，感谢他为他们所做的一切，称赞他的能干和睿智，并对之前他们的一些做法表示歉意，希望他能够理解，最后祝他生日快乐。整个生日酒宴更像是一场道别晚宴，江上粮整个晚上都在极力克制自己的情绪，因为他知道，若兰他们就埋伏在饭店外。

在送张生夫妇上车的那一刹那，江上粮忍不住喊了张生一声。张生在这一声变调的呼喊声中猛然醒悟，一把推开他的妻子徐曾，而他自己被扫成了筛子。徐曾也受了伤。她扯住江上粮，叫他跟在自己身边，她告诉江上粮，现在他们比以往更需要对方。

一个月后，徐曾主持了对江上粮的审判。她讲了他们夫妇在江上粮身上所耗费的心血，认为江上粮后来的一系列背叛行为跟他们夫妇疏于引导和交流有直接关系，希望给他将功赎罪的机会。

徐曾告诉江上粮，他一直牵挂怎么也放不下的若兰，其实早成了水在田的妻子，他们的夫妻关系是得到他们组织的同意和支持的。至于他的那个孩子，那个亲热得把他喊爸爸的孩子，她已经将他找到了，同时找到的还有那个孩子的亲生父母。

那个孩子的亲生父母倒也实诚，跟江上粮说，你们家那个娃娃在我们家养过一阵子，是个病恹恹。娃儿的娘说要去演个什么戏，说我们家娃娃懂事，活泼可爱，上台的话，比你们家娃娃更讨人喜欢。

水在田跟我说，你当场就将那个娃娃和他的父母打死了？

安子谦问。

江上粮不说话，只是对着火光看了看手上的枪，又伸出另一只手，叉开指头，映着火光，反复地看着，许久才说，不知道为什么，以前我的手一直哆嗦，枪都瞄不准，到了这里后竟然不抖了，你看，真的一点都不抖了。

你说，她为什么这样对我？江上粮看着安子谦，他的两眼被火光映得贼亮贼亮的。我咋晓得呢？安子谦说，我哪里晓得你们把事情搞得这么乱呢，简简单单的事，搞这样乱……安子谦的嗓门越来越小，后面的话，连他自己都听不清楚。

就像水在田说的，他们做的事对江上粮来讲确实有些不合适，但是有什么办法呢？他们从事的是见刀见枪、流血舍命的工作，是一个阶级推翻另一个阶级、一个政权推翻另一个政权的事，在这场轰轰烈烈的斗争中、浩浩荡荡的革命中，个人的那点私心私情又算得了什么呢？为了实现伟大的革命目标，生命都可以牺牲，还有什么是抛舍不下的呢？说到这里，水在田的嗓门也越来越小，最后他也听不清楚自己说什么了，这才悻悻地住了嘴，开始了长时间的沉默。

让若兰和水在田感到意外的是，事情并没有按照他们计划的方向走，他们怎么也没有想到江上粮会在最关键时刻去喊张生一声，也没想到江上粮还能从徐曾手上活下来，皮毛无伤，而且还被重用。若兰曾经想跟江上粮做个解释，但是回答她的是江上粮的机枪扫射。为了将功赎罪，为了赢回徐曾他们的信任，为了报复若兰和水在田，江上粮表现出了从来没有过的疯狂，而徐曾也争取到南京方面给予他们从来没有过的支持。

短短几个月时间,若兰他们刚刚重建和恢复起来的组织,就被江上粮打了个稀巴烂。上级组织给若兰和水在田下达的命令是不惜一切代价除掉江上粮,但是主动权已经不在他们手上了。江上粮虽然没有完全获得南京方面的信任,但他的赎罪工作已经取得南京方面的赞许。

江上粮起草了一个代号为"回家"的行动方案,深得徐曾的赞许,并将门下十多名优秀学员交给他,其中就有她和张生的独子张一民。江上粮带着这十多名学生,就像杀场里那技艺高超的刀儿匠一样,短刀利刃,目标明确,心无旁骛,几刀就剥去了若兰和水在田的保护层,将他们暴露在了外头。这些年轻人思想简单,信仰单纯,绝不瞻前顾后,毫无畏惧之心,行动迅疾而粗暴,使出的都是若兰和水在田他们之前从来没有见过的招数。若兰和水在田也不是等闲之辈,他们也在回击中不断给江上粮以重创。

江上粮的目的很简单,就是要通过张弛有度的追击,叫若兰和水在田始终处于被捕猎的逃命状态,以至于最后心神俱疲,走投无路,束手就擒。

随着共产党军队在国民党强大的围追堵截之下,不断地被剿灭,地下党组织因为缺少外部响应和支持,一天天削弱。除了往更深处潜藏,没有别的选择。而已经在江上粮的不断追击下浮出水面的若兰和水在田,也被迫分头逃命。

其实我们三个都很清楚,我们会到这里来结束一切,江上粮望望天空,阳光已经照在了对面的矮墙上。焚烧张一民的柴火架子早已坍塌,他的骨骸和那些炭块混在了一起,骨骸灰白，炭块上的余烬还袅袅着青烟。

江上粮将小袁唤到身边，等一阵你就起身离开这里，带着小张的骸骨，回去跟徐曾说，我、安若兰和水在田都死了，一切都完了。

老师，小袁眼中含泪，还要往下说点什么，被江上粮挡住。你什么也别讲了，你留下的话，会跟大家一样死去，这样的死没有意义。回去吧，娶妻生子，做个小生意，照顾好你爹娘，给他们养老送终，慢慢活，慢慢活到老。

说着，江上粮走到那个灰堆边，蹲在那里，从炭火里扒拉出那些滚烫的骨骸，放进包里，拎到小袁跟前，递给他。说，走吧。

6

最开始的几天，安子谦每天都会不知疲倦地从折桂楼前往漱玉阁，在那片废墟待上一阵子，又返回折桂楼待上一阵子。

有时候他一天往返十几趟，不厌其烦地劝他们两个，放下枪吧，何苦要想着你弄死我，我弄死你呢？但是两人谁都不肯。水在田说，爹，你讲点别的吧，我肯定听你的，这枪我是不敢放的啊。安子谦说为啥不敢放呢？水在田说，因为江上粮不放啊，他手里有枪。水在田躬身将安子谦拉到身边，让他弯腰贴墙坐下，安子谦摆手说，不用害怕，江上粮晓得我在这里，他不会开枪的。水在田说，你对他们国民党不了解，你刚才不是讲到要我放下枪的事吗？这事之前发生过，那时候我们和他们为了推翻帝国主义，为了反对军阀，为了国家统一、民族富强，曾经团结在一起。那会儿真是亲如兄弟啊。只是他这个当哥哥的手里有枪，而我们什么都没有。后来他们觉得我们碍眼，因为我们总是批评他们这里不对，那里还可以做得更好，他们觉得应该一切由他们说了算，由他们做主，于是就要将我们从这个家里彻底清除出去。他们就动了枪。我们手无寸铁，被打得四处躲藏，躲起来还不算完，他们到处搜捕，逮住了就拿起他们手中的枪，瞄准我们的脑袋！水在田比了个枪毙的手势，说，我们无数同志就这样毫无反抗力地被处决了，鲜血满地流，头颅被插在城头示众。没有枪是不行的，没有枪你就不能说话，人家打你就不能还手，枪杆子里才有公平嘛，枪杆子里才有正义嘛，你说我能放下枪吗？

如果江上粮肯放呢？安子谦起身去了折桂楼。

爹，江上粮说，虽然若兰现在没有跟着我，但她还是做了几年我的妻子，而我也一直敬重你、钦佩你，如果你不反对的话，我想继续把你叫爹。

安子谦说，那你就听我这个当爹的话，把枪放下，水在田同意了我的提议，你们都放下枪。江上粮问，他真同意？安子谦见他看自己的表情，晓得他不相信。就说，他原话是，你手里有枪，所以他不敢放下。如果你放下枪，他就放下！

江上粮纳闷地看着安子谦，爹，你怎么老劝我们放下枪呢？你不是讲村里面有头喜欢吃人啃人的野猪叫臭口水吗？没有枪我们怎么对付它呢？它那么凶狠，那么凶残。

安子谦说，如果你们能做到枪口对准臭口水，我又怎么会劝你们放下枪呢？我是不想你们相互对着开枪，你们都弄死对方那么多人了，又何苦还害死自己呢？好好活着不好吗？

江上粮拿过安子谦的手，拍在手心里，爹，你放心，我不会首先向水在田开枪的。枪，我觉得还是不要放下的好，拿在手上，万一臭口水来了怎么办？

安子谦问，你真不会首先向水在田开枪？

江上粮说是。

于是，安子谦又往水在田的漱玉阁去，说江上粮讲了，他不会首先向你开枪的。水在田说我不相信，江上粮恨不得将我碎尸万段，恨不得杀我一千回呢。他能做到不首先对我开枪？别相信他，爹，他不会放过任何杀死我的机会。

安子谦说，你就相信他一次嘛。

水在田为难地说，爹，我只有一条性命啊，这个赌我不敢打。

安子谦想了想，觉得水在田讲得是个道理，他想到了个主意。

回到折桂楼，安子谦跟江上粮讲，你说留枪在手上的原因是为了对付臭口水是不是？江上粮说，是。安子谦说，你把枪给我，我来对付臭口水，同样，我也会要水在田把枪给我。我来保管你们的枪，我来对付臭口水！江上粮说，爹，我讲句真心话吧，我并不害怕臭口水，我也不担心它，我是害怕一个比臭口水更凶更厉害的东西。江上粮伸出指头往漱玉阁方向戳了戳，爹啊，你信得了他，我可信不了他！再说，你凭什么去相信他啊？他有哪一点值得让你如此相信？是他的共产主义？是他们喊叫的为穷人打江山？还是因为若兰跟他站在同一条战线？

看见江上粮激动起来，脸都涨红了。安子谦说这样吧，我先去让他把枪给我吧。

只怕我前手将枪递给你，他后脚就冲过来对我开了枪。水在田苦笑说。

如果他真那样，我再把枪还给你。

水在田继续苦笑说，他都对我开了枪，你把枪还给我又有什么用？

安子谦说，我不会放过他的，臭口水我都对付得了，对他我还没法？

水在田再次苦笑，他可不是臭口水比得了的，他是谁？他是江上粮！死在他手上的人有数百个，男女老幼，一概不论。死在臭口水嘴里的又有多少？爹啊，你凭什么去相信他呢？他都带人追杀若兰和我到了这里，你怎么还去相信他呢？

我听你们讲了他这些年的遭遇，够苦的了，够遭罪的了，他应该活下来！这里已经死了那么多人了，没有必要再死了！更何况他还是我外孙的亲爹啊，我怎么能让我外孙的亲爹死在我眼面前呢？安子谦扯起衣袖揩了一把眼泪，接着说，至于你么，水在田，我不管若兰搞的是个什么革命事业，我这么大年纪了，搞不清楚什么正义，也搞不懂什么革命，对错也很难分得清。我只是觉得不让我的女儿失去她喜欢的男人，于我来讲，这个可能才是对的！

水在田一听这话，红了眼圈，我正因为是若兰的丈夫，所以才不能放下枪啊，我要和她持枪站在一起，共同战斗啊！安子谦说，你们难道就不能放下枪，坐在一起喝口酒？好好谈谈么？水在田说，谈什么呢？安子谦说，看你们怎么样才可以都活下去啊，看你们怎么样才可以你不打死我，我不打死你啊！放下枪，活下去，就有这么难么？

水在田不答话，他的神情告诉安子谦，放下枪不可能，坐在一起喝酒也不可能，而活下去更不可能，这注定了的是你死我活。

安子谦长叹口气，气冲冲回了折桂楼。

爹，你别生气了，江上粮说。

为了使你们活下去，不要死了，就这么恼火吗？安子谦吼道，你说我咋会不生气呢？

江上粮不吱声

你实话跟我讲，你这回到秦村来，想没想过要打死我？如果我把若兰藏起来了呢？如果我把水在田藏起来了呢？如果我把他们都藏起来了呢？

江上粮说，爹，你别讲了，我不会打死你的。我承认我是个浑蛋，但无论如何，我都想不到打死我孩子外公的理由！我虽然痛恨若兰，可不恨她和我在一起的那些日子，更不恨她给我生的孩子。我咋可能会恨你这个我老早以前就很对不起的老人呢？如果我当年不带走若兰，你的日子又何至于此呢？

江上粮讲得动情，安子谦也听得感动，他哽咽说，你如果敢动若兰，我会打死你的！晓得哇？我会打死你的！

江上粮说，若问我最愿意死在哪个手上，我的回答一直都没变，我愿意死在若兰的手里！可是在她手里我已经死了好多回了，所以我现在不想死在她手上，我更愿意死在你手里！爹,你是个大好人！你一定要好好活下去,活着见到若兰,跟她好好说说话。活到我们的孩子长大成人,你要把我们的故事讲给他听,让他为你养老送终。

你们就不能好好活下去么？安子谦抹着眼泪说。

爹啊,你一开始就错了,你怎么能劝两个手里有枪的人放下枪呢？就算他们放下枪,他们赤手空拳,也不会放过对方。

那么说,你一直在欺哄我啰？安子谦问。

我们都不想伤了你的好心肠吧。江上粮说,所以才这样劳烦你跑了一趟又一趟。我不放下枪的原因,倒不是因为我要为他们效忠,而是想要结束这一切。说到底,就算水在田被我打死了,我也不会活着走出这个地方。这里是秦村呢。当我第一次踏上这片土地,我就喜欢上了这里,更何况在这里我又一眼爱上了若兰。真心话跟你讲,爹,我有一百次打死若兰的机会,我都没下手,因为我一直爱着她,就算她现在站在我面前,我还是不会开枪,我爱她,我爱这里,我愿意为她死,我愿意死在这里。爹,这就是我不放下枪的原因。至于水在田,他不放下枪,是因为他的信仰不允许,他是个到死都会坚守信仰的人。你也别再去劝他了,你也永远不要相信手上有枪的人！

安子谦站起来,叫骂道,我管你们两个王八蛋的,我管你们两个浑蛋的,你们马踢死牛,牛顶死马,干我什么事？都打吧,开枪吧,都去死吧！早死早投胎,下辈子变人回来,天下就是太平天下了。

安子谦叫骂着,抹着眼泪水,离开了铁门槛,扭脸看了一眼一片废墟的何家药铺,又提高嗓门儿,继续叫骂。一路骂着出了龙门口,穿过田野,翻过山冈,来到一片山林前。他用火镰打着了火,引燃了一片灌木丛,火苗像受惊的兔子,像放出笼子的鸽子,冲进密林,飞上大树,山林一片熊熊烈焰。火带起了风,风鼓动着火,安子谦的眼前,是一片汹涌的火海。

　　安子谦一次次想冲进去,都被耳边一个稚嫩的清脆的呼喊声给唤了回来,爷爷,爷爷……

　　安子谦侧耳聆听,那声音又被山火燃烧的呵呵声搅得不见了。

　　当山火熄灭,眼前除了一片焦黑和袅绕的青烟,看不见任何其他颜色。安子谦心想,这下好了,安静了,我可以听听那呼唤声在哪里了。他仔细聆听着,这世间却是一片死寂。他坐在灰地里,屁股滚烫。

　　突然有声音传来,清脆的,像炒豆子,像胆大的碎娃儿捏在屁股头上燃放的小鞭炮。

　　啪……啪啪……啪啪啪……

　　时断时续。

第十二章　旱4年

1

　　这天安子谦正在裤裆地里忙活，臭口水在对面的山坡上晃荡，不时停下来，将干瘪的口袋一样的肚皮贴在地上躺一会儿，又站起来，四处张望一阵，将阴郁的目光投向下面的安子谦。它不清楚安子谦这是在干什么，那叮叮当当的声音让它很厌烦，却又无可奈何。还能怎的？冲过去一嘴将他撩翻天，再一口将他豁开，先吃肠肠肚肚，再啃脚脚爪爪。

　　尽管安子谦先前那些举动，比如敲铜盆、烧树枝、放山火……还有他手上那把明晃晃的弯刀，确实叫它吃了一惊的，但这些把戏，又怎么可能吓着它呢？人穷疯了都会偷，饿狠了就会铤而走险，何况它这做畜生的呢？为了口吃的，为了活命下去，还有什么害怕的呢？

　　安子谦的味道会咋样？如果上嘴，安子谦将是臭口水吃过的最老的人，他的肠肚一定因为装了那么多年的屎而特别臭，不过他这人心肠倒不坏，那副心肝可能将是他身体里最细嫩的部分。至于腿脚手杆么，肯定又老又柴，很没搞头，不废掉几颗牙，多半嚼不下来。

只是，为啥现在非得吃掉他呢？这个村子……不，这方圆百十里地，怕就他一个活人了吧。论活物，除了自己，也就他了。这生机勃勃的一大片土地啊，曾经那么多的活人，哭着、笑着、骂着，打打杀杀，欢欢爱爱，如今就剩下他一个了。还有那么多的鸟兽鱼虫，那么多的水，那么多的绿的草红的花，都没了，在这干旱中死的死，亡的亡，远飞的远飞，逃遁的逃遁，全没了，干干净净，声气都没留下一点。除了灰褐、焦黑和枯黄，找不出来别的能意味着一点活气的颜色。就连杀死一个人，血也不是过去那般喷涌，好像是被死亡拼命挤出来的那么一点点，连养他半辈子的泥土都洇不湿，也不似过去那般红，那般鲜艳，而是乌黑的。都是因为干旱，因为饥饿，所有的东西都枯焦了。

臭口水知道，吃掉安子谦是太容易不过的事，他就是一盘长着两条腿的菜。只是吃掉这盘菜就什么也没有了，没有了活路，没有了指望，只剩下它孤孤零零地在这个地狱一样的地方孤魂野鬼似的游荡，那恐怕是个比死亡还要难以忍受的寂灭过程。

臭口水现在有个习惯，总喜欢让安子谦出现在自己的眼皮底下，看着他寻食，找水，骂天骂地，咳嗽，打喷嚏，搞出这样那样的动静。这光景总让臭口水有种在两叠水的水潭子边照看水中倒影的错觉，以为眼皮底下的安子谦就是自己，而站在山坡上晃荡的，像个游手好闲的二流子的，就是他安子谦。

随着这样的感觉一天天加深，有时候臭口水要认真地看着地上的影子，再看看山下的安子谦，琢磨好一阵子，才搞得清楚谁是臭口水，谁是安子谦。让臭口水既痛苦又兴奋，还有些悻悻不乐和惶惑不安，它似乎更愿意是安子谦，可又痛恨成为安子谦，因为它竟然有种想要将长拱嘴伸进田地里当犁耙，翻耕播种的冲动。而且，它还想直立行走，想要拿起铜盆狠狠地敲打，随着敲打声高声歌唱。

他，安子谦，不过是我的一盆长了两条腿的菜，是我留在最后的救命粮！它愤恨地哼哼几声，不屑地吐口厌恶的唾沫。可是没过一会儿，它又忍不住将头伸进那潭清水，去看安子谦的倒影……

臭口水觉得，它越来越离不开安子谦了，越来越依恋他了，他活着，自己才活着。臭口水觉得这可能才是自己迟迟不肯向安子谦下嘴的真正原因吧。

安子谦拿起那把大弯刀，挥舞了两下，又拿起那柄七斤大锄头，轻轻举起，重重落下，面前的土地上腾起一股尘土。臭口水，你最好离我远远的，别惹我，小心我一弯刀将你的长拱嘴劈下来，一锄头将你锛成两截！

安子谦搁下锄头，拿起錾子和锤子，往那块白碑上叮叮当当錾刻。一撇，一竖，錾刻出两道印痕。说，看见了哇，这是个什么字？认得哇？这还不是个字。照当年学堂先生的教法，它是个"偏"，它叫"人字偏"，还不是个正经的字，我还得再刻下个"可字部"，这样，它就是个字了，它叫"何"，何家药铺的"何"，何陆侯的"何"，何福田的"何"，何宝儿的"何"……这还只是个印痕，我还得沿着印痕小心地往深里錾刻，把这些笔画錾刻进石头里，这样，它就像时间一样坚硬了。

晓得么？臭口水，我就是害怕跟你一个样，我才操持的这活儿。先前我不跟你一样么，害怕见着你，又担心见不着你，我觉得你不光是除我之外这地盘上唯一的活物，我还觉得你是我的影子。我端起水杯喝水的时候，我从水杯里看见了你，我睡觉的时候，你就俯身看着睡梦中的我。我的梦里，我用一张长拱嘴掘人家的坟墓，用剃刀一样的獠牙剖开人家的肚腹，柔软粉嫩的肝肠其实很耐嚼，醒来之后，虽然我分辨得出来我就是安子谦，可是我全身都散发着你的恶臭！

我怎么能成一头畜生呢？我是人啊，我得干上一点人事。我拿起錾子、锤子和炭头。哦，本来是有笔的，还有纸，纸上还有字，可是全被烧掉了，成了灰了，不晓得飞哪里去了。可亏了陆侯先生的一番用心啊，那些字都印在我的心里。我只消拿起个炭头，把它们写在石碑上，再用錾子轻轻地錾刻出个印痕，再慢慢下力。这可是个细活儿，一点都不能急躁，得精心来做。这是当年我的师傅教导的，叫浅刻印、深錾字。我以为我早忘记了，可是这锤子錾子一拿上手，就全都记起来了，别说字，花儿我也雕刻得出来！一物通万物，万理是一理！

我是多么感谢陆侯先生啊，我的老伙计，让我来办这件事，不就是为了不让我慌张、迷茫么？不就是为了不让我搞丢了自己么？让我记得自己是个人，记住礼义廉耻，记住做人的尊崇和骄傲！

你看，臭口水，你看我錾刻的这一个个字，它们排在一起，两个字三个字就是名字，三个字四个字就是故事。你虽嘴尖牙利，我随便甩给你个字，你啃得动吗？

安子谦得意地打了个哈哈，你瞧啊，臭口水。你是不是看我和之前大不一样了呢？以前我成天想的是怎么找到水，寻找吃食。现在这也是我要想的事，可不是全部了。我还得想怎么錾刻这些字，怎么錾刻完那些装在我心里的那些字。那些名字，那些故事。你是不是听着我錾刻的声音就烦躁啊？我可是一点都不呢，我听着舒服，我就像个弹奏师，这美妙的声响不就是秦村的歌唱么？

哎，臭口水，你咋不听呢？你咋跑了呢？你是不是看见什么吃食了？安子谦踮起脚尖看着村中。他隐约看见两个人影，一大一小，正在往这边过来。

2

如果不是饿昏了头，如果不是受那鲜嫩的娃儿的诱惑，臭口水绝不会冒失到这种地步，它连弯儿都没有转一下就直冲了过去。在对面的小路上一大一小两个人，大的是个女人，也像饿昏了头似的，走起路来摇摇晃晃，她前头的是个碎娃儿，七八岁的光景，小脸圆乎乎的，浑身散发着鲜嫩多汁的味道，像一朵才从湿润的落叶中冒出来的菌子，细嫩肥美，入口即化。

臭口水以为冲过去了就能一口咬住那碎娃儿，像豹子拖狗一样，往背上一甩，嗖一声就冲上山坡，然后躺在柔软的草丛里，在女人终于苏醒过来的哭号中，享用完这份甜美的小点心，再美美地睡上一觉，等到晚上再去寻找那个悲伤过度，已经昏厥过去的女人。

谁承想啊，那女人手脚很快，一把将那碎娃儿拖在身后，掏出枪来——

啪啪啪……

子弹打在眼前，溅起的泥土差点都迷住了它的眼睛。如果不是干脆利落的声音惊醒了它，如果不是及时耍出虚晃身形的本事，以那女人沉着冷静的射击，它的脑门肯定就中弹了。现在可不比以前，臭口水是很清楚的。因为干旱，原来那些猖獗的虫子都绝迹了，它身上养着的虱子和跳蚤也都所剩无几。不受虫子滋扰，它就没有必要去树上蹭痒痒，油脂树胶就不会掉身上。而且，就算蹭痒痒，那些树也早就没有了汁液，又哪里来的树胶和油脂呢？因为没有油脂和树胶的及时补充，因为缺少吃食营养，猪毛不断掉落，现在，它的身子裸露，皮肉就像十七八岁的少女一样细嫩脆弱。

都跑出去好远，子弹还在追着屁股来。这个女人可不是好惹的，是个硬角色。臭口水扭过头去看着她，她跌坐在地上，呼呼喘气。娃儿躲到她身后，紧紧地扯住她的衣裳。她的气味被一股微风带了过来，臭口水已经晓得她是谁了。

她回来了！

臭口水看见安子谦握着弯刀，站在个小土堆上，惊慌地看着来人。她挣扎着从地上爬起来，一手握枪，一手撑着腰，慢慢地往这头过来。

臭口水闻到了一股血腥味儿。这血腥味儿一点都不纯正，里头还有化脓的腐臭味。她受伤了，受伤在腰上，伤口被厚厚的绷带紧紧包扎住，为的是止血，为的是叫那疼痛禁锢在里头。

她老远就向安子谦露出了笑脸，松开撑在腰眼的那只手，将那个碎娃儿攥在手心里，再把那支手枪别在腰间。她摸摸碎娃儿的脸，看着安子谦，说，那是爷爷，快叫爷爷！

碎娃儿嘴巴动了动，却没出声。娃儿有些害怕眼前这个老人，他胡子拉碴，花白的头发乱蓬蓬的，就像个沾满粪便的鸡窝。他衣衫破烂,根本遮不住身子。肋骨毕现,皮肤肮脏,看起来就像是个从深夜故事里跑出来的野人。

她笑笑,还没开口,眼睛就红了,就落起眼泪来,哽咽着,强装着笑脸,爹,我回来了。

安子谦就像没有听见,也没看见。那一张布满深深的犹如沟壑的皱纹的脸上铺着厚厚一层灰尘和石灰粉末,它们被汗水混合成垢甲,紧紧地糊在脸上,这让他的脸就像脚下这板结龟裂的土地。

爹,我是若兰啊,爹,我回来了!若兰哭起来,在安子谦面前跪下来。

安子谦就像没有看见,慢慢转过身子,挪动脚步往回走,要回裤裆地里去。刚一迈腿,他的眼泪就哗哗地淌出来了,而且就像收不住了似的,越淌越多,模糊了双眼,路都看不清楚。

爹,爹呀,我是若兰啊!你不要我了吗?爹!若兰哭着,喊叫着,猛地起身要追上来。只是这猛一用力,挣了伤口,剧烈的疼痛让她不敢再出声,身子也被僵在那里不敢动。她趴在地上,等疼痛慢慢缓过,眼睁睁地看着老父亲迈着蹒跚的步子消失在泪眼里。

娃儿扑过去,抱住若兰,眼巴巴地看着她,那双明亮如星星的眼里,溢满了泪水。妈妈,娃儿叫唤起来,妈妈呀!她大哭起来,紧紧抱住若兰的脖子,妈妈,你不要死!

放心吧,娃儿,妈妈还不会死。若兰捋起衣角,揩掉娃儿的眼泪水,说,刚才那个就是妈妈的爸爸,你不要害怕他,他是妈妈在这个世上最后一个亲人,也是你在世上的最后一个亲人!晓得吗?娃儿。

刚刚收声的娃儿，又哭起来。

安子谦还在往前走，就像失去了十根脚指头似的，身子哆哆嗦嗦，步履蹒跚，都有些站立不稳了。

臭口水看在眼里，急在心头，不由得骂道，安子谦啊，你这个老东西啊，你女儿挨了子弹，一颗穿过腰眼，一颗还留在肚腹呢，她剩下的时间不多了，你还要耍啥硬尿性呢？她离开你这么多年，难不成你还要跟她鼓够这么多年的气吗？有这时间吗？你晓得她这一路有多艰难、多艰险？她这一路遇到的东西，随便指一样也比我这臭口水凶险多了！你根本不晓得她遇到了些啥可怕可悲让人痛心疾首的事，只怕告诉你，你马上就心疼得一颗心都会碎掉。你这老家伙，你这老东西啊，你装什么硬性呢？你是搁不下脸面吗？你还要硬撑出你这个家长的威严吗？还是你在怪罪她，觉得她不离开秦村，不离开你，这一切就不会发生吗？她不离开秦村，秦村就不会发生战事？她不离开你，她娘就不会死？你就不会遭那些罪？是不是你还要将这干旱也算在她的头上？

你不会的！安子谦，我晓得，你是人，是你女儿的爹，我是野猪，可我也生养过那么多的崽儿啊，天下爹娘一个心！若兰看清楚了你，看见你像个野人一样，看见你像快要枯朽了一样老，你吓住她了，她害怕，心疼心酸，还愧疚得很。你也看清楚她了，你看见了她那么瘦，那么憔悴、沧桑，那张铺满尘土的脸，哪里还有当年在家当姑娘的欢悦？她的样子也吓住了你，这是若兰吗？这是那个让你日思夜念的若兰吗？怎么能不是她呢？她冒着艰难险阻回来了，回来看她爹来了，你是既害怕，又心疼，还心酸，和你的女儿若兰一样，你的心头对她更多的还是歉疚……

可是，安子谦。你这是在搞什么呢？你还回到这块石碑前干什么呢？你是要往上面錾刻字吗？你还记得心头的那些字？你的心全乱了，你是不是只想把你的女儿紧紧抱在怀里，当她还是那个奶娃儿一样亲她、吻她，让她的小脸蛋沾满你的口水和泪水，让她被你的胡子痒得咯咯乱笑……你是不是还想扑在地上号啕大哭一场？

可是，安子谦，你这老东西，你没时间了，哦，不，不是你没时间，是你的女儿，若兰她没有时间了。她拼了最后的气力，回到了这片土地，回到你面前，她就要死去了。

安子谦终究还是拿起了錾子和锤子，可是忘记了该往石头上面錾刻什么字。呆呆傻傻愣了一阵子，他丢下錾子和锤子，站起来，掉转身，他听见女儿的呼唤，爹，爹……

安子谦四处张望，已经不见了若兰和那个娃儿的影子。他有些恍惚，这又是不是错觉呢？自开始往石碑上錾刻字，安子谦的日子就越来越清晰了，没有再把梦境与现实混淆一起难以区分了，他每天前往裤裆地的道路和目的都一样明确，昨天錾刻了哪些字，今天还都有哪些字在等着……就像当年学堂先生讲的那样，天底下最厉害的东西不是刀枪，也不是银钱，而是字。先生还讲了个故事，说仓颉造字成功那天，天神非常高兴，因为有了文字，就可以记载事情，值得庆贺，就奖励给全天下人类一场粮食雨。但鬼怪却在夜里哭号连天，这是为什么呢？因为鬼怪们知道，人类有了文字，能力就会无穷大，从此以后他们再也不会安于平淡的日子，欺骗狡诈，争夺杀戮，也将由此开始，天下再无太平的日子，连鬼怪也无处藏身，不得安宁，所以，鬼为什么不哭呢？

先生说，写字是天底下最需要认真和慎重的事，天地间最无穷的力量就在那一笔一画之中，而在那一笔一画之中，还蕴含着人世间最大的意义，所以对于写字的人来说，他写出的字，比他流出的鲜血还要重要。

并不是所有的字，安子谦都能顺顺当当写出来。先生教了那么多字，时间趁他不注意，又把它们差不多都还给了先生。现在他需要花很多时间，去把那些要写的字，从当年先生教他的记忆中寻找出来。漫长的黑夜里，柴火燃烧的噼啪声中，臭口水苦闷的哼哼声中，安子谦在心里一笔一画地默写那些字，一遍一遍，慢慢熟练起来。而在第二天的錾刻中，安子谦专注得满世界里似乎只剩下那些字，工工整整，清清楚楚，就像他已经走过的人生道路。

安子谦看看天，就快要到黄昏了。若兰在哪里呢？他四处张望，不见臭口水的影子，他开始着急起来，想吆喝几声，却又觉得开不了口。

我这是怎么了？安子谦问自己。若兰回来了，日思夜念的若兰回来了，自己的心肝宝贝回来了。喊着自己爹，还都跪在了跟前，自己怎么能当作什么都没看见就折身离开呢？

他叫喊起来。叫喊的不是若兰，而是臭口水。

臭口水，你个老畜生，你藏在哪里？你是不是在打坏主意？她可是个天不怕地不怕的，那么多坏人都怕她呢。你最好离她远远的，别像刚才那样差点把命丢了！臭口水，你藏在哪里？你要敢再打坏主意，可别怪我收拾你，你出来晃个影儿，要不你就滚得远远的！

安子谦喊叫着，跌跌撞撞在村子里奔跑着，从一片废墟，到另一片废墟。

3

若兰一手持枪,一手攥着娃儿,警惕地观察着四周,慢慢向前走着。每走几步,她就得躬下身子,松开攥娃儿的那只手,撑着腰眼,歇上几口气,然后再走。

这条小路她非常熟悉。以前,当娘做好饭后,她就沿着这条小路,小兔子一样欢快地奔跑着,到地边去喊劳作中的爹回家吃饭。她是一定要走到地边,走到爹的跟前去喊他的,有时候她还会争抢下他的锄头,扛在肩上,一路告诉他,娘都做了些什么好吃的。爹心情好的时候,会将从土里刨出来的半夏子交给她,让她攒着,晒干了去何家药铺陆侯爷那里换糖块吃。糖块是陆侯爷教宝儿娘做的,用炒黄豆和炒花生,加上饴糖和麦芽糖做的牛轧糖,香喷喷的,又甜又耐嚼。爹心情不好的时候就会叹气,一句话也不说。这种心情不好,多半是因为别的娃娃也在喊叫自家爹回家吃饭,那高大的嗓门老远都可以听见,爹爹,回家吃饭啰。这样隔着老远粗声大气喊叫的,当然都是男娃儿。而他们的爹则以故意的不耐烦的声气回答,晓得了!有时候还会嗔怪地骂两句,鬼掐到了哇?若兰也想隔老远老远喊,她还试过两回,声音一点不比那些男娃儿的小,而且肯定还比他们的好听,但是爹不准,叹气说你还是多走两步吧,到地边来喊我吧。若兰问爹为啥呀,为啥我不可以老远大声喊你呀?爹就像红苕吃多了般嗳着气,你是女娃儿,女娃儿就该稚雅些。若兰想了想,觉得这样也好,她喜欢到地边去,去帮爹扛锄头,去采摘那些生长在田坎边的漂亮的小野花。

站在家门口，若兰看着眼前这个家，泪水扑簌簌直往下掉。院子里几个很大的炮弹坑，房屋被炸得成了一片残砖破瓦。若兰扶着半截残存的围墙，忍受着剧烈的疼痛，流了一阵泪水。娃儿乖乖地站在她的身后，手里扯着她的衣襟。

你把包放下吧，若兰跟娃儿说着，揩了把眼泪，看着眼前的废墟，这就是妈妈原来的家。她忍不住又落下了泪水。娃儿把包放在脚下，又扯住了她的衣襟。我们到家了。若兰跨过破砖烂瓦，进到院子里。娃娃慌忙拎过包，走到若兰身边。若兰看见不远处的地上有个草礅，让娃儿拿过来，她要坐下。

若兰把枪放在面前，解下身上的包袱，解开纽扣，脱去衣裳，她的乳房干巴、萎缩，紧紧贴在身上，黑褐的乳头像是两个大大的痦子。她慢慢地小心地解开腰间的绷带，疼痛让她嘶嘶地倒吸了凉气，额头渗出密密的汗珠。娃儿不敢看，别过脸去。

沾满血污的绷带像一堆被扒下来的蛇皮，摊在若兰面前。若兰低下头看清了伤口，那是个拇指大的窟窿眼，四周肿胀的皮肤已经成了黑褐色，布满了绷带束压的印痕。突然失去束缚，那个孔洞源源不断地往外淌着黄白的浓汁和粉红的血液。已经恶化了，可以闻到一股腐臭。若兰呆呆地坐了会儿，捡起一截绷带去揩。可是又怎么揩得净呢？刚揩掉，脓血又从那个孔洞里淌了出来。她放弃了这个徒劳的做法，伸手去够那个口袋，够不着。嗨！娃娃。那个娃娃转过身，满脸的泪水看着她。她笑笑说，把包袱递给妈妈。娃娃忙拿过包来，蹲在若兰身边，打开，从里头拿出个药瓶。这个妈妈用不上了，给你和爷爷留着，你晓得怎么用吧？娃娃点点头。妈妈再告诉你一遍，你要记住，如果有伤口就把药粉撒在伤口上，如果头疼，还可以兑水喝下去，止疼的，消炎的，记得吗？娃娃再点头。若兰将药瓶放进包里，拿出一团棉花，想了想，还是算了，掩上包，捡起那段绷带，揉成个小团，摁在不断流脓淌血的黑色的孔洞上，却腾不出手来往身上缠绷带。

你得帮帮妈妈。若兰说着，想给娃娃一个笑脸，却没办法做到。疼痛让她的身子不住地战栗，她面色苍白，眩晕时时袭来，她似乎只要将身子随便往什么方向一倒，或者眼皮一闭，立即就可以睡过去。只是这睡过去，是不是还有机会再醒过来了，她不知道，她也不敢冒这个险。她一遍遍叮嘱自己，万万不可以睡过去，不可以……她咬紧牙关，让自己保持着端坐的姿势。

在娃娃的帮助下，若兰穿上了衣服。娃娃在她跟前坐下，望着她，不时抬起小手，揩一把眼泪水。

不要揉眼睛。若兰笑笑说，妈妈跟你讲的话，你都记得了吗？

娃娃点点头。

你要听爷爷的话。若兰说，莫要惹爷爷生气，知道吗？

娃娃点头，泪水直掉，想扑进她的怀里，可看见她那摇摇欲坠的身子，又害怕她承受不住自己，会瘫倒在地上。就走过去，要靠在她的身后，让她倚着自己。若兰把娃娃拉到面前，双手撑着地面，慢慢往后挪动身子。她的确连一点力气都没有了，站立起来都不行。她终于倚靠在那残存的半截围墙上，呼呼地喘息着，哆嗦着手，指着地上的枪。

娃娃捡起枪，捧到若兰跟前。若兰笑笑，说，记得妈妈跟你说过的吗？让爷爷给你重新起个名字。

娃娃点着头。

这时候一阵脚步声传来,还有阵阵嘟囔声。安子谦正诅咒着自己,他的语气凶狠。你个老不死的东西,你在耍什么臭脾气呢?你跟谁耍臭脾气呢?老不死的狗东西哟!

安子谦站在围墙外,到处张望,没注意到站在眼皮底下的那个娃娃。直到若兰提起声气,喊了他一声爹。

安子谦跨进院子。

爹,你回来啦。若兰倚在墙根底下,微笑着,看着安子谦,安子谦刚刚满脸的焦灼和不安不见了,沉稳又回到了他的脸上。他点点头,口中"嗯"了声,以不经意的样子瞟了一眼若兰,望望面前这个破砖烂瓦的家,又瞟了一眼若兰,见她坐在墙根底下不动,问,你咋啦?你看起来像是生病了。

没啥的,若兰笑笑,我累了。

路被他们毁烂完了,不好走。安子谦说,回来了,还走不走?

不走了,回家了。若兰始终一张笑脸,看着她的父亲。但是安子谦却老是望着别处,不和若兰照面。若兰趔着屁股,让出草墩,叫娃儿递给安子谦,说,请爷爷坐下吧。

安子谦没有接那个草礅,他搓搓手,这个地方不好,连风都挡不住,走吧,换个地方住。

不了。若兰说,爹,我到家了,落屋了。

安子谦强忍住泪水,拿过了草墩,摸摸娃娃的头,又将草墩还回到他手上,拿给你妈妈,让你妈坐。

你坐吧,爹。若兰伸出手,要拉他过来,靠着自己。坐吧,爹,坐下我们说说话。若兰见安子谦站在那里不动,让娃娃去牵他,喊爷爷坐。娃娃走过去,牵住安子谦的手。安子谦就像被火烫住了似的,哆嗦了一下。他顺从地跟着娃娃,走到若兰身边,却局促不安,不晓得将这苍老的身躯在女儿面前往何处安放。他见不远处有块木板,快步过去抓过来,垫在自己屁股底下。靠近了女儿,安子谦看见她干涸的嘴唇,一下子坐不住了,手往地上一撑,站起来,说,我去去就来。

你去哪里?若兰问。

我去给你们弄点水来喝。安子谦说。

爹,不用的,我不渴。若兰伸出手,要挡住安子谦,爹,你别走……

拢屋了,咋能水都没一口喝的呢?在若兰的呼唤声中,安子谦快步走了,去了白果井。

4

当安子谦拎着水壶,一路兴高采烈地回到家里,若兰已经倚在墙根底下死去了。娃娃抱着她的手臂,紧紧依偎在她身边。

安子谦呆呆地站在若兰身前,过了一阵,又蹲下身子。他的心碎成了粉末,身子承不住这巨大的悲痛。他瘫坐在地上,捶打着身下的土地,哀号着。娃娃走过来,扯住安子谦的手,要把他往起拖。安子谦抱着娃儿,号啕着,鼻涕眼泪蹭了娃娃一身。

天黑定了。

安子谦踩着破砖烂瓦,收拣着橡子和檩子。它们被炸成了碎片,压在砖瓦下面。他在墙根底下生了很大一堆火,身子靠在墙上,一手抱着若兰,一手抱着娃娃,喃喃自语似的跟他们说着话——

　　江上粮死了，水在田死了，你也走了。若兰啊，他们晓得你要回来，都让我给你带句话。水在田说，他跟着你很幸福，要你坚定信念，相信未来，相信你们一定会胜利。江上粮说，他对不起你，但是他一直很爱你……若兰啊，他们两个其实都对你很好，若论喜欢，这两个我都喜欢。不过比较起来，我还是更喜欢苏永昌一些，苏永昌才是过日子的男人。

　　若兰啊，他们两个都是认死理的，死脑子，一根筋，不听劝，我苦口婆心地劝啊劝，他们不肯听，谁都不愿意放下枪。唉，也讲得对，枪拿起来，就搁不下去了。我不该劝拿枪的人放下枪。他们就那么你打我几枪，我打你几枪。水在田挨了六枪，死得倒也很利索。江上粮挨了七枪，都不是要害的地方。他骂水在田黑心肠，故意害他，害他在这个人间地狱里慢慢受疼，慢慢等死。他求我帮忙，我将枪捡起来递给他，他说没子弹了。我又去找水在田的枪。他说不要找了，里头肯定也没子弹。我找来一看，果然是。江上粮笑着说的，爹，你看清楚这个水在田有多坏了吧。

　　若兰啊，爹从来都不是个硬心肠的人。我决定还是帮江上粮一下。我说，我那里还有颗子弹。我找到抵火枪，取出那颗子弹，却对不上他们的枪口，装不进去。江上粮称赞我的发明，要我用抵火枪帮他。我说，上一回用的时候就没有打响。江上粮说，万一这回他的运气好呢？江上粮说过，他不想死在你的手里，如果可以选择，他倒希望是在我的手里。

　　真是一语成谶啊，枪响了。

　　若兰啊，这两个家伙跟我讲了很多话，却从来没有讲让我怎么处理他们的尸体。他们可能觉得这个事情不重要吧，或者是觉得不用讲，我也会给他们办妥当吧。我弄了个很大的柴堆，将他们摆在一起。生前他们走不到一起，死后就由不得他们了。我把他们的骨骸混合在一起，埋进我们家的裤裆地，他们再也分不开了！

若兰啊，你要我把你安葬在哪里呢？嗨，娃娃，你妈妈跟你讲过这个事情没有？

娃娃摇摇头。

那我就把你葬进我们家的祖坟山吧！安子谦松开若兰，往火堆里丢了些柴火进去。他把娃娃往身边搂搂，问他，你叫啥名字？

娃娃摇摇头。

没有名字？

妈妈让你给我起一个新的。

那你得先亲我一口。

娃娃在他的脸上小鸡一样轻轻啄了一口。

你得亲出声响来。

于是，娃娃将小嘴凑在他的脸上，响亮地亲了一口。

安子谦笑起来，从晓得有你那一天起，我就想好了一个名字，一直藏在心里，现在我就将它拿给你。安子谦伸手入怀，摸出个坠子，绿莹莹的，像片叶子。爷爷给你磨的，你看，漂亮吗？像不像树叶？它可稀罕着呢，是龙的鳞甲。那年涨大水，捞浮柴的人从龙身上揭下来的……

安子谦将龙鳞戴在娃娃脖子上，娃儿啊，从现在起，你就姓安，你的名字就叫安长河。

5

　　安子谦给安长河订了几条规矩，必须时刻跟在自己身边，走路要牵着他的手，睡觉要躺在他的怀里。他跟安长河说，你是见识过那头野猪的凶险的，它已经恨透我了。它会想方设法把你从我身边夺走，我晓得它打的就是这个主意。我才不会让它的恶毒得逞呢，你要听话，莫要把我讲的规矩当成耳边风，晓得么？

　　安长河说晓得，他使劲点着头。

　　这的确是个听话懂事的娃娃，走路的时候紧紧地攥着安子谦的手，睡觉的时候像只小猫咪一样紧紧依偎在安子谦怀里。安子谦干活的时候，就蹲在他的身边。而且安长河还认得不少字，也会写。好些个安子谦记不起来的字，他轻轻松松就能一笔一画写出来，这让安子谦喜出望外，真没想到，这个小孙孙有这么厉害。

　　你都跟谁学的？安子谦问他。

　　老师。安长河说，我还会英语，会钢琴，会画画。说着，他拿起一块炭头，几下就在石碑上画出了一朵花。

　　你咋这么能干啊？安子谦抓安长河来，抱在怀里，爱怜地亲吻着他的小脸蛋，胡子刺得他直叫痒痒，咯咯乱笑。

　　看着熟睡中的安长河，听着那轻柔的呼吸声，那长长的睫毛、精巧的鼻子、可爱的脸蛋……安子谦的一颗心是又酸又甜，又疼又爱，他小心地俯下身子，在那张小脸蛋上亲吻了一口。娃娃嘟哝一声，转过身，继续熟睡。安子谦伸手将他揽过来，拥在怀里。

安子谦很想从安长河这里知道一些他和他妈妈若兰的事，他是几时出生的？生在冬天还是春天？妈妈平常都是怎么跟他讲他这个老外公的？安长河却只摇头，不肯说。安子谦问他，你是怕讲起来就想到妈妈，心头难受吗？

安长河流着眼泪，说是的。

妈妈已经离开我们了。安子谦说，我们都得承认这个事实，我们讲她的事，就是表示我们都很想她，很爱她，知道吗？

安长河点着头。

好吧，让爷爷先讲吧，讲你妈妈小时候的故事。安子谦说，你妈妈小时候也跟你一样聪明，她很喜欢念书，认字也很厉害，先生教一遍她就记住了。先生不止一次地跟我讲，说她要是个男娃，将来肯定是要当大官的。她本来是想继续念书的，教书先生说，我倒喜欢教聪明的学生，教着轻松，有兴趣，不过你家若兰是个女娃子，这些字也够了。你的那位陆侯爷对教书先生的这些话表示反对，说他是偏见。我当时却认为教书先生说得有道理，我们不是什么大户人家，就是个穷庄稼汉。若兰生在我们家，注定是没办法当大小姐的，也嫁不了名门望族，没指望在官场上替丈夫装斯文、撑门面。她在学堂里待那么些年，已经足够了。我们这个村子里，也只有我们家的女儿是这样，还去学堂念书识字，那些跟她一样大的女娃早背上背篼扯猪草放牛羊了。你妈妈哭，想继续进学堂，我说你是不是还指望着去土镇去爱城念那洋学堂啊？你认得那么多字已经足够了。你如果是个男娃，我卖田卖地也要供你上学。听了这话,她这才收声,什么话也没讲,丢了书包背上背篼……咳,一想起这事来,我就觉得对不起她,是该继续让她念书的。如果她继续念,念到土镇,念到爱城,又会咋样呢?只是这样想也不可能,我们家那时候也很穷,没那么大能力供她到土镇去念的,爱城那就更不行啰,何况她还是个女娃呢!不过,你妈妈虽然没再进学堂,却是从来都没有丢开书的。她什么书都看,连陆侯爷的汤头书她都要拿在手上翻翻。好啦,娃娃,我讲这么多了,你也跟爷爷讲讲你妈妈吧,讲讲你妈妈和你的事吧。你生在冬天还是春天?出生在几时?她总跟你讲过吧?

安长河不吱声,眼睛眨巴眨巴,看着他。

你是不肯讲还是不愿讲啊?安子谦问。

安长河还是不吱声。

你得告诉爷爷。安子谦说,这是个很重要的事,不然,爷爷就没有办法给你过生日啊。

但是安长河还是什么都不肯讲。

你怎么不听爷爷的话呢?安子谦有些生气。

安长河眨巴两眼,眼中闪起了泪光,嘴巴一撇,两滴晶亮的眼泪水从小脸蛋上滚落下来。安子谦心疼了,慌忙下话,好啦好啦,我的乖孙孙,爷爷不要你讲,都怪爷爷不好,惹哭我家娃娃了。

随即发生了一件事情,激怒了安子谦,觉得这个娃儿真是太不听话了。

这天安子谦从石碑上抬起头来,发现身边突然不见了安长河,这让他浑身汗毛竖立,心都炸了。他跳起来,大声喊叫，娃娃，长河！

安长河从不远处的一个沟坎里探起了脑袋，应了声，说我在这里，爷爷。安子谦慌忙冲过去，将他从沟坎里拎起来，喝问他在干什么啊？安长河说他在屙尿。这让安子谦大为冒火，说谁叫你离开我的？不是讲规矩了吗？

我要屙尿。安长河说。

安子谦说，屙屎屙尿也不能离开我，一个碎娃娃，哪来的脸面？在我身边屙就是了！

这话讲出口，安子谦心头一凛，这么久了，他从来没有看见安长河在身边屙过屎尿。难不成他都是趁自己不备，跑得远远的去屙的？一问，果然是。这让安子谦背心一阵发凉，感到后怕，也为自己的疏忽大意觉得不可原谅。

以后不准再这样了！安子谦将安长河抱在怀里，以后有屎尿就在爷爷身边屙就是了。爷爷有锄头，刨一个坑，你屙在里头，爷爷翻一锄头泥巴就盖住了。你听到了吗？

安长河却不吱声，也不点头。

我问你听到没有？安子谦大了嗓门，一把推开安长河。

安长河又哭了，尽管满脸的泪水，却并没有要遵守这个规矩的表示，既不说听到了，也不点头。安子谦虽然心疼，却不肯就此放过他。这绝不是个小事情，他虽然看不见臭口水的影子，但是对它很清楚，它一定藏在某处正等着时机，冲过来将他可爱的聪明的小孙孙从他的手中抢走，以报复他三番五次地将到嘴的吃食给它化为灰烬。当然它也完全可以当着他的面冲过来，就在他的眼皮底下将这鲜美多汁的小肉团一口拖走。但它不太敢冒这个险，它的身体已大不如以前，而它也非常清楚，安子谦将这个娃娃视为整个世界，如果有威胁到来，他岂止是不惜性命，而是会拼出老命来保卫。

我再问你一句听到没有？安子谦双手叉腰，耸在安长河跟前，两眼严厉地瞪着他，今后屙屎屙尿，就在爷爷身边屙！要不，你叫我一声，让我陪在你身边，看着你屙。听到了吗？听到了你就应个声，你又不是聋子！

安长河只是哭，不应声，也不点头。

你今天必须答应我！安子谦老泪纵横，他不敢想象失去小孙孙，这个世界将会怎样，忍不住扯起了哭腔。你再躲着我去屙屎屙尿，会把命都丢掉的！先人，你要出点什么事我咋办？你要出点什么事，这个世界就完了，我就是死一千回，下到十八层地狱去，也赎救不回来啊！先人，你就不能答应爷爷吗？

爷爷，我是个女娃，我不是你的亲孙子，我是妈妈捡到的，她让我先别告诉你，她说你喜欢男娃。安长河哭着，两只小手一左一右抹着眼泪，爷爷你别不要我……

6

安长河讲了若兰受伤的经过，她讲话很有条理，这让安子谦怀疑她的实际年龄可能要大许多。不过他没有问，大许多的又有什么呢，已经不重要了。他跟安长河说，你不想讲，就不要讲了，爷爷也不是非得知道。你只要知道爷爷喜欢你，爱你就行了。你只要知道喜欢爷爷，爱爷爷就行了。

安长河说，我知道爷爷喜欢我，爱我。我也喜欢爷爷，也爱爷爷。

安子谦将安长河拥在怀里，亲吻着她的额头，真是爷爷的乖孙女啊！

安长河说，妈妈是在一个山梁上救下的她。她的一家被土匪枪杀了，土匪头子觉得如果把她弄到城里去的话，可以卖上个好价钱，就安排了两个手下往城里送。妈妈觉得两个凶神恶煞的男人带着个小女娃太不正常了，多盘问了两句，那两个土匪就摸出了枪，但是他们比妈妈的手慢。

妈妈问她家里可还有什么亲人，她说没有。妈妈说那你就跟着我吧。她问妈妈，你家里有孩子吗？妈妈说有过一个，是个男娃。妈妈叹口气说，他害病死了。我说那就让我给你当孩子吧。妈妈笑了，说你真是个懂事的孩子。我喊她妈妈，我说妈妈，我现在是你的孩子了，你得给我重新起个名字吧。妈妈说这事情得让你外公来做，我问外公呢？她说我们这就去找他呀。

安长河说，妈妈一路上跟她讲了很多外公的事，说外公喜欢男娃，不是很喜欢女娃，而且如果晓得她不是亲生的，可能也不会太高兴……

你看出爷爷不高兴了吗？安子谦苦笑着，揩了一把眼泪，若兰，你这个瓜女子啊，你咋把你爹想得这么糟呢？你爹就这么不近情理吗？就这么不近人性吗？爹早就知错了。爹现在高兴着呢，睡着了也会笑醒的。孙女儿，你接着说吧！

安长河说，妈妈给她剪了头发，给她换了身男娃儿的衣裳，一路说说笑笑往爱城走去。

刚到爱城，妈妈就被人盯住了。妈妈也察觉了出来。我们开始避开人群,往偏僻的小路上走,加紧了往土镇赶。那个人早在土镇等着了,还找来了两个帮手。妈妈说,看样子是躲不开的了,如果我在路上死了,你就往回走,走到土镇去,找个家里有孩子的人户家,乖巧些,听话些,打骂莫要还手,也不要还口,再难吃的东西要往肚子里咽,无论如何也要让自己活下去,长大成人。我哭起来,妈妈让我别哭,说谁死谁活还讲不准,万一我死了,那时候你再慢慢哭吧。我说妈妈我们绕开土镇吧,躲起来吧。妈妈笑笑说,土镇是绕不开的,要回秦村,必须经过土镇,那些人也是躲不过的,必须面对。

那三个人跟在妈妈身后,我们出了土镇。妈妈说等一会儿她会一把将我推倒在地,倒地后我就不要起来,直到枪声停了。她话音未落就把我推倒了。她抽出枪,边打边往回冲,那两个帮手当场就倒在了地上,连枪都没来得及拔出来。接着那个跟踪我们的人也倒了地,不过他开了枪,冲着妈妈开了很多枪。妈妈走到他跟前,发现他还没死,问他是哪里的,怎么会认识她。他说的老师带着他们一直追缉她,妈妈问他,你到过秦村?那人点点头。妈妈问他,我爹呢,还活着吗?那个人再点点头,然后就死了。妈妈很高兴,跟我说,娃娃,你外公还活着。我看着妈妈有些害怕,她的肚子那里红了一大片,我说妈妈,你在流血……

安子谦突然想起来个事,问安长河,孙女儿,你要不要换个名字,换个女娃儿的名字?

不,这个名字我喜欢,安长河说。

就在这天傍晚,安子谦他们看见了臭口水。它拖着空口袋一样的肚皮,一摇一晃地从他们面前走过,近得都可以看见它阴邪的眼中闪烁的寒光和剃刀般的长獠牙上滴沥着的口水。它甩了几下长拱嘴,拌了几声嘴,叭叭声音响亮。

安长河吓得浑身直哆嗦。

这个晚上,安子谦不敢合眼,一手将安长河紧紧地揽在怀里,一手紧握着长弯刀,随时准备着从地上冲起来,挡在凶险到来之前。

安长河不时扭动几下身子,或者打个哆嗦,传出一声梦哭。她被吓坏了。安子谦赶紧拍拍她,轻唤两声,说,爷爷在这里,爷爷在这里。

7

安子谦找回了个泡菜坛子,他把它埋在土里。接着又找了两床晒簟,覆盖在白果井上。安长河问他,爷爷这是要干什么呢?安子谦说,以前这个井里冒出来的水只够爷爷一个人吃,现在多了你,你是个女孩子,用水的地方多,要洗脸,还要洗头,所以这水就不够,怎么办呢?就在井口盖上个盖子,免得被太阳晒去了,这样水就够了。

每次去取水,安子谦都会在背篼里装些柴火,等下到井底的时候,才把柴火从背篼里倒出来。捡柴火的时候,安长河就问过他,现在她更是好奇。安子谦让她靠近自己,嘴巴贴在她的耳朵边说,外头不敢讲,怕臭口水听了去,现在咱们在这井底悄悄说,它就听不见了。咱们秦村早些年一直流传着一首儿谣,我小时候会唱,你妈妈小时候也会唱,现在我把这首儿谣教给你吧——

白碑落，鬼出窝。地生烟，井冒火。猪不死，羽不落。

安长河跟着溜了一遍，就会唱了。安子谦说，出了井口你就别唱了，也别在心里念叨，等到了井底，你再唱。过一阵子你就会晓得爷爷为啥要这么做了，明白吗？

安长河似懂非懂地点点头。

那些天里，安子谦带着安长河不停地往返于白果井和他们家之间，臭口水搞不清楚他是在干什么，他甚至都丢了錾子和锤子，以往一天跑三遍的裤裆地现在也都不去了。它一步步逼近安子谦他们。见了它，安子谦和他的小孙女竟然也不像过去那般慌张，而是冷冷地看着它，等它走过了，继续忙着手里的活儿。

安子谦带着安长河，已经将院子里的炮弹坑填平了，正在清理那些破砖烂瓦。安子谦跟安长河详细地讲了他的计划，每一项都跟安长河有关。

安子谦说，孙女儿啊，你得帮爷爷将爷爷心里的那些字，全部錾刻到石碑上。安长河问他，爷爷，那有多少字啊？安子谦想了想，说，很多。又想了想，说，可能一块石碑不够，三块不够，五块也不够。安长河说，那咋办呢？安子谦抓抓脑袋，觉得这还真是个麻烦事。他说，爷爷没见到你之前，觉得没有那么多的字，不晓得咋的，见了你，就有满肚腹的字，觉得哪一句都很重要，不能丢弃，都必须刻上石碑。安长河看着为难的爷爷，大大的眼珠子一转，咦，她想到了个主意。爷爷，这样吧，你把那些字都讲给我，我听进我的心里，装在我的肚子里，以后等我长大了，我来慢慢把它们刻上石碑，写上书本。这话叫安子谦眼睛一亮，拍着脑袋，哎呀呀，他高兴地叫唤起来，一把揽过安长河，亲吻着她的额头，我咋没想到呢？我咋没想到我的乖孙女就是块石碑呢？安长河说，爷爷，我咋会是块石碑呢？安子谦说，你是，你是块天大地大金刚不坏的石碑，我要把我这一肚腹的字都讲给你，两个字三个字是名字，四个字五个字就是故事……

安子谦说，孙女儿啊，你还得跟爷爷学会怎么去寻吃食。别看这村子里，这山野间到处都是枯焦的，其实在地底下还埋得有吃的。有种叫野毛薯的东西，就深埋在泥土里。到时候爷爷教你怎么去寻那干枯的藤蔓，只要找到藤蔓了，就可以找到它的根茎。它的味道很好，甜甜的，绵绵的，你那死去的陆侯爷就讲过，说它健脾养胃，药效跟山药差不多。安长河听得来了兴趣，拍着手，当下就要安子谦带她去找。安子谦说，不急不急，眼下咱们还有点吃的，慢慢来，它们在那儿呢，几时去，都不晚！

安子谦说，孙女儿啊，你还得跟爷爷学会种庄稼。爷爷可是这方圆百十里有名的庄稼把式。爷爷年轻的时候，还以为自己会是个了不起的石匠，谁想到呢？竟然在种庄稼上头出了名。随便什么种子，爷爷都能叫它生出最好的苗子，开出最好看的花朵，结出最好的果实。安长河看看天，爷爷，现在能种吗？安子谦说，现在不行，咱们得等雨。安长河问，雨呢？雨什么时候来。安子谦说，不急，它会来的，我们现在不就是在等它吗？安长河问，等得到吗？安子谦笑了，我的乖孙女，怎么会等不到呢？这雨啊，就像你的妈妈，她不是离开我走了吗？我在这里等着，她不又回到我身边了么？

安长河说,可是,爷爷,妈妈死了呀。安子谦脸上飘过一丝阴郁,但只是一瞬。他笑起来,摸着安长河的头,亲吻着她,我的孙女儿啊,你听说过种子的故事么?种子只有死了,才会长出小苗,才会结出更多的果实。妈妈是种子,爷爷也是种子,而你,你现在就是那小苗,是那果实。安子谦指着她的心口,你在,妈妈就活着,活在你这里!安长河笑了。安子谦说,真正的种子是永远不会死的,土地会让种子长出更多的种子!至于雨么,总有一天它会回来的,因为土地在这里呀,我这庄稼老汉在这里呀,你也在这里呀,我的乖孙女,我们在这里等着它们呢!

那么种子呢?安长河担心爷爷不明白,爷爷,我说的是发芽的种子。她做了个往嘴里喂东西的动作,爷爷,我们可是吃的都没多少了,还有种子么?雨来了,我们拿什么播种呢?安子谦笑起来,你还真是个会操心的娃娃。来,让爷爷悄悄告诉你!

安子谦俯在安长河耳朵边,告诉她,只要庄稼汉活着,就有种子。庄稼汉就算饿死也不会吃掉种子的!不管天旱还是涝灾,庄稼汉都会把种子珍藏在最安全的地方,鸟兽吃不到,虫子害不了,而那个地方,只有庄稼汉自己知道。你想不想成为个庄稼汉呢?安长河说,爷爷,我是个女娃儿呢。安子谦说,谁说女娃儿不能成为庄稼汉呢?安长河说,那得叫庄稼女吧。安子谦说,管它呢,怎么叫都可以,只要能种出好庄稼。安长河说,我能种出好庄稼!安子谦说,那我就告诉你怎么可以找到种子!

现在呢,我的乖孙女,我们得给我们盖上一个新家。你是喜欢木头房子呢，还是砖瓦房子呢？呃，恐怕木头的要容易一些。安长河说，那就木头的吧。安子谦说，就算再容易，恐怕也得要一年时间。当然啰，一年时间不够，那就两年吧。

安长河说，爷爷，不急，不急，咱们有的是时间。

有的是时间？哼哼！臭口水在一旁听了，直冷笑。

安子谦加紧了对臭口水的提防，去外头的时候，他不再牵着安长河的手，而是让她站在背篓里，他背着她，手里提着明晃晃的大弯刀。

安子谦正在一天一天变强，而臭口水正在一天一天变得虚弱。臭口水知道安子谦变强的原因，他有了那个小孙女后，心头就敞亮多了，也充实多了，日子似乎从此就有了奔头。俗话说，好心情就能生出好力气。而它变弱的原因也简单，就是缺一顿好饮食。它不能再等了，它得尽快下口，好好地犒劳自己。但是这个得等时机，此时非彼时，它从来没有像现在这样，对安子谦手中的那把明晃晃的弯刀充满敬畏。

安长河不肯叫安子谦背着，她说，爷爷我能走的，它冲过来的时候，我往你身后躲就是了，你不用背我，我可沉着呢。安子谦不肯放她下来，悄声跟她讲，咱们这是做给那个畜生看的。

这天，安子谦拿出个草人，让安长河把衣服脱了，穿到草人身上。这样还不够，你得屙一泡尿在草人身上。安子谦背过脸去。安长河很听话。安子谦揭开那个泡菜坛子，让安长河钻进去，盖上盖子。他说，你就在里头，千万要沉住气，我没回来，你就不要出来。安长河在里头瓮声瓮气地回答说，爷爷，我晓得了。

安子谦将那个草人放进背篼里，弯腰躬身，装出很沉很重的样子，背着它，前往白果井。

臭口水正尾随在他身后，伸着长长的拱嘴。那娃儿正散发着淡淡的尿臊气呢，闻起来是那般的新鲜，真像那从湿漉漉的落叶间拱出土的红菌子的味道啊。

安子谦将背篼放下，把草人搁在晒簟上。这个时候太阳正大，热辣辣的。安子谦揩了把额头的汗水，放下弯刀，走到一边，解开裤子，装作撒尿的样子，从包里摸出火镰和用棉花与草叶扎成的小火把。

臭口水冲过来，扑向那个娃儿。

盘算了这么长时间，也准备了这么长时间，安子谦就等着这一时刻的到来。不出他所料，臭口水掉下了水井。

如果是三个月前，臭口水一个箭步，轻松地就可以蹿出井口。可是现在不行了。它身子虚弱，还又饥又渴，而且这突然跌落陷阱让它一时慌了神。它在井中兜了个圈子，看清楚了眼下的情形。这井里咋有这么多柴火呢？它抬头张望，看见安子谦正呼呼地吹着手中的火把，如果不是冒着青烟，根本看不出火把是燃着的。日头高照，晃眼睛，看什么都不真切，臭口水是这样，安子谦也是这样。当他将火把丢进井中，好一阵不见冒烟，还以为熄灭了。而臭口水正在一次一次地将身子跃起，要冲出井口，它的蹄子划在井壁上哗哗直响。

安子谦慌了神，他打着火镰，但是手边却没有柴火。他急着去扒拉土坎上的杂草，却扒拉不上手。他急得浑身直冒冷汗，直到听见臭口水的哀嚎。

井口冒起了熊熊烈火，臭口水在火中窜动着，嚎叫着，挑动火焰，火焰翻卷着，发出呵呵的声响，冲向天空。

安子谦原来的计划是有烤猪肉吃的。那么大一头猪，够他和安长河吃上一阵子的了。这一阵子不愁饮食，不正好抽出时间去砍树子，准备修建新屋的材料么？

可是安子谦失算了。虽然柴火不多，不足以将臭口水烧成灰烬。但它被烤出的油脂，使得白果井就像一盏巨大的油灯，它就那么燃烧着，一直到深夜，井口还闪着明晃晃的火光。安子谦和安长河这一对爷孙俩就那么站在井口，闻着诱人的肉香，吞咽着口水。

2018年7月23日—12月19日初稿

2019年元月8日一改

2019年2月1日二改

2021年2月8日三改

2021年11月29日四改